'Een onvergetelijk ver
alle grote thema's van
eer, schuld en verlossi

'Een uitstekende roman. Breed verhalend, gedetailleerd, meeslepend, met veel wendingen en drama's in de plot. Als lezer hoef je niet veel meer te doen dan je te laten bekoren.'
– *NRC Handelsblad*

'Een intiem en authentiek verhaal over de verraden vriendschap van twee jongens – van de inval van de Russen tot het schrikbewind van de Taliban.' – *Het Parool*

'Hosseini geeft zijn geboorteland een kloppend hart.'
– *Algemeen Dagblad*

'Een mooi, ontroerend boek; overtuigend en onverbloemd.'
– *De Standaard*

'Een poëtisch boek over de vriendschap tussen twee jochies, onwetend van de wereld en het onrecht om hen heen.'
– *De Telegraaf*

'Een spannend en ontroerend boek over vriendschap, leugens en verraad.' – *Metro*

'Een juweeltje met prachtige beschrijvingen van het Afghaanse leven.' – Bettine Vriesekoop in *Plus-Magazine*

'Verbijsterend goed, schitterend van taal. De briljante, indrukwekkende plotwendingen maken deze roman onvergetelijk.' – *Publishers Weekly*

Dit boek is opgedragen aan
Haris en Farah,
die beiden de *noor* van mijn ogen zijn,
en aan de kinderen
van Afghanistan

Khaled Hosseini

De vliegeraar

Vertaling Miebeth van Horn

2004
DE BEZIGE BIJ
AMSTERDAM

Uitdrukkingen en begrippen die in de tekst voorkomen worden verklaard in de woordenlijst op p. 349.

Cargo is een imprint van uitgeverij De Bezige Bij, Amsterdam

Eerste druk augustus 2003
Vijfde druk december 2004
Oorspronkelijke titel *The Kite Runner*
Oorspronkelijke uitgever Riverhead Books, New York
Omslagontwerp Studio Jan de Boer
Omslagillustratie Bildhuset/ Corbis
Foto auteur Charmian Reading
Vormgeving binnenwerk Adriaan de Jonge
Druk Wöhrmann, Zutphen
ISBN 90 234 1661 9
NUR 302

1

December 2001

Op mijn twaalfde ben ik geworden wat ik nu ben, op een kille bewolkte dag in de winter van 1975. Ik herinner me nog precies het moment, weggekropen achter een afbrokkelende lemen muur, de steeg bij de bevroren beek in turend. Dat is lang geleden, maar ik heb geleerd dat het niet waar is wat ze over het verleden zeggen, dat je het kunt begraven. Als ik nu terugkijk, besef ik dat ik de afgelopen zesentwintig jaar die steeg in ben blijven gluren.

Op een dag afgelopen zomer belde mijn vriend Rahim Khan me uit Pakistan. Hij vroeg of ik hem kwam opzoeken. Staand in de keuken, met de hoorn tegen mijn oor, wist ik dat het niet zomaar Rahim Khan was die ik aan de lijn had. Het was mijn verleden van onbestrafte zonden. Toen ik had opgehangen ging ik op pad om een wandeling te maken langs het Spreckelsmeer aan de noordkant van het Golden Gate-park. De vroegemiddagzon glinsterde op het water, waar miniatuurbootjes zeilden, voortgestuwd door een stevige bries. Toen keek ik omhoog en zag een paar vliegers, rood met een lange blauwe staart, hoog in de lucht. Ze dansten ver boven de bomen aan de westrand van het park, boven de molens, zij aan zij zwevend als een stel ogen die neerkeken op San Francisco, de stad die ik nu als mijn thuishaven beschouw. En plotseling fluisterde Hassans stem in mijn hoofd: *Voor u doe ik alles.* Hassan, de vliegeraar met de hazenlip.

Ik ging op een bank zitten bij een wilg. Ik dacht na over iets wat Rahim Khan vlak voor hij ophing gezegd had, bijna als iets wat hem net te binnen schoot. *Er is een manier om het goed te maken*. Ik keek omhoog naar die twee vliegers. Ik dacht aan Hassan. Aan Baba. Ali. Kabul. Ik dacht aan het leven dat ik geleid had tot de winter van 1975 inviel en alles anders maakte. En mij maakte tot wat ik nu ben.

2

Toen we klein waren, klommen Hassan en ik vaak in de populieren langs de oprijlaan van mijn vaders huis en pestten onze buren door met een scherf van een spiegel de zon in hun huis te laten reflecteren. Dan gingen we tegenover elkaar op een paar hoge takken zitten met bungelende blote voeten, onze zakken vol gedroogde moerbeien en walnoten. Om de beurt gebruikten we de spiegel terwijl we moerbeien aten, en elkaar daar giechelend en lachend mee bekogelden. Ik zie Hassan nog steeds hoog in die boom zitten, zijn bijna volmaakt ronde gezicht, een gezicht van een uit hardhout gesneden Chinese pop, vlekkerig beschenen door het zonlicht dat door de bladeren viel: zijn platte, brede neus en scheefstaande smalle ogen als bamboebladeren, ogen die afhankelijk van het licht goud, groen, en zelfs saffierblauw leken. Ik zie nog zijn kleine laaggeplaatste oren en het puntige kinnetje, een vlezig aanhangsel dat eruitzag alsof het bij nader inzien nog even tegen zijn gezicht geplakt was. En de gespleten lip, net iets links van het midden, waar het instrument van de Chinese poppenmaker misschien was uitgeschoten, of misschien was hij gewoon moe en slordig geworden.

Soms als we in zo'n boom zaten haalde ik Hassan over om met zijn katapult walnoten te schieten naar de eenogige herdershond van de buren. Hassan wilde dat nooit, maar als ik het hem heel dringend vroeg, kon hij niet blijven weigeren. Hassan weigerde me nooit iets. En hij had een dodelijk schot over zich. Hassans vader, Ali, betrapte ons vaak en werd dan kwaad, voorzover een zachtmoedig mens als Ali kwaad kon worden. Hij zwaaide met een vermanende vinger naar ons en gebaarde dat we uit de boom moesten komen. Hij pakte ons de spiegel af en vertelde wat zijn moeder hem verteld had: dat de duivel ook met spiegels scheen, om moslims tijdens het gebed af te leiden. 'En hij lacht erbij,' voegde hij er altijd aan toe, met een afkeurende blik naar zijn zoon.

'Ja, vader,' mompelde Hassan dan met zijn blik op zijn voeten gericht. Maar hij verklikte me nooit. Hij zei nooit dat de spiegel altijd mijn idee was, net als het walnoten schieten naar de hond van de buren.

De populieren stonden langs een oprijlaan van rode straatstenen die naar een smeedijzeren hek liep. Dat hek gaf toegang tot een voortzetting van de oprijlaan die het landgoed van mijn vader in liep. Het huis lag aan de linkerkant van het bestrate pad, de achtertuin aan het eind ervan.

Iedereen was het erover eens dat mijn vader het mooiste huis had gebouwd van de hele Wazir Akbar Khan-wijk, een nieuwe, welvarende wijk in het noordelijke deel van Kabul. Een brede opgang met aan weerskanten rozenstruiken leidde naar het uitgestrekte huis met de marmeren vloeren en de brede ramen. De vloeren van de vier badkamers waren belegd met rijkversierde mozaïektegels, door Baba zelf uitgekozen in Isfahan. Goudbestikte tapijten, die Baba in Calcutta gekocht had, hingen aan de muren; een kristallen kroonluchter hing aan het gewelfde plafond. Boven waren mijn slaapkamer, Baba's kamer, en zijn studeerkamer, ook wel de 'rookkamer' genoemd, die altijd naar tabak en kaneel rook. Nadat Ali het diner geserveerd had zakten Baba en zijn vrienden onderuit op de zwarte leren stoelen in die kamer. Ze stopten hun pijp – iets wat Baba altijd het vetmesten van de pijp noemde – en bespraken hun drie lievelingsonderwerpen: politiek, zaken, voetbal. Soms vroeg ik Baba of ik bij hen mocht zitten, maar Baba stelde zich dan in de deuropening op. 'Vooruit, jij,' zei hij dan. 'Nu is het grotemensentijd. Ga jij nou maar in die boeken van je zitten lezen.' Daarna sloot hij de deur en ik bleef achter met de vraag waarom het voor hem altijd grotemensentijd was. Ik ging met opgetrokken knieën bij de deur zitten. Soms zat ik daar een uur, soms twee uur, naar hun gelach en hun geklets te luisteren.

De woonkamer beneden had een gebogen muur met speciaal daarvoor gebouwde kasten. In de kast stonden ingelijste familiefoto's: een oude, grofkorrelige foto van mijn grootvader en koning Nadir Shah uit 1931, twee jaar voordat de koning werd vermoord; ze staan bij een dood hert, met kniehoge laarzen aan en met geweren over hun schouder. Er was een foto van de bruiloft van mijn ouders: Baba elegant in zijn zwarte pak, mijn moeder een glimlachende prinses in het wit. En een van Baba en zijn beste vriend en zakelijk partner, Rahim Khan, die ernstig kijkend voor ons huis staan – ik ben op die foto nog een baby en Baba houdt me vast, moe en somber. Ik lig in zijn armen, maar mijn vingers omklemmen Rahim Khans pink.

De gebogen muur liep door naar de eetkamer met in het midden een mahoniehouten tafel, waar makkelijk dertig mensen aan konden zitten – en gegeven mijn vaders voorliefde voor extravagante feesten kwam dat ook bijna elke week voor. Aan de andere zijde van de eetkamer was een grote marmeren haard, die in de winter altijd verlicht werd door de oranje gloed van een vuur.

Een grote glazen schuifdeur gaf toegang tot een halfrond terras dat uitkeek op een achtertuin van een hectare en rijen kersenbomen. Baba en Ali hadden langs de oostelijke muur een kleine groentetuin aangelegd met tomaten, munt, pepers en een rij maïs die nooit goed aansloeg. Hassan en ik noemden het altijd de Muur der Noodlijdende Maïskolven.

Aan de zuidkant van de tuin, in de schaduw van een loquat, was het onderkomen van de bedienden, een bescheiden lemen hut waar Hassan met zijn vader woonde.

In dat hutje werd in de winter van 1964 Hassan geboren, net een jaar nadat mijn moeder in het kraambed gestorven was.

In de achttien jaar dat ik in dat huis woonde, kwam ik maar een doodenkele keer in het onderkomen van Ali en Hassan. Als de zon tot achter de heuvels gedaald was en we uitgespeeld waren, scheidden onze wegen zich. Ik liep langs de rozenstruiken naar Baba's landhuis, Hassan naar de lemen hut waar hij was geboren en waar hij al zijn hele leven woonde. Ik weet nog dat het er kaal en schoon was, vaag verlicht door een paar kerosinelampen. Aan weerszijden lagen tegenover elkaar twee matrassen, ertussenin een versleten Herati-kleed met gerafelde randen, een driepotige kruk, en een houten tafel in de hoek waar Hassan zijn tekeningen maakte. De muren waren kaal, afgezien van een enkel wandkleed met opgenaaide kralen die de woorden Allah-u-Akbar vormden. Baba had het op een van zijn reizen voor Ali gekocht in Mashad.

In dat hutje bracht Hassans moeder Sanaubar hem ter wereld op een koude winterdag in 1963. Mijn moeder bloedde tijdens de bevalling dood, Hassan verloor zijn moeder minder dan een week na zijn geboorte. Hij raakte haar kwijt aan een lot dat de meeste Afghanen veel erger vinden dan de dood: ze ging ervandoor met een troep reizende zangers en dansers.

Hassan praatte nooit over zijn moeder, alsof ze nooit bestaan had. Ik vroeg me altijd af of hij over haar droomde, over hoe ze eruitzag, waar ze was. Ik vroeg me af of hij haar wilde ontmoeten. Hunkerde hij naar haar, zoals ik hunkerde naar de moeder die ik nooit ontmoet had? Op een dag liepen wij van mijn vaders huis naar Cinema Zainab om een nieuwe Iraanse film te gaan zien, en we staken door via de legerbarakken bij de Istiqlal-middenschool – Baba had ons verboden om dat te doen, maar hij zat op dat moment met Rahim Khan in Pakistan. We klommen over het hek rond de barakken, sprongen over een beekje, en kwamen op het open veld waar afgedankte tanks stonden te verstoffen. Een groepje soldaten zat weggedoken in de schaduw van een van die tanks te roken en te kaarten. Een van hen zag ons, gaf de vent naast zich een por, en riep Hassan.

'Hé, jij daar!' zei hij. 'Ik ken jou.'

Wij hadden hem nog nooit gezien. Het was een gedrongen man met een kaalgeschoren hoofd en zwarte baardstoppels. De manier waarop hij naar ons grijnsde joeg me angst aan. 'Gewoon doorlopen,' mompelde ik tegen Hassan.

'Hé, jij daar! Hazara! Kijk me aan als ik tegen je praat!' blafte de soldaat. Hij gaf zijn sigaret aan de vent naast hem en vormde met zijn duim en zijn wijsvinger een cirkel. Hij stak de middelvinger van de andere hand door de cirkel. Hij bewoog hem erin en eruit. Erin en eruit. 'Ik heb je moeder gekend, wist je dat? Ik heb haar heel goed gekend. Ik heb haar nog vanachteren gepakt, bij die beek daar verderop.'

De soldaten lachten. Een van hen slaakte een gilletje. Ik zei tegen Hassan dat hij gewoon moest doorlopen.

'Wat had die meid een lekker strak kutje!' zei de soldaat terwijl hij grijnzend de anderen de hand schudde. Later in het donker, toen de film begonnen was, hoorde ik Hassan naast me onderdrukt snikken. Tranen gleden over zijn wangen. Ik stak mijn arm uit en sloeg hem om hem heen, trok hem tegen me aan. Hij legde zijn hoofd op mijn schouder. 'Hij zag je voor iemand anders aan,' fluisterde ik, 'hij zag je voor iemand anders aan.'

Ik heb gehoord dat niemand ervan opkeek toen Sanaubar de benen nam. De mensen hadden hun wenkbrauwen opgetrokken toen Ali, een man die de koran uit zijn hoofd kende, met Sanaubar trouwde, een vrouw die negentien jaar jonger was, een mooie vrouw die berucht was om haar zedeloosheid en die eerloze reputatie waarmaakte. Net als Ali was ze een sji'iet en hoorde ze bij de bevolkingsgroep der Hazara's. Bovendien was ze een volle nicht van hem en daarom was ze aangewezen als zijn bruid. Maar afgezien van deze overeenkomsten hadden Ali en Sanaubar vooral wat hun uiterlijk betreft niets gemeen. Het gerucht gaat dat Sanaubars stralende groene ogen en ondeugende gezicht talloze mannen tot zonde verleidden, terwijl Ali een aangeboren verlamming aan zijn onderste gezichtsspieren had waardoor hij niet kon glimlachen en zijn gezicht altijd grimmig stond. Het was heel vreemd om Ali's onbewogen gezicht gelukkig of treurig te zien, omdat alleen zijn schuinstaande bruine ogen een glimlach uitstraalden of van droefheid overliepen. Men zegt dat de ogen de spiegels van de ziel zijn. Voor niemand gold dat meer dan voor Ali, die zichzelf alleen via zijn ogen kon laten zien.

Ik heb gehoord dat Sanaubars suggestieve loop en wiegende heupen mannen deden dagdromen over ontrouw. Maar Ali had aan polio een verwrongen, geatrofieerd rechterbeen overgehouden, niet meer dan grauw vel over been met een dun laagje spieren ertussen. Ik herinner me een dag, toen ik acht was, dat Ali me meenam naar de bazaar om *naan*, te kopen. Ik liep achter hem te neuriën en probeerde zijn loop te imiteren. Ik keek hoe hij zijn schriele been uitzwaaide, zag hoe zijn hele lichaam onmogelijk scheef naar rechts kwam te hangen als hij die voet neerzette. Het was een klein wonder dat hij niet bij elke stap die hij zette omsloeg. Toen ik het probeerde viel ik bijna in de goot. Ik moest erom gniffelen. Ali draaide zich om en zag dat ik hem nadeed. Hij zei niets. Toen niet en later ook niet. Hij liep gewoon door.

Ali's gezicht en zijn manier van lopen joegen sommige kleine kinderen bij ons in de buurt angst aan. Maar de oudere kinderen waren pas echt een probleem. Ze zaten op straat achter hem aan en bespotten hem als hij voorbijhobbelde. Sommigen waren hem *Babaloe* gaan noemen, boeman. 'Hé, Babaloe, wie heb je vandaag nou weer opgegeten?' schreeuwden ze onder luid gelach. 'Wie heb je opgegeten, Babaloe met je platte neus?'

Ze hadden het over zijn platte neus vanwege Ali's en Hassans karakteristieke mongoloïde trekken. Jarenlang was dat het enige wat ik van de Hazara's wist: dat het afstammelingen van de Moguls waren, en dat ze er een beetje als Chinezen uitzagen. In schoolboeken werden ze nauwelijks genoemd, er werd alleen even zijdelings aan hun voorouders gerefereerd. Toen ik op een dag in Baba's studeerkamer in zijn spullen snuffelde, vond ik een van de oude geschiedenisboeken van mijn moeder. Het was geschreven door een Iraniër die Khorami heette. Ik blies het stof eraf, smokkelde het die avond mee naar bed en kwam er tot mijn verbijstering achter dat er een heel hoofdstuk in stond over de geschiedenis van de Hazara's. Een heel hoofdstuk gewijd aan het volk van Hassan! Ik las dat mijn volk, de Pashtun, de Hazara's vervolgd en onderdrukt had. Dat de Hazara's door de eeuwen heen steeds weer geprobeerd hadden vrij te worden, maar dat de Pashtuns 'hen met onuitsprekelijke gewelddadigheid hadden onderdrukt'. In het boek stond dat mijn volk de Hazara's had vermoord en gemarteld, hun huizen had platgebrand en hun vrouwen had verkocht. Een van de redenen dat de Pashtun de Hazara's afslachtten was dat de Pashtun soennieten waren, terwijl de Hazara's sji'ieten waren. Er stonden een hoop dingen in die ik niet wist, dingen waar mijn leraren het niet over gehad hadden. Dingen waar Baba het ook niet over gehad had. Er stonden ook dingen in die ik wel wist, zoals dat mensen Hazara's muizenetende, platneuzige pakezels noemden. Ik had sommige jongens uit de buurt die dingen naar Hassan horen roepen.

De week daarop liet ik na school het boek aan mijn leraar zien en ik wees naar het hoofdstuk over de Hazara's. Hij bladerde het even door, grinnikte, gaf het boek terug. 'Dat is het enige waar sji'ieten goed in zijn,' zei hij, terwijl hij zijn papieren oppakte, 'zichzelf als martelaren afschilderen.' Hij trok zijn neus op toen hij het woord 'sji'ieten' uitsprak, alsof het een ziekte was.

Maar ondanks hun gedeelde etnische achtergrond en hun verwantschap beschimpte Sanaubar Ali net zo erg als de kinderen uit de buurt. Ik heb gehoord dat ze geen geheim maakte van haar minachting voor zijn uiterlijk.

'Moet dit een echtgenoot voorstellen?' hoonde ze soms. 'Ik ken oude ezels die een betere echtgenoot zouden zijn.'

Uiteindelijk vermoedden de meeste mensen dat het huwelijk was bekokstoofd door Ali en zijn oom, Sanaubars vader. Ze zeiden dat Ali met zijn nicht getrouwd was om te helpen de bezoedelde naam van zijn oom enigszins in ere te herstellen.

Ali nam nooit wraak op zijn kwellers, waarschijnlijk voor een deel omdat hij ze met dat achter hem aan slepende verwrongen been toch nooit te pakken zou krijgen. Maar vooral omdat hij immuun was voor de beledigingen van zijn kwelgeesten; hij had zijn vreugde gevonden, zijn tegengif, op het moment dat Sanaubar Hassan ter wereld had gebracht. Het was een doodsimpele aangelegenheid geweest. Geen verloskundige, geen anesthesist, geen dure bewakingsapparatuur. Alleen Sanaubar die op een vlekkerige kale matras lag, met Ali en een vroedvrouw om haar te helpen. Ze had niet veel hulp nodig gehad, want bij zijn geboorte was Hassan zijn natuur al trouw: hij was niet in staat om iemand pijn te doen. Een paar keer kreunen, een paar keer persen, en Hassan kwam er al uit. Glimlachend en wel.

De praatzieke vroedvrouw had het aan de dienstmeid van de buren toevertrouwd en die had het vervolgens doorverteld aan iedereen die maar wilde luisteren: Sanaubar wierp een blik op de baby in Ali's armen, zag de hazenlip, en liet een bittere lach horen.

'Kijk aan,' had ze gezegd, 'nou heb je je eigen idiote kind om voor je te glimlachen!' Ze had Hassan niet eens willen vasthouden, en vijf dagen later was ze vertrokken.

Baba nam dezelfde voedster die mij gezoogd had in de arm om Hassan te zogen. Ali vertelde ons dat het een blauwogige Hazara-vrouw uit Bamiyan was, de stad met de reusachtige boeddhabeelden. 'Wat had ze een prachtige zangstem,' zei hij vaak tegen ons.

Wat zong ze, vroegen Hassan en ik altijd, al wisten we het allang – Ali had het ons talloze malen verteld. We wilden Ali alleen horen zingen.

Dan schraapte hij zijn keel en begon:

Op een hoge berg stond ik,
En riep de naam van Ali, de leeuw van God,
O Ali, leeuw van God, koning der mensen,
Breng vreugde in ons bedroefde hart.

Dan herinnerde hij ons eraan dat er een broederschap bestond tussen mensen die aan dezelfde borst gedronken hadden, een verwantschap die zelfs de tijd niet kon verbreken.

Hassan en ik hadden aan dezelfde borsten gedronken. We hadden onze eerste stappen op hetzelfde grasveld en in dezelfde achtertuin gezet. En onder hetzelfde dak hadden we onze eerste woordjes gezegd.

Het mijne was *Baba*.

Het zijne was *Amir*. Mijn naam.

Als ik nu terugkijk denk ik dat de basis van wat er in de winter van 1975 gebeurde – en alles wat erop volgde – al met die eerste woorden was gelegd.

3

Het verhaal wil dat mijn vader ooit in Baluchistan met zijn blote handen een zwarte beer tegen de grond heeft gewerkt. Als het een verhaal over iemand anders geweest was, zou het zijn afgedaan als *laaf*, die Afghaanse neiging tot overdrijving – helaas bijna een nationale aandoening; als iemand opschepte dat zijn zoon arts was, was de kans groot dat de jongen op de middelbare school ooit een voldoende voor een biologieproefwerk gehaald had. Maar niemand twijfelde ooit aan het waarheidsgehalte van een verhaal over Baba. En als ze het wel deden had Baba altijd nog de drie evenwijdige littekens die rafelig over zijn rug liepen. Ik heb me die worstelpartij van Baba talloze keren voorgesteld, ik heb er zelfs over gedroomd. En in die dromen kan ik Baba nooit van de beer onderscheiden.

Rahim Khan was de eerste die hem de naam gaf die later Baba's beroemde bijnaam werd, *Toofaan agha*, oftewel meneer Orkaan. Het was een heel toepasselijke bijnaam. Mijn vader was een natuurkracht, een uit de kluiten gewassen exemplaar van de Pashtun, met een volle baard, een woeste bos bruine krullen, even tegendraads als de man zelf, handen die eruitzagen alsof ze in staat waren een wilg uit de grond te rukken, en felle zwarte ogen die 'de duivel smekend om genade op de knieën konden dwingen', zoals Rahim Khan altijd zei. Als hij met zijn geweldige lengte van een meter tweeënnegentig op een feest de kamer binnen kwam gestampt, trok hij alle ogen naar zich toe, als zonnebloemen die zich naar de zon wenden.

Baba was zelfs als hij sliep niet over het hoofd te zien. Ik stopte altijd plukjes watten in mijn oren en trok de deken over mijn hoofd, en dan nog drong het geluid van Baba's gesnurk –

dat veel weg had van het ronken van een vrachtwagenmotor – door de muren heen. En mijn kamer was helemaal aan de andere kant van de hal. Hoe mijn moeder ooit kans gezien heeft in dezelfde kamer te slapen als hij is me een raadsel. Dat staat op de lange lijst dingen die ik mijn moeder had willen vragen als ik haar ooit ontmoet had.

Eind jaren zestig, toen ik zo'n jaar of vijf, zes was, besloot Baba een weeshuis te bouwen. Ik hoorde het verhaal van Rahim Khan. Hij vertelde dat Baba zelf de bouwtekeningen had gemaakt, al had hij geen enkele architectonische ervaring. Sceptici hadden er bij hem op aangedrongen ermee op te houden en een architect in de arm te nemen. Natuurlijk weigerde Baba dat en iedereen schudde ontzet zijn hoofd over zoveel koppigheid. Toen slaagde Baba en iedereen schudde geïmponeerd zijn hoofd over zo'n triomf. Baba betaalde de bouw van het twee verdiepingen hoge weeshuis, vlak achter de hoofdstraat van Jadeh Maywand ten zuiden van de rivier de Kabul, uit zijn eigen zak. Rahim Khan vertelde dat Baba het hele project had gefinancierd: de technici, de elektriciens, de loodgieters en de bouwvakkers, en niet te vergeten de ambtenaren wier 'snorren geolied moesten worden'.

De bouw van het weeshuis kostte drie jaar. Ik was inmiddels acht. Ik weet nog dat Baba me de dag voordat het weeshuis geopend zou worden meenam naar het Ghargha-meer, een paar kilometer ten noorden van Kabul. Hij zei dat ik Hassan ook moest halen, maar ik loog dat die aan de diarree was; ik wilde Baba voor mezelf hebben. En bovendien, toen Hassan en ik een keer bij het Ghargha-meer steentjes keilden, liet Hassan het zijne acht keer opspringen. Ik kwam niet verder dan vijf. Baba stond erbij te kijken en hij klopte Hassan op zijn rug. Hij sloeg zelfs zijn arm om hem heen.

We zaten aan een picknicktafel op de oever van het meer, alleen Baba en ik, en we aten gekookte eieren met *kofta*-broodjes – gehakt en augurk gewikkeld in naan. Het water was diepblauw en het zonlicht glinsterde op het glasheldere oppervlak. Op vrijdag wemelde het bij het meer van de gezinnen die van een dag in de zon genoten. Maar het was midden in de week en alleen Baba en ik waren er, en een stel langharige, bebaarde toeristen – hippies had ik ze horen noemen. Ze zaten op de kade, hun voeten in het water bungelend, hengels in de hand. Ik vroeg Baba waarom zij hun haar lieten groeien, maar Baba gromde en gaf geen antwoord. Hij was zijn toespraak voor de volgende dag aan het voorbereiden, bladerde door een wirwar van handbeschreven vellen papier, maakte hier en daar met potlood een notitie. Ik hapte in mijn ei en vroeg Baba of het waar was wat een jongen op school me verteld had: dat als je een stukje eierschaal opat, je het weer moest uitplassen. Baba gromde weer.

Ik nam een hap van mijn brood. Een van de lichtblonde toeristen lachte en sloeg de ander op zijn rug. In de verte aan de overkant van het meer zwoegde een vrachtwagen de bocht om op de heuvel. Zonlicht twinkelde in zijn zijspiegel.

'Ik denk dat ik *saratan* heb,' zei ik. Kanker. Baba keek omhoog van de papieren die in de wind wapperden. Zei dat ik dat flesje prik best zelf kon gaan halen, ik hoefde alleen maar in de kofferbak van de auto te kijken.

De volgende dag hadden ze buiten voor het weeshuis te weinig stoelen staan. Een hoop mensen moesten blijven staan om naar de openingsceremonie te kijken. Het was een winderige dag, en ik zat achter Baba op het kleine podium vlak naast de hoofdingang van het nieuwe gebouw. Baba had een groen pak aan en hij had een muts van astrakan op. Halverwege de toespraak blies de wind zijn muts af en iedereen moest lachen. Hij gebaarde dat ik zijn muts moest vasthouden en dat deed ik graag, want dan kon iedereen zien dat hij mijn vader was, mijn Baba. Hij draaide zich om naar de microfoon en zei dat hij hoopte dat het gebouw steviger was dan zijn muts, en weer moest iedereen lachen. Toen Baba klaar was met zijn toespraak stonden de mensen op en juichten. Ze bleven een hele tijd klappen. Naderhand kwamen mensen hem de hand schudden. Sommigen woelden door mijn haar en gaven mij ook een hand. Ik was zo trots op Baba, op ons.

Maar ondanks Baba's successen twijfelden mensen altijd aan hem. Ze zeiden tegen Baba dat een bedrijf leiden hem niet in het bloed zat en dat hij net als zijn vader rechten moest gaan studeren. En dus bewees Baba dat ze er allemaal naast zaten door niet alleen een bedrijf te leiden maar ook nog eens een van de rijkste kooplieden in Kabul te worden. Baba en Rahim Khan zetten een geweldig goed lopende tapijtexportfirma op, twee apotheken, en een restaurant.

Toen mensen spottend zeiden dat Baba nooit een goed huwelijk zou sluiten – hij was tenslotte niet van koninklijken bloede – trouwde hij met mijn moeder, Sofia Akrami, een heel ontwikkelde vrouw, die algemeen beschouwd werd als een van de meest geachte, mooie en deugdzame vrouwen van Kabul. Ze doceerde klassieke Farsi-literatuur aan de universiteit en stamde af van de koninklijke familie, een feit dat mijn vader de sceptici speels onder de neus wreef door aan haar te refereren als 'mijn prinses'.

Met mij als flagrante uitzondering zette mijn vader de wereld om zich heen naar zijn hand. Het probleem was natuurlijk dat Baba de wereld in zwart en wit zag. En hij bepaalde wat zwart was en wat wit. Van iemand die zo leeft kun je niet houden zonder ook bang voor hem te zijn. En hem zelfs een beetje te haten.

Toen ik in de vijfde klas van de oude Istiqlal-middenschool zat, hadden we een mullah die ons lesgaf over de islam. Hij heette mullah Fatiullah Khan en was een kleine, gezette man met een gezicht vol littekens van de acne en een barse stem. Hij onderwees ons over de deugden van *zakat* en de plicht tot *hadj*, hij leerde ons de fijne kneepjes van de vijf dagelijkse *namaz*-gebeden, en liet ons verzen uit de koran uit ons hoofd leren – en al vertaalde hij nooit de woorden voor ons, hij benadrukte wel, soms met gebruik van een ontbladerde wilgentak, dat we de Arabische woorden goed moesten uitspreken zodat God ons beter kon verstaan. Op een dag vertelde hij dat de islam drinken als een verschrikkelijke zonde beschouwde; wie dronk zou zich op de dag van de *Qiyamat*, de Dag des Oordeels, voor zijn zonde moeten verantwoorden. In die tijd was drinken in Kabul tamelijk normaal. Niemand ranselde je er publiekelijk voor af, maar Afghanen die dronken deden dat uit respect in afzondering. Mensen kochten hun Schotse whisky als 'medicijn' in een bruine papieren zak bij bepaalde apotheken. Ze vertrokken met de zak goed weggestopt, en kregen soms een steelse, afkeurende blik toegeworpen van mensen die de reputatie van dat soort winkels kenden.

We waren in Baba's studeerkamer, de rookkamer, toen ik vertelde wat mullah Fatiullah Khan ons tijdens de les onderwezen had. Baba schonk zichzelf net een whisky in bij de bar die hij in de hoek van de kamer had gemaakt. Hij luisterde, knikte, nam een slok uit zijn glas. Toen liet hij zich op de leren bank zakken, zette zijn glas neer en nam mij op schoot. Ik had het gevoel alsof ik op twee boomstammen zat. Hij haalde diep adem en ademde uit door zijn neus, de lucht siste een eeuwigheid door zijn snor. Ik wist niet of ik hem nu wilde omarmen of in doodsangst van zijn schoot wilde springen.

'Kennelijk verwar je wat je op school leert met echt onderwijs,' zei hij met zijn zware stem.

'Maar als het waar is wat hij zegt, bent u dan een zondaar, Baba?'

'Hmm.' Baba vermorzelde een ijsklontje tussen zijn tanden. 'Wil je weten wat je vader over zonde denkt?'

'Ja.'

'Dan zal ik je dat vertellen,' zei Baba, 'maar één ding moet je eerst goed begrijpen, Amir: je zult van die bebaarde idioten nooit ofte nimmer iets van waarde opsteken.'

'Bedoelt u mullah Fatiullah Khan?'

Baba maakte een gebaar met zijn glas. Het ijs tinkelde. 'Ik bedoel al die types. Pis op de baard van al die starre apen.'

Ik begon te giechelen. Het beeld van Baba die op de baard van wat voor aap dan ook aan het pissen was, werd me te veel.

'Die doen niets anders dan hun bidkralen bevoelen en reciteren uit een boek in een taal die ze niet eens begrijpen.'

'Maar mullah Fatiullah Khan lijkt best aardig,' kon ik nog net tussen uitbarstingen van gegiechel uitbrengen.

'Dat leek Djengis Khan ook,' zei Baba. 'Maar zo is het wel weer genoeg. Je vroeg naar de zonde en dat zal ik je vertellen. Luister je?'

'Ja,' zei ik en ik perste mijn lippen op elkaar. Maar er ontsnapte een grinnik door mijn neus en dat maakte een snurkend geluid, waar ik weer van moest giechelen.

Baba's onbewogen ogen boorden zich in de mijne, en meteen was het lachen me vergaan. 'Ik wil van man tot man met je praten. Denk je dat je dat voor één keer voor elkaar krijgt?'

'Ja, Baba *jaan*,' mompelde ik, en ik verbaasde me hoe zo'n paar woorden van Baba staken, en niet voor de eerste keer. We hadden even een goed moment gehad – het kwam niet vaak voor dat Baba met me praatte, laat staan met mij op zijn schoot – en het was dom van me geweest om dat te verspillen.

'Goed,' zei Baba, maar zijn ogen twijfelden, 'luister. Wat de mullah ook mag beweren, er is slechts één zonde, en niet meer dan een. En dat is diefstal. Elke andere zonde is een variatie op diefstal. Begrijp je dat?'

'Nee, Baba jaan,' zei ik, en ik wilde wanhopig graag dat het wel zo was. Ik wilde hem niet weer teleurstellen.

Baba slaakte een zucht van ongeduld. Dat stak me ook, want hij was geen ongeduldig man. Ik herinnerde me alle keren dat hij pas na donker was thuisgekomen, alle keren dat ik alleen gegeten had. Dan vroeg ik Ali waar Baba was, wanneer hij thuis zou komen, al wist ik best dat hij op de bouwplaats was om het een of ander in de gaten te houden. Vergde dat geen geduld? Ik had inmiddels een behoorlijke hekel aan alle kinderen voor wie hij dat weeshuis bouwde; soms wilde ik dat ze samen met hun ouders waren doodgegaan.

'Als je iemand vermoordt, steel je een leven,' zei Baba. 'Je steelt het recht van zijn vrouw op een echtgenoot, berooft zijn kinderen van een vader. Als je een leugen vertelt, steel je iemands recht op de waarheid. Als je iemand bedriegt, steel je zijn recht op een rechtvaardige behandeling. Kun je dat volgen?'

Dat kon ik. Toen Baba zes was, liep er midden in de nacht een dief het huis van mijn grootvader binnen. Mijn grootvader, die als rechter in hoog aanzien stond, betrapte hem, maar de dief doodde hem met een enkele steek in zijn keel en beroofde Baba van zijn vader. De dorpelingen vingen de moordenaar de volgende dag, vlak voor twaalf uur 's middags; het bleek een zwerver te zijn uit de provincie Kunduz. Twee uur voor het middaggebed hingen ze hem op aan een tak van een eik. Rahim Khan was degene die me dat verhaal vertelde, niet Baba. Ik hoorde altijd van anderen allerlei dingen over Baba.

'Er is geen daad verachtelijker dan stelen, Amir,' zei Baba. 'Een man die zich iets toeëigent dat hem niet toekomt, of dat nu een leven is of een stuk naan... daar spuug ik op. En als ik ooit het pad van zo'n man mocht kruisen, moge God hem dan bijstaan. Begrijp je dat?'

Ik vond het idee van Baba die een dief aftuigt zowel opbeurend als angstaanjagend. 'Ja, Baba.'

'Als er een God is, dan mag ik hopen dat die belangrijkere dingen aan zijn hoofd heeft dan het feit dat ik whisky drink of varkensvlees eet. En nu van mijn schoot. Door al dat gepraat over zonde heb ik weer dorst gekregen.'

Ik keek hoe hij bij de bar zijn glas bijschonk en vroeg me af hoeveel tijd er zou verstrijken voor we weer zo met elkaar zouden praten. Want eerlijk gezegd had ik altijd het gevoel dat Baba een beetje een hekel aan me had. En waarom niet? Ik had tenslotte zijn geliefde vrouw vermoord, zijn mooie prinses, waar of niet? Ik had op z'n minst het fatsoen kunnen hebben om een beetje meer op hem te lijken. Maar ik leek niet op hem. Helemaal niet.

Op school deden we vaak een spel dat *Sherjangi* heette, oftewel het gevecht van de gedichten. De leraar Farsi leidde het spel en het ging zo: je droeg een dichtregel voor uit een gedicht en je tegenstander had zestig seconden de tijd om te antwoorden met een dichtregel die begon met dezelfde letter als waarmee de jouwe eindigde. Iedereen in de klas wilde mij in zijn team, want tegen de tijd dat ik elf was kon ik tientallen dichtregels van Khayyam, Hafez of uit Roemi's beroemde *Masnavî* voordragen. Ik heb een keer tegen de hele klas gespeeld en toen won ik nog. Die avond vertelde ik Baba erover, maar hij knikte alleen en mompelde: 'Goed zo.'

Zo ontsnapte ik aan de afstandelijkheid van mijn vader: in

de boeken van mijn overleden moeder. Daarmee, en dankzij Hassan, natuurlijk. Ik las alles: Roemi, Hafez, Saadi, Victor Hugo, Jules Verne, Mark Twain, Ian Fleming. Toen ik de boeken van mijn moeder uit had – niet de saaie geschiedenisboeken, daar had ik het niet zo op, maar de romans, de avonturenverhalen – begon ik mijn zakgeld aan boeken uit te geven. Ik kocht er elke week een in de boekwinkel bij Cinema Park, en ik sloeg ze op in kartonnen dozen toen er op de planken geen ruimte meer was.

Trouwen met een dichteres was natuurlijk nog tot daaraan toe, maar een zoon krijgen die liever met zijn neus in de poëziebundels zat dan te gaan jagen... Zo had Baba het zich vast niet voorgesteld, denk ik. Echte mannen lazen geen gedichten – en God verhoede dat ze die ooit zouden schrijven! Echte mannen – echte jongens – voetbalden, net als Baba gedaan had toen hij jong was. Dat was nou eens iets om enthousiast over te zijn. In 1970 nam Baba vrijaf van de bouw van het weeshuis en vloog naar Teheran om een maand lang op de televisie naar de wedstrijden om de wereldbeker te kijken, want indertijd waren er in Afghanistan nog geen tv's. Hij schreef me in bij voetbalclubs om bij mij hetzelfde enthousiasme wakker te maken. Maar ik bakte er niks van, ik was een blok aan het been van mijn eigen ploeg, ik zat altijd een mooie kans op een pass in de weg of blokkeerde onopzettelijk een vrije doorgang. Ik sukkelde op magere beentjes het veld rond, gilde om passes die nooit mijn kant op kwamen. En hoe harder ik mijn best deed, woest met mijn armen boven mijn hoofd zwaaiend en maar roepend: 'Ik sta vrij! Ik sta vrij!', hoe harder ik genegeerd werd. Maar Baba gaf het niet op. Toen het overduidelijk werd dat ik geen grammetje van zijn sportieve aanleg geërfd had, besloot hij dan toch op z'n minst een enthousiaste toeschouwer van me te maken. Dat zou ik toch wel voor elkaar krijgen, nietwaar? Zo lang mogelijk deed ik mijn best om geïnteresseerd te lijken. Ik juichte met hem mee als de ploeg van Kabul een doelpunt maakte tegen Kandahar en schreeuwde beledigingen naar de scheidsrechter als die een penalty tegen onze ploeg uitdeelde. Maar Baba voelde mijn gebrek aan oprechte interesse en legde zich neer bij het ellendige feit dat zijn zoon nooit zou voetballen en er ook nooit naar zou kijken.

Toen ik negen was nam Baba me mee naar het jaarlijkse *Buzkashi*-toernooi, dat op de eerste dag van de lente, nieuwjaarsdag, plaatsvond. Buzkashi was en is de nationale passie van Afghanistan. Een *tsjapandaz*, een uiterst bedreven ruiter die meestal door rijke aficionado's gesponsord wordt, moet het kadaver van een geit of een rund uit het gewoel zien weg te slepen, dat kadaver in volle galop het stadion rond dragen, en het dan op een doelplaat laten vallen, terwijl een heel stel andere tsjapandaz achter hem aan zitten en met alle middelen die hun ter beschikking staan – schoppen, krabben, met de zweep slaan, en stompen – proberen hem het kadaver te ontfutselen. Ik herinner me dat de menigte die dag brulde van opwinding toen de ruiters op het veld hun strijdkreten slaakten en zich in een stofwolk om het kadaver verdrongen. De grond trilde van het hoefgekletter. We zagen van hoog op de tribune hoe de ruiters in volle vaart krijsend en schreeuwend voorbijdenderden, terwijl het schuim hun paarden op de mond stond.

Op een bepaald moment wees Baba naar iemand. 'Zie je die man daar boven zitten met al die andere mannen om zich heen, Amir?'

Die zag ik.

'Dat is Henry Kissinger.'

'O,' zei ik. Ik wist niet wie Henry Kissinger was, en ik had het kunnen vragen. Maar op dat moment zag ik met afgrijzen hoe een van de tsjapandaz uit zijn zadel viel en door honderden hoeven vertrapt werd. Zijn lichaam werd in de voortjagende horde als een lappenpop heen en weer gegooid en kwam ten slotte rollend tot stilstand toen de paarden voorbijgedraafd waren. Hij schokte nog een keer en bleef toen bewegingloos liggen met zijn benen in een onnatuurlijke hoek, en zijn bloed doordrenkte het zand.

Ik begon te huilen.

Ik bleef de hele weg naar huis huilen. Ik kan me nog herinneren hoe Baba's handen het stuur omklemden. Klemden en ontspanden. En ik zal vooral nooit Baba's manmoedige pogingen vergeten om de afkeer op zijn gezicht te verbergen terwijl hij in stilte voortreed.

Later die avond kwam ik langs de studeerkamer van mijn vader en hoorde hem met Rahim Khan praten. Ik drukte mijn oor tegen de gesloten deur.

'... dankbaar dat hij gezond is,' zei Rahim Khan.

'Ik weet het, ik weet het. Maar hij zit altijd met zijn neus in de boeken, of hij sloft door het huis alsof hij in een droom verdwaald is.'

'Nou en?'

'Ik was vroeger heel anders.' Baba klonk gefrustreerd, bijna kwaad.

Rahim Khan lachte. 'Kinderen zijn geen kleurboeken. Je krijgt niet de gelegenheid om ze met je lievelingskleurtjes in te kleuren.'

'Maar moet je nou horen,' zei Baba, 'ik was echt heel anders, en de jongens waar ik mee opgegroeid ben ook.'

'Af en toe ben jij de meest egocentrische kerel die ik ken, weet je dat?' zei Rahim Khan. Hij was de enige die ik kende die zoiets zonder problemen tegen Baba kon zeggen.

'Daar heeft het niets mee te maken.'

'O nee?'

'Nee.'

'Met wat dan wel?'

Ik hoorde het leer van Baba's stoel kraken toen hij ging verzitten. Ik deed mijn ogen dicht en drukte mijn oor nog steviger tegen de deur aan, omdat ik het wilde horen en eigenlijk ook weer niet.

'Soms kijk ik uit het raam en dan zie ik hem met de buurjongens spelen. Ik zie hoe ze met hem sollen, hem zijn speelgoed afnemen, hem een duw geven, een klap verkopen. En hij vecht nooit terug. Nooit. Hij... Hij buigt gewoon zijn hoofd en... '

'Dus hij is niet gewelddadig,' zei Rahim Khan.

'Dat is niet wat ik bedoel, Rahim, en dat weet je best,' viel Baba uit. 'Er ontbreekt iets bij die jongen.'

'Ja, een gemeen trekje.'

'Zelfverdediging heeft niets te maken met gemeen zijn. Weet

je wat er altijd gebeurt als de jongens uit de buurt hem pesten? Hassan bemoeit zich ermee en verdedigt hem. Ik heb het met eigen ogen gezien. En als ze thuiskomen, zeg ik tegen hem: "Hoe komt Hassan aan die schram op zijn gezicht?" En dan zegt hij: "Hij is gevallen." Echt waar, Rahim, er ontbreekt iets bij die jongen.'

'Je moet hem zijn eigen weg laten vinden,' zei Rahim Khan.

'De weg waarheen?' zei Baba. 'Een jongen die niet voor zichzelf opkomt wordt een man die nergens tegen opgewassen is.'

'Zoals gewoonlijk stel je het wel weer erg simpel voor.'

'Volgens mij niet.'

'Je bent kwaad omdat je bang bent dat hij de zaak nooit van je over zal nemen.'

'Wie stelt hier de dingen nou veel te simpel voor?' zei Baba. 'Ik weet dat jullie elkaar erg graag mogen, en daar ben ik blij om. Jaloers, maar blij. Dat meen ik echt. Hij heeft iemand nodig die... hem begrijpt, want bij god, ik snap hem niet. Maar Amir heeft iets wat me dwarszit waar ik de vinger niet op kan leggen. Het is net of... ' Ik kon hem gewoon naar de juiste woorden zien zoeken. Hij ging zachter praten, maar ik kon het toch verstaan. 'Als ik niet met eigen ogen gezien had dat de dokter hem uit mijn vrouw trok, had ik nooit geloofd dat hij mijn zoon is.'

De volgende ochtend vroeg Hassan onder het klaarmaken van mijn ontbijt of me iets dwarszat. Ik viel tegen hem uit dat hij zich met zijn eigen zaken moest bemoeien.

Rahim Khan vergiste zich wat dat gemene trekje aangaat.

4

In 1933, het jaar dat Baba geboren werd en het jaar dat Zahir Shah aan zijn veertigjarige bewind over Afghanistan begon, gingen twee broers, jongemannen uit een rijke en gerespecteerde familie in Kabul, achter het stuur zitten van de Ford Roadster van hun vader. High van de hasjiesj en *mast* van de Franse wijn reden ze op de weg naar Paghman een Hazara-echtpaar dood. De politie bracht de enigszins schuldbewuste jongelui en het vijfjarige zoontje van het omgekomen echtpaar naar mijn grootvader, een in hoog aanzien staande rechter en een man met een smetteloze reputatie. Toen hij het verslag van de broers en de smeekbede om clementie van hun vader beluisterd had, beval mijn grootvader de twee jongelui onmiddellijk naar Kandahar te vertrekken en te tekenen voor een jaar bij het leger – ondanks het feit dat hun familie vrijstelling van dienstplicht voor hen had weten te regelen. Hun vader ging in discussie, maar niet al te fel, en uiteindelijk was iedereen het erover eens dat het een strenge maar rechtvaardige straf was geweest. Mijn grootvader nam de wees in zijn eigen huishouding op en vroeg de andere bedienden hem op te voeden maar wel vriendelijk voor hem te zijn. Die jongen was Ali.

Ali en Baba groeiden op als speelkameraadjes – dat wil zeggen, totdat de polio Ali kreupel maakte – net zoals Hassan en ik een generatie daarna opgroeiden. Baba vertelde ons altijd verhalen over het kattenkwaad dat Ali en hij uithaalden, en dan schudde Ali zijn hoofd en zei: 'Maar agha sahib, u moet wel vertellen wie de bedenker van dat kattenkwaad was en wie de arme uitvoerder.' Baba moest daar altijd om lachen en dan sloeg hij zijn arm om Ali heen.

Maar in geen van zijn verhalen noemde Baba Ali ooit zijn vriend.

Vreemd genoeg heb ik Hassan en mezelf ook nooit als vrienden beschouwd. In elk geval niet op de gebruikelijke manier. Ook al leerden we elkaar met losse handen te fietsen of van een kartonnen doos een camera te maken die ook nog eens echt werkte. Ook al lieten we hele winters lang samen vliegers op en joegen we samen op vliegers. Ook al is het gezicht van Afghanistan voor mij het gezicht van een jongen met smalle botten, een kaalgeschoren hoofd, en laaggeplaatste oren, een jongen met het gezicht van een Chinese pop waarop eeuwig een hazenlipglimlach straalt.

Dat maakt allemaal niet uit. De geschiedenis is immers niet makkelijk uit te vlakken. En godsdienst evenmin. Tenslotte was ik een Pashtun en hij een Hazara, was ik een soenniet en hij een sji'iet, en niets zou daar verandering in brengen. Niets.

Maar we waren jongens die samen hadden leren kruipen, en geschiedenis, ras, maatschappij en godsdienst konden daar evenmin iets aan veranderen. Ik heb de eerste twaalf jaar van mijn leven grotendeels spelend met Hassan doorgebracht. Soms lijkt mijn hele jeugd één lange luie zomer met Hassan, van achter elkaar aan zitten tussen de bosschages in mijn vaders achtertuin, verstoppertje spelen, agentje, cowboytje, insecten martelen – met als topprestatie ontegenzeggelijk die keer dat we de angel uit een bij getrokken hadden en het arme beestje met een touwtje hadden vastgemaakt zodat hij telkens als hij wilde wegvliegen werd teruggerukt.

We zaten achter kochi's aan, de nomaden die op weg naar de bergen in het noorden door Kabul trokken. We hoorden de karavaan dichterbij komen, het blaten van de schapen, het mekkeren van de geiten, het gerinkel van de bellen rond de nek van hun kamelen. We renden naar buiten om te zien hoe de karavaan door onze straat ploeterde, mannen met stoffige, verweerde gezichten en vrouwen in lange, kleurige sjaals en met kralen en zilveren banden rond hun polsen en enkels. We smeten kiezels naar hun geiten. We spoten water naar hun ezels. Ik kreeg Hassan zover dat hij op de Muur der Noodlijdende Maïskolven ging zitten om met zijn katapult kiezels tegen het achterwerk van de kamelen te schieten.

We zagen samen onze eerste western, *Rio Bravo* met John Wayne, in Cinema Park, tegenover mijn lievelingsboekwinkel. Ik herinner me nog dat ik Baba smeekte ons mee te nemen naar Iran om John Wayne te ontmoeten. Baba barstte uit in dat gelach van hem, van diep uit zijn keel – een geluid dat wel wat weg had van de motor van een vrachtwagen die wordt aangejaagd – en toen hij weer kon praten legde hij ons uit dat John Wayne helemaal geen Farsi sprak en dat hij geen Iraniër was! Hij was Amerikaan, net als de vriendelijke, luie langharige mannen en vrouwen die we altijd in Kabul zagen rondhangen in hun rafelige, felgekleurde hemden. We zagen *Rio Bravo* drie keer, maar onze lievelingsfilm, *The Magnificent Seven*, zagen we dertien keer. Elke keer weer moesten we aan het eind huilen als de Mexicaanse kinderen Charles Bronson gingen begraven – die ook al geen Iraniër bleek te zijn.

We wandelden rond in de muf ruikende bazaars van de Shar-i-Nau-wijk in Kabul, oftewel De Nieuwe Stad, ten westen van de Wazir Akbar Khan-wijk. We hadden het over de film die we net gezien hadden en liepen rond tussen de krioelende menigte *bazarri's*. We zigzagden tussen kooplui, bedelaars en karren door, zwierven door de smalle stegen stampvol minieme winkeltjes met open voorkant. Baba gaf ons allebei elke week tien afghani zakgeld en we gaven dat uit aan warme Coca-Cola en rozenwaterijs met gehakte pistachenoten erop.

Tijdens het schooljaar hadden we een vast dagelijks patroon. Tegen de tijd dat ik mezelf uit bed gesleept had en naar de badkamer gestrompeld was, had Hassan zich al gewassen, met Ali zijn ochtendnamaz gebeden, en mijn ontbijt klaargemaakt: hete zwarte thee met drie klontjes suiker en een stuk geroosterde naan, besmeerd met de zurekersenmarmelade waar ik zo dol op was, alles netjes op de eettafel uitgestald. Terwijl ik at en over mijn huiswerk klaagde, maakte Hassan mijn bed op, poetste hij mijn schoenen, streek mijn kleren voor die dag, en pakte mijn boeken en potloden in. Ik hoorde hem altijd in de vestibule voor zich heen oude Hazara-liedjes zingen met zijn nasale stem. Daarna reden Baba en ik weg in zijn zwarte Ford Mustang – een auto die altijd afgunstige blikken trok omdat het dezelfde wagen was als waarin Steve McQueen in *Bullit* rondreed, een film die bij ons een halfjaar lang in een theater draaide. Hassan bleef thuis om Ali met de huishoudelijke karweitjes te helpen: met de hand vuile kleren wassen en ze in de achtertuin te drogen hangen, de vloeren vegen, in de bazaar verse naan kopen, vlees voor het avondeten marineren, het gazon sproeien.

Na school kwamen Hassan en ik bij elkaar, we graaiden een boek mee en draafden een komvormige heuvel op, even ten noorden van mijn vaders landgoed in Wazir Akbar Khan. Op de top van de heuvel lag een oude, verlaten begraafplaats met rommelige rijen ongemarkeerde grafstenen en een wirwar van kreupelhout dat de paden verstikte. Door seizoenen van regen en sneeuw was het ijzeren hek verroest en waren de lage witte muren van de begraafplaats gaan afbrokkelen. Vlak bij de ingang stond een granaatappelboom. Op een zomerdag kerfde ik met een van Hassans keukenmessen onze namen in de stam: 'Amir en Hassan, de sultans van Kabul.' Met die woorden was het officieel geworden: de boom was van ons. Na school klommen Hassan en ik over de takken en pikten de bloedrode granaatappels. Als we de vruchten op hadden en onze handen aan het gras hadden afgeveegd, las ik Hassan voor.

In kleermakerszit, en met zonlicht en de schaduwen van granaatappelbladeren dansend op zijn gezicht, plukte Hassan afwezig grassprieten terwijl ik hem verhalen voorlas die hij zelf niet kon lezen. Dat Hassan als analfabeet zou opgroeien, net als Ali en de meeste Hazara's, stond al vast toen hij geboren werd, of misschien zelfs al op het moment dat hij in Sanaubars ongastvrije baarmoeder verwekt werd – want wat heeft een bediende nou helemaal aan het geschreven woord? Maar al kon hij niet lezen en schrijven, of misschien wel juist daardoor, Hassan werd aangetrokken door het mysterie van woorden, verleid door een geheime wereld die hij niet mocht betreden. Ik las hem gedichten en verhalen voor, en soms raadsels – al stopte ik daarmee toen ik merkte dat hij die veel sneller oploste dan ik. Dus las ik hem makkelijke dingen voor, zoals de lotgevallen van de klungelende mullah Nasruddin en zijn ezel. We zaten urenlang onder die boom, tot de zon in het westen verdween, en Hassan bleef maar volhouden dat we genoeg daglicht hadden voor nog één verhaal, nog één hoofdstuk.

Het leukste aan het voorlezen vond ik als we een moeilijk woord tegenkwamen dat hij niet kende. Dan plaagde ik hem en liet ik duidelijk merken hoe onwetend hij was. Op een keer dat ik hem een verhaal over mullah Nasruddin voorlas onderbrak hij me. 'Wat betekent dat woord?'

'Welk woord?'

'"Imbeciel."'

'Weet je niet wat dat betekent?' zei ik grijnzend.

'Nee, Amir agha.'

'Maar het is een doodgewoon woord!'

'En toch weet ik het niet.' Als hij zich al door mijn geplaag gekwetst voelde, was dat niet van zijn glimlachende gezicht af te lezen.

'Iedereen bij mij op school weet het,' zei ik. 'Eens kijken. Imbeciel. Dat betekent "slim, intelligent". Ik zal het even in een zin gebruiken. "Wat woorden betreft is Hassan een imbeciel."'

'Haha,' zei hij knikkend.

Ik voelde me achteraf altijd schuldig. Dus dan probeerde ik het goed te maken door hem een van mijn oude overhemden te geven of een kapot stuk speelgoed. Ik zei tegen mezelf dat ik daarmee zo'n onschuldig plagerijtje voldoende goedmaakte.

Hassan was vooral verslingerd aan de *Shahnamah*, een heldendicht uit de tiende eeuw over Perzische helden uit een ver verleden. Hij hield van alle hoofdstukken, de oude shahs, Feridoun, Zal en Rubadeh. Maar zijn lievelingsverhaal, en het mijne, was 'Rostam en Sohrab', de geschiedenis van de grote krijger Rostam en zijn gezwinde paard Rakhsh. Rostam brengt zijn dappere nemesis Sohrab in het gevecht een dodelijke wond toe, en ontdekt dan dat Sohrab zijn verloren zoon is. Diepbedroefd hoort Rostam de laatste woorden van zijn zoon:

Als gij werkelijk mijn vader bent, dan hebt gij uw zwaard in het levensbloed van uw zoon gedoopt. En gij hebt dat uit koppigheid gedaan. Ik wilde u immers tot de liefde bekeren, en ik smeekte u mij uw naam te noemen, want ik meende in u de tekenen te herkennen waarover mijn moeder verhaald heeft. Maar ik deed een ijdel beroep op uw hart, en nu is de tijd om elkaar te ontmoeten verstreken...

'Lees het alstublieft nog eens voor, Amir agha,' zei Hassan dan. Soms welden er tranen in Hassans ogen op als ik deze passage voorlas, en ik vroeg me altijd af om wie hij huilde: om de diepbedroefde Rostam die zijn kleren verscheurt en zijn hoofd met as bedekt, of om de stervende Sohrab die slechts naar de liefde van zijn vader verlangde. Ikzelf zag niets tragisch in Rostams lot. Koesterde niet elke vader in zijn hart het verlangen om zijn zoon te doden?

Op een dag in juli 1973 haalde ik weer een grapje met Hassan uit. Ik was aan het voorlezen en ineens week ik af van het geschreven verhaal. Ik deed net of ik uit het boek voorlas en sloeg regelmatig de bladzijden om, maar intussen liet ik de tekst voor wat hij was en bedacht ik helemaal mijn eigen verhaal. Natuurlijk merkte Hassan daar niets van. Voor hem waren de woorden op de bladzijde een wirwar van onontcijferbare, mysterieuze codes. Woorden waren geheime doorgangen en ik had alle sleutels in handen. Vervolgens wilde ik net vragen of het verhaal hem bevallen was, en ik moest bijna giechelen, toen Hassan begon te klappen.

'Wat doe je nou?' zei ik.

'Dat is het mooiste verhaal dat u de laatste tijd hebt voorgelezen,' zei hij, nog steeds applaudisserend.

Ik lachte: 'Echt waar?'

'Echt waar.'

'Fascinerend,' mompelde ik. En dat meende ik. Dit was... heel onverwacht. 'Weet je het zeker, Hassan?'

Hij klapte nog steeds. 'Het was geweldig, Amir agha. Leest u er morgen nog wat uit voor?'

'Fascinerend,' herhaalde ik een beetje ademloos, en ik voelde me als een man die zojuist in zijn achtertuin een schat heeft opgegraven. Bij het afdalen van de heuvel ontploften er allemaal gedachten in mijn hoofd, als het vuurwerk op het Chamanplein. *Het mooiste verhaal dat u de laatste tijd hebt voorgelezen*, had hij gezegd. En ik had heel veel verhalen voorgelezen. Hassan vroeg me iets.

'Wat?' zei ik.

'Wat betekent "fascinerend"?'

Ik lachte. Ik klemde hem vast in een stevige omhelzing en plantte een kus op zijn wang.

'Waar was dat voor?' vroeg hij stomverbaasd en blozend.

Ik gaf hem een vriendelijke por. Glimlachte: 'Je bent een geweldige peer, Hassan. Je bent een toffe peer en ik hou van je.'

Die avond schreef ik mijn eerste korte verhaal. Het kostte me een halfuur. Het was een somber verhaal over een man die een toverschaal vindt en er dan achter komt dat als zijn tranen daarin vallen die in parels veranderen. Maar al was hij dan altijd arm geweest, hij was een gelukkig man en plengde vrijwel nooit een traan. Dus hij ging op zoek naar manieren om zichzelf treurig te maken zodat hij van zijn tranen rijk zou worden. En naarmate de parels zich opstapelden groeide zijn hebzucht. Het verhaal eindigde met de man die op een berg parels zit, een mes in de hand, hulpeloos tranen plengend in de schaal met het lijk van zijn vrouw in zijn armen.

Die avond liep ik de trap op en stapte Baba's rookkamer binnen, in mijn handen de twee blaadjes papier waarop ik het verhaal had neergepend. Baba en Rahim Khan zaten pijp te roken en cognac te drinken toen ik binnenkwam.

'Wat is er, Amir?' zei Baba, achterovergeleund op de bank en met zijn handen achter zijn hoofd ineengevouwen. Blauwe rook kringelde rond zijn gezicht. Zijn felle blik bezorgde me een droge keel. Ik schraapte mijn keel en vertelde dat ik een verhaal had geschreven.

Baba knikte en zijn lauwe glimlach drukte nauwelijks meer dan geveinsde interesse uit. 'Dat is dan heel goed, nietwaar?' zei hij. En toen niets meer. Hij bleef me alleen door de rook aankijken.

Ik stond daar waarschijnlijk nog geen minuut, maar tot op de dag van vandaag was dat een van de langste minuten van mijn leven. Seconden sukkelden voorbij, elk door een eeuwigheid van de volgende gescheiden. De lucht werd zwaar, vochtig, bijna vast. Ik ademde bakstenen. Baba bleef me aanstaren en bood niet aan om het te lezen.

Zoals altijd was Rahim Khan degene die me redde. Hij stak zijn hand uit en schonk me een glimlach die niets geveinsds had. 'Mag ik het hebben, Amir *jaan*? Ik zou het heel graag willen lezen.' Baba gebruikte maar heel zelden het lieve woordje 'jaan' als hij me aansprak.

Baba haalde zijn schouders op en kwam overeind. Hij keek opgelucht, alsof ook hij door Rahim Khan gered was. 'Ja, geef het maar aan *kaka* Rahim. Ik ga me boven gereedmaken.' En daarop verliet hij de kamer. Meestal aanbad ik Baba met een intensiteit die aan het godsdienstige grensde. Maar op dat moment wenste ik dat ik mijn aderen kon openen en zijn vervloekte bloed uit me kon laten weglopen.

Een uur later, toen de avondlucht donker werd, reden ze samen weg in de auto van mijn vader om naar een feest te gaan. Op weg naar buiten hurkte Rahim Khan voor me neer en gaf me mijn verhaal en nog een stukje opgevouwen papier. Er flitste een glimlach over zijn gezicht en hij knipoogde naar me. 'Voor jou. Lees het straks maar.' Toen wachtte hij even en hij voegde vervolgens een enkel woord toe dat me meer heeft aangemoedigd om door te gaan met schrijven dan alle complimenten die ik ooit van een redacteur heb gekregen. Dat woord was 'bravo'.

Toen ze vertrokken waren zat ik op mijn bed en ik wenste dat Rahim Khan mijn vader was. Toen dacht ik aan Baba en zijn grote, brede borstkas en hoe heerlijk het was als hij me daartegenaan hield, hoe hij 's ochtends naar Brut rook, en hoe zijn baard mijn gezicht kietelde. Ik werd ineens door zo'n schuldgevoel overvallen dat ik naar de badkamer vloog en in de wastafel overgaf.

Later die avond, opgerold in bed, las ik Rahim Khans briefje nog eens en nog eens. Het ging zo:

Amir jaan,
Ik heb heel erg van je verhaal genoten. Masjallah, God heeft je een bijzonder talent gegeven. Het is jouw taak om dat talent aan te scherpen, want iemand die zijn van God gegeven talenten verspilt is een ezel. Je hebt je verhaal grammaticaal correct en in een boeiende stijl geschreven. Maar het indrukwekkendste aan je verhaal is dat er ironie in zit. Misschien weet je niet eens wat dat woord betekent. Maar ooit zul je dat wel weten. Dat is iets waar sommige schrijvers hun leven lang naar streven en wat ze nooit bereiken. Jij hebt het in je eerste verhaal al bereikt.
Mijn deur staat altijd voor je open en dat zal zo blijven, Amir jaan. Ik zal luisteren naar alle verhalen die jij te vertellen hebt. Bravo.
Je vriend,
Rahim

Aangemoedigd door Rahim Khans briefje pakte ik het verhaal en rende naar beneden naar de vestibule, waar Ali en Hassan op een matras lagen te slapen. Dat was de enige gelegenheid waarbij zij in het huis sliepen: als Baba weg was en Ali op mij moest passen. Ik schudde Hassan wakker en vroeg of hij een verhaal wilde horen.

Hij wreef in zijn opgezette slaapogen en rekte zich uit. 'Nu? Hoe laat is het?'

'Dat doet er niet toe. Het is een heel speciaal verhaal. Ik heb het zelf geschreven,' fluisterde ik, in de hoop dat ik Ali niet zou wakker maken. Hassans gezicht klaarde op.

'Dan móét ik het wel horen,' zei hij, en hij duwde de deken al van zich af.

Ik las het hem voor in de woonkamer bij de marmeren haard. Dit keer geen speels afdwalen van de woorden; dit ging over mij! Hassan was in veel opzichten de ideale luisteraar: geheel ondergedompeld in het vertelde, met een gezicht dat meeveranderde met de verschuivende toon in het verhaal. Toen ik de laatste zin voorlas, klapte hij zachtjes in zijn handen.

'Masjallah, Amir agha. Bravo!' Hij straalde.

'Vond je het mooi?' zei ik, en ik kreeg mijn tweede proeve – en wat smaakte het zoet – van een gunstige kritiek.

'Ooit op een dag, insjallah, zult u een groot schrijver zijn,' zei Hassan. 'En over de hele wereld zullen mensen uw verhalen lezen.'

'Je overdrijft, Hassan,' zei ik, maar intussen kon ik hem wel zoenen.

'Nee. U wordt groot en beroemd,' hield hij vol. Toen hield hij even zijn mond, alsof hij op het punt stond er nog iets aan toe te voegen. Hij woog zijn woorden en schraapte zijn keel. 'Maar staat u me toe dat ik iets over het verhaal vraag?' zei hij verlegen.

'Natuurlijk.'

'Nou ja... ' begon hij, en hij zweeg weer.

'Zeg het nou maar, Hassan' zei ik. Ik glimlachte, al wist de onzekere schrijver in mij niet meer zo zeker of hij het wel wilde horen.

'Nou ja,' zei hij, 'als ik zo vrij mag zijn: waarom vermoordde die man zijn vrouw? Waarom moest hij eigenlijk treurig zijn om te huilen? Had hij niet gewoon aan een ui kunnen ruiken?'

Ik was verbijsterd. Dat punt, iets wat zo vreselijk voor de hand lag dat het gewoon stom was, was niet eens bij mij opgekomen. Ik bewoog geluidloos mijn lippen. Het had er alle schijn van dat op de avond dat ik voor het eerst iets hoorde over een van de doelstellingen van het schrijven, ironie, ik ook kennismaakte met een van de valkuilen ervan: het gat in de plot. En dan ook nog eens dankzij Hassan. Hassan die niet kon lezen en in zijn hele leven nog nooit een woord geschreven had. Een koude, duistere stem fluisterde me plotseling in mijn oor: *Wat weet die ongeletterde Hazara nou helemaal? Die zal nooit iets anders worden dan kok. Hoe durft hij mij te bekritiseren?*

'Nou ja,' begon ik. Maar ik heb die zin nooit afgemaakt.

Want plotseling veranderde Afghanistan voorgoed.

5

Er bulderde iets als onweer. De grond schokte zelfs een beetje en we hoorden het gerettettet van geweervuur. 'Vader!' schreeuwde Hassan. We sprongen overeind en renden de woonkamer uit. Ali hobbelde als een bezetene de vestibule door.

'Vader! Wat was dat voor geluid?' gilde Hassan, zijn handen naar Ali uitgestrekt. Ali sloeg zijn armen om ons heen. Een wit licht flitste en deed de lucht zilver oplichten. Het flitste weer en werd gevolgd door een snel staccato van geweervuur.

'Ze jagen op eenden,' zei Ali met een schorre stem. 'Ze jagen 's nachts op eenden, weet je. Wees maar niet bang.'

In de verte begon een sirene te loeien. Ergens versplinterde glas en iemand schreeuwde. Ik hoorde mensen op straat, wakker geschrokken en waarschijnlijk nog in hun pyjama, met verwarde haren en gezwollen oogleden. Hassan moest huilen. Ali trok hem tegen zich aan, omklemde hem vol tederheid. Later zou ik tegen mezelf zeggen dat ik niet jaloers op Hassan was geweest. Helemaal niet.

We bleven tot de vroege ochtenduren zo bij elkaar gekropen zitten. Het schieten en de explosies hadden nog geen uur geduurd, maar ze hadden ons erg veel angst aangejaagd, want niemand van ons had ooit eerder schoten op straat gehoord. Het was toen een onbekend geluid voor ons. De generatie Afghaanse kinderen wier oren niets anders dan het geluid van bommen en geweervuur zouden kennen, was nog niet geboren. Zoals we daar bij elkaar gekropen in de eetkamer op de zonsopgang zaten te wachten, hadden we er geen flauw idee van dat er een eind gekomen was aan een bestaan. Aan óns bestaan. Misschien nog niet helemaal, maar het was op z'n minst het begin van het einde. Het einde, het 'officiële' einde, zou pas in april 1978 komen met de communistische staatsgreep, en daarna in december 1979, toen Russische tanks de straten in reden waar Hassan en ik speelden, en zij luidden het sterven in van het Afghanistan dat ik kende en het begin van een tijdperk van bloedvergieten, dat nog steeds niet voorbij is.

Vlak voor zonsopgang draaide Baba's auto de oprijlaan in. Zijn portier sloeg dicht en zijn rennende voetstappen denderden de trap op. Toen verscheen hij in de deuropening en ik zag iets in zijn gezicht. Iets wat ik niet meteen herkende omdat ik het nog nooit gezien had: angst. 'Amir! Hassan!' riep hij uit en hij rende met open armen naar ons toe. 'Ze hadden alle wegen afgezet en de telefoon deed het niet. Ik was zo ongerust!'

We lieten hem ons in zijn armen sluiten en een waanzinnig ogenblik lang was ik blij om wat er die nacht gebeurd was.

Dus ze waren niet op eenden aan het schieten geweest. Later bleek dat ze die nacht van 17 juli 1973 hoe dan ook niet veel hadden geraakt. Kabul ontwaakte de volgende ochtend en kreeg te horen dat de monarchie tot het verleden behoorde. De koning, Zahir Shah, zat op dat moment in Italië. In zijn afwezigheid had zijn neef Daoud Khan met een coup zonder bloedvergieten een eind gemaakt aan het veertigjarige bewind van de koning.

Ik weet nog hoe Hassan en ik de volgende ochtend voor de deur van mijn vaders studeerkamer gehurkt zaten terwijl Baba en Rahim Khan met een kop zwarte thee naar het laatste nieuws over de coup op Radio Kabul zaten te luisteren.

'Amir agha?' fluisterde Hassan.

'Ja?'

'Wat is een republiek?'

Ik haalde mijn schouders op. 'Weet ik niet.' Op Baba's radio werd dat woord de hele tijd herhaald.

'Amir agha?'

'Wat?'

'Betekent "republiek" dat vader en ik weg moeten?'

'Dat denk ik niet,' fluisterde ik terug.

Hassan dacht erover na. 'Amir agha?'

'Ja?'

'Ik wil niet dat ze vader en mij wegsturen.'

Ik glimlachte. '*Bas*, ezel. Niemand stuurt jullie weg.'

'Amir agha?'

'Ja?'

'Hebt u zin om in onze boom te klimmen?'

Mijn glimlach werd nog breder. Dat was ook zoiets van Hassan: hij wist altijd op het juiste moment de juiste dingen te zeggen – het nieuws op de radio werd behoorlijk saai. Hassan ging naar zijn hut om zich om te kleden en ik rende naar boven om een boek mee te grissen. Daarna ging ik naar de keuken, propte mijn zakken vol pijnboompitten en rende naar buiten, waar Hassan al op me stond te wachten. We stormden door het toegangshek en gingen op weg naar de heuvel.

We staken de chique straat over en trokken net door een kaal, ruw stuk land dat naar de heuvel leidde, toen Hassan ineens een steen tegen zijn rug kreeg. We draaiden ons pijlsnel om en de moed zonk me in de schoenen. Assef en twee van zijn vrienden, Wali en Kamal, liepen op ons af.

Assef was de zoon van een vriend van mijn vader, Mahmoed, een piloot bij een luchtvaartmaatschappij. Het gezin woonde een paar straten ten zuiden van ons huis, op een hoog ommuurd, chic landgoed met palmbomen. Als je als jongen in de Wazir Akbar Khan-wijk van Kabul woonde, kende je Assef en zijn beruchte roestvrij stalen boksbeugel, alleen hopelijk niet uit eigen ondervinding. De blonde, blauwogige Assef had een Duitse moeder en een Afghaanse vader, en hij torende boven de andere jongens uit. Zijn verdiende reputatie vanwege zijn wreedheid was hem op straat vooruitgesneld. Geflankeerd door zijn gehoorzame vrienden liep hij in de buurt rond als een khan die met zijn knipmessende entourage over zijn land rondwandelt. Zijn woord was wet, en als je een beetje bijgespijkerd moest worden op het gebied van de wet, was die boksbeugel het juiste leermiddel. Ik had hem die boksbeugel eens zien gebruiken tegen een jongen uit de Karteh-char-wijk. Ik zal nooit vergeten dat Assefs blauwe ogen iets niet helemaal normaals uitstraalden en hoe hij grijnsde, echt grijnsde, terwijl hij die arme jongen buiten westen sloeg. Een paar jongens in Wazir Akbar Khan hadden hem de bijnaam Assef *Gosjkor* gegeven, oftewel Assef de Oreneter. Natuurlijk durfde niemand hem dat recht in zijn gezicht te zeggen, tenzij ze hetzelfde lot wilden ondergaan als de arme jongen die geheel onbedoeld de aanleiding tot die bijnaam had gegeven toen hij met Assef om een vlieger had gevochten en uiteindelijk zijn rechteroor uit een modderige goot moest vissen. Jaren later leerde ik een Engels woord voor het soort schepsel dat Assef was, een woord waarvoor geen goed Farsi-equivalent bestaat: *sociopath*.

Van alle jongens uit de buurt die Ali kwelden, was Assef veruit de onvermoeibaarste. Hij was degene die de Babaloe-sneer had bedacht: *Hé, Babaloe, wie heb je vandaag nou weer opgegeten? Hé? Vooruit, Babaloe, lach nou eens even!* En op dagen dat hij extra geïnspireerd was, maakte hij zijn gesar nog wat pittiger: *Hé, Babaloe met je platte neus, wie heb je vandaag nou weer opgegeten? Vertel op, spleetogige ezel!*

Nu kwam hij op ons af met zijn handen in zijn zij en op zijn gympen, die kleine wolkjes stof opwierpen.

'Goedemorgen, *koeni's*!' riep Assef wuivend. Mietje, ook zo'n geliefde belediging van hem. Hoe dichter de drie oudere jongens op ons toe kwamen, hoe verder Hassan achter me wegkroop. Ze stonden voor ons, drie lange jongens in spijkerbroek en T-shirt. Assef, die boven ons allemaal uittorende, kruiste zijn dikke armen voor zijn borst, met een woeste grijns om zijn mond. Ik bedacht niet voor de eerste keer dat Assef misschien niet helemaal normaal was. Ik besefte ook dat ik bofte dat Baba mijn vader was, want dat was naar mijn overtuiging de enige reden waarom Assef er meestal van afzag me al te veel te pesten.

Hij wees met zijn kin naar Hassan. 'Hé, Platneus,' zei hij. 'Hoe gaat het met Babaloe?'

Hassan zei niets en kroop nog verder achter me weg.

'Hebben jullie het al gehoord, jongens?' zei Assef, en zijn grijns week geen moment van zijn gezicht. 'De koning is weg. Opgeruimd staat netjes. Lang leve de president! Mijn vader kent Daoud Khan, wist je dat, Amir?'

'Mijn vader ook,' zei ik. In werkelijkheid had ik geen idee of dat waar was.

'Mijn vader ook,' bauwde Assef me met een jankerige stem na. Kamal en Wali kraaiden het samen uit. Ik wilde dat Baba er was.

'Daoud Khan heeft anders mooi wel vorig jaar bij ons thuis gedineerd,' ging Assef verder. 'Wat zeg je me daarvan, Amir?'

Ik vroeg me af of iemand ons op dit verlaten landje zou horen schreeuwen. Baba's huis was ruim een kilometer ver weg. Waren we maar thuisgebleven.

'Weet je wat ik de volgende keer dat Daoud Khan bij ons komt dineren tegen hem zal zeggen?' zei Assef. 'Dan ga ik eens een gesprek van man tot man, van *mard* tot *mard* met hem aan. Dan vertel ik wat ik ook tegen mijn moeder heb gezegd. Over Hitler. Dat was nog eens een leider. Een groot leider. Een man met een visie. Ik zeg tegen Daoud Khan dat hij niet moet vergeten dat als ze Hitler zijn karwei hadden laten afmaken, de wereld er nu beter aan toe zou zijn geweest.'

'Baba zegt dat Hitler gek was, dat hij heel veel onschuldige mensen heeft laten vermoorden,' zei ik voor ik mezelf de mond kon snoeren.

Assef grinnikte. 'Hij lijkt mijn moeder wel, en zij is nog wel Duits; zij zou beter moeten weten. Maar ze willen dat je dat gelooft, hè? Ze willen niet dat je de waarheid kent.'

Ik wist niet wie die 'ze' waren of welke waarheid 'ze' verborgen hielden, en ik wilde het ook niet weten. Ik wilde dat ik mijn mond had gehouden, dat als ik nog eens op zou kijken, ik Baba de heuvel op zou zien komen.

'Maar je moet boeken lezen die ze niet op school uitdelen,' zei Assef. 'Dat heb ik gedaan. En dat heeft me de ogen geopend. Nu heb ik een visie, en die ga ik aan onze nieuwe president doorgeven. Weet je wat voor visie?'

Ik schudde mijn hoofd. Hij zou het me toch vertellen; Assef gaf altijd antwoord op zijn eigen vragen.

Zijn blauwe ogen schoten naar Hassan. 'Afghanistan is het land van de Pashtun. Dat is altijd zo geweest, en dat zal altijd zo blijven. Wij zijn de ware Afghanen, de zuivere Afghanen, en niet die Platneus hier. Zijn volk bezoedelt ons vaderland, onze *watan*. Zij bezoedelen ons bloed.' Hij maakte een zwierig, weids gebaar met zijn handen. 'Afghanistan voor de Pashtun, zeg ik. Dat is mijn visioen.'

Assef richtte zijn blik weer op mij. Hij zag eruit als iemand die uit een fijne droom is ontwaakt. 'Te laat voor Hitler,' zei hij, 'maar niet voor ons.'

Hij pakte iets uit de achterzak van zijn spijkerbroek. 'Ik zal de president vragen of hij wil doen waar de koning de *qoewaat* niet voor had: Afghanistan ontdoen van alle smerige, *kassief* Hazara's.'

'Laat ons nou gewoon gaan, Assef,' zei ik, en ik verafschuwde de trilling in mijn stem. 'We zitten je toch niet dwars?'

'En of jullie me dwarszitten,' snauwde Assef. En ik zag met afgrijzen wat hij uit zijn zak gevist had. Natuurlijk. Zijn roestvrij stalen boksbeugel glinsterde in de zon. 'Jullie zitten me heel erg dwars. En jij zit me eigenlijk nog meer dwars dan die Hazara. Hoe kun je nou met hem praten, met hem spelen, je door hem laten aanraken?' zei hij, zijn stem druipend van walging. Wali en Kamal knikten en gromden instemmend. Assef kneep zijn ogen toe. Schudde zijn hoofd. Toen hij weer sprak, klonk hij net zo verbijsterd als hij eruitzag. 'Hoe kun je hem nou je *vriend* noemen?'

Hij is helemaal niet mijn vriend! had ik bijna uitgekraamd. *Hij is mijn bediende!* Had ik dat echt gedacht? Natuurlijk had ik dat niet gedacht. Natuurlijk niet. Ik behandelde Hassan goed, als een vriend, beter zelfs: meer als een broer. Maar als dat zo was, waarom betrok ik Hassan dan nooit bij onze spelletjes als Baba's vrienden met hun kinderen op bezoek kwamen? Waarom speelde ik alleen met Hassan als er niemand anders in de buurt was?

Assef schoof de boksbeugel op zijn hand. Wierp me een ijzige blik toe. 'En jij bent een deel van het probleem, Amir. Als idioten als je vader en jij die mensen niet in huis haalden, zouden we ze nu al kwijt zijn. Dan zouden ze allemaal in Hazarajat zitten wegrotten, waar ze thuishoren. Je bent een schande voor Afghanistan.'

Ik keek in zijn waanzinnige ogen en wist dat hij het meende. Hij was echt van plan om me pijn te doen. Assef stak zijn vuist in de lucht en kwam op me af.

Ineens was er achter me een geflits van snelle bewegingen. Uit mijn ooghoek zag ik Hassan vooroverbuigen en snel weer overeind komen. Assefs ogen schoten naar iets achter mij en gingen wijd open van verbazing. Ik zag diezelfde verbijsterde blik op het gezicht van Kamal en Wali toen ook zij zagen wat er achter me gebeurd was.

Ik draaide me om en stond oog in oog met Hassans katapult. Hassan had het brede elastiek helemaal naar achteren getrokken. In de holte zat een steen ter grootte van een walnoot. Hassan hield de katapult recht op Assefs gezicht gericht. Zijn hand trilde door de kracht van het weggetrokken elastiek en op zijn voorhoofd stonden zweetdruppels.

'Laat ons alstublieft met rust, agha,' zei Hassan op vlakke toon. Hij had Assef 'agha' genoemd, en ik vroeg me even af hoe het moest zijn om te leven met zo'n ingeslepen besef van je plaats in de hiërarchie.

Assef knarsetandde. 'Leg dat neer, moederloze Hazara.'

'Laat ons alstublieft met rust, agha,' zei Hassan.

Assef glimlachte. 'Misschien is het je niet opgevallen, maar wij zijn met z'n drieën en jullie met z'n tweeën.'

Hassan haalde zijn schouders op. Voor een buitenstaander zag hij er niet bang uit. Maar Hassans gezicht was mijn eerste herinnering en ik kende alle subtiele nuances ervan, kende elk trekje dat er ooit over gegleden was. En ik zag dat hij bang was. Hij was heel erg bang.

'U hebt gelijk, agha. Maar misschien is het u niet opgevallen dat ik degene ben die de katapult vasthoudt. Als u ook maar één beweging maakt, moeten ze uw bijnaam veranderen van Assef de Oreneter in Eenogige Assef, want ik richt deze steen op uw linkeroog.' Hij zei het zo vlak dat zelfs ik me moest inspannen om de angst te ontwaren waarvan ik wist dat die achter die rustige stem schuilging.

Assefs mond vertrok. Wali en Kamal stonden met een zekere fascinatie naar deze uitwisseling te kijken. Iemand had hun god uitgedaagd. Hem vernederd. En het ergste van alles was dat het die magere Hazara was. Assef keek van de steen naar Hassan. Hij zocht ingespannen Hassans gezicht af. Wat hij daar aantrof moet hem ervan overtuigd hebben dat het Hassan ernst was, want hij liet zijn vuist zakken.

'Ik moet je waarschuwen, Hazara,' zei Assef ernstig. 'Ik ben een geduldig mens. Dit is nog niet afgelopen, neem dat van me aan.' Hij keerde zich naar mij om. 'En voor jou is het ook niet afgelopen, Amir. Op een dag zorg ik dat jij tegenover mij komt te staan.' Assef deed een stap terug. Zijn discipelen volgden zijn voorbeeld.

'Je Hazara heeft vandaag een grote fout gemaakt, Amir,' zei hij. Toen draaiden ze zich om en liepen weg. Ik keek hoe ze de heuvel af liepen en achter een muur verdwenen.

Hassan probeerde de katapult met trillende handen in zijn broekband weg te stoppen. Zijn mondhoeken krulden omhoog in een poging tot een bemoedigende grijns. Pas bij de vijfde poging kreeg hij het touw van zijn broek gestrikt. Geen van beiden zeiden we veel toen we angstig naar huis terugliepen, bij elke hoek die we omsloegen ervan overtuigd dat Assef en zijn vrienden in een hinderlaag lagen. Dat was niet zo en dat had ons een beetje gerust moeten stellen. Maar dat deed het niet. Helemaal niet.

De jaren daarna lagen de woorden 'economische ontwikkeling' en 'hervorming' velen in Kabul in de mond bestorven. De achterhaalde monarchie was afgeschaft en vervangen door een moderne republiek, geleid door een president. Een gevoel van verjonging en doelbewustheid overspoelde het land. Er werd over vrouwenrechten en moderne technologie gepraat.

En voor het grootste deel ging het leven gewoon door als voorheen, ook al woonde er een nieuwe leider in de Arg, het koninklijke paleis in Kabul. Mensen gingen van zaterdag tot donderdag naar hun werk en gingen op vrijdag picknicken in parken, aan de oever van het Ghargha-meer en in de tuinen van Paghman. Kleurige bussen en vrachtwagen vol passagiers reden door de smalle straten van Kabul, gegidst door de voortdurende kreten van de bijrijders die schrijlings op de achterbumper zaten en met hun vette Kabuli-accent aanwijzingen naar de chauffeur gilden. Tijdens Eid, de drie feestdagen na de heilige maand ramadan, trokken de Kabuli's hun beste en nieuwste kleren aan en gingen op familiebezoek. Mensen omarmden en kusten elkaar en groetten met *Eid Moebarak*, gelukkige Eid. Kinderen pakten cadeautjes uit en speelden met geverfde, hardgekookte eieren.

Aan het begin van de volgende winter, die van 1974, waren Hassan en ik op een dag in de tuin een sneeuwfort aan het bouwen toen Ali hem binnenriep. 'Hassan, agha sahib wil met je praten!' Hij stond bij de voordeur, in het wit gekleed, met zijn handen onder zijn oksels weggestopt, ademwolkjes uitblazend.

Hassan en ik wisselden een glimlach. We hadden al de hele dag op die oproep gewacht: Hassan was jarig. 'Weet u wat het is, vader? Vertelt u het?' zei Hassan. Zijn ogen glinsterden.

Ali haalde zijn schouders op. 'Agha sahib heeft het niet met me besproken.'

'Toe nou, Ali, vertel het ons nou,' drong ik aan. 'Is het een tekenblok? Misschien een nieuw pistool?'

Net als Hassan kon Ali niet liegen. Elk jaar weer deed hij net of hij niet wist wat Baba voor Hassans of mijn verjaardag gekocht had. En elk jaar verrieden zijn ogen hem en ontfutselden wij hem wat het was. Maar deze keer leek het erop dat hij de waarheid sprak.

Baba sloeg geen verjaardag van Hassan over. De eerste jaren vroeg hij Hassan wat hij wilde hebben, maar dat gaf hij op omdat Hassan te bescheiden was om echt met een voorstel te komen. Dus Baba koos elke winter zelf een cadeau uit. Hij kocht een keer een Japanse speelgoedvrachtwagen voor hem, een andere keer een elektrische trein met locomotief. Het jaar ervoor had Baba Hassan verrast met net zo'n leren cowboyhoed als die van Clint Eastwood in *The Good, the Bad and the Ugly* – een film die *The Magnificent Seven* van zijn plaats als onze lievelingsfilm had verdrongen. Die hele winter droegen Hassan en ik om de beurt de hoed en brulden de beroemde muziek uit de film als we bergen sneeuw beklommen en elkaar doodschoten.

We trokken onze handschoenen en onze laarzen, die onder de kluiten sneeuw zaten, uit. We stapten de vestibule binnen, waar Baba bij de gietijzeren houtbrander zat met een kleine, kalende Indiase man, gekleed in een bruin pak met een rode stropdas.

'Hassan,' zei Baba met een gemaakt bescheiden glimlach, 'mag ik je je verjaarscadeau voorstellen?'

Hassan en ik wisselden een beteuterde blik. Er was nergens een doos in cadeauverpakking te bekennen. Geen tas. Geen speelgoed. Alleen Ali die achter ons stond, en Baba en dit Indiase mannetje, dat er een beetje uitzag als een wiskundeleraar.

De Indiase man in het bruine pak glimlachte en stak zijn hand naar Hassan uit. 'Ik ben dokter Kumar,' zei hij, 'aangenaam kennis te maken.' Hij sprak Farsi met een zwaar, rollend Hindi-accent.

'Salaam aleikum,' zei Hassan onzeker. Hij gaf een beleefd knikje, maar zijn ogen zochten zijn vader achter zich. Ali kwam dichterbij en legde zijn hand op Hassans schouder.

Baba ving Hassans angstige – en verwarde – blik op. 'Ik heb dokter Kumar uit New Delhi laten overkomen. Dokter Kumar is plastisch chirurg.'

'Weet je wat dat is?' vroeg de Indiase man, dokter Kumar.

Hassan schudde zijn hoofd. Hij keek vragend naar mij, maar ik haalde mijn schouders op. Ik wist alleen dat je naar een chirurg ging om je te laten helpen als je een blindedarmontsteking had. Dat wist ik omdat een klasgenoot het jaar daarvoor daaraan was doodgegaan, en de leraar had ons verteld dat ze te lang gewacht hadden met hem naar een chirurg brengen. We keken allebei naar Ali, maar aan hem kon je natuurlijk nooit iets zien. Zijn gezicht was even onbewogen als altijd, al was er iets ernstigs in zijn ogen geslopen.

'Nou,' zei dokter Kumar, 'ik maak dingen weer in orde aan iemands lichaam. Soms aan iemands gezicht.'

'O,' zei Hassan. Hij keek van dokter Kumar naar Baba naar

Ali. Zijn hand raakte zijn bovenlip aan. Tikte erop. 'O,' zei hij nog eens.

'Ik weet wel dat het een heel ongebruikelijk cadeau is,' zei Baba, 'en vast niet wat je in gedachten had, maar dit cadeau gaat je leven lang mee.'

'O,' zei Hassan. Hij likte langs zijn lippen. Schraapte zijn keel. 'Agha sahib, doet het... doet het... '

'Het stelt niets voor,' kwam dokter Kumar vriendelijk glimlachend tussenbeide. 'Het doet echt helemaal geen pijn. Ik ga je een medicijn geven zodat je je helemaal niets herinnert.'

'O,' zei Hassan. Hij glimlachte opgelucht terug. Een beetje opgelucht, in elk geval. 'Ik was niet bang, agha sahib, alleen een beetje... ' Hassan kon misschien om de tuin geleid worden, maar ik niet. Als een dokter zei dat het geen pijn deed, wist je dat je goed in de problemen zat. Ik dacht met afgrijzen terug aan mijn besnijdenis het jaar daarvoor. De dokter was met dezelfde tekst aan komen zetten en had me verzekerd dat het helemaal geen pijn zou doen. Maar toen het verdovende middel in de loop van de nacht uitgewerkt raakte, had ik het gevoel alsof iemand een gloeiend kooltje tegen mijn lendenen aan had gedrukt. Waarom Baba tot mijn tiende gewacht had om me te laten besnijden was me een raadsel en het is een van de dingen die ik hem nooit zal vergeven.

'Gefeliciteerd met je verjaardag,' zei Baba en hij aaide over Hassans kaalgeschoren hoofd.

Plotseling pakte Ali Baba's handen en drukte op elk een kus. Begroef zijn gezicht erin. Baba omarmde hem.

Dokter Kumar had een stap achteruit gedaan en bekeek hen met een geoefende beleefde glimlach.

Ik glimlachte met de anderen mee, maar wilde dat ik ook een litteken had dat Baba's medeleven zou oproepen. Het was niet eerlijk. Hassan had niets gedaan om Baba's liefde te verdienen; hij was alleen maar met die stomme hazenlip geboren.

De operatie verliep goed. We schrokken wel allemaal een beetje toen het verband werd weggehaald, maar we bleven glimlachen, zoals dokter Kumar ons had opgedragen. Dat viel niet mee, want Hassans bovenlip was een groteske massa opgezwollen rauw weefsel. Ik verwachtte dat Hassan van afschuw zou gaan huilen toen de verpleegkundige hem de spiegel aanreikte. Ali hield zijn hand vast terwijl Hassan er een lange, bedachtzame blik op wierp. Hij mompelde iets wat ik niet verstond. Ik legde mijn oor tegen zijn mond. Hij fluisterde het nog eens.

'*Tasjakor.*' Dank u wel.

Toen vertrokken zijn lippen, en ik wist wat hij aan het doen was. Hij glimlachte. Net zoals hij deed toen hij te voorschijn kwam uit de baarmoeder van zijn moeder.

De zwelling slonk en op den duur heelde de wond. Algauw was het slechts een roze, rafelige lijn die van zijn lip omhoogliep. Tegen de volgende winter was het nog maar een vaag litteken. En dat was ironisch. Want in die winter hield Hassan op met glimlachen.

6

Winter.

Elk jaar op de eerste dag dat er sneeuw valt, doe ik het volgende: ik stap 's ochtends vroeg in mijn pyjama naar buiten met mijn armen om me heen geslagen tegen de kou. Ik zie dat de oprijlaan, mijn vaders auto, de muren, de bomen, de daken en de heuvels onder dertig centimeter sneeuw begraven liggen. Ik glimlach. De lucht is strakblauw, de sneeuw zo intens wit dat mijn ogen branden. Ik schep een handvol verse sneeuw in mijn mond en luister naar de gedempte stilte, die alleen door het krassen van de kraaien verbroken wordt. Ik loop blootsvoets de stoep af en roep naar Hassan dat hij moet komen kijken.

Voor alle kinderen in Kabul was de winter het lievelingsseizoen, in elk geval voor degenen wier vader een goede ijzeren kachel kon kopen. De reden was heel eenvoudig: de school ging in het koude seizoen altijd dicht. Voor mij betekende de winter het eind van de staartdelingen en het opnoemen van hoofdsteden, en het begin van drie maanden kaarten bij de kachel met Hassan, gratis Russische films op dinsdagochtend bij Cinema Park, zoete koolraap-*qoerma* met rijst als lunch na een ochtend lang sneeuwpoppen maken.

En vliegers, natuurlijk. Vliegeren en op vliegers jagen.

Voor sommige kinderen betekende de winter niet het einde van het schooljaar. Je had de zogenoemde 'vrijwillige' wintercursussen. Ik kende geen jongen die ooit vrijwillig naar zulke lessen ging; het waren natuurlijk de ouders die hen vrijwillig aanmeldden. Gelukkig voor mij hoorde Baba daar niet bij. Ik herinner me een jongen, Abdullah, die bij ons aan de overkant woonde. Ik geloof dat zijn vader een of andere dokter was. Abdullah had epilepsie en hij had altijd een dik wollen vest aan en een bril met een dik zwart montuur op – hij was een van Assefs vaste slachtoffers. Elke ochtend zag ik door mijn slaapkamerraam hoe hun Hazara-bediende sneeuw van de oprijlaan schepte om een baan vrij te maken voor de zwarte Opel. Ik wilde altijd per se kijken als Abdullah en zijn vader instapten, Abdullah met zijn wollen vest en winterjas, zijn tas vol boeken en potloden. Ik wachtte tot ze wegreden en de hoek omgingen, en dan glipte ik met een flanellen pyjama aan mijn bed weer in. Ik trok de deken op tot aan mijn kin en keek door het raam naar de besneeuwde bergtoppen in het noorden. Ik keek net zo lang tot ik weer in slaap sukkelde.

Ik hield van de winter in Kabul. Ik hield ervan vanwege het zachte getik van sneeuw 's nachts tegen mijn raam, de manier waarop verse sneeuw onder mijn rubberen laarzen kraakte, vanwege de warmte van de gietijzeren kachel als de wind door de tuinen en straten gierde. Maar vooral omdat de kilte tussen Baba en mij als de bomen bevroren en de wegen beijzeld waren een beetje ontdooide. En dat kwam door de vliegers. Baba en ik woonden in hetzelfde huis maar verkeerden in andere sferen. Vliegers waren het enige flinterdunne reepje waar die twee sferen elkaar overlapten.

Elke winter werd er tussen de verschillende wijken van Kabul een vliegertoernooi gehouden. En als je als jongen in Kabul woonde was de dag van het toernooi onomstotelijk het hoogtepunt van het koude seizoen. Ik deed de nacht voor het toernooi nooit een oog dicht. Ik lag heen en weer te rollen, maakte schaduwdieren op de muur, ik ging zelfs in het donker op het bordes zitten met een deken om me heen. Ik voelde me een soldaat die in de nacht voor een belangrijke slag in de loopgraven probeert te slapen. En zo heel erg anders was het ook niet. In Kabul waren de vliegergevechten eigenlijk een soort oorlog.

Net als bij andere oorlogen moest je je op een veldslag voorbereiden. Een tijdlang maakten Hassan en ik onze eigen vliegers. We spaarden ons wekelijkse zakgeld op, stopten het geld in een porseleinen paardje dat Baba een keer uit Herat had meegenomen. Toen de winterse winden opstaken en de sneeuw met bakken omlaagkwam, maakten we het slotje onder de buik van het paard los. We gingen naar de bazaar en kochten bamboe, lijm, touw en papier. We waren elke dag uren bezig om bamboe voor de staander en de spreider te maken, het dunne vloeipapier te knippen dat duiken en terughalen vergemakkelijkte. En dan moesten we natuurlijk nog ons eigen touw, of *tar*, maken. Als de vlieger het geweer was, was de tar, de met glas bedekte snijlijn, de kogel in de patroonkamer. We gingen daarvoor de tuin in en haalden soms wel honderdvijftig meter touw door een mengsel van gemalen glas en lijm. We hingen het touw in de bomen te drogen. De volgende dag wonden we de gevechtsklare lijn om een houten spoel. Tegen de tijd dat de sneeuw smolt en de lenteregens aan kwamen waaien, liep elke jongen in Kabul rond met veelbetekenende horizontale sneden in zijn vingers van een winter lang vliegergevechten. Ik weet nog dat mijn klasgenoten en ik op de eerste schooldag bij elkaar kropen en onze oorlogslittekens met elkaar vergeleken. De sneden prikten en heelden pas na een paar weken, maar dat kon me niet schelen. Ze herinnerden me eraan dat alweer zo'n geliefd seizoen te snel voorbij was gegaan. Dan blies de klassenvertegenwoordiger op zijn fluitje en marcheerden we in een rij naar onze klas, alweer vol verlangen naar de winter maar begroet door het spookbeeld van het volgende lange schooljaar.

Maar al snel werd duidelijk dat Hassan en ik betere vliegervechters dan vliegerbouwers waren. Altijd was er wel een zwak punt in ons ontwerp dat ons noodlottig werd. Dus Baba begon ons mee te nemen naar Saifo om daar onze vliegers te kopen. Saifo was een vrijwel blinde man die van beroep *moesji*, schoenmaker, was. Maar hij was ook de beroemdste vliegermaker van de stad en hij werkte in een piepklein hutje aan een van Kabuls belangrijkste straten, Jadeh Maywand, ten zuiden van de modderige oevers van de Kabul. Ik weet nog dat je moest bukken om de celachtige winkel binnen te komen en vervolgens een valdeur moest optillen om een paar houten treden af te kruipen naar de bedompte kelder waar Saifo zijn gewilde vliegers opsloeg. Baba kocht voor ons allebei drie dezelfde vliegers en een klos glastouw. Als ik van gedachten veranderde en om een grotere en chiquere vlieger vroeg, kocht Baba die voor me – maar dan kocht hij er net zo een voor Hassan. Soms wilde ik dat hij dat niet deed. Wilde ik dat ik zijn lieveling mocht zijn.

Die vliegergevechten waren een oude wintertraditie in Afghanistan. Het begon vroeg in de ochtend op de dag van de wedstrijd en eindigde pas als alleen de winnende vlieger nog in de lucht was – ik kan me herinneren dat het toernooi een keer tot na zonsondergang doorging. Mensen verzamelden zich op de stoepen en daken om hun kinderen aan te moedigen. De straten liepen vol vliegervechters die aan hun lijnen rukten en trokken, de lucht in tuurden, en probeerden zich in de juiste positie te manoeuvreren om de lijn van de tegenstander door te snijden. Elke vliegervechter had een helper – in mijn geval die ouwe, trouwe Hassan – die de klos vasthield en de lijn liet vieren.

Op een keer vertelde een brutale Hindi-jongen die net in onze buurt was komen wonen, dat vliegervechten in India aan heel strenge regels gebonden was. 'Je speelt op een afgezet stuk grond en je moet in een rechte hoek ten opzichte van de wind staan,' zei hij trots. 'En je mag geen aluminium voor je glastouw gebruiken.'

Hassan en ik keken elkaar aan. We barstten in lachen uit. De Hindi-jongen zou gauw genoeg weten wat de Engelsen eerder die eeuw geleerd hadden, en wat de Russen eind jaren tachtig zouden leren: dat de Afghanen een onafhankelijk volk zijn. Afghanen koesteren hun tradities maar gruwen van regels. En dat gold ook voor vliegergevechten. De regels waren eenvoudig: geen regels. Laat je vlieger op. Snijd je tegenstanders. Succes.

Alleen was dat nog niet alles. Het werd pas echt leuk als er een vlieger gesneden was. Dan kwamen de vliegeraars op de proppen, de jongens die achter de vlieger aan gingen die door de buurten werd voortgeblazen tot hij omlaag kwam spiralen en in een veld, iemands erf, in een boom of op een dak terechtkwam. Die jacht werd behoorlijk woest; hele hordes vliegeraars zwermden door de straten en drongen langs elkaar, net die gekke mensen uit Spanje over wie ik weleens gelezen had, die voor de stieren op de loop waren. Op een keer klom een Oezbeekse jongen voor een vlieger in een dennenboom. Een tak brak af onder zijn gewicht en hij viel tien meter naar beneden. Brak zijn rug en kon nooit meer lopen. Maar hij kwam met de vlieger in zijn armen naar beneden. En als een vliegeraar een vlieger vasthad kon niemand eraan komen. Dat was geen regel. Dat was een gebruik.

De mooiste prijs voor een vliegeraar was de laatste vlieger die in een toernooi viel. Dat was een eretrofee, iets voor op de schoorsteenmantel, zodat gasten hem konden bewonderen. Als de lucht vrij was van vliegers en alleen de laatste twee nog over waren, maakte elke vliegeraar zich op om deze prijs te veroveren. Hij koos een positie waarvan hij dacht dat die hem een voorsprong gaf. Gespannen spieren maakten zich gereed om in actie te komen. Halzen rekten zich uit. Ogen knepen toe. Gevechten braken uit. En als de laatste vlieger was losgesneden brak de hel los.

Ik had in de loop van de jaren heel wat jongens achter vliegers aan zien gaan. Maar Hassan was veruit de beste vliegeraar die ik ooit gezien had. Het was gewoon griezelig hoe hij altijd kans zag om op de plek te zijn waar de vlieger neerkwam voordat de vlieger neerkwam, alsof hij een soort innerlijk kompas had.

Ik herinner me een sombere winterdag dat Hassan en ik achter een vlieger aan zaten. Ik rende achter hem aan door buurten, ik sprong over riolen, laveerde door smalle straten. Ik was een jaar ouder dan hij, maar Hassan rende harder dan ik, en ik raakte achterop.

'Hassan! Wacht nou!' schreeuwde ik, mijn ademhaling heet en schurend.

Hij draaide zich om en wenkte. 'Deze kant op!' riep hij, voor hij weer een hoek om schoot. Ik keek op en zag dat we precies de andere kant op liepen als waar de vlieger heen dreef.

'We raken hem kwijt! We lopen de verkeerde kant op!' riep ik.

'Vertrouw me nou maar!' hoorde ik hem voor me uit roepen. Ik bereikte de hoek en zag Hassan verder stormen met zijn hoofd omlaag, zonder naar de hemel te kijken, zijn hemd doorweekt van het zweet. Ik struikelde over een steen en viel – ik was niet alleen langzamer, maar ook onhandiger dan Hassan; ik benijdde hem altijd om zijn aangeboren behendigheid. Toen ik overeind gewankeld was ving ik een glimp op van Hassan, die alweer om een hoek verdween. Ik strompelde achter hem aan, met pijnscheuten in mijn geschaafde knieën.

Ik zag dat we op een doorploegde onverharde weg terechtgekomen waren in de buurt van de Istiqlal-middenschool. Aan één kant was een veld waar in de zomer sla stond, en aan de andere kant een rij kersenbomen. Hassan zat in kleermakerszit op de grond aan de voet van een van de bomen en at van een handvol gedroogde moerbeien.

'Wat moeten we hier?' hijgde ik; mijn maag draaide zich om van misselijkheid.

Hij glimlachte. 'Kom bij me zitten, Amir agha.'

Ik liet me hijgend naast hem neervallen op een klein plekje sneeuw. 'Je verdoet onze tijd. Hij ging de andere kant op, zag je dat niet?'

Hassan mikte een moerbei in zijn mond. 'Hij komt eraan,' zei hij. Ik kon bijna geen adem krijgen en hij klonk niet eens moe.

'Hoe weet je dat?' zei ik.

'Ik weet het gewoon.'

'Hoe kan dat nou?'

Hij draaide zich naar me om. Een paar zweetdruppels rolden van zijn kale schedel omlaag. 'Zou ik ooit tegen u liegen, Amir agha?'

Ineens besloot ik hem een beetje te plagen. 'Ik weet het niet. Is dat zo?'

'Ik eet nog liever een hap aarde,' zei hij verontwaardigd.

'Echt waar? Zou je dat doen?'

Hij wierp me een onzekere blik toe. 'Wat doen?'

'Een hap aarde opeten als ik dat vroeg,' zei ik. Ik wist dat ik gemeen was, even gemeen als wanneer ik hem uitschold als hij een moeilijk woord niet kende. Maar het had iets fascinerends – al was het op een nare manier – om Hassan te plagen. Het deed me denken aan de insecten die we weleens martelden. Het verschil was dat hij nu de mier was en dat ik het vergrootglas vasthield.

Zijn ogen zochten een hele tijd mijn gezicht af. We zaten daar, twee jongens onder een kersenboom, en keken elkaar aan, keken elkaar echt aan. Toen gebeurde het weer: Hassans gezicht veranderde. Misschien veranderde het niet echt, maar ineens had ik het gevoel dat ik naar twee gezichten keek: het gezicht dat ik kende, het gezicht dat mijn eerste herinnering was, en een ander, een tweede gezicht, eentje dat onder het oppervlak verscholen zat. Ik had het eerder zien gebeuren – het schokte me altijd een beetje. Dat andere gezicht verscheen even, een fractie van een seconde, lang genoeg om me het verwarrende gevoel te geven dat ik het misschien al eens ergens gezien had. Toen knipperde Hassan met zijn ogen en was hij het gewoon weer. Gewoon Hassan.

'Als u dat zou vragen, zou ik dat doen,' zei hij ten slotte, me recht aankijkend. Ik sloeg mijn ogen neer. Tot op de dag van vandaag vind ik het moeilijk om mensen als Hassan recht aan te kijken, mensen die elk woord dat ze zeggen menen.

'Maar ik vraag me af,' voegde hij eraan toe, 'of u me ooit zou vragen zoiets te doen, Amir agha.' En daarmee stelde hij mij zomaar ineens op de proef. Als ik spelletjes met hem wilde spelen en zijn loyaliteit op de proef stelde, zou hij met mij een spelletje spelen en mijn integriteit op de proef stellen.

Ik had er spijt van dat ik dit gesprek begonnen was. Ik forceerde een glimlach. 'Doe niet zo stom, Hassan. Je weet best dat ik dat niet zou doen.'

Hassan glimlachte terug. Alleen zag zijn glimlach er niet geforceerd uit. 'Dat weet ik,' zei hij. En zo zijn mensen die alles menen wat ze zeggen: ze denken dat anderen dat ook doen.

'Daar komt hij,' zei Hassan, naar de lucht wijzend. Hij kwam overeind en liep een paar passen naar links. Ik keek omhoog en zag de vlieger naar ons toe komen duiken. Ik hoorde geroffel van voeten, geschreeuw, een horde vliegeraars die naderbij kwam. Maar ze verspilden hun tijd. Want Hassan stond met gespreide armen glimlachend op de vlieger te wachten. En moge God – als hij tenminste bestaat – me blind maken als de vlieger niet zo in zijn open armen viel.

In de winter van 1975 zag ik Hassan voor het laatst achter een vlieger aan zitten.

Normaal gesproken hield elke buurt zijn eigen competitie. Maar dat jaar werden er voor de competitie in mijn buurt, Wazir Akbar Khan, verschillende andere buurten uitgenodigd: Karteh char, Karteh Parwan, Mekro-rayan en Koteh sangi. Je kon bijna nergens komen waar niet over het aanstaande toernooi gepraat werd. Mensen beweerden dat het het grootste toernooi in vijfentwintig jaar zou worden.

Op een avond in die winter, nog maar vier dagen voor het toernooi, zaten Baba en ik in zijn studeerkamer in de zware leren stoelen bij het gloeiende haardvuur. We dronken thee en we praatten. Ali had het diner vroeg geserveerd – aardappelen en bloemkoolcurry met rijst – en had zich voor de nacht met Hassan teruggetrokken. Baba zat zijn pijp vet te mesten en ik vroeg hem nog eens het verhaal te vertellen over de winter dat er een meute wolven uit de bergen naar Herat was afgedaald en iedereen had gedwongen een hele week binnen te blijven, toen hij een lucifer aanstak en terloops zei: 'Ik denk dat je dit jaar het toernooi misschien wel wint. Wat denk jij?'

Ik wist niet wat ik moest denken. Of wat ik moest zeggen. Was dat wat ervoor nodig was? Had hij me zojuist een sleutel toegestopt? Ik was een goede vliegervechter. Een heel goede, eigenlijk. Een paar keer had ik bijna het wintertoernooi gewonnen – één keer was ik doorgedrongen tot de laatste drie. Maar bijna was niet hetzelfde als echt winnen, waar of niet? Baba had niet bijna gewonnen. Hij had gewonnen omdat winnaars winnen en verder iedereen gewoon naar huis ging. Baba was gewend te winnen, bij alles waar hij zijn zinnen op had gezet. Had hij niet het recht om hetzelfde van zijn zoon te verwachten? En stel je eens voor: als ik echt zou winnen...

Baba rookte zijn pijp en praatte. Ik deed net of ik luisterde.

Maar ik kon niet echt luisteren, want Baba's terloopse opmerkinkje had een zaadje in mijn hoofd geplant: het vaste voornemen om het toernooi van die winter te winnen. Ik ging winnen. Er was doodgewoon geen andere optie. Ik ging winnen en ik zou op die laatste vlieger jagen. Dan zou ik hem mee naar huis nemen en aan Baba laten zien. Ik zou hem eens en voor altijd laten zien dat zijn zoon een waardig mens was. Dan zou mijn bestaan als geest in dit huis misschien eindelijk voorbij zijn. Ik droomde weg: ik stelde me gesprekken en gelach aan tafel voor in plaats van stilte, alleen onderbroken door het gekletter van bestek en af en toe een grom. Ik stelde me voor hoe we een vrijdags ritje in Baba's auto zouden maken naar Paghman en onderweg bij het Ghargha-meer stopten voor gebakken forel en aardappelen. We zouden naar de dierentuin gaan om Marian de leeuw te bekijken, en misschien zou Baba dan niet gapen en de hele tijd steelse blikken op zijn horloge werpen. Misschien zou Baba zelfs wel een van mijn verhalen lezen. Ik zou er honderd voor hem schrijven als ik dacht dat hij er een zou lezen. Misschien zou hij me 'Amir jaan' noemen, net als Rahim Khan. En misschien... heel misschien... zou hij me eindelijk vergeven dat ik mijn moeder vermoord had.

Baba zat me te vertellen over de keer dat hij op één dag veertien vliegers had losgesneden. Ik glimlachte, knikte, lachte op de juiste momenten. Maar ik hoorde nauwelijks wat hij zei. Nu had ik een opdracht. En ik zou Baba niet teleurstellen. Deze keer niet.

De avond voor het toernooi sneeuwde het hevig. Hassan en ik zaten onder de *koersi* en speelden *panjpar* terwijl de wind de boomtakken tegen het raam liet zwiepen. Eerder die dag had ik Ali gevraagd de koersi – een elektrisch kacheltje onder een lage tafel overdekt met een dikke, doorgestikte deken – voor ons klaar te zetten. Rond de tafel schikte hij matrassen en kussens zodat er wel twintig mensen omheen konden zitten met hun benen eronder geschoven. Hassan en ik brachten vaak hele sneeuwdagen zo door, behaaglijk weggekropen onder de koersi, met schaken en kaartspelen – vooral panjpar.

Ik speelde Hassans ruiten-tien weg, speelde twee boeren en een zes. In de kamer naast ons, Baba's studeerkamer, bespraken Baba en Rahim Khan zaken met een paar andere mannen – een van hen herkende ik als de vader van Assef. Door de muur hoorde ik het krakerige geluid van het nieuws op Radio Kabul.

Hassan speelde de zes weg en pakte de boeren op. Op de radio kondigde Daoud Khan iets aan over buitenlandse investeringen.

'Hij zegt dat we televisie krijgen in Kabul,' zei ik.

'Wie?'

'Daoud Khan, ezel, de president.'

Hassan giechelde. 'Ik heb gehoord dat ze die in Iran al hebben,' zei hij.

Ik zuchtte. 'Die Iraniërs... ' Voor veel Hazara's vertegenwoordigde Iran een soort toevluchtsoord, waarschijnlijk omdat de meeste Iraniërs net als de Hazara's sji'ieten zijn. Maar er schoot me iets te binnen wat mijn leraar die zomer over Iraniërs gezegd had: dat het grijnzende strooplikkers waren, die je met de ene hand op de rug klopten en je met de andere rolden. Dat vertelde ik aan Baba, en hij zei dat mijn leraar een van die jaloerse Afghanen was, jaloers omdat Iran een opkomende macht in Azië was, en dat de meeste mensen uit de rest van de wereld Afghanistan niet eens op een wereldkaart konden vinden. 'Het is pijnlijk om dat te zeggen,' zei hij schouderophalend, 'maar je kunt beter gekwetst worden door de waarheid dan getroost door een leugen.'

'Ik ga er ooit een voor je kopen,' zei ik.

Hassans gezicht klaarde op. 'Een televisie? Echt waar?'

'Jazeker. En niet zomaar een zwart-wittelevisie. Tegen die tijd zijn we waarschijnlijk al volwassen, maar dan koop ik er twee. Een voor jou en een voor mij.'

'Dan zet ik hem op mijn tafel, waar ik mijn tekeningen heb liggen,' zei Hassan.

Dat hij dat zei stemde me treurig. Treurig om wie Hassan was, waar hij woonde. Om hoe hij het feit geaccepteerd had dat hij in die lemen hut in de achtertuin oud zou worden, net als zijn vader. Ik trok de laatste kaart, legde een paar vrouwen en een tien neer.

Hassan speelde de vrouwen weg. 'Ik denk dat u agha sahib morgen heel erg trots gaat maken.'

'Denk je?'

'Insjallah,' zei hij.

'Insjallah,' echode ik, al klonk die beperking 'zo God het wil' uit mijn mond niet zo oprecht. Dat had je met Hassan: hij was zo verdomde zuiver dat je je bij hem in de buurt altijd een huichelaar voelde.

Ik speelde zijn heer weg en speelde mijn laatste kaart, een schoppen-aas. Die moest hij pakken. Ik had gewonnen, maar onder het schudden voor een nieuw spelletje had ik het sterke vermoeden dat Hassan me had laten winnen.

'Amir agha?'

'Wat?'

'Ik hou van het huis waar ik woon, weet u.' Dat deed hij nu altijd: mijn gedachten lezen. 'Het is mijn huis.'

'Mij best,' zei ik. 'Ik ga je nog een keer inmaken.'

7

De volgende ochtend, tijdens het zetten van de zwarte thee voor bij het ontbijt, vertelde Hassan dat hij gedroomd had. 'We waren aan het Ghargha-meer: u, ik, vader, agha sahib, Rahim Khan, en duizenden andere mensen,' zei hij. 'Het was warm en zonnig, en het meer was zo helder als een spiegel. Maar niemand ging zwemmen, want ze zeiden dat er een monster in het meer gekropen was. Dat zwom over de bodem en wachtte af.'

Hij schonk een kop voor me in, deed er suiker bij en blies er een paar keer op. Zette hem voor me neer. 'Dus iedereen was bang om het water in te gaan, en ineens schopt u uw schoenen uit, Amir agha, en doet uw overhemd uit. "Er is geen monster," zegt u. "Ik zal het jullie allemaal laten zien." En voor iemand u kan tegenhouden duikt u in het water en zwemt weg. Ik ga achter u aan en we zijn allebei aan het zwemmen.'

'Maar jij kunt niet zwemmen.'

Hassan lachte. 'Het is een droom, Amir agha; dan kun je alles. Maar goed, iedereen begint te schreeuwen: "Kom eruit! Kom eruit!", maar wij zwemmen gewoon door in het koude water. We komen helemaal in het midden van het meer en stoppen met zwemmen. We draaien ons om naar de oever en zwaaien naar de mensen. Ze lijken zo klein als mieren, maar we kunnen ze horen klappen. Nu zien ze het. Er is geen monster, alleen water. Daarna veranderen ze de naam van het meer en ze noemen het: "Het meer van Amir en Hassan, de sultans van Kabul", en we gaan mensen geld vragen om in het meer te mogen zwemmen.'

'En wat betekent het?' zei ik.

Hij besmeerde mijn naan met marmelade, legde hem op een bord. 'Ik weet het niet. Ik hoopte dat u me dat kon vertellen.'

'Nou ja, het is een stomme droom. Er gebeurt niets in.'

'Vader zegt dat dromen altijd iets betekenen.'

Ik nam een slokje thee. 'Waarom vraag je het dan niet aan hem, als hij zo slim is?' zei ik, botter dan ik bedoeld had. Ik had de hele nacht geen oog dichtgedaan. Mijn nek en rug waren net strak opgewonden veren, en mijn ogen prikten. Maar ik was gemeen tegen Hassan geweest. Ik bood bijna mijn excuses aan, maar deed het toch niet. Hassan begreep best dat ik alleen maar zenuwachtig was. Hassan begreep altijd alles van me.

Boven hoorde ik water lopen in Baba's badkamer.

De straten glinsterden van de verse sneeuw en de lucht was onschuldig blauw. Sneeuw bedekte alle daken en lag zwaar op de takken van de geknotte moerbeibomen in onze straat. Die nacht had de sneeuw zich in elk hoekje en gaatje genesteld. Ik kneep mijn ogen toe tegen het verblindende wit toen Hassan en ik door het smeedijzeren hek naar buiten stapten. Ali sloot het hek achter ons. Ik hoorde hem binnensmonds een gebed mompelen – hij zei altijd een gebed als zijn zoon het huis verliet.

Ik had nog nooit zoveel mensen bij ons op straat gezien. Jongens waren sneeuwballen aan het gooien, ze kibbelden en zaten elkaar lachend achterna. Vliegervechters hielden hun spoel tegen zich aan geklemd en troffen de laatste voorbereidingen. Uit straten naast de onze hoorde ik gelach en gepraat. De daken waren al vol toeschouwers, achterovergeleund in tuinstoelen, met dampend hete thee uit thermosflessen, en de muziek van Ahmad Zahir die uit cassetterecorders schalde. De gigantisch populaire Ahmad Zahir had de Afghaanse muziek ingrijpend vernieuwd en de puristen tot woede gedreven door elektrische gitaren, drums en hoorns toe te voegen aan de traditionele tabla en het harmonium; op het podium en op feestjes liet hij de strenge, bijna norse houding van oudere zangers varen en glimlachte waarachtig onder het zingen – soms zelfs naar vrouwen. Ik wendde mijn blik naar ons dak en zag Baba en Rahim Khan op een bank thee zitten drinken, beiden met een wollen trui aan. Baba zwaaide. Ik kon niet zien of hij naar mij of naar Hassan zwaaide.

'We moeten aan de slag,' zei Hassan. Hij had zwarte rubberen sneeuwlaarzen aan en een felgroene *tsjapan* over een dikke trui en een verschoten ribfluwelen broek. Hij leek meer dan ooit op een onafgemaakte Chinese pop. Zonlicht overspoelde zijn gezicht, en zo zag ik hoe mooi het roze litteken genezen was.

Ineens wilde ik me terugtrekken. De boel de boel laten, naar huis gaan. Wat bezielde me? Waarom deed ik mezelf dit aan, als ik toch al wist hoe het af zou lopen? Baba zat op het dak naar me te kijken. Ik voelde zijn scherpe blik op mij als de hitte van een verzengende zon. Dit zou zelfs voor mijn doen een grootscheepse mislukking zijn.

'Ik weet niet of ik vandaag wel wil vliegeren,' zei ik.

'Het is een mooie dag,' zei Hassan.

Ik schuifelde wat heen en weer. Probeerde mijn blik van ons dak af te wenden. 'Ik weet het niet. Misschien moesten we maar naar huis gaan.'

Toen stapte hij op me af en zei zachtjes iets waar ik een beetje van schrok: 'Denk eraan, Amir agha. Er is geen monster, alleen een mooie dag.' Hoe kon ik nu toch zo'n open boek voor hem zijn, terwijl ik de helft van de tijd geen idee had wat er in zijn hoofd omging? Ik was degene die op school zat, degene die kon lezen en schrijven. Ik was de pientere jongen. Hassan kon nog geen leesboekje voor de derde groep lezen, maar mij las hij zonder probleem. Het was een beetje verwarrend, maar toch ook wel prettig om iemand te hebben die altijd wist wat je nodig had.

'Geen monster,' zei ik, en ik voelde me tot mijn eigen verbazing een beetje beter.

Hij glimlachte. 'Geen monster.'

'Weet je het zeker?'

Hij deed zijn ogen dicht. Knikte.

Ik keek naar de jongens die al sneeuwballen gooiend over straat rondholden. 'Het is echt een mooie dag, hè?'

'Laten we gaan vliegeren,' zei hij.

Ik bedacht dat Hassan die droom misschien verzonnen had. Was dat mogelijk? Ik kwam tot de conclusie dat dat niet kon.

Zo slim was Hassan niet. Zo slim was ikzelf ook niet. Maar of die stomme droom nou verzonnen was of niet, hij had wel iets van mijn angst weggenomen. Misschien moest ik mijn overhemd maar uitdoen en in het meer gaan zwemmen. Waarom niet?

'Aan de slag,' zei ik.

Hassans gezicht klaarde op. 'Goed,' zei hij. Hij tilde onze vlieger op, een rode met gele randen, en net onder de plek waar de staander en de spreider elkaar kruisten de onmiskenbare handtekening van Saifo. Hij likte aan zijn vinger, stak hem omhoog om de windrichting te bepalen en rende tegen de richting in – die enkele keer dat we in de zomer vliegerden, schopte hij stof omhoog om te zien welke kant de wind dat op blies. De spoel rolde in mijn handen totdat Hassan stilstond, zo'n vijftien meter verderop. Hij hield de vlieger hoog boven zijn hoofd, als een olympisch atleet die zijn gouden plak laat zien. Ik gaf twee rukken aan de lijn, ons gebruikelijke signaal, en Hassan gooide de vlieger omhoog.

Ingeklemd tussen Baba en de mullahs op school wist ik nog steeds niet hoe ik tegenover God stond. Maar toen er een *ajat* dat ik in de *diniyat*-les geleerd had naar mijn lippen welde, mompelde ik wel het vers. Ik ademde diep in, ademde uit, en trok aan de lijn. Binnen een mum van tijd schoot mijn vlieger de lucht in. Hij maakte een geluid als van een papieren vogel die met zijn vleugels klappert. Hassan klapte in zijn handen, floot, en rende naar me terug. Ik gaf hem de spoel aan, hield de lijn vast, en hij draaide hem snel op om de overschietende lijn er weer op te winden.

Minstens twintig vliegers hingen al in de lucht, als papieren haaien op zoek naar prooi. Binnen een uur verdubbelde het aantal en rode, blauwe en gele vliegers gleden en draaiden in de lucht. Een koude bries blies door mijn haar. De wind was ideaal voor vliegeren, hij was net hard genoeg om de vliegers de lucht in te tillen en het zwieren makkelijker te maken. Naast me hield Hassan de spoel vast; zijn handen waren al bebloed van de lijn.

Algauw begon het doorsnijden en de eerste verslagen vliegers dwarrelden oncontroleerbaar omlaag. Ze vielen uit de lucht als vallende sterren met felgekleurde golvende staarten en bedolven de buurten eronder met trofeeën voor de vliegeraars. Ik hoorde de jagers nu joelend door de straten rennen. Iemand schreeuwde dat er twee straten verderop een gevecht was uitgebroken.

Ik wierp telkens steelse blikken op Baba en Rahim Khan op het dak, en ik vroeg me af wat Baba dacht. Juichte hij voor mij? Of genoot een deel van hem ervan om mij te zien falen? Zo ging dat bij vliegeren: je geest zweefde met de vlieger mee.

Nu kwamen ze overal naar beneden, de vliegers, en ik was nog steeds aan het vliegen. Ik was nog steeds aan het vliegen. Mijn ogen dwaalden af naar Baba, ingepakt in zijn wollen jas. Was hij verbaasd dat ik het zo lang volhield? *Als je je ogen niet op de lucht gericht houdt, houd je het niet lang meer vol.* Ik richtte mijn blik snel weer op de lucht. Een rode vlieger kwam op me af – ik zag het nog net op tijd. Ik speelde een beetje met hem en uiteindelijk klopte ik hem toen hij ongeduldig werd en me van onderaf probeerde door te snijden.

Overal op straat zag je vliegeraars zegevierend terugkeren met hun buitgemaakte vliegers hoog in de lucht gestoken. Ze lieten ze trots zien aan hun ouders, hun vrienden. Maar ze wisten allemaal dat het beste nog moest komen. De grootste prijs van alles was nog in de lucht. Ik sneed een felgele vlieger met een gedraaide witte staart. Het leverde me nog een snee in mijn wijsvinger op; bloed druppelde mijn handpalm in. Ik liet Hassan de lijn vasthouden, zoog het bloed weg en depte mijn vinger tegen mijn spijkerbroek.

Binnen het uur daarop daalde het aantal overlevende vliegers van zo'n vijftig naar een tiental. Ik was er een van. Het was me gelukt om bij de laatste tien te horen. Ik wist dat dit deel van het toernooi wel wat tijd zou kosten, omdat de jongens die het zo lang volhielden goed waren – die zouden niet makkelijk in simpele valstrikken trappen zoals die goeie ouwe 'stijg en duik', Hassans lievelingstruc.

Tegen drie uur die middag waren er wolken aan komen drijven en de zon was erachter verdwenen. De schaduwen begonnen langer te worden. De toeschouwers op de daken verstopten zich in sjaals en dikke jassen. We waren nog maar met z'n zessen en ik was nog steeds in de lucht. Mijn benen deden pijn en ik had een stijve nek. Maar met elke vlieger die verslagen werd groeide mijn hoop, zoals sneeuw zich vlokje voor vlokje op een muur verzamelt.

Mijn ogen keerden steeds terug naar een blauwe vlieger die het afgelopen uur dood en verderf had gezaaid.

'Hoeveel heeft hij er doorgesneden?' vroeg ik.

'Ik heb er elf geteld,' zei Hassan.

'Weet je van wie hij kan zijn?'

Hassan klakte met zijn tong en trok zijn kin op. Dat was een typisch gebaar van Hassan om aan te geven dat hij geen idee had. De blauwe vlieger sneed een grote paarse en maakte twee keer een grote lus. Tien minuten later had hij er nog eens twee gesneden, waarop hele hordes vliegeraars erachteraan gingen.

Na nog eens een halfuur waren er nog maar vier vliegers over. En ik was nog steeds in de lucht. Het leek wel of ik nauwelijks een verkeerde beweging kon maken, alsof elke windstoot in mijn voordeel was. Ik had me nog nooit zo meester van de situatie gevoeld, nog nooit zo gelukkig. Het was bedwelmend. Ik durfde niet omhoog te kijken naar het dak. Durfde mijn ogen niet van de lucht af te wenden. Ik moest me concentreren, ik moest het slim aanpakken. Een kwartier verstreek en wat die ochtend nog een belachelijke droom had geleken was ineens werkelijkheid geworden: het ging tussen mij en die andere knaap. De blauwe vlieger.

De spanning die in de lucht hing was even strak als de glaslijn waaraan ik met mijn bebloede handen rukte. Mensen stampten met hun voeten, klapten, floten, zongen: '*Boeboeresj! Boeboeresj!*' Snijd hem! Snijd hem! Ik vroeg me af of Baba's stem daarbij was. Muziek schalde. De geur van gestoomde *mantoe* en gebakken *pakoura* dreef van de daken en uit openstaande deuren.

Maar het enige wat ik hoorde – het enige wat ik mezelf dwong te horen – was het bonken van het bloed in mijn hoofd. Het enige wat ik zag was de blauwe vlieger. Het enige wat ik rook was de overwinning. Redding. Verlossing. Als Baba zich vergiste en er wel een God was zoals ze op school zeiden, dan zou hij me laten winnen. Ik wist niet waar die andere knaap op uit was, misschien alleen maar op het recht om te kunnen opscheppen. Maar dit was mijn enige kans om iemand te worden die niet alleen wordt gezien maar naar wie ook wordt gekeken; die niet alleen gehoord wordt, maar naar wie ook geluisterd wordt. Als er een God was, zou hij de wind richting geven, hem voor mij laten waaien, zodat ik mijn pijn, mijn verlangen met één enkele ruk aan mijn lijn zou lossnijden. Ik had te veel te verduren gehad, was te ver gekomen. En plotseling, van het ene op het andere moment, werd de hoop zekerheid. Ik ging winnen. Het was een kwestie van tijd.

Uiteindelijk kwam het eerder dan voorzien. Een windstoot tilde mijn vlieger op en daar maakte ik gebruik van. Liet de lijn vieren, trok hem op. Liet mijn vlieger met een boog boven de blauwe uit komen. Ik hield die positie vast. De blauwe vlieger wist dat hij in het nauw zat. Hij probeerde zich wanhopig uit zijn benarde situatie te manoeuvreren, maar ik gaf geen krimp. Ik behield mijn positie. De menigte voelde dat het einde nabij was. Het koor van 'Snijd hem! Snijd hem!' werd luider, net als de Romeinen die de gladiatoren toeriepen dat ze moesten doden, doden!

'U bent er bijna, Amir agha! Bijna!' hijgde Hassan.

Toen was het ogenblik gekomen. Ik sloot mijn ogen en liet mijn greep op de lijn verslappen. Hij sneed mijn vingers weer open terwijl de wind hem meetrok. En toen... Ik hoefde het gejoel van de menigte niet te horen om het te weten. Ik hoefde het ook niet te zien. Hassan was aan het schreeuwen en zijn arm zat om mijn hals geklemd.

'Bravo! Bravo, Amir agha!'

Ik deed mijn ogen open, zag de blauwe vlieger woest rondtollen als een band die van een hard rijdende auto loskomt. Ik knipperde met mijn ogen, probeerde iets te zeggen. Er kwam niets uit. Plotseling hing ik in de lucht en keek van bovenaf op mezelf neer. Zwarte leren jas, rode sjaal, verschoten spijkerbroek. Een magere jongen, een beetje bleek, een tikje te klein voor zijn twaalf jaar, smal in de schouders en met vage donkere kringen rond zijn bleekbruine ogen. De bries ritselde door zijn lichtbruine haar. Hij keek omhoog naar mij en we glimlachten naar elkaar.

En toen begon ik te schreeuwen en alles was kleur en geluid, alles leefde en was goed. Ik sloeg mijn vrije arm om Hassan heen en we sprongen op en neer, allebei lachend, allebei huilend.

'U hebt gewonnen, Amir agha! U hebt gewonnen!'

'Wíj hebben gewonnen! Wíj hebben gewonnen!' was het enige wat ik kon zeggen. Dit gebeurde niet echt. Straks zou ik met mijn ogen knipperen en uit deze mooie droom ontwaken, opstaan, naar de keuken lopen om te ontbijten en niemand hebben om mee te praten behalve Hassan. Me aankleden. Op Baba wachten. Het opgeven. Terug naar mijn oude leven. Toen zag ik Baba op ons dak. Hij stond aan de rand en stootte zijn vuisten in de lucht. Brulde en klapte. En dat was het geweldigste moment van al mijn twaalf levensjaren: Baba daar op het dak te zien staan, eindelijk trots op mij.

Maar nu deed hij iets; hij maakte dringende bewegingen met zijn handen. Toen begreep ik het. 'Hassan, we moeten... '

'Ik weet het,' zei hij en hij verbrak onze omhelzing. 'Insjallah feesten we straks verder. Nu ga ik eerst voor u achter die vlieger aan,' zei hij. Hij liet de spoel vallen en rende weg, en de zoom van zijn tsjapan sleepte door de sneeuw achter hem aan.

'Hassan!' riep ik. 'Je moet ermee terugkomen!'

Hij sloeg al bijna de hoek om, sneeuw omhoogschoppend met zijn rubberen laarzen. Hij bleef staan en draaide zich om. Hij vormde met zijn handen een kom rond zijn mond. 'Voor u doe ik alles!' riep hij. Toen glimlachte hij zijn Hassan-glimlach en verdween de hoek om. De volgende keer dat ik hem zo zonder verlegenheid zag glimlachen was zesentwintig jaar later, op een verbleekte polaroid.

Ik trok mijn vlieger naar me toe en intussen renden mensen op me af om me te feliciteren. Ik schudde handen, bedankte hen. De kleinere jongens keken vol ontzag in hun ogen naar me; ik was een held. Handen klopten me op de rug en woelden door mijn haar. Ik trok aan de lijn en beantwoordde elke glimlach, maar ik was met mijn gedachten bij de blauwe vlieger.

Eindelijk had ik mijn vlieger in de hand. Ik wond de losse lijn die zich aan mijn voeten verzameld had rond de spoel, schudde nog een paar handen en draafde naar huis. Toen ik het smeedijzeren hek bereikte, stond Ali aan de andere kant te wachten. Hij stak zijn hand tussen de spijlen door. 'Gefeliciteerd,' zei hij.

Ik gaf hem mijn vlieger en spoel, schudde zijn hand. 'Tasjakor, Ali jaan.'

'Ik heb de hele tijd voor jullie gebeden.'

'Bid dan maar even door. We zijn er nog niet.'

Ik haastte me terug naar de straat. Ik vroeg Ali niet naar Baba. Ik wilde hem nog niet zien. In mijn hoofd had ik het allemaal al uitgedacht: ik zou een grootse entree maken, als een held, met de begeerde trofee in mijn bebloede handen. Hoofden zouden zich omdraaien en ogen elkaar vasthouden. Rostam en Sohrab die elkaar opnemen. Een dramatisch moment van stilte. Dan zou de oude krijger naar de jonge toe lopen, hem omarmen, zijn waardigheid erkennen. Gerechtigheid. Redding. Verlossing. En dan? Nou ja... En ze leefden nog lang en gelukkig, natuurlijk. Wat anders?

De straten van Wazir Akbar Khan waren genummerd en lagen in rechte hoeken ten opzichte van elkaar, als een raster. Het was toen een nieuwe wijk die nog in ontwikkeling was, met lege percelen en half afgebouwde huizen aan elke straat tussen complexen omgeven door muren van tweeënhalve meter hoog. Ik rende elke straat op en neer op zoek naar Hassan. Overal waren mensen stoelen aan het opvouwen en etenswaren en eetgerei aan het inpakken na een lange dag feestvieren. Sommigen die nog op hun dak zaten riepen me gelukwensen na.

Vier straten ten zuiden van de onze zag ik Omar, de zoon van een ingenieur die met Baba bevriend was. Hij was in hun voortuin met een voetbal aan het dribbelen met zijn broer. Omar was wel een aardige jongen. We hadden samen in de vierde groep gezeten en ik had een keer een vulpen van hem gekregen, zo eentje waar je een inktpatroon in moet doen.

'Ik heb gehoord dat je gewonnen hebt, Amir,' zei hij. 'Gefeliciteerd.'

'Bedankt. Heb je Hassan gezien?'

'Jullie Hazara?'

Ik knikte.

Omar kopte de bal naar zijn broer. 'Ik heb gehoord dat hij een fantastische vliegeraar is.' Zijn broer kopte de bal naar hem terug. Omar ving hem op, gooide hem op en neer. 'Al heb ik me altijd afgevraagd hoe hij dat voor elkaar krijgt. Ik bedoel, hoe kan hij nou iets zien met die kleine oogjes van hem?'

Zijn broer grinnikte even, en vroeg om de bal. Omar negeerde hem.

'Heb je hem gezien?'

Omar stak zijn duim over zijn schouder en wees naar het zuidwesten. 'Ik zag hem daarnet in de richting van de bazaar rennen.'

'Bedankt.' Ik stoof weg.

Tegen de tijd dat ik de markt had bereikt, was de zon bijna achter de heuvels weggezakt en had de schemering de lucht roze en paars gekleurd. Een paar straten verder, vanaf de Haji Yaghoub-moskee, schalde de mullah *azan*, de oproep aan de gelovigen om hun kleedjes uit te rollen en hun hoofd in gebed naar het westen te buigen. Hassan sloeg nooit ook maar één van de vijf dagelijkse gebeden over. Zelfs als we aan het spelen waren, verontschuldigde hij zich, putte water uit de put op het erf, waste zich en verdween in de hut. Een paar minuten later kwam hij glimlachend weer te voorschijn, terwijl ik tegen de muur geleund of op een boomtak op hem zat te wachten. Maar vanavond zou hij om mij een gebed moeten overslaan.

De bazaar liep snel leeg, de kooplieden rondden hun gepingel voor die dag af. Ik draafde door de modder tussen rijen opeengepakte hokjes, waar je in de ene een vers geslachte fazant kon kopen en in die ernaast een rekenmachine. Ik laveerde tussen de slinkende menigte door – de lamme bedelaars in hun lagen gescheurde vodden, de kooplui met kleedjes over hun schouder, de textielhandelaars en slagers die hun winkel aan het afsluiten waren. Nergens zag ik een spoor van Hassan.

Ik stond stil bij een kraampje met gedroogde vruchten en beschreef Hassan voor een oude koopman die zijn muilezel met kratten pijnboompitten en rozijnen aan het laden was. Hij droeg een poederblauwe turban.

Hij hield op en keek me een hele tijd aan voor hij antwoordde: 'Misschien heb ik hem wel gezien.'

'Welke kant ging hij op?'

Hij bekeek me van top tot teen. 'Hoe komt het dat een jongen als jij op dit tijdstip van de dag hier naar een Hazara komt zoeken?' Hij wierp een lange bewonderende blik op mijn leren jas en mijn spijkerbroek – 'cowboybroeken' noemden we die altijd. In Afghanistan was het bezit van iets Amerikaans, vooral als het niet tweedehands was, een teken van rijkdom.

'Ik moet hem vinden, agha.'

'Wat heb jij met hem?' zei hij. Ik snapte niet waarom hij dat vroeg, maar ik hield me voor dat hij het me niet vlugger zou vertellen als ik ongeduldig was.

'Hij is de zoon van onze bediende,' zei ik.

De oude man trok een pepergrijze wenkbrauw op. 'Waarachtig? Die Hazara boft maar met zo'n bezorgde meester. Zijn vader mag wel op zijn knieën met zijn wimpers het stof aan jouw voeten wegvegen.'

'Vertelt u het me nou nog of niet?'

Hij liet zijn arm op de rug van de ezel rusten en wees naar het zuiden. 'Ik denk dat ik de jongen die je beschrijft die kant op heb zien rennen. Hij had een vlieger in zijn hand. Een blauwe.'

'Echt waar?' zei ik. *Voor u doe ik alles*, had hij beloofd. Goeie ouwe Hassan. Goeie ouwe Hassan, op wie ik me altijd kon verlaten. Hij had woord gehouden en de laatste vlieger voor me gevangen.

'Maar ze hebben hem intussen vast te pakken gekregen,' zei de oude koopman, en hij tilde kreunend en steunend nog een doos op de rug van de ezel.

'Wie?'

'Die andere jongens,' zei hij. 'Die achter hem aan zaten. Ze waren net zo gekleed als jij.' Hij wierp een blik op de lucht en zuchtte. 'En nu wegwezen; door jou kom ik nog te laat voor namaz.'

Maar ik haastte me alweer verder door de straatje.

Minutenlang zocht ik vruchteloos de bazaar af. Misschien hadden de ogen van de oude koopman hem bedrogen. Maar hij had wel de blauwe vlieger gezien. De gedachte dat ik die vlieger te pakken zou krijgen... Ik stak mijn hoofd om elk hoekje, in elke winkel. Geen spoor van Hassan.

Ik begon me net zorgen te maken dat de duisternis zou vallen voor ik Hassan gevonden had, toen ik voor me uit stemmen hoorde. Ik was bij een verscholen zandpad terechtgekomen. Het liep loodrecht op het einde van de hoofdweg door de bazaar. Ik sloeg het doorploegde pad in en volgde de stemmen. Mijn laarzen sopten bij elke stap in de modder en mijn adem vormde witte wolkjes voor me uit. Het smalle pad liep aan één kant parallel aan een met sneeuw gevulde kloof, waar in de lente misschien wel een stroom doorheen joeg. Aan de andere kant stonden rijen besneeuwde cipressen te midden van huizen van klei met platte daken – in de meeste gevallen nauwelijks meer dan lemen hutten –, gescheiden door smalle stegen.

Ik hoorde de stemmen weer, dit keer luider; ze kwamen uit een van de stegen. Ik sloop naar de ingang van de steeg. Hield mijn adem in. Keek om de hoek.

Hassan stond aan het doodlopende eind van de steeg, in een uitdagende houding: vuisten geheven, benen een beetje gespreid. Achter hem, op bergen schroot en puin, lag de blauwe vlieger. Mijn sleutel tot Baba's hart.

Drie jongens blokkeerden Hassans uitweg uit de steeg, dezelfde drie van die dag op de heuvel, de dag na de coup van Daoud Khan, toen Hassan ons had gered met zijn katapult. Wali stond aan de ene kant, Kamal aan de andere kant, en in het midden Assef. Ik voelde mijn lichaam verstrakken, en er rimpelde iets kouds over mijn ruggengraat. Assef leek ontspannen, vol zelfvertrouwen. Hij liet zijn boksbeugel rondzwaaien. De andere twee jongens stonden zenuwachtig te schuifelen en keken van Assef naar Hassan, alsof ze een wild dier in het nauw hadden gedreven dat alleen Assef kon temmen.

'Waar is je katapult, Hazara?' zei Assef terwijl hij de boksbeugel liet ronddraaien. 'Wat zei je ook alweer? "Ze zullen je Eenogige Assef noemen." Dat was het, ja. Eenogige Assef. Dat was bijdehand. Heel bijdehand. Maar het is makkelijk zat om bijdehand te zijn met een geladen wapen in je hand.'

Ik besefte dat ik nog steeds niet had uitgeademd. Ik ademde nu uit, langzaam, geluidloos. Ik voelde me verlamd. Ik keek toe toen ze de jongen met wie ik was opgegroeid verder insloten, de jongen wiens gezicht met de hazenlip mijn eerste herinnering was.

'Maar vandaag is je geluksdag, Hazara,' zei Assef. Hij stond met zijn rug naar me toe, maar ik had er heel wat onder durven verwedden dat hij grijnsde. 'Ik ben in een vergevensgezinde bui. Wat zeggen jullie me daarvan, jongens?'

'Dat is heel edelmoedig,' flapte Kamal eruit, 'helemaal na zijn onbeschofte gedrag jegens ons van de vorige keer.' Hij probeerde net als Assef te klinken, behalve dan dat zijn stem trilde. Toen begreep ik het: hij was niet bang voor Hassan, niet echt. Hij was bang omdat hij geen idee had wat Assef van plan was.

Assef maakte met zijn hand een wegwerpgebaar. '*Bakhsjida*. Vergeven en vergeten.' Hij liet zijn stem iets dalen. 'Natuurlijk gaat voor niets de zon op, en mijn kwijtschelding heeft wel een klein prijsje.'

'Dat is redelijk,' zei Kamal.

'Voor niets gaat de zon op,' voegde Wali eraan toe.

'Je boft maar, Hazara,' zei Assef en hij stapte op Hassan toe, 'want vandaag kost het je alleen maar die blauwe vlieger. Dat is een redelijke prijs, hè, jongens?'

'Meer dan redelijk,' zei Kamal.

Zelfs vanwaar ik stond zag ik de angst in Hassans ogen sluipen, maar hij schudde zijn hoofd. 'Amir agha heeft het toernooi gewonnen en ik heb deze vlieger voor hem gevangen. Eerlijk is eerlijk. Het is zijn vlieger.'

'Een trouwe Hazara. Zo trouw als een hond,' zei Assef.

Kamals lach was een schril, zenuwachtig geluid.

'Maar voordat je jezelf voor hem opoffert, moet je hier eens over nadenken: zou hij voor jou hetzelfde doen? Heb je je weleens afgevraagd waarom hij jou nooit bij spelletjes betrekt als hij gasten heeft? Waarom hij alleen met jou speelt als er niemand anders is? Dat zal ik je vertellen, Hazara. Omdat jij voor hem niets meer bent dan een lelijk huisdier. Iets waarmee hij kan spelen als hij zich verveelt, iets waar hij naar kan trappen als hij kwaad is. Maak jezelf vooral niet wijs dat je meer bent dan dat.'

'Amir agha en ik zijn vrienden,' zei Hassan. Hij was rood aangelopen.

'Vrienden?' zei Assef lachend. 'Wat ben je toch een zielige sukkel. Op een dag ontwaak je uit je fantasietje en dan kom je erachter wat een goede vriend hij is. En nu bas. Genoeg hierover. Geef op die vlieger.'

Hassan boog voorover en pakte een steen op.

Assef kromp ineen. Hij maakte aanstalten een stap achteruit te zetten. 'Je laatste kans, Hazara.'

Hassans antwoord was dat hij de arm met de steen in de aanslag bracht.

'Zoals je wilt.' Assef knoopte zijn winterjas los, deed hem uit en vouwde hem langzaam en nadrukkelijk op. Hij legde hem tegen de muur.

Ik deed mijn mond open en had bijna iets gezegd. Bijna. De rest van mijn leven was misschien anders gelopen als ik dat wel had gedaan. Maar ik deed het niet. Ik keek alleen toe. Verlamd.

Assef maakte een gebaar met zijn hand en de twee andere jongens liepen van elkaar weg; ze vormden een halve cirkel en sloten Hassan in de steeg in.

'Ik ben van gedachten veranderd,' zei Assef. 'Je mag de vlieger houden, Hazara. Je mag hem houden, zodat hij je altijd zal doen denken aan wat ik nu ga doen.'

Toen viel hij aan. Hassan slingerde de steen naar hem toe. Hij trof Assefs voorhoofd. Assef slaakte een kreet en stortte zich op Hassan, die tegen de grond sloeg. Wali en Kamal volgden.

Ik beet op mijn vuist. Deed mijn ogen dicht.

Een herinnering:

Wist je dat Hassan en jij aan dezelfde borst gedronken hebben? Wist je dat, Amir agha? Sakina heette ze. Het was een blonde, blauwogige Hazara-vrouw uit Bamiyan en ze zong oude bruiloftsliedjes voor jullie. Ze zeggen dat er een broederschap bestaat tussen mensen die aan dezelfde borst gedronken hebben. Wist je dat?

Een herinnering:

'Elk een roepie, kinderen. Maar één roepie per persoon en ik haal het gordijn van de waarheid op.' De oude man zit tegen een lemen muur. Zijn blinde ogen lijken wel gesmolten zilver, gebed in een paar diepe kraters. Over zijn stok gebogen strijkt de waarzegger met een knoestige hand over het oppervlak van zijn holle wangen. Houdt hem dan voor ons op. 'Dat is toch niet te veel gevraagd voor de waarheid, hè, een roepie per persoon?' Hassan laat een muntstuk in de getaande handpalm vallen. Ik laat de mijne vallen. 'In de naam van de goedgunstige, genadige Allah,' fluistert de waarzegger. Hij pakt eerst Hassans hand vast, strijkt met een hoornachtige nagel over zijn handpalm, rond en rond, rond en rond. Dan zweeft de vinger naar Hassans gezicht en maakt een droog, krassend geluid als hij langzaam de welving van zijn wangen en de contouren van zijn oren volgt. De eeltige kussentjes van zijn vingers strijken langs Hassans ogen. De hand stopt daar. Blijft hangen. Een schaduw trekt over het gezicht van de oude man. Hassan en ik wisselen een blik. De oude man pakt Hassans hand en legt de roepie erin terug. Hij wendt zich tot mij. 'En jij, jonge vriend?' zegt hij. Aan de andere kant van de muur kraait een haan. De oude man reikt naar mijn hand en ik trek hem terug.

Een droom:

Ik ben verdwaald in een sneeuwstorm. De wind giert en blaast prikkende vlagen sneeuw in mijn ogen. Ik strompel door lagen schuivende sneeuw. Ik roep om hulp, maar mijn kreten gaan verloren in de wind. Ik val en lig hijgend op de sneeuw, verloren in het wit, de wind huilend in mijn oren. Ik zie hoe de sneeuw mijn verse voetsporen uitwist. Ik ben een geest geworden, denk ik, een geest zonder voetafdrukken. Ik schreeuw weer; de hoop vervaagt, net als mijn voetafdrukken. Maar dit keer komt er een gedempt antwoord. Ik scherm mijn ogen af en het lukt me overeind te gaan zitten. Te midden van de zwierende sneeuwgordijnen vang ik een glimp van beweging op, een kleurig gefladder. Een vertrouwde gedaante doemt op. Een hand strekt zich naar me uit. Ik zie diepe, evenwijdige sneden over de handpalm, bloed druipt omlaag en kleurt de sneeuw. Ik pak de hand vast en ineens is de sneeuw verdwenen. We staan in een veld met appelgroen gras en zachte windvegen drijven over. Ik kijk op en zie dat de heldere hemel gevuld is met vliegers, groene, gele, rode, oranje. Ze glanzen in het middaglicht.

De steeg was een chaos van schroot en puin. Versleten fietsbanden, flessen met losgelaten etiketten, gescheurde tijdschriften, vergeelde kranten lagen verspreid te midden van een stapel bakstenen en platen beton. Een geroest gietijzeren fornuis met aan de zijkant een gapend gat stond scheefgezakt tegen een muur aan. Maar er waren twee dingen in die rotzooi waar ik mijn ogen niet van af kon houden: het ene was de blauwe vlieger, die tegen de muur geleund stond, vlak bij het gietijzeren fornuis; het andere was Hassans bruine ribfluwelen broek, die op een hoop uitgesleten bakstenen lag.

'Ik weet het niet,' zei Wali, 'mijn vader zegt dat het zondig is.' Hij klonk onzeker, opgewonden en bang tegelijk. Hassan lag met zijn borstkas tegen de grond geduwd. Kamal en Wali hadden allebei een arm vast, gedraaid en bij de elleboog gebogen, zodat Hassans handen tegen zijn rug drukten. Assef stond boven hen, de hak van zijn sneeuwlaarzen in Hassans nek geduwd.

'Je vader komt er heus niet achter,' zei Assef. 'En er is niets zondigs aan als je een oneerbiedige ezel een lesje leert.'

'Ik weet het niet,' sputterde Wali.

'Doe wat je niet laten kunt,' zei Assef. Hij wendde zich tot Kamal. 'En jij?'

'Ik... Nou ja... '

'Het is maar een Hazara,' zei Assef. Maar Kamal bleef wegkijken.

'Mij best,' snauwde Assef. 'Ik wil alleen dat jullie stelletje slappelingen hem vasthouden. Lukt dat, denk je?'

Wali en Kamal knikten. Ze keken opgelucht.

Assef knielde achter Hassan, legde zijn handen op Hassans heupen en tilde zijn blote billen op. Hij hield een hand op Hassans rug en maakte met zijn vrije hand de gesp van zijn riem los. Hij ritste zijn spijkerbroek open. Deed zijn onderbroek omlaag. Posteerde zich achter Hassan. Hassan stribbelde niet tegen. Hij jammerde zelfs niet. Hij verlegde zijn hoofd een stukje en ik zag een glimp van zijn gezicht. Zag de gelatenheid. Het was een blik die ik vaker gezien had. De blik van het lam.

Morgen is het de tiende dag van Dhul-Hijjah, de laatste maand van de islamitische kalender, en de eerste van drie dagen Eid Al-Adha of Eid-e-Qorban, zoals de Afghanen het noemen – een dag om te vieren dat de profeet Ibrahim bijna zijn eigen zoon aan God geofferd had. Baba heeft dit jaar weer zelf het schaap uitgekozen, een poederwit dier met scheve zwarte oren.

We staan allemaal op het erf. Hassan, Ali, Baba en ik. De mullah reciteert het gebed, wrijft over zijn baard. Baba mompelt zachtjes: 'Schiet toch eens een beetje op.' *Hij klinkt geïrriteerd vanwege dat eindeloze bidden, het ritueel om het vlees* halal *te maken. Baba drijft de spot met het verhaal achter deze Eid, zoals hij met alles wat met religie te maken heeft de spot drijft. Maar hij respecteert de traditie van Eid-e-Qorban. Het is gebruik om het vlees in drie porties te verdelen, een voor de familie, een voor vrienden, en een voor de armen. Baba geeft elk jaar alles aan de armen.* De rijken zijn al dik genoeg, *zegt hij.*

De mullah beëindigt het gebed. Ameen. *Hij pakt het keukenmes met het lange lemmet. Het is gebruik om het schaap niet het mes te laten zien. Ali geeft het dier een suikerklontje – nog zo'n gebruik – om de dood zoeter te maken. Het schaap schopt, maar niet erg. De mullah grijpt het onder zijn kaak en zet het lemmet in zijn nek. Een seconde voor hij de keel in een bedreven beweging opensnijdt, zie ik de ogen van het schaap. Het is een blik die me wekenlang zal achtervolgen. Ik weet niet waarom ik naar dat jaarlijkse ritueel op ons erf kijk; mijn nachtmerries blijven hangen als de bloedvlekken op het gras allang verdwenen zijn. Maar ik kijk altijd. Ik kijk vanwege die blik van aanvaarding in de ogen van het dier. Het is volkomen absurd, maar ik stel me voor dat het dier het begrijpt. Ik stel me voor dat het dier onder ogen ziet dat zijn aanstaande verscheiden een hoger doel dient. Dit is de blik...*

Ik hield op met kijken, draaide me af van de steeg. Er liep iets warms langs mijn gebalde vuist omlaag. Ik knipperde en zag dat ik nog steeds op mijn vuist aan het bijten was, zo hard dat mijn knokkels bloedden. Ik besefte iets anders. Ik was aan het huilen. Van vlak om de hoek hoorde ik Assefs snelle, ritmische gegrom.

Ik had een laatste kans om een beslissing te nemen. Een laatste kans om te beslissen wie ik zou worden. Ik kon die steeg in stappen, voor Hassan opkomen – zoals hij al die keren in het verleden voor mij was opgekomen – en aanvaarden wat er met me zou gebeuren. Of ik kon wegrennen.

Uiteindelijk rende ik weg.

Ik rende weg omdat ik een lafaard ben. Ik was bang voor Assef en voor wat hij mij kon aandoen. Ik was bang dat ze me pijn zouden doen. Dat hield ik mezelf voor toen ik me afwendde van de steeg en van Hassan. Dat maakte ik mezelf wijs. Ik haakte zelfs naar die lafheid, omdat het alternatief, de ware reden waarom ik wegrende, was dat Assef gelijk had: voor niets gaat de zon op. Misschien was Hassan de prijs die ik moest betalen, het lam dat ik moest slachten, om Baba voor me te winnen. Was het een redelijke prijs? Het antwoord zweefde naar mijn bewustzijn omhoog voor ik het de kop in kon drukken: het was maar een Hazara, waar of niet?

Ik rende dezelfde weg terug. Rende terug naar de vrijwel verlaten bazaar. Ik strompelde naar een winkelhokje en zocht steun tegen de met een hangslot gesloten openslaande deuren. Ik stond te hijgen en te zweten, en wilde dat alles anders gelopen was.

Een kwartier later hoorde ik stemmen en rennende voetstappen. Ik kroop achter het hokje en zag Assef en de andere twee voorbij komen spurten en lachend door het verlaten straatje wegrennen. Ik dwong mezelf om nog tien minuten langer te wachten. Toen liep ik terug naar het doorploegde pad dat langs de besneeuwde kloof liep. Ik tuurde in het afnemende licht en zag ineens Hassan langzaam op me af komen. We ontmoetten elkaar bij een kale berk aan de rand van de kloof.

Hij had de blauwe vlieger in zijn handen; dat was het eerste wat ik zag. En ik mag nu niet liegen en zeggen dat mijn ogen hem niet inspecteerden op scheuren. Zijn tsjapan zat aan de voorkant onder de moddervlekken en zijn hemd was vlak onder de boord gescheurd. Hij bleef staan en zwaaide op zijn voeten alsof hij op punt van instorten stond. Toen herstelde hij zich. Gaf me de vlieger aan.

'Waar zat je? Ik heb naar je gezocht,' zei ik. Het uitspreken van die woorden gaf me het gevoel alsof ik op een steen kauwde.

Hassan wreef met een mouw langs zijn gezicht, veegde snot en tranen weg. Ik wachtte af of hij iets ging zeggen, maar we stonden daar in stilte, in het verblekende licht. Ik was dankbaar voor de schaduw van de vroege avond, die op Hassans gezicht viel en het mijne verborg. Ik was blij dat ik zijn blik niet hoefde te beantwoorden. Wist hij dat ik het wist? En als hij het wist, wat zou ik dan zien als ik wel in zijn ogen keek? Verwijten? Verontwaardiging? Of, God verhoede, iets wat ik het meest vreesde: argeloze toewijding? Dat was wat ik het minst zou kunnen verdragen.

Hij wilde iets zeggen en zijn stem sloeg over. Hij deed zijn mond dicht, opende hem en sloot hem weer. Deed een stap naar achteren. Veegde zijn gezicht af. En nader dan dat zijn Hassan en ik er nooit meer aan toe geweest om het gebeurde in de steeg te bespreken. Ik dacht dat hij in tranen zou uitbarsten, maar tot mijn opluchting deed hij dat niet, en ik deed net of ik het overslaan van zijn stem niet gehoord had. Zoals ik net deed of ik de donkere vlek op het zitvlak van zijn broek niet zag. Of die druppeltjes die van tussen zijn benen neerkwamen en de sneeuw zwart kleurden.

'Agha sahib is vast ongerust,' was het enige wat hij zei. Hij draaide zich om en strompelde weg.

Het ging precies zoals ik me had voorgesteld. Ik deed de deur van de rokerige studeerkamer open en stapte naar binnen. Baba en Rahim Khan zaten thee te drinken en luisterden naar het nieuws dat krakerig uit de radio klonk. Ze draaiden hun hoofd om. Toen speelde er een glimlach rond mijn vaders lippen. Hij spreidde zijn armen. Ik legde de vlieger neer en liet me door zijn dikke, harige armen omhelzen. Ik begroef mijn gezicht in de warmte van zijn borst en huilde. Baba hield me dicht tegen zich aan, wiegde me heen en weer. In zijn armen vergat ik wat ik gedaan had. En dat was goed.

8

Een week lang zag ik Hassan nauwelijks. Als ik wakker werd stonden het geroosterde brood, de thee en een gekookt ei al op de keukentafel klaar. Mijn kleren voor die dag lagen gestreken en opgevouwen op de rotanstoel in de vestibule, waar Hassan altijd streek. Anders wachtte hij tot ik aan tafel ging zitten voor hij begon te strijken – dan konden we praten. Hij zong ook wel, boven het gesis van het strijkijzer uit. Hij zong oude Hazara-liedjes over tulpenvelden. Nu begroetten me alleen de opgevouwen kleren. Die, en een ontbijt dat ik bijna nooit meer opat.

Op een bewolkte ochtend zat ik het gekookte ei op mijn bord heen en weer te schuiven toen Ali met armenvol gehakt hout binnenkwam. Ik vroeg hem waar Hassan was.

'Hij is weer naar bed gegaan,' zei Ali, terwijl hij bij de kachel knielde. Hij trok het vierkante deurtje open.

Kon Hassan vandaag komen spelen?

Ali hield even stil met een houtblok in zijn handen. Er kwam een bezorgde trek over zijn gezicht. 'Het lijkt de laatste tijd wel of hij niets anders wil dan slapen. Hij doet zijn klusjes – daar zorg ik voor – maar daarna wil hij alleen maar onder de dekens kruipen. Kan ik u iets vragen?'

'Als het moet.'

'Na het vliegertoernooi kwam hij een beetje bebloed thuis en zijn hemd was gescheurd. Ik vroeg hem wat er gebeurd was en hij zei dat het niets voorstelde, dat hij met een paar jongens gevochten had vanwege de vlieger.'

Ik zei niets. Ik bleef het ei maar over mijn bord schuiven.

'Is hem iets overkomen, Amir agha? Iets wat hij mij niet vertelt?'

Ik haalde mijn schouders op. 'Moet ik dat weten?'

'U zou het me vertellen, hè? Insjallah zou u het me vertellen als hem iets overkomen was?'

'Ik zeg toch: hoe moet ik nou weten wat er met hem aan de hand is?' snauwde ik. 'Misschien is hij ziek. Mensen worden zo vaak ziek, Ali. Moet ik bevriezen, of ga je vandaag nog die kachel aansteken?'

Die avond vroeg ik Baba of we komende vrijdag naar Jalalabad konden gaan. Hij zat op de leren draaistoel achter zijn bureau te schommelen en een Iraanse krant te lezen. Hij legde de krant neer, zette de leesbril af waar ik zo'n hekel aan had – Baba was niet oud, helemaal niet, en hij had nog jaren te leven, dus waarom moest hij dan zo'n stomme bril op?

'Waarom niet?' zei hij. In die tijd vond Baba alles wat ik vroeg goed. Sterker nog, twee avonden daarvoor had híj míj gevraagd of ik zin had om naar *El Cid* met Charlton Heston in de Cinema Aryana te gaan. 'Wil je Hassan meevragen naar Jalalabad?'

Waarom moest Baba het nu weer bederven? 'Hij is *mariez*,' zei ik. Hij voelt zich niet lekker.

'O nee?' Baba hield op met schommelen. 'Wat mankeert hij dan?'

Ik haalde mijn schouders op en liet me op de bank bij de haard zakken. 'Hij is verkouden of zoiets. Ali zegt dat hij veel slaapt.'

'Ik heb Hassan de laatste paar dagen nauwelijks gezien,' zei Baba. 'Dus meer is het niet, alleen verkoudheid?' Ik kon er niets aan doen, maar ik verafschuwde de manier waarop hij zijn voorhoofd fronste van bezorgdheid.

'Gewoon verkoudheid. Gaan we vrijdag nou, Baba?'

'Ja, ja,' zei Baba terwijl hij zich van het bureau wegduwde. 'Wat jammer van Hassan. Ik dacht dat je meer plezier zou hebben als hij meeging.'

'Wij kunnen met z'n tweeën ook plezier hebben,'zei ik. Baba glimlachte. Knipoogde. 'Kleed je warm aan,' zei hij.

We hadden met z'n tweeën moeten gaan – dat had ik gewild – maar tegen woensdagavond had Baba al kans gezien om nog eens twintig mensen uit te nodigen. Hij belde zijn neef Homayoun – eigenlijk was hij een achterneef van Baba – en merkte terloops op dat hij vrijdag naar Jalalabad ging, en Homayoun, die in Frankrijk werktuigbouwkunde had gestudeerd en een huis had in Jalalabad, zei dat hij het leuk zou vinden als iedereen daarheen kwam; hij zou de kinderen meenemen en zijn twee vrouwen, en als hij toch bezig was: nicht Shafiqa en haar gezin waren op bezoek uit Herat, misschien had ze wel zin om mee te gaan; en omdat zij bij neef Nader in Kabul logeerde, moest zijn gezin ook wel uitgenodigd worden, ook al hadden Homayoun en Nader een beetje onmin; en als Nader werd uitgenodigd, moest zijn broer Faruq beslist ook uitgenodigd worden, want anders zou hij beledigd zijn en dan nodigde hij hen misschien niet uit voor de bruiloft van zijn dochter de maand daarop en...

We hadden drie busjes nodig. Ik zat in de auto met Baba, Rahim Khan, kaka Homayoun – Baba had me als kind bijgebracht dat ik elke oudere man kaka oftewel oom moest noemen en elke oudere vrouw *khala* oftewel tante. Kaka Homayouns twee vrouwen reden met ons mee – de oude, met het verschrompelde gezicht en de wratten op haar handen en de jonge, die altijd naar parfum rook en met haar ogen dicht danste – net als kaka Homayouns tweelingdochters. Ik zat op de achterste bank, wagenziek en duizelig, ingeklemd tussen de zevenjarige tweeling, die elkaar voortdurend over mijn schoot heen aan het slaan waren. De tocht naar Jalalabad duurt twee uur en voert over bergwegen die langs een steile afgrond lopen, en mijn maag kwam bij elke haarspeldbocht omhoog. Iedereen in het busje zat aan één stuk door te hard, bijna schreeuwend te praten; zo praten Afghanen nu eenmaal. Ik vroeg een van de tweeling – Fazila of Karima, ik kon ze niet uit elkaar houden – of ze haar plaats aan het raam met mij wilde ruilen zodat ik wat frisse lucht kon krijgen vanwege mijn wagenziekte. Ze stak haar tong uit en zei nee. Ik zei dat dat best was, maar dat ik er niet voor instond dat ik niet op haar nieuwe jurk zou overgeven. Even later hing ik uit het raam. Ik zag de pokdalige weg rijzen en dalen en zijn staart rond de helling winden; ik telde de veelkleurige vrachtwagens die volgepakt met gehurkte mannen langsdenderden. Ik probeerde mijn ogen dicht te doen, de wind tegen mijn wangen te laten roffelen; ik deed mijn mond open om de frisse lucht te verzwelgen. Ik voelde me nog steeds niet beter. Een vinger prikte in mijn zij. Het was Fazila/Karima.

'Wat is er?' zei ik.

'Ik vertel ze net allemaal over het toernooi,' zei Baba vanachter het stuur. Kaka Homayoun en zijn vrouwen lachten me vanaf de middelste bank toe.

'Wel honderd vliegers waren er die dag in de lucht, denk je niet?' zei Baba. 'Klopt dat zo'n beetje, Amir?'

'Ik denk het wel,' mompelde ik.

'Wel honderd vliegers, Homayoun jaan. Geen laaf. En de enige die aan het eind van de dag nog in de lucht was, was die van Amir. Hij heeft de laatste vlieger thuis, een prachtige blauwe. Hassan en hij hebben hem samen te pakken gekregen.'

'Gefeliciteerd,' zei kaka Homayoun. Zijn eerste vrouw, degene met de wratten, klapte in haar handen. 'Wah wah Amir jaan, we zijn allemaal heel trots op je!' zei ze. De jongere vrouw deed mee. Toen waren ze allemaal aan het klappen en hun lof aan het uitgillen, en aan het vertellen hoe trots ik hen allemaal gemaakt had. Alleen Rahim Khan, die op de passagiersplaats naast Baba zat, was stil. Hij keek op een vreemde manier naar me.

'Wilt u alstublieft aan de kant gaan staan, Baba?' zei ik.

'Hè?'

'Ik word misselijk,' mompelde ik voorovergeleund over de bank, tegen kaka Homayouns dochters aan gedrukt.

Fazila/Karima's gezicht vertrok. 'Aan de kant, kaka! Ik wil niet dat hij over mijn nieuwe jurk overgeeft!' krijste ze.

Baba reed naar de kant, maar ik kon het niet meer tegenhouden. Een paar minuten later zat ik op een steen langs de kant van de weg terwijl zij de auto aan het luchten waren. Baba zat te roken met kaka Homayoun, die tegen Fazila/Karima zei dat ze moest ophouden met huilen; hij zou in Jalalabad een nieuwe jurk voor haar kopen. Ik deed mijn ogen dicht en draaide mijn gezicht naar de zon. Er ontstonden kleine vormen achter mijn oogleden, net handen die schaduwen op de muur maken. Ze kronkelden, versmolten, vormden één enkel beeld: Hassans bruine ribfluwelen broek, weggegooid op een stapel oude bakstenen in de steeg.

Kaka Homayouns twee verdiepingen hoge huis in Jalalabad had een bordes dat op een witte grote ommuurde tuin met appel- en dadelpruimenbomen uitkeek. De tuinman snoeide de heggen in de zomer in de vorm van dieren, en er was een zwembad met smaragdgroene tegels. Ik zat op de rand van het zwembad, dat leeg was afgezien van een papperige laag sneeuw op de bodem, met mijn benen over de rand bungelend. Kaka Homayouns kinderen speelden aan de andere kant van de tuin verstoppertje. De vrouwen waren aan het koken en ik rook de gebakken uien al, ik hoorde het *pfft pfft* van een hogedrukpan, muziek, gelach. Baba, Rahim Khan, kaka Homayoun en kaka Nader zaten op het bordes te roken. Kaka Homayoun vertelde net dat hij de projector had meegenomen om zijn dia's van Frankrijk te laten zien. Hij was tien jaar geleden uit Parijs teruggekomen en nog steeds liet hij die stomme dia's zien.

Ik had me niet zo moeten voelen. Baba en ik waren eindelijk vrienden. We waren een paar dagen tevoren naar de dierentuin geweest, we hadden Marjan de leeuw gezien, en ik had stiekem een kiezel naar de beer geslingerd. Daarna waren we naar Dadkhoda's kebabtent geweest, aan de overkant van Cinema Park, en hadden lamskebab met vers gebakken naan uit de *tandoor* gegeten. Baba had me verhalen verteld over zijn reizen naar India en Rusland, over de mensen die hij ontmoet had, bijvoorbeeld het echtpaar zonder armen en benen in Bombay dat al zevenenveertig jaar getrouwd was en elf kinderen had grootgebracht. Dat had leuk moeten zijn, zo'n dag samen met Baba doorbrengen, naar zijn verhalen luisteren. Eindelijk had ik wat ik al die jaren gewild had. Maar nu ik het had voelde ik me net zo leeg als dat wanordelijke zwembad waar ik met mijn benen in bungelde.

De vrouwen en dochters serveerden het diner – rijst, kofta, en kippen-qoerma – bij zonsondergang. We dineerden op de traditionele manier: rondom in de kamer op kussens gezeten, een tafelkleed op de vloer uitgespreid, en met z'n vieren of vijven met onze handen van een gezamenlijke schaal etend. Ik had geen honger, maar ging toch bij Baba, kaka Faruq en de twee zoons van kaka Homayoun zitten. Baba had voor het eten een paar glazen whisky gedronken en bazelde maar door over het vliegertoernooi: dat ik het het langst van allemaal had volgehouden, dat ik met de laatste vlieger was thuisgekomen. Zijn dreunende stem overheerste de kamer. Mensen keken op van hun schaal en riepen gelukwensen. Kaka Faruq klopte me met zijn schone hand op de rug. Ik had wel een mes in mijn oog willen steken.

Later, ver na middernacht, nadat Baba en zijn neven een paar uur hadden gepokerd, gingen de mannen op naast elkaar gelegde matrassen slapen in dezelfde kamer waar we gegeten hadden. De vrouwen gingen naar boven. Een uur later sliep ik nog niet. Ik lag maar te draaien, terwijl mijn familieleden in hun slaap gromden, zuchtten en snurkten. Ik ging overeind zitten. Er stroomde een wig maanlicht door het raam naar binnen.

'Ik heb toegekeken terwijl Hassan verkracht werd,' zei ik tegen niemand. Baba bewoog in zijn slaap. Kaka Homayoun gromde. Iets in mij hoopte dat er iemand wakker werd en het zou horen, zodat ik niet langer met die leugen hoefde te leven. Maar er werd niemand wakker en in de stilte die volgde begreep ik wat mijn nieuwe vloek was: ik zou er ongestraft vanaf komen.

Ik dacht aan Hassans droom, waarin we in het meer zwommen. *Er is geen monster*, had hij gezegd, *alleen water*. Alleen had hij dat verkeerd gezien. Er zat wel een monster in het meer. Dat greep Hassan bij zijn enkels en sleurde hem naar de duistere bodem. Dat monster was ik.

Vanaf die nacht werd ik een slechte slaper.

Ik sprak Hassan pas weer halverwege de week daarop. Ik had net de helft van mijn lunch opgegeten en Hassan was aan het afwassen. Ik liep de trap op, op weg naar mijn kamer, toen Hassan me vroeg of ik zin had om de heuvel te beklimmen. Ik zei dat ik moe was. Hassan zag er ook moe uit – hij was vermagerd en er waren grijze kringen om zijn opgezwollen ogen verschenen. Maar toen hij het nog eens vroeg, stemde ik met tegenzin toe.

We beklommen de heuvel, onze laarzen soppend in de modderige sneeuw. Geen van beiden zeiden we iets. We gingen onder onze granaatappelboom zitten en ik wist dat ik een vergissing begaan had. Ik had niet mee de heuvel op moeten gaan. De woorden die ik met Ali's keukenmes in de boomstam had gekerfd, 'Amir en Hassan, de Sultans van Kabul...' Ik kon er niet meer tegen om ze te zien.

Hij vroeg of ik uit de *Shahnamah* wilde voorlezen en ik zei dat ik van gedachten veranderd was. Ik zei dat ik naar mijn kamer terug wilde. Hij keek weg en haalde zijn schouders op. We liepen terug naar beneden zoals we naar boven gekomen waren: in stilte. En voor het eerst van mijn leven keek ik verlangend uit naar de lente.

Mijn herinnering aan de rest van die winter van 1975 is behoorlijk vaag. Ik weet nog dat ik tamelijk gelukkig was als Baba thuis was. Dan aten we samen, gingen naar de film, op bezoek bij kaka Homayoun en kaka Faruq. Soms kwam Rahim Khan bij ons en dan mocht ik bij hen in de studeerkamer thee met hen drinken. Hij liet me zelfs een paar van mijn verhalen voorlezen. Het was fijn en ik geloofde zelfs dat het zo zou blijven. Ik denk dat Baba dat ook geloofde. We hadden allebei beter moeten weten. Zeker een paar maanden lang na het vliegertoernooi dompelden Baba en ik ons onder in een zoete illusie; we zagen elkaar zoals we elkaar nooit gezien hadden en nooit meer zouden zien. We hadden onszelf werkelijk wijsgemaakt dat een stuk speelgoed van papier, lijm en bamboe de kloof tussen ons tweeën kon dichten.

Maar als Baba er niet was – en dat was vaak het geval – sloot ik me op in mijn kamer. Ik las elke paar dagen een boek, schreef verhalen, leerde paarden tekenen. Ik hoorde Hassan 's ochtends in de keuken rondschuifelen, het gekletter van zilverwerk, het gefluit van de theeketel. Ik wachtte altijd tot ik de deur hoorde dichtgaan en pas dan liep ik naar beneden om te eten. Op mijn kalender omcirkelde ik de datum van de eerste schooldag en begon af te tellen.

Tot mijn ontzetting bleef Hassan proberen om onze vriendschap weer tot leven te wekken. Ik herinner me de laatste keer nog. Ik zat in mijn kamer een ingekorte Farsi-vertaling van *Ivanhoe* te lezen toen hij op mijn deur klopte.

'Wat is er?'

'Ik ga naar de bakker om naan te kopen,' zei hij aan de andere kant. 'Ik vroeg me af of u... of u zin had om mee te gaan.'

'Ik denk dat ik gewoon wat ga zitten lezen,' zei ik en ik wreef over mijn slapen. De laatste tijd kreeg ik hoofdpijn als Hassan in de buurt was.

'De zon schijnt,' zei hij.

'Dat zie ik ook wel.'

'Wie weet is het leuk om een wandeling te maken.'

'Ga je gang.'

'Ik wou dat u meeging,' zei hij. Hij viel even stil. Er bonsde iets tegen de deur, misschien zijn voorhoofd. 'Ik weet niet wat ik gedaan heb, Amir agha. Ik wou dat u het tegen me zei. Ik weet niet waarom we niet meer spelen.'

'Je hebt niets gedaan, Hassan. Ga nou maar.'

'U kunt het me wel zeggen, dan hou ik ermee op.'

Ik begroef mijn hoofd in mijn schoot, nam mijn slapen met mijn knieën in de houdgreep. 'Ik zal je eens zeggen waarmee ik wil dat je ophoudt,' zei ik met dichtgeknepen ogen.

'Wat het ook is.'

'Ik wil dat je me niet meer lastigvalt. Ik wil dat je weggaat,' snauwde ik. Gaf hij me maar lik op stuk, trapte hij de deur maar open om me op mijn nummer te zetten – dat zou alles makkelijker, beter gemaakt hebben. Maar hij deed niets van dat alles, en toen ik een poos later de deur opendeed was hij er niet. Ik viel op mijn bed, begroef mijn hoofd onder het kussen, en huilde.

Daarna verkeerde Hassan voortaan aan de rand van mijn bestaan. Ik zorgde ervoor dat onze paden zich zo min mogelijk kruisten; ik organiseerde mijn dag op die manier. Want als hij er was, sijpelde alle zuurstof uit de kamer. Mijn borstkas verkrampte en ik kreeg geen lucht meer; dan stond ik in mijn eigen kleine zuurstofloze bel naar adem te happen. Maar al was hij er niet, hij was er toch. Hij was er in de met de hand gewassen en gestreken kleren op de rotanstoel, in de warme sloffen die voor mijn deur stonden, in het hout dat al in de kachel brandde als ik beneden kwam voor het ontbijt. Overal om me heen zag ik tekenen van zijn trouw, die verdomde niet-aflatende trouw van hem.

Vroeg in dat voorjaar, een paar dagen voor het nieuwe schooljaar, waren Baba en ik tulpenbollen in de tuin aan het poten. De meeste sneeuw was weggesmolten en op de heuvels in het noorden waren hier en daar al groene plekken te zien. Het was een koele, grijze morgen. Baba hurkte naast me en groef gaten, waarin hij de tulpenbollen plantte die ik hem aangaf. Hij vertelde me net dat de meeste mensen dachten dat het beter was om tulpen in de herfst te planten en dat dat niet waar was, toen ik het er ineens uit gooide. 'Hebt u er weleens aan gedacht om andere bedienden te nemen, Baba?'

Hij liet de tulpenbol vallen en plantte de troffel in de aarde. Deed zijn tuinhandschoenen uit. Ik had hem laten schrikken. '*Tsji?* Wat zeg je nou?'

'Dat vroeg ik me gewoon af.'

'Waarom zou ik dat willen?' zei Baba kortaf.

'Het was maar een vraag,' zei ik met wegebbende stem. Ik had er al spijt van dat ik het gezegd had.

'Heeft het iets met Hassan en jou te maken? Ik weet dat er iets tussen jullie aan de hand is, maar dat moet jij oplossen, niet ik. Ik bemoei me er niet mee.'

'Het spijt me, Baba.'

Hij trok zijn handschoenen weer aan. 'Ik ben met Ali opgegroeid,' zei hij met opeengeklemde kaken. 'Mijn vader nam hem op, hij hield van Ali als van een zoon. Ali is al veertig jaar bij de familie. Veertig jaar, verdomme. En jij denkt dat ik hem er zomaar uit gooi?' Hij draaide zich nu naar me om, zijn gezicht was zo rood als een tulp. 'Ik heb je nog nooit geslagen, Amir, maar als je dat nog eens zegt... ' Hij keek hoofdschuddend van me weg. 'Ik schaam me voor jou. En Hassan... Hassan gaat nergens heen, begrepen?'

Ik keek omlaag en pakte een handvol koele aarde. Liet de korrels tussen mijn vingers weglopen.

'Ik vroeg of je het begrepen had,' bulderde Baba.

Ik kromp ineen. 'Ja, Baba.'

'Hassan gaat nergens heen,' snauwde Baba. Met meer kracht dan nodig was groef hij met de troffel een nieuw gat. 'Hij blijft gewoon hier bij ons, waar hij thuishoort. Dit is zijn huis en wij zijn zijn familie. Vraag me dat nooit meer!'

'Dat zal ik niet doen, Baba. Het spijt me.'

We plantten de rest van de tulpenbollen in stilte.

Ik was opgelucht toen de school de week daarna weer begon. Leerlingen met nieuwe schriften en geslepen potloden in de hand zwierven over de speelplaats, schopten stof omhoog, kletsten in groepen, in afwachting van het fluitje van de klassenvertegenwoordigers. Baba reed over het onverharde pad dat naar de ingang van de Istiqlal-middenschool liep. De school was een oud gebouw met twee verdiepingen, gebroken ramen en duistere, met keitjes geplaveide gangen, stukken van de oorspronkelijke gele verflaag nog zichtbaar door afbladderende brokken pleister. De meeste jongens liepen naar school, en Baba's zwarte Mustang trok menige jaloerse blik. Ik had moeten stralen van trots toen hij me afzette – en mijn vroegere ik had dat ook gedaan – maar het enige wat ik kon oproepen was een lichte vorm van gêne. En een gevoel van leegte. Baba reed weg zonder gedag te zeggen.

Ik ontliep het gebruikelijke vergelijken van de vliegergevechtlittekens en ging in de rij staan. De bel klonk en we marcheerden twee aan twee naar onze klas. Ik ging op de achterste rij zitten. Terwijl de leraar Farsi onze leerboeken uitdeelde, bad ik om een flinke hoeveelheid huiswerk.

De school leverde me een excuus om urenlang op mijn kamer

door te brengen. En een tijdje leidde hij me ook af van wat er die winter gebeurd was, wat ik had láten gebeuren. Een paar weken lang liet ik me in beslag nemen door zwaartekracht en mate van beweging, atomen en cellen, de Engels-Afghaanse oorlogen, in plaats van te denken aan Hassan en wat hem overkomen was. Maar mijn gedachten keerden altijd terug naar de steeg. Naar Hassans bruine ribfluwelen broek op de bakstenen. Naar de druppeltjes bloed die de sneeuw donkerrood, bijna zwart kleurden.

Op een lome, heiige middag aan het begin van die zomer vroeg ik Hassan om met me mee de heuvel op te gaan. Ik zei dat ik hem een nieuw verhaal wilde voorlezen. Hij was kleren in de tuin aan het ophangen om te drogen, en ik zag hoe graag hij mee wilde aan de haastige manier waarop hij het karwei afmaakte.

Al kletsend beklommen we de heuvel. Hij vroeg naar school, wat ik aan het leren was, en ik praatte over mijn leraren, vooral over de gemene wiskundeleraar, die praatgrage leerlingen strafte door een metalen staafje tussen hun vingers te steken en ze dan samen te knijpen. Hassan kromp ineen en zei dat hij hoopte dat ik dat nooit zou hoeven meemaken. Ik zei dat ik tot nu toe geluk had gehad, al wist ik best dat geluk er niets mee te maken had. Ik had net zo goed in de klas gekletst. Maar mijn vader was rijk en iedereen kende hem, dus mij werd de behandeling met het metalen staafje bespaard.

We gingen tegen de lage muur van de begraafplaats zitten in de schaduw van de granaatappelboom. Over een maand of twee zou een deken van uitgedroogd geel onkruid de helling overdekken, maar dat jaar hadden de lentebloemen het langer dan gewoonlijk volgehouden en hadden hun verscheiden tot in de vroege zomer weten uit te stellen, en het gras was nog groen, met hier en daar een wirwar van wilde bloemen. Aan onze voeten glansden de witte huizen met hun platte daken van Wazir Akbar Khan in het zonlicht; de was die aan de lijnen in hun achtertuinen hing, wapperde als vlinders in de bries.

We hadden een stuk of tien granaatappels van de boom geplukt. Ik vouwde het verhaal dat ik had meegenomen open, zocht de eerste bladzijde op, en legde het neer. Ik kwam overeind en raapte een overrijpe granaatappel van de grond.

'Wat zou je doen als ik je hiermee raakte?' zei ik, terwijl ik de vrucht in de lucht gooide en weer opving.

Hassans glimlach stierf weg. Hij zag er ouder uit dan ik me herinnerde. Nee, niet ouder, oud. Was dat mogelijk? Er waren lijnen in zijn gebruinde gezicht geëtst en rimpels omringden zijn ogen en zijn mond. Ik had die lijnen net zo goed eigenhandig met een mes kunnen kerven.

'Wat zou je dan doen?' herhaalde ik.

Alle kleur verdween uit zijn gezicht. Naast hem flapperden de aaneengeniete vellen van het verhaal dat ik beloofd had voor te lezen in de bries. Ik slingerde de granaatappel naar hem toe. Hij raakte hem op zijn borstkas en ontplofte in een fontein van rode drab. Hassans kreet was beladen met verrassing en pijn.

'Sla me terug!' snauwde ik. Hassan keek van de vlek op zijn borst naar mij.

'Sta op! Sla me!' zei ik. Hassan stond inderdaad op, maar hij bleef gewoon staan, met in zijn ogen de verdwaasde blik van iemand die door de springvloed de oceaan in gesleurd wordt terwijl hij zo-even nog een heerlijke wandeling langs het strand aan het maken was.

Ik trof hem nog eens met een granaatappel, deze keer tegen zijn schouder. Het sap bespatte zijn gezicht. 'Sla me terug!' siste ik. 'Sla me dan, verdomme!' Ik wilde zo graag dat hij het deed. Ik wilde dat hij me de bestraffing gaf waar ik zo naar verlangde, zodat ik misschien eindelijk weer kon slapen. Dan zou alles tussen ons misschien wel weer worden zoals het geweest was. Maar Hassan deed niets terwijl ik hem bleef bekogelen. 'Je bent een lafaard!' zei ik. 'Een doodgewone lafaard!'

Ik weet niet hoe vaak ik hem raakte. Wat ik nog wel weet is dat toen ik er eindelijk uitgeput en hijgend mee ophield, Hassan onder de rode vlekken zat, alsof hij door een vuurpeloton beschoten was. Ik viel moe, leeg en gefrustreerd op mijn knieën.

Toen raapte Hassan toch nog een granaatappel op. Liep naar me toe. Drukte hem open en plette hem tegen zijn eigen voorhoofd. 'Zo,' zei hij schor, met een gezicht dat droop van het rood alsof het bloed was, 'bent u nu tevreden? Voelt u zich nu beter?' Hij draaide zich om en liep de heuvel af.

Ik liet mijn tranen de vrije loop, heen en weer schommelend op mijn knieën. 'Wat moet ik toch met je aan, Hassan? Wat moet ik toch met je aan?' Maar toen mijn tranen waren opgedroogd en ik de heuvel af sjokte, wist ik het antwoord op die vraag.

Ik werd dertien in de zomer van 1976, de voorlaatste zomer van vrede en anonimiteit voor Afghanistan. Tussen Baba en mij waren de zaken al aardig aan het bekoelen. Ik denk dat dat in gang was gezet door mijn stomme opmerking over nieuwe bedienden nemen toen we bezig waren met die tulpen. Ik had er spijt van dat ik dat had gezegd – dat was echt zo – maar ik denk dat ons gelukkige intermezzo hoe dan ook ten einde gekomen zou zijn. Tegen het eind van de zomer hadden tafelgesprekken plaatsgemaakt voor het schrapen van lepels en vorken over borden en Baba trok zich na het eten net als vroeger terug in zijn studeerkamer. En hij deed de deur weer dicht. Ik bladerde weer door Hafez en Khayyam, beet mijn nagels tot de nagelriemen af en schreef verhalen. Ik bewaarde de verhalen op een stapel onder mijn bed; ik bewaarde ze voor het geval dat, al betwijfelde ik of Baba me ooit nog zou vragen om ze voor te lezen.

Baba's motto voor het geven van feesten was: nodig de hele wereld uit, anders is het geen feest. Ik weet nog dat ik een week voor mijn verjaardagsfeest de lijst met genodigden doorkeek en zeker driekwart van de ruim vierhonderd kaka's en khala's die cadeaus zouden meebrengen en me zouden feliciteren omdat ik kans gezien had dertien te worden niet kon thuisbrengen. Toen drong het tot me door dat ze ook niet echt voor mij kwamen. Het was mijn verjaardag, maar ik wist wie de echte ster van de show was.

Dagenlang krioelde het in het huis van het ingehuurde personeel. Salahuddin de slager verscheen met een kalf en twee schapen en wilde voor geen van drieën geld aannemen. Hij slachtte de dieren zelf in de tuin bij een populier. Ik weet nog dat hij zei: 'Bloed is goed voor de boom', terwijl het gras rond de populier allengs roder kleurde. Mannen die ik niet kende klommen in de eiken met trossen gloeilampjes en meters verlengsnoer. Anderen zetten tientallen tafels op het erf neer, waar ze een tafelkleed op uitspreidden. De avond voor het grote feest kwam Baba's vriend Del-Mohammed, die in Shar-i-Nau een kebabtent had, met zakken vol kruiden naar ons huis. Net als de slager weigerde Del-Mohammed – of Dello, zoals Baba hem noemde – betaling voor zijn diensten. Hij zei dat Baba genoeg voor zijn gezin gedaan had. Terwijl Dello het vlees aan het marineren was fluisterde Rahim Kahn me toe dat Baba Dello het geld geleend had om zijn restaurant te openen. Baba wilde niet dat hij hem terugbetaalde, totdat Dello op een dag in een Mercedes op onze oprijlaan verscheen en bezwoer dat hij niet zou vertrekken voordat Baba zijn geld aannam.

Ik denk dat mijn verjaardagsfuif in de meeste opzichten, of op z'n minst in de opzichten waarin feesten worden beoordeeld, een reusachtig succes was. Ik had het huis nog nooit zo afgeladen gezien. Gasten stonden met een drankje in de hand in de gangen te praten; ze rookten op de trappen, leunden tegen deurposten. Ze gingen zitten waar ze een plaatsje vonden: op keukenaanrechten, in de vestibule, zelfs onder de trap. In de achtertuin stonden ze in de gloed van blauwe, rode en groene lichtjes die in de bomen twinkelden met elkaar te praten, hun gezicht verlicht door de kerosinetoortsen die overal in de grond waren gestoken. Baba had op het bordes dat over de tuin uitkeek een podium laten bouwen en overal op het erf waren luidsprekers neergezet. Ahmad Zahir stond op het podium boven een massa dansende lijven accordeon te spelen en te zingen.

Ik moest elke gast persoonlijk begroeten – daar zag Baba op toe; niemand zou de volgende dag de roddel verspreiden dat hij een ongemanierde zoon had grootgebracht. Ik kuste honderden wangen, omarmde volstrekt onbekenden, bedankte voor hun cadeaus. Mijn gezicht deed pijn van de inspanning van mijn opgeplakte glimlach.

Ik stond met Baba op het erf vlak bij de bar toen iemand zei: 'Gefeliciteerd met je verjaardag, Amir.' Het was Assef, met zijn ouders. Assefs vader, Mahmoed, was een klein, schraal type met een donkere huid en een smal gezicht. Zijn moeder, Tanya, was een kleine, zenuwachtige vrouw die veel glimlachte en met haar ogen knipperde. Assef stond daar tussen hen in, boven hen allebei uittorenend, met zijn armen op hun schouders. Hij leidde hen naar ons toe, alsof hij hen mee hierheen had genomen. Alsof hij de ouder was en zij de kinderen waren. Een golf van duizeligheid voer door me heen. Baba bedankte hen voor hun komst.

'Ik heb je cadeautje zelf uitgezocht,' zei Assef. Tanya's gezicht vertrok en haar ogen schoten van Assef naar mij. Ze glimlachte weinig overtuigend en knipperde met haar ogen. Ik vroeg me af of Baba het gezien had.

'Voetbal je nog steeds, Assef jaan?' zei Baba. Hij had graag gewild dat ik met Assef bevriend was.

Assef glimlachte. Het was eng zo schattig als hij die glimlach eruit liet zien. 'Natuurlijk, kaka jaan.'

'Rechtervleugel, als ik me goed herinner.'

'Ik ben dit jaar overgestapt op midvoor,' zei Assef. 'Dan kun je vaker een doelpunt maken. We spelen volgende week tegen de ploeg van Mekro-ayan. Het wordt vast een goede wedstrijd. Er zitten een paar goede spelers bij.'

Baba knikte. 'Ik was vroeger ook midvoor.'

'Wedden dat u dat nu nog kunt als u dat zou willen?' zei Assef. Hij gaf Baba een goedmoedige knipoog.

Baba beantwoordde de knipoog. 'Je vader heeft je kennelijk zijn wereldberoemde vleierijen bijgebracht.' Hij gaf Assefs vader een por met zijn elleboog waar het kereltje bijna van omsloeg. Mahmoeds gelach was ongeveer even overtuigend als Tanya's glimlach, en ineens vroeg ik me af of ze in zekere zin bang waren voor hun zoon. Ik probeerde een glimlach te veinzen maar ik kwam niet verder dan een zwak opkrullen van mijn mondhoeken – mijn maag draaide om bij de aanblik van mijn vader die maatjes met Assef werd.

Assef richtte zijn blik op mij. 'Wali en Kamal zijn er ook. Ze wilden je verjaardagsfeest voor geen goud missen,' zei hij, een nauwelijks verhulde schaterlach achter de façade. Ik knikte.

'We zijn van plan om morgen bij mij thuis wat te volleyballen,' zei Assef. 'Misschien heb je zin om mee te doen. Neem gerust Hassan mee.'

'Dat klinkt leuk,' zei Baba stralend. 'Wat vind je ervan, Amir?'

'Ik hou niet van volleybal,' mompelde ik. Ik zag de schittering uit Baba's ogen wegflitsen en er volgde een ongemakkelijke stilte.

'Het spijt me, Assef jaan,' zei Baba schouderophalend. Het stak me dat hij zich voor mij verontschuldigde.

'Welnee, niks aan de hand,' zei Assef. 'Maar de uitnodiging blijft staan, Amir jaan. Maar goed, ik heb gehoord dat je van lezen houdt, dus ik heb een boek voor je. Een van mijn lievelingsboeken.' Hij stak me een ingepakt cadeautje toe. 'Hartelijk gefeliciteerd.'

Hij was gekleed in een katoenen overhemd en een blauwe broek, een rode zijden das en glimmende zwarte instappers. Hij rook naar aftershave en zijn blonde haar zat keurig achterovergekamd. Oppervlakkig gezien was hij de belichaming van de droom van elke ouder: een sterke, lange, goedgeklede en goedgemanierde jongen met talent en een aantrekkelijk uiterlijk, en niet te vergeten een jongen die pienter genoeg was om grapjes te maken met een volwassene. Maar voor mij verrieden zijn ogen hem. Toen ik in zijn ogen keek wankelde de façade en onthulde een glimp van de waanzin die erachter schuilging.

'Pak je het niet aan, Amir?' zei Baba.

'Hè?'

'Je cadeau,' zei hij kregelig. 'Assef wil je een cadeau geven.'

'O,' zei ik. Ik nam het pakje van Assef aan en sloeg mijn blik neer. Ik wilde dat ik alleen in mijn kamer was, met mijn boeken, bij deze mensen vandaan.

'Nou?' zei Baba.

'Wat is er?'

Baba sprak met zachte stem, de stem die hij opzette als ik

hem publiekelijk voor schut zette. 'Ga je Assef jaan niet bedanken? Dat was toch heel aardig van hem?'

Ik had gewild dat Baba hem niet zo noemde. Hoe vaak noemde hij mij nou helemaal Amir jaan?

'Bedankt,' zei ik. Assefs moeder keek me aan alsof ze iets wilde zeggen, maar ze deed het niet, en het drong tot me door dat Assefs ouders geen van beiden iets gezegd hadden. Voor ik mezelf en Baba nog verder in verlegenheid kon brengen – maar vooral om van Assef en zijn grijns weg te komen – deed ik een stap bij hen vandaan. 'Bedankt voor jullie komst,' zei ik.

Ik baande me een weg door de massa gasten en glipte door het smeedijzeren hek. Twee huizen voorbij het onze was een groot stuk braakliggende grond. Ik had Baba tegen Rahim Khan horen zeggen dat een rechter het land had gekocht en dat een architect aan een ontwerp bezig was. Maar voorlopig was het kaal, afgezien van een grote vuilnisbak die Ali in de zuidhoek had neergezet. Om de week zette Ali de vuilnisbak samen met twee andere mannen op een vrachtwagen en reed ermee naar de gemeentelijke vuilnisbelt.

Ik scheurde het pakpapier van Assefs cadeau en hield het omslag in het maanlicht. Het was een biografie van Hitler. Ik gooide hem in de vuilnisbak.

Ik leunde tegen de muur van de buren en liet me op de grond zakken. Ik bleef een tijdje in het donker zitten, met mijn knieën opgetrokken tegen mijn borst; ik keek naar de sterren en wachtte tot de avond voorbij was.

'Moet jij je gasten niet bezighouden?' vroeg een bekende stem. Rahim Khan liep langs de muur op me af.

'Daar hebben ze mij niet voor nodig. Baba is er toch?' zei ik. Het ijs in Rahim Khans drankje tinkelde toen hij naast me kwam zitten. 'Ik wist niet dat u dronk.'

'En nu blijkt dus van wel,' zei hij. Hij gaf me een speelse por met zijn elleboog. 'Maar alleen bij heel belangrijke gelegenheden.'

Ik glimlachte. 'Bedankt.'

Hij hief zijn glas naar me op en nam vervolgens een slok. Hij stak een sigaret op, een van die Pakistaanse sigaretten zonder filter die Baba en hij altijd rookten. 'Heb ik je weleens verteld dat ik ooit bijna getrouwd ben?'

'Echt waar?' zei ik, en ik moest een beetje lachen bij het idee dat Rahim Khan zou trouwen. Ik had hem altijd beschouwd als Baba's rustige alter ego, mijn maatje, degene die er altijd aan dacht om een souvenir voor me mee te nemen, een *saughat*, als hij uit het buitenland terugkwam. Maar een echtgenoot? Een vader?

Hij knikte. 'Echt waar. Ik was achttien. Ze heette Homaira. Ze was een Hazara, de dochter van de bedienden van mijn vader. Ze was zo mooi als een *pari*: lichtbruin haar, grote groenbruine ogen... Haar lach... Soms hoor ik hem nog.' Hij liet zijn drankje in het glas rondzwieren. 'We hadden stiekeme afspraakjes in de appelboomgaard van mijn vader, altijd na middernacht, als iedereen sliep. We wandelden onder de bomen en ik hield haar hand vast... Breng ik je in verlegenheid, Amir jaan?'

'Een beetje wel,' zei ik.

'Daar ga je niet dood van,' zei hij, en hij nam nog een trekje. 'Hoe dan ook, we fantaseerden. We zouden een grote, chique bruiloft geven en familie en vrienden van Kabul tot Kandahar uitnodigen. Ik zou een groot wit huis voor ons bouwen, met een betegelde patio en grote ramen. We zouden fruitbomen in de tuin planten, allerlei bloemen kweken, en een gazon aanleggen waar onze kinderen op konden spelen. Op vrijdag, na namaz in de moskee, zou iedereen bij ons thuis bijeenkomen en dan aten we in de tuin, onder de kersenbomen en dronken fris water uit de put. En dan thee met snoepjes terwijl we naar het spel van onze kinderen en hun neefjes en nichtjes zaten te kijken... '

Hij nam een grote slok van zijn whisky. Hoestte. 'Je had eens moeten zien hoe mijn vader keek toen ik het hem vertelde. Mijn moeder viel echt flauw. Mijn zussen gooiden water in haar gezicht. Ze waaierden haar toe en keken mij aan alsof ik haar de keel had afgesneden. Mijn broer Jalal wilde waarachtig zijn jachtgeweer gaan halen, maar mijn vader hield hem tegen.' Rahim Khan blafte een bitter lachje. 'Het was Homaira en ik tegen de wereld. En ik kan je dit vertellen, Amir jaan: uiteindelijk wint de wereld altijd. Zo gaat dat nu eenmaal.'

'Wat gebeurde er dan?'

'Diezelfde dag zette mijn vader Homaira en haar familie op een vrachtwagen en stuurde hen naar Hazarajat. Ik heb haar nooit meer teruggezien.'

'Wat erg,' zei ik.

'Het was waarschijnlijk maar beter ook,' zei Rahim Khan schouderophalend. 'Ze zou het erg moeilijk hebben gehad. Mijn familie had haar nooit als gelijke geaccepteerd. Je laat niet iemand de ene dag je schoenen poetsen om haar de volgende dag zuster te noemen.' Hij keek me aan. 'Je kunt me alles vertellen wat je maar wilt, Amir. Wanneer je maar wilt.'

'Dat weet ik,' zei ik onzeker. Hij keek me een hele tijd aan, alsof hij zat te wachten; zijn zwarte, peilloze ogen leken naar een onuitgesproken geheim tussen ons te verwijzen. Heel even had ik het hem bijna verteld. Bijna had ik hem alles verteld, maar wat zou hij wel niet van me denken? Hij zou me haten, en terecht.

'Hier.' Hij gaf me iets. 'Ik was het bijna vergeten. Gefeliciteerd.' Het was een in bruin leer gebonden notitieboek. Ik liet mijn vingers over het goudkleurige stiksel langs de randen gaan. Ik rook het leer. 'Voor je verhalen,' zei hij. Ik stond op het punt om hem te bedanken toen er iets tot ontploffing kwam en fonteinen van vuur de lucht deden oplichten.

'Vuurwerk!'

We haastten ons terug naar het huis en troffen alle gasten op het erf aan met de blik op de lucht gericht. Kinderen joelden en schreeuwden bij elk geknetter en gesuis. Mensen juichten en applaudisseerden als er weer een stuk vuurwerk sissend in een boeket van vuur explodeerde. Elke paar seconden werd de tuin verlicht door flitsen rood, groen en geel.

In een van die korte lichtflitsen zag ik iets wat ik nooit zal vergeten: Hassan die Assef en Wali een drankje serveerde van een zilveren dienblad. Het licht doofde, gesis en geknetter, toen een flits van oranje licht: Assef die grijnzend met zijn knokkels Hassan in de borst port.

En toen de genadige duisternis.

9

De volgende ochtend scheurde ik, midden in mijn kamer gezeten, het ene na het ander pakje open. Ik weet niet waarom ik die moeite nam, want ik wierp er een vreugdeloze blik op en mikte ze in een hoek van de kamer. De stapel werd steeds hoger: een polaroidcamera, een transistorradio, een elektrische trein met alles erop en eraan – en diverse dichtgeplakte enveloppen met geld. Ik wist dat ik het geld nooit zou uitgeven en nooit naar de radio zou luisteren, en dat de elektrische trein nooit over het spoor in mijn kamer zou rollen. Ik wilde niets van die spullen hebben – het was allemaal bloedgeld; Baba zou nooit zo'n feest voor me gegeven hebben als ik het toernooi niet gewonnen had.

Baba gaf me twee cadeaus. Eén daarvan zou absoluut het hart bij iedere jongen in de buurt sneller doen kloppen: een splinternieuwe Schwinn Stingray, de koning van alle fietsen. In heel Kabul was er maar een handvol jongens met een nieuwe Stingray, en nu was ik er een van. Hij had een hoog stuur met zwarte rubberen handvatten en zijn beroemde banaanvormige zadel. De spaken waren goudkleurig en het stalen frame was zo rood als een gesuikerde appel. Of bloed. Iedere andere jongen was meteen op de fiets gesprongen om er een heel blok mee rond te sjezen. Een paar maanden terug had ik dat misschien ook gedaan.

'Vind je hem mooi?' zei Baba tegen de deurpost van mijn kamer geleund. Ik schonk hem een schaapachtige grijns en een snel 'Dank u wel'. Ik wilde dat ik meer had kunnen opbrengen.

'We kunnen een ritje gaan maken,' zei Baba. Een uitnodiging, maar wel een halfhartige.

'Straks misschien. Ik ben een beetje moe,' zei ik.

'Best,' zei Baba.

'Baba?'

'Ja?'

'Bedankt voor het vuurwerk,' zei ik. Een bedankje, maar wel halfhartig.

'Ga maar wat rusten,' zei Baba en hij liep naar zijn kamer.

Het andere cadeau dat Baba me gaf – en hij bleef niet wachten tot ik dat had uitgepakt – was een horloge. Het had een blauwe wijzerplaat en gouden wijzers in de vorm van bliksemflitsen. Ik deed het niet eens even om. Ik gooide het op de stapel speelgoed in de hoek. Het enige cadeau dat ik niet op die hoop gooide was het in leer gebonden notitieboek van Rahim Khan. Dat lag op mijn ladekast. Dat was het enige wat me niet het gevoel bezorgde dat het bloedgeld was.

Ik ging op de rand van mijn bed zitten, draaide het notitieboek in mijn handen om, dacht na over wat Rahim Khan over Homaira gezegd had, dat het uiteindelijk maar het beste geweest was dat zijn vader haar had weggestuurd. *Ze zou het erg moeilijk hebben gehad.* Net als de keren dat er een dia in de projector van kaka Homayoun vast kwam te zitten, bleef hetzelfde beeld maar voor mijn ogen flitsen: Hassan die met gebogen hoofd Assef en Wali een drankje serveert. Misschien was het ook echt beter. Hij zou minder lijden. Ik ook. Hoe dan ook, één ding was duidelijk geworden: een van ons moest weg.

Later die middag maakte ik voor het eerst en het laatst een ritje met de Schwinn. Ik fietste een paar keer ons blok rond en ging toen terug. Ik reed de oprijlaan over tot op het erf, waar Hassan en Ali de rommel van het feest aan het opruimen waren. Papieren bekertjes, verfrommelde servetten en lege flessen sodawater lagen overal op het erf. Ali vouwde stoelen op en zette ze tegen de muur. Hij zag me en zwaaide.

'Salaam, Ali,' zei ik, en ik zwaaide terug.

Hij stak een vinger op, vroeg me even te wachten en liep naar zijn onderkomen. Een ogenblik later kwam hij met iets in zijn handen weer te voorschijn. 'Gisteravond hadden Hassan en ik niet de gelegenheid om u dit te geven,' zei hij en hij gaf me een pakje. 'Het is bescheiden en u niet waardig, Amir agha. Maar we hopen dat u het toch mooi vindt. Hartelijk gefeliciteerd met uw verjaardag.'

Ik kreeg een brok in mijn keel. 'Dank je wel, Ali,' zei ik. Hadden ze maar niets voor me gekocht. Ik maakte het pakje open en vond een splinternieuwe *Shahnamah*, een gebonden exemplaar met glanzende, gekleurde illustraties onder de passages. Daar had je Ferangis die naar haar pasgeboren zoon Kai Khosrau zit te kijken. En daar Afrasiyab op zijn paard, met getrokken zwaard, aan het hoofd van zijn leger. En natuurlijk Rostam die zijn zoon, de krijger Sohrab, een dodelijke wond toebrengt. 'Het is prachtig,' zei ik.

'Hassan zei dat het uwe oud en versleten is en dat er bladzijden ontbreken,' zei Ali. 'Alle tekeningen in dit boek zijn met de hand gemaakt met pen en inkt,' voegde hij er trots aan toe, en hij liet zijn ogen gaan over een boek dat hij noch zijn zoon kon lezen.

'Het is schitterend,' zei ik. En dat was waar. En ook niet bepaald goedkoop, vermoedde ik. Ik wilde tegen Ali zeggen dat niet het boek maar ík onwaardig was. Ik sprong weer op de fiets. 'Bedank Hassan namens mij,' zei ik.

Uiteindelijk gooide ik het boek op de stapel cadeaus in de hoek van mijn kamer. Maar mijn ogen dwaalden er steeds weer heen, en dus begroef ik het onderop. Voor ik die avond naar bed ging vroeg ik Baba of hij mijn nieuwe horloge ergens gezien had.

De volgende ochtend wachtte ik in mijn kamer tot Ali de ontbijttafel in de keuken had afgeruimd. Ik wachtte tot hij de afwas had gedaan en het aanrecht had afgenomen. Ik keek uit mijn slaapkamerraam en wachtte tot Ali en Hassan op pad gingen om boodschappen te doen in de bazaar, achter hun lege kruiwagen aan.

Toen pakte ik een paar enveloppen met geld van de stapel cadeaus en mijn horloge, en sloop naar buiten. Ik stond even stil voor de deur van Baba's studeerkamer en luisterde. Hij zat daar al de hele ochtend te telefoneren. Hij was nu met iemand aan het praten over een zending tapijten die de week daarop zou aankomen. Ik ging naar beneden, stak het erf over en ging naar binnen in het onderkomen van Ali en Hassan bij de loquat. Ik tilde Hassans matras op en legde er mijn nieuwe horloge en een handvol afghani-biljetten onder.

Ik wachtte nog eens een halfuur. Toen klopte ik op Baba's deur en vertelde de hopelijk laatste van een hele reeks schandalige leugens.

Door mijn slaapkamerraam zag ik Ali en Hassan de kruiwagens vol vlees, naan, fruit en groenten over de oprijlaan duwen. Ik zag Baba uit het huis te voorschijn komen en naar Ali toe lopen. Hun monden bewogen en ze spraken woorden die ik niet kon horen. Baba wees naar het huis en Ali knikte. Ze gingen uit elkaar. Baba kwam terug naar het huis; Ali liep achter Hassan aan naar hun hut.

Even later klopte Baba op mijn deur. 'Kom mee naar mijn kantoor,' zei hij. 'We gaan met z'n allen bij elkaar zitten en dan regelen we dit.'

Ik liep naar Baba's studeerkamer en ging op een van de leren banken zitten. Het duurde zeker een halfuur voor Hassan en Ali verschenen.

Ze hadden allebei gehuild; ik zag het aan hun rode, gezwollen ogen. Ze stonden hand in hand voor Baba, en ik vroeg me af hoe en wanneer ik het vermogen had gekregen om zoveel pijn te veroorzaken.

Baba stak meteen van wal en vroeg: 'Heb je dat geld gestolen? Heb je Amirs horloge gestolen, Hassan?'

Hassans antwoord was één enkel woord, uitgesproken met een dunne, raspende stem: 'Ja.'

Ik kromp ineen, alsof ik een klap gekregen had. Ik voelde mijn hart zinken en bijna had ik de waarheid eruit gegooid. Toen begreep ik het: dit was Hassans laatste offer aan mij. Als hij nee gezegd had, had Baba hem geloofd, want we wisten allemaal dat Hassan nooit loog. En als Baba hem geloofde, zou ik de beschuldigde partij worden; ik zou alles moeten uitleggen en ik zou ontmaskerd worden. Baba zou het me nooit ofte nimmer vergeven. En dat leidde tot nog een inzicht: Hassan wist het. Hij wist dat ik alles gezien had in die steeg, dat ik daar gestaan had en niets had gedaan. Hij wist dat ik hem verraden had, en toch redde hij me opnieuw, misschien voor het laatst. Op dat moment hield ik van hem; ik hield meer van hem dan ik ooit van iemand gehouden had, en ik wilde hun allemaal vertellen dat ik de adder onder het gras was, het monster in het meer. Ik was dit offer niet waard; ik was een leugenaar, een bedrieger en een dief. En ik zou het ook verteld hebben, ware het niet dat een deel van me blij was. Blij dat dit allemaal binnenkort achter de rug was. Baba zou hen ontslaan, het zou even moeilijk zijn, maar het leven zou doorgaan. Dat wilde ik: doorgaan, vergeten, met een schone lei beginnen. Ik wilde weer kunnen ademhalen.

Maar Baba verbijsterde me met zijn woorden: 'Ik vergeef het je.'

Vergeven? En diefstal was die ene onvergeeflijke zonde, de gemeenschappelijke factor van alle zonden. *Als je iemand vermoordt, steel je een leven. Je steelt het recht van zijn vrouw op een echtgenoot, berooft zijn kinderen van een vader. Als je een leugen vertelt, steel je iemands recht op de waarheid. Als je iemand bedriegt, steel je zijn recht op een rechtvaardige behandeling. Er is geen daad verachtelijker dan stelen.* Had Baba me niet op schoot genomen en die woorden tegen me gesproken? Hoe kon hij Hassan dan vergeven? En als Baba dit kon vergeven, waarom kon hij mij dan niet vergeven dat ik niet de zoon was die hij altijd had willen hebben? Waarom...

'We gaan weg, agha sahib,' zei Ali.

'Wat?' zei Baba, en alle kleur verdween uit zijn gezicht.

'We kunnen hier niet blijven wonen,' zei Ali.

'Maar ik vergeef het hem, Ali, hoorde je dat niet?' zei Baba.

'Het leven hier is onmogelijk voor ons geworden, agha sahib. We gaan weg.' Ali trok Hassan tegen zich aan, sloeg zijn arm om zijn schouder. Het was een beschermend gebaar en ik wist tegen wie Ali hem in bescherming nam. Ali keek mijn kant uit en aan zijn kille, onverbiddelijke blik zag ik dat Hassan het hem verteld had. Hij had alles verteld: over wat Assef en zijn vrienden met hem gedaan hadden, over de vlieger, over mij. Vreemd genoeg was ik blij dat iemand nu wist wie ik werkelijk was; ik had er genoeg van om te doen alsof.

'Het geld en het horloge kunnen me niet schelen,' zei Baba, zijn armen wijd en de handpalmen naar boven. 'Ik begrijp niet waarom je dit doet... Wat bedoel je met "onmogelijk"?'

'Het spijt me, agha sahib, maar onze tassen zijn al gepakt. Onze beslissing staat vast.'

Baba stond op, zijn gezicht van verdriet vervuld. 'Heb ik niet goed voor jullie gezorgd, Ali? Ben ik niet goed voor jou en Hassan geweest? Je bent de broer die ik nooit gehad heb, Ali, dat weet je. Doe het alsjeblieft niet.'

'Maak dit niet nog moeilijker dan het is, agha sahib,' zei Ali. Zijn mond vertrok en even dacht ik dat ik een grimas zag. Toen begreep ik hoe groot de pijn was die ik aanrichtte, hoe intens het verdriet was dat ik iedereen aandeed, dat zelfs Ali's verlamde gezicht zijn verdriet niet kon maskeren. Ik dwong mezelf naar Hassan te kijken, maar zijn hoofd was gebogen; met hangende schouders prutste hij aan een los draadje aan zijn hemd.

Baba was aan het pleiten. 'Vertel me dan op z'n minst waarom. Ik moet het weten!'

Ali vertelde het Baba niet, net zomin als hij protesteerde toen Hassan toegaf dat hij gestolen had. Ik zal het nooit echt helemaal begrijpen, maar ik kan me wel voorstellen hoe ze met z'n tweeën in dat hutje hadden zitten huilen, en dat Hassan hem had bezworen mij niet te verraden. Maar ik kan me niet indenken hoeveel inspanning het Ali gekost moet hebben om zich aan die belofte te houden.

'Wilt u ons naar de bushalte brengen?'

'Ik verbied je dit te doen!' bulderde Baba. 'Hoor je dat? Ik verbied het!'

'Met alle respect, agha sahib, maar u kunt me niets verbieden,' zei Ali. 'We werken niet meer voor u.'

'Waar gaan jullie heen?' vroeg Baba. Zijn stem brak.

'Naar Hazarajat.'

'Naar je neef?'

'Ja. Brengt u ons naar het busstation, agha sahib?'

Toen zag ik Baba iets doen wat ik hem nog nooit had zien doen: hij huilde. Het maakte me een beetje bang dat een volwassen man huilde. Vaders horen niet te huilen. 'Alsjeblieft,' zei Baba, maar Ali had zich al naar de deur omgedraaid met Hassan in zijn kielzog. Ik zal nooit vergeten hoe Baba dat zei: de pijn in zijn stem, de angst.

In Kabul regende het bijna nooit in de zomer. De blauwe lucht strekte zich hoog en ver uit en de zon bescheen je nek als een brandmerkijzer. Kreken waarin Hassan en ik het hele voorjaar kiskasten droogden op, en riksja's wierpen stofwolken op als ze voorbijkwamen. Mensen gingen naar de moskee voor de tien *rakats* van het middaggebed en trokken zich dan terug in de schaduw voor een tukje in afwachting van de koelte van de vooravond. De zomer, dat was lange schooldagen zweten in overvolle, slecht geventileerde klaslokalen om ajats uit de koran te leren reciteren, worstelend met die onuitsprekelijke, exotische Arabische woorden. Het betekende vliegen vangen met je handen terwijl de mullah voortdreinde en een hete bries een strontgeur aanvoerde van de plees aan de overkant van de speelplaats en stof rond de eenzame, gammele korfbalhoepel deed opwaaien.

Maar de middag dat Baba Ali en Hassan naar het busstation bracht, regende het. Onweerswolken dreven aan en kleurden de lucht staalgrijs. Binnen een paar minuten kwamen de regengordijnen aangezwierd en het aanhoudende gesuis van vallend water zwol aan in mijn oren.

Baba had aangeboden om hen zelf naar Bamiyan te brengen, maar dat had Ali geweigerd. Door het wazige, beregende raam van mijn slaapkamer zag ik Ali zeulen met die ene koffer met al hun bezittingen naar Baba's wachtende auto voor het hek. Hassan droeg zijn matras, strak opgerold en met een touw eromheen, op zijn rug. Hij had al zijn speelgoed in de lege hut achtergelaten – ik vond het de dag erna, op een hoop in de hoek gegooid, net als de cadeaus op mijn kamer.

Regendruppels glibberden langs mijn raam omlaag. Ik zag Baba de kofferbak dichtgooien. Doornat liep hij naar de bestuurdersplaats. Hij boog zich naar binnen en zei iets tegen Ali op de achterbank, misschien een laatste vertwijfelde poging om hem om te praten. Zo praatten ze een tijdje. Baba werd steeds natter, met een arm op het dak van de auto. Maar toen hij rechtop ging staan zag ik aan zijn hangende schouders dat het leven dat ik van mijn geboorte af aan gekend had ten einde was gekomen. Baba gleed op zijn plaats. De koplampen gingen aan en sneden twee trechters licht in de regen. Als dit zo'n Hindi-film was waar Hassan en ik vaak heen gingen, was dit het moment waarop ik naar buiten zou rennen, mijn blote voeten spattend door het regenwater. Ik zou achter de auto aan rennen en schreeuwen dat hij moest stoppen. Ik zou Hassan van de achterbank trekken en zeggen dat het me vreselijk speet, en mijn tranen zouden zich met het regenwater vermengen. We zouden elkaar in de stortregen omarmen. Maar dit was geen Hindi-film. Ik had echt spijt, maar ik huilde niet en ik ging niet achter de auto aan. Ik zag hoe Baba's auto wegreed en degene meenam wiens eerste woordje mijn naam geweest was. Ik ving nog een laatste wazige glimp op van Hassan, weggezakt op de achterbank, voordat Baba links afsloeg op de straathoek waar we zo vaak geknikkerd hadden.

Ik deed een stap achteruit en het enige wat ik zag was regen door ramen die wel van smeltend zilver leken.

10

Maart 1981

Tegenover ons zat een jonge vrouw. Ze had een olijfgroene jurk aan en een zwarte sjaal strak om haar gezicht geslagen tegen de nachtelijke kilte. Telkens als de vrachtwagen schokte of in een gat in de weg schoot, begon ze te bidden. Haar 'Bismillah!' was op z'n luidst bij elke trilling en schok. Haar echtgenoot, een forse kerel in een slobberbroek en met een hemelsblauwe tulband op, had in zijn ene arm een zuigeling en verschoof met zijn vrije hand gebedskralen. Zijn lippen bewogen in stil gebed. Er waren meer mensen, al met al zo'n stuk of tien, Baba en ik inbegrepen; we zaten met onze koffers tussen onze benen, opeengepakt met deze onbekenden in de met zeildoek overdekte laadbak van een Russische vrachtwagen.

Mijn ingewanden speelden al op al sinds het vertrek uit Kabul even na twee uur die nacht. Baba had het nooit gezegd, maar ik wist dat hij mijn wagenziekte beschouwde als een van mijn vele zwakheden – ik zag het aan zijn gegeneerde gezicht als mijn maag even zo erg samenkromp dat ik kreunde. Toen de forse kerel met de kralen – de echtgenoot van de biddende vrouw – vroeg of ik moest overgeven, zei ik: 'Misschien wel.' Baba keek weg. De man tilde zijn hoek van het zeildoek op, klopte op het raam naast de chauffeur, en vroeg hem te stoppen. Maar de chauffeur, Karim, een schriele man met een donkere huid, havikachtige trekken en een smal snorretje, schudde zijn hoofd.

'We zijn nog te dicht bij Kabul,' snauwde hij. 'Zeg maar dat hij een sterke maag moet hebben.' Baba bromde zachtjes iets. Ik wilde tegen hem zeggen dat het me speet, maar plotseling begon ik te kwijlen, achter in mijn keel proefde ik gal. Ik draaide me om, tilde het zeildoek op en gaf over uit de rijdende vrachtwagen. Achter me verontschuldigde Baba zich tegenover de andere passagiers. Alsof wagenziekte een misdaad was. Alsof je op je achttiende niet meer misselijk hoorde te worden. Ik gaf nog twee keer over voor Karim bereid was te stoppen, vooral om te voorkomen dat zijn wagen, zijn middel van bestaan, door mij zou gaan stinken. Karim was mensensmokkelaar – indertijd een behoorlijk lucratieve handel, mensen uit het door de Sjorawi bezette Kabul naar het relatief veilige Pakistan vervoeren. Hij zou ons naar Jalalabad brengen, ongeveer honderzeventig kilometer ten zuidoosten van Kabul, waar zijn broer, Toor, die een grotere vrachtwagen had met nog een konvooi vluchtelingen, klaarstond om ons over de Khyber-pas naar Peshawar te brengen.

We waren een paar kilometer ten westen van de Mahiparwatervallen toen Karim naar de kant reed. Mahipar – wat 'vliegende vis' betekent – was een bergtop met een steile helling die uitzicht bood op de waterkrachtcentrale die de Duitsers in 1967 voor Afghanistan gebouwd hadden. Baba en ik waren talloze malen over die top heen gereden op weg naar Jalalabad, de stad met de cipressen en de suikerrietvelden, waar Afghanen in de winter op vakantie gingen.

Ik sprong van de achterkant van de vrachtwagen en schoot naar de stoffige berm. Mijn mond liep vol speeksel, een teken dat ik weer ging kokhalzen. Ik struikelde naar de rand van het klif dat over het in duisternis gehulde dal uitkeek. Ik boog voorover, met mijn handen op mijn knieën, en wachtte op de gal. Ergens knapte een tak, een uil oehoede. De zachte, koude wind tikte door takken en ritselde door struiken die hier en daar op de helling stonden. En van beneden het vage geluid van water dat zich door de vallei heen stortte.

Staand op de berm van de weg dacht ik aan de manier waarop we het huis verlaten hadden waar ik mijn leven lang gewoond had, alsof we voor een hapje eten de deur uit gingen: borden met resten kofta opgestapeld in de gootsteen, was in de rieten mand in de vestibule, bedden onopgemaakt, Baba's nette pakken op hangers in de kast. Wandtapijten hingen nog aan de muren van de woonkamer en de planken in Baba's studeerkamer puilden nog uit van de boeken van mijn moeder. De tekenen van onze vlucht waren subtiel: de trouwfoto van mijn ouders was verdwenen, evenals de grofkorrelige foto van mijn grootvader met koning Nader Shah bij het dode hert. Uit de kasten ontbraken een paar kledingstukken. Het in leer gebonden notitieboek dat ik vijf jaar eerder had gekregen van Rahim Khan was verdwenen.

De volgende ochtend zou Jalaluddin – onze zevende bediende in vijf jaar – waarschijnlijk denken dat we even waren gaan wandelen of een eindje rijden. We hadden het hem niet verteld. Je kon niemand in Kabul meer vertrouwen – voor geld of onder bedreiging verklikten mensen elkaar; buur klikte over buur, kind over ouder, broer over broer, bediende over meester, vriend over vriend. Ik dacht aan de zanger Ahmad Zahir, die op mijn dertiende verjaardag accordeon had gespeeld. Hij was met een paar vrienden een ritje gaan maken en later had iemand zijn lijk langs de weg gevonden met een kogel in zijn achterhoofd. De *rafiqs*, de kameraden, waren overal en ze hadden Kabul in twee groepen verdeeld: zij die afluisterden en zij die dat niet deden. Het probleem was dat niemand wist wie bij welke groep hoorde. Een terloopse opmerking tegen de kleermaker terwijl je een pak kreeg aangemeten kon je in de kerkers van Poleh-Charki doen belanden. Je klaagde bij de slager een keer over de avondklok en voor je het wist zat je achter de tralies in de loop van een kalasjnikov te staren. Zelfs thuis aan tafel moesten mensen nog op hun woorden letten – en de rafiqs zaten ook in de klas; ze hadden kinderen geleerd hun ouders te bespioneren, wat ze moesten opvangen, aan wie ze het moesten vertellen.

Wat had ik midden in de nacht op deze weg te zoeken? Ik had in bed moeten liggen, onder mijn deken, een boek met ezelsoren naast me. Dit moest wel een droom zijn. Morgenochtend zou ik wakker worden, uit mijn raam kijken: geen grimmig kijkende Russische soldaten die over de stoepen patrouilleerden, geen tanks die over de straten van mijn stad op en neer rolden, hun geschutskoepels zwenkend als een beschuldigende vinger, geen puin, geen avondklok, geen Russische legerauto's die door de bazaars laveerden. Toen hoorde ik achter me Baba en Karim onder het genot van een sigaret de regeling in Jalalabad bespreken. Karim verzekerde Baba dat zijn broer een grote vrachtwagen had 'van uitstekende en eersteklas kwaliteit', en dat de tocht naar Peshawar een routinekwestie was. 'Hij kan u er met zijn ogen dicht heen brengen,' zei Karim. Ik hoorde hem tegen Baba zeggen dat hij en zijn broer de Russische en Afghaanse militairen kenden die de controleposten bemanden, hoe ze een 'wederzijds winstgevende' regeling hadden opgezet. Dit was geen droom. En alsof het zo moest zijn gierde er op dat moment plotseling een MIG over. Karim knipte zijn sigaret op de grond en trok een handwapen uit zijn broekband te voorschijn. Hij richtte het op de hemel, maakte schietbewegingen, en ondertussen vervloekte hij spuwend het vliegtuig.

Ik vroeg me af waar Hassan was. Toen kwam het onvermijdelijke. Ik gaf over op een kluwen onkruid, het kokhalzen en kreunen ging ten onder in het oorverdovende gebrul van de MIG.

Twintig minuten later hielden we halt bij de controlepost van Mahipar. Onze chauffeur liet de auto stationair draaien en sprong eruit om de naderende stemmen te begroeten. Voeten knerpten op het grind. Woorden werden gewisseld, kort en fluisterend. Het oplichten van een aansteker. '*Spassiba.*' Bedankt.

De aansteker lichtte nog eens op. Iemand lachte, een schril kakelend geluid waar ik van opschrok. Baba's hand klemde zich om mijn dij. De lachende man barstte in zingen uit, een dronken, valse vertolking van een oud Afghaans bruiloftslied, uitgesproken met een zwaar Russisch accent:

Ahesta boro, Mah-e-man, aheste boro.
Ga langzaam, mooie maan, ga langzaam.

Hakken klikten op asfalt. Iemand sloeg het zeildoek over de

achterkant van de vrachtwagen open, en drie gezichten tuurden naar binnen. Het ene was van Karim, de andere twee waren militairen, een Afghaan, de ander een grijnzende Rus met het gezicht van een buldog, met een bungelende sigaret in zijn mondhoek. Achter hen hing een beenkleurige maan in de lucht. Karim en de Afghaanse militair wisselden een paar woorden in het Pashtu. Ik ving er wat van op – iets over Toor en zijn tegenslag. De Russische militair stak zijn gezicht verder naar binnen. Hij neuriede het bruiloftslied en trommelde met zijn vingers op de rand van de laadklep. Zelfs in het vage licht van de maan zag ik de glazige blik in zijn ogen, die van passagier naar passagier schoten. Ondanks de kou stroomde het zweet van zijn voorhoofd. Zijn ogen bleven op de jonge vrouw met de zwarte sjaal rusten. Hij sprak in het Russisch tegen Karim zonder zijn ogen van haar af te wenden. Karim gaf kribbig antwoord in het Russisch, waarop de militair nog kribbiger reageerde. De Afghaanse soldaat zei ook iets, zachtjes en pleitend. Maar de Russische militair schreeuwde iets waar de andere twee van ineenkrompen. Ik voelde Baba naast me verstijven. Karim kuchte en boog zijn hoofd. Hij zei dat de Rus een halfuurtje met de dame in de laadbak wilde doorbrengen.

De jonge vrouw trok de sjaal over haar gezicht omlaag. Ze barstte in tranen uit. Het kleintje op de schoot van haar man begon ook te huilen. Het gezicht van de man was zo bleek geworden als de maan die boven ons hoofd hing. Hij zei tegen Karim dat hij 'meneer soldaat sahib' moest vragen een beetje medelijden te hebben; misschien had hij een zus of een moeder, misschien had hij ook wel een vrouw. De Rus luisterde naar Karim en blafte een reeks woorden.

'Dat is de prijs die we moeten betalen om erdoor te komen,' zei Karim. Hij kon het niet opbrengen om de echtgenoot recht aan te kijken.

'Maar we hebben al een behoorlijke prijs betaald. Hij krijgt dik betaald,' zei de echtgenoot. Karim en de Russische militair wisselden nog wat woorden. 'Hij zegt... Hij zegt dat er op elke prijs nog belasting komt.'

Op dat moment stond Baba op. Nu was het mijn beurt om

zijn dij te omklemmen, maar Baba wrikte hem los en rukte zijn been weg. Toen hij overeind stond, verduisterde hij de maan. 'Ik wil dat je deze man iets vraagt,' zei Baba. Hij zei het tegen Karim, maar hij keek de Russische officier aan. 'Vraag hem waar zijn schaamtegevoel is gebleven.'

Ze spraken. 'Hij zegt dat het oorlog is. In de oorlog is er geen schaamtegevoel.'

'Zeg maar dat hij zich vergist. Oorlog heft het fatsoen niet op. Oorlog vereist het, nog meer dan tijden van vrede.'

Moet u nu echt altijd de held uithangen? dacht ik met kloppend hart. *Kunt u het er nu niet een keer bij laten zitten?* Maar ik wist dat hij dat niet kon – het lag niet in zijn aard. Het probleem was dat zijn aard ons allemaal fataal zou worden.

De Russische militair zei iets tegen Karim, met een glimlach om zijn lippen. 'Agha sahib,' zei Karim, 'die *Roessi* zijn heel anders dan wij. Ze begrijpen niets van respect en eer.'

'Wat zei hij?'

'Hij zegt dat hij u bijna met evenveel plezier een kogel door het hoofd jaagt als... ' Karims stem stierf weg, maar hij knikte in de richting van de jonge vrouw op wie de grenswacht zijn oog had laten vallen. De militair mikte zijn half opgerookte sigaret weg en haalde zijn wapen uit de holster. *Dus nu gaat Baba sterven*, dacht ik. *Dus zo gaat het.* In gedachten zei ik een gebed dat ik op school geleerd had.

'Zeg maar dat ik duizend van zijn kogels incasseer voor ik toesta dat zoiets schandelijks gebeurt,' zei Baba. Mijn gedachten vlogen terug naar die winterdag zes jaar geleden. Ik om de hoek de steeg in glurend. Kamal en Wali die Hassan tegen de grond duwen. Assefs bilspieren die zich spannen en ontspannen, zijn heupen die stotende bewegingen maken. Wat een held was ik geweest, met al mijn bezorgdheid om die vlieger. Soms vroeg ik me ook af of ik wel een zoon van Baba was.

De Rus met de buldogkop hief zijn pistool.

'Ga nou toch zitten, Baba,' zei ik en ik trok aan zijn mouw. 'Ik denk dat hij echt van plan is u neer te schieten.'

Baba sloeg mijn hand weg. 'Heb ik je dan helemaal niets bijgebracht?' snauwde hij. Hij richtte zich tot de grijnzende militair. 'Zeg maar dat hij me met het eerste schot moet doden. Want als ik niet omga, scheur ik hem aan stukken, God moge zijn vader verdoemen!'

De glimlach week niet van het gezicht van de Rus bij het aanhoren van de vertaling. Hij klikte de veiligheidspal van zijn pistool. Richtte de loop op Baba's borstkas. Mijn hart klopte in mijn keel en ik begroef mijn gezicht in mijn handen.

Er bulderde een schot.

Nu is het voorbij. Ik ben achttien en alleen. Ik heb niemand meer. Baba is dood en nu moet ik hem begraven. Waar moet ik hem begraven? Waar ga ik daarna heen?

Maar de wervelwind van halve gedachten die in mijn hoofd rondtolden kwam tot stilstand toen ik mijn ogen opende en zag dat Baba nog overeind stond. Ik zag dat er nog een Russische officier verschenen was. Uit de mond van zijn pistool kringelde rook op. De man die van plan was geweest Baba neer te schieten had zijn wapen alweer in de holster gestoken. Hij stond wat te schuifelen. Nog nooit had ik zo sterk de aanvechting gehad om tegelijkertijd te lachen en te huilen.

De tweede Russische officier, grijzend en gezet, sprak ons aan in gebroken Farsi. Hij bood zijn excuses aan voor het gedrag van zijn kameraad. 'Rusland stuurt ze hierheen om te vechten,' zei hij, 'maar het zijn maar jongens, en als ze hier komen, vinden ze het genot van de drugs.' Hij wierp de jonge officier de verstoorde blik toe van een vader die zich ergert aan het wangedrag van zijn zoon. 'Deze hier is aan de drugs. Ik probeer hem eraf te brengen... ' Hij wuifde ons door.

Even later trokken we op. Ik hoorde een lach en toen de dronken, vals zingende stem van de eerste militair, die het oude bruiloftslied zong.

Een kwartier lang reden we in stilte voort, tot de echtgenoot van de jonge vrouw plotseling opstond en iets deed wat ik velen voor hem had zien doen: hij kuste Baba's hand.

Toors tegenslag. Had ik dat niet in een flard van gesprek in Mahipar horen vallen?

We reden Jalalabad een uur voor zonsopgang binnen. Karim dreef ons snel de vrachtwagen uit en een laag huis in aan de kruising van twee onverharde wegen met daarlangs lage huizen met een plat dak, acacia's en gesloten winkels. Ik zette de kraag van mijn jas op tegen de kilte toen we ons met onze bezittingen zeulend het huis in haastten. Om de een of andere reden weet ik nog dat het er naar radijs rook.

Zodra we in de slecht verlichte, kale huiskamer waren, sloot Karim de voordeur af en trok hij de gescheurde lakens die voor gordijnen doorgingen dicht. Toen haalde hij diep adem en kwam met het slechte nieuws: zijn broer Toor kon ons niet naar Peshawar brengen. Kennelijk was de motor van zijn vrachtwagen de week tevoren ontploft en Toor zat nog steeds op nieuwe onderdelen te wachten.

'Vorige week?' riep iemand uit. 'Als je dat al wist, waarom heb je ons dan mee hierheen genomen?'

Uit mijn ooghoek ving ik een snelle beweging op. Toen een vage streep van iets dat door de kamer vloog, en het volgende moment zag ik hoe Karim tegen de muur aan sloeg, zijn gesandaalde voeten een halve meter boven de grond bungelend. Om zijn hals zaten Baba's handen geklemd.

'Dat zal ik je vertellen,' snauwde Baba. 'Omdat hij voor zijn deel van de tocht betaald gekregen heeft. Dat is het enige waarom hij zich druk maakte.' Karim maakte verstikte keelgeluiden. Spuug drupte uit zijn mondhoek.

'Zet hem neer, agha, u vermoordt hem nog,' zei een van de passagiers.

'Dat is ook de bedoeling,' zei Baba. Niemand anders in de kamer wist dat Baba geen grapje maakte. Karim liep rood aan en begon te schoppen. Baba bleef hem de keel dichtknijpen, tot de jonge moeder op wie de Russische officier een oogje had gehad hem smeekte op te houden.

Toen Baba hem eindelijk losliet, zakte Karim op de grond in elkaar en rolde snakkend naar lucht heen en weer. De kamer viel stil. Nog geen twee uur geleden was Baba bereid geweest zich te laten neerschieten voor de eer van een vrouw die hij niet kende. Nu had hij een man bijna gewurgd, en hij zou het ook met liefde gedaan hebben als diezelfde vrouw hem niet gesmeekt had het niet te doen.

In de kamer naast ons bonkte iets. Nee, niet naast ons, beneden. 'Wat was dat?' vroeg iemand. 'De anderen,' hijgde Karim tussen twee moeizame ademhalingen door. 'In de kelder.'

'Hoe lang hebben die zitten wachten?' vroeg Baba, die boven Karim uittorende.

'Twee weken.'

'Je zei toch dat de vrachtwagen vorige week kapotgegaan is?'

Karim wreef over zijn keel. 'Misschien was het ook wel de week daarvoor,' kraste hij.

'Hoe lang?'

'Wat?'

'Hoe lang tot de onderdelen komen?' brulde Baba. Karim kromp ineen maar zei niets. Ik was blij dat het donker was. Ik wilde de moordzucht op Baba's gezicht niet zien.

De stank van iets vochtigs, schimmel of zo, trof mijn neusgaten op het moment dat Karim de deur opendeed die toegang gaf tot de krakende trap naar de kelder. We daalden achter elkaar omlaag. De treden kreunden onder Baba's gewicht. In de koude kelder voelde ik me bekeken door in de duisternis turende ogen. Ik zag rondom ineengedoken gedaanten, hun silhouetten tegen de muur afgetekend door het flauwe licht van twee kerosinelampen. Er klonk een zacht gemurmel door de kelder, daaronder het geluid van waterdruppels, en nog iets anders: gekrabbel.

Baba zuchtte achter me en liet de tassen vallen.

Karim zei dat het nog maar een paar daagjes zou duren voor de vrachtwagen gerepareerd was. Dan gingen we op weg naar Peshawar. Naar de vrijheid. Naar de veiligheid.

De kelder was een week lang ons onderdak en de derde avond ontdekte ik waar dat gekrabbel vandaan kwam. Ratten.

Toen mijn ogen eenmaal aan de duisternis gewend waren, telde ik zo'n dertig vluchtelingen in die kelder. We zaten schouder aan schouder langs de muren, aten crackers, brood met dadels, appels. Die eerste avond baden alle mannen samen. Een van de vluchtelingen vroeg waarom Baba niet meebad. 'God zal ons allemaal redden. Waarom bidt u dan niet tot hem?'

Baba nam een snuifje tabak. Strekte zijn benen. 'Wat ons zal redden zijn acht cilinders en een goede carburateur.' Dat legde de rest voorgoed het zwijgen op aangaande het onderwerp God.

Later diezelfde avond ontdekte ik dat twee van de mensen die daar met ons verborgen zaten Kamal en zijn vader waren. Het was al schokkend genoeg om Kamal een paar meter van me vandaan in die kelder te zien zitten. Maar toen hij en zijn vader naar onze kant van de ruimte kwamen en ik Kamals gezicht zag, pas echt goed zag...

Hij was verwelkt – er was gewoon geen ander woord voor. Zijn ogen zonden me een lege blik toe en er sprak geen enkele herkenning uit. Zijn schouders waren gebogen en zijn wangen hingen neer, alsof ze te moe waren om zich aan de botten eronder vast te klemmen. Zijn vader, die vroeger in Kabul een bioscoop had gehad, zat Baba te vertellen dat zijn vrouw drie maanden daarvoor in haar slaap was getroffen door een verdwaalde kogel en daaraan was gestorven. Toen vertelde hij Baba over Kamal. Ik ving er maar flarden van op: *Had hem nooit alleen moeten laten gaan... altijd al een knappe jongen, weet u... met z'n vieren... probeerde zich te verzetten... God... pakten hem... bloedde van onderen... zijn broek... praat niet meer... staart alleen maar...*

Er kwam geen vrachtwagen, vertelde Karim toen we een week in de van ratten vergeven kelder hadden gezeten. De wagen was niet meer te repareren.

'Maar jullie hebben een andere optie,' zei Karim met harde stem om boven het gekreun uit te komen. Zijn neef had een tankwagen en hij had daar al eens vaker mensen in gesmokkeld. Hij was nu in Jalalabad en hij kon ons er vast allemaal in kwijt.

Iedereen behalve een bejaard echtpaar besloot mee te gaan.

We vertrokken die nacht, Baba en ik, Kamal en zijn vader, en de anderen. Karim en zijn neef, een kalende man met een hoekig gezicht die Aziz heette, hielpen ons de brandstoftank in te klimmen. Een voor een beklommen we de laadbak van de stationair draaiende vrachtwagen, gingen de ladder aan de achterkant op en gleden de tank in. Ik weet nog dat Baba tot halverwege de ladder klom, er weer af sprong en een snuifdoos uit zijn zak viste. Hij gooide de doos leeg en raapte een handvol aarde van het midden van de onverharde weg. Hij kuste de korrels. Gooide ze in de doos. Stopte de doos in zijn borstzak, naast zijn hart.

Paniek.

Je doet je mond open. Zo wijd dat je kaken kraken. Je beveelt je longen lucht binnen te halen, NU, je hebt lucht nodig, en wel NU. Maar je luchtwegen negeren je. Ze klappen samen, vernauwen, krimpen ineen, en ineens haal je adem door een rietje. Je mond gaat dicht en je lippen tuiten en je krijgt niet meer voor elkaar dan een afgeknepen gegier. Je handen kronkelen en beven. Ergens is een dam gebroken en een vloedgolf koud zweet overspoelt je hele lichaam. Je wilt schreeuwen. Je zou het doen als je kon. Maar je moet ademhalen om te kunnen schreeuwen.

Paniek.

De kelder was duister geweest. De tank was gitzwart. Ik keek naar rechts, naar links, omhoog, omlaag, wapperde met mijn handen voor mijn ogen, en ik zag helemaal niets bewegen. Ik knipperde en knipperde. Helemaal niets. Er was iets met de lucht aan de hand: die was te dik, bijna vast. Lucht hoort niet vast te zijn. Ik wilde mijn handen uitsteken en de lucht verkruimelen en de kruimels in mijn luchtpijp proppen. En die benzinestank. Mijn ogen prikten van de dampen, alsof iemand mijn oogleden had opgeklapt en mijn ogen met een citroen had ingewreven. Mijn neus vloog bij elke ademtocht in brand. Op zo'n plek kon je doodgaan, dacht ik. Een schreeuw kwam omhoog. Omhoog, omhoog...

En toen een klein wonder. Baba trok me aan mijn mouw en iets gloeide groen in de duisternis. Licht! Baba's horloge. Ik hield mijn ogen strak op die lichtgevende groene wijzers gericht. Ik was zo bang om ze uit het oog te verliezen dat ik niet durfde te knipperen.

Langzaam werd ik me bewust van mijn omgeving. Ik hoorde gekreun en gefluisterde gebeden. Ik hoorde een baby huilen, het gedempte sussen van zijn moeder. Iemand kokhalsde. Iemand anders vervloekte de Sjorawi. De vrachtwagen schokte heen en weer, op en neer. Hoofden bonsden tegen metaal.

'Denk aan iets goeds,' zei Baba in mijn oor, 'aan iets fijns.'

Iets goeds. Iets fijns. Ik liet mijn geest dwalen, ik liet het komen:

Vrijdagmiddag in Paghman. Een appelgroen grasveld met hier en daar een moerbeiboom in bloei. Hassan en ik staan tot onze enkels in het ongetemde gras, ik trek aan de lijn, de spoel tolt in Hassans eeltige handen, onze ogen zijn omhooggericht, op de vlieger in de lucht. Geen woord wordt er tussen ons gewisseld, niet omdat we niets te zeggen hebben, maar omdat we niets hoeven zeggen – zo ligt dat tussen mensen die elkaars vroegste herinnering zijn, mensen die van dezelfde borst gedronken hebben. Een bries beroert het gras en Hassan laat de spoel rollen. De vlieger draait, duikt, komt tot rust. Onze schaduwen dansen gezamenlijk over het rimpelende gras. Van ergens achter de lage bakstenen muur aan de andere kant van het veld horen we gepraat en gelach en het klateren van een fontein. En muziek, iets ouds en bekends, ik denk dat het *Ya Mowlah* is op de *roebab*. Iemand roept van over de muur onze namen, zegt dat het tijd is voor thee en taart.

Ik herinnerde me niet welke maand het was, of zelfs welk jaar. Ik wist alleen dat die herinnering in me voortleefde, een keurig ingekapseld brokje van een mooi verleden, een penseelstreek kleur op het grijze, kale linnen dat ons leven geworden was.

De rest van die tocht bestaat uit verspreide stukjes en beetjes herinnering die komen en gaan, vooral geluiden en geuren: MIG's die brullend overvliegen, het geratel van geweervuur, een ezel die vlakbij balkt, rinkelende bellen en blatende schapen, grind dat onder de banden van de vrachtwagen vergruist, een baby die in het duister jammert, de stank van benzine, braaksel en stront.

Wat ik me vervolgens herinner is het verblindende licht van de vroege ochtend toen ik uit de tank omhoogklauterde. Ik weet nog dat ik met toegeknepen ogen mijn gezicht naar de lucht keerde en ademhaalde alsof de lucht dreigde op te raken. Ik lag aan de kant van de onverharde weg naast een stenige greppel, keek op naar de grijze ochtendhemel, dankbaar voor de lucht, dankbaar voor het licht, dankbaar omdat ik nog leefde.

'We zijn in Pakistan, Amir,' zei Baba. Hij stond naast me. 'Karim zegt dat hij gaat bellen voor een bus die ons naar Peshawar brengt.'

Ik rolde op mijn buik, nog steeds op de koele grond gelegen, en zag onze koffers aan weerszijden van Baba's voeten staan. Door de omgekeerde V tussen zijn benen zag ik de vrachtwagen langs de weg staan, terwijl de andere vluchtelingen langs de ladder omlaagklommen. Daar voorbij ontrolde de weg zich door de velden, die er onder de grijze lucht uitzagen als platen lood, en verdween achter een reeks komvormige heuvels. De weg liep langs een dorpje dat over een geblakerde helling verspreid lag. Ik miste Afghanistan nu al.

Mijn ogen keerden terug naar onze koffers. Ze stemden me treurig voor Baba. Na alles wat hij opgebouwd en uitgedacht had, alles waarvoor hij gevochten en waarover hij gedroomd had, was dit de som van zijn leven: een teleurstellende zoon en twee koffers.

Iemand was aan het schreeuwen. Nee, niet schreeuwen. Jammeren. Ik zag de passagiers in een kring bij elkaar staan, hoorde hun dringende stemmen. Iemand zei iets over 'dampen'. Iemand anders herhaalde het. Het gejammer veranderde in een keelverscheurend gekrijs.

Baba en ik haastten ons naar het stel toeschouwers en baanden ons een weg erdoorheen. Kamals vader zat met gekruiste benen in het midden van de kring; hij schommelde heen en weer, en kuste het asgrauwe gezicht van zijn zoon.

'Hij ademt niet! Mijn jongen ademt niet!' riep hij alsmaar. Kamals levenloze lichaam lag op zijn vaders schoot. Zijn rechterhand, geopend en slap, schokte mee op het ritme van zijn vaders snikken. 'Mijn jongen! Hij ademt niet! Allah moet hem helpen ademhalen!'

Baba knielde naast hem en sloeg een arm om zijn schouders. Maar Kamals vader duwde hem weg en deed een uitval naar Karim, die samen met zijn neef vlakbij stond. Wat daarna gebeurde ging te snel en was te kort om het een schermutseling te noemen. Karim slaakte een verbaasde kreet en deinsde achteruit. Ik zag een arm zwaaien, een been schoppen. Een ogenblik later stond Kamals vader met Karims pistool in zijn hand.

'Niet schieten!' gilde Karim.

Maar voordat iemand iets kon zeggen of doen, stak Kamals vader de loop in zijn eigen mond. Ik zal de echo van die klap nooit vergeten. Of de lichtflits en de fontein van rode druppels.

Ik klapte weer dubbel en kokhalsde langs de kant van de weg.

11

Fremont, Californië. Jaren tachtig.

Baba hield van het concept Amerika.

Wat hem een maagzweer bezorgde was het wonen in Amerika.

Ik herinner me onze wandelingen door het Lake-Elizabethpark in Fremont, een paar straten bij onze flat vandaan, langs jongens die aan het batten waren en giechelende kleine meisjes op de schommels in de speeltuin. Baba onderrichtte me op die wandelingen met uitgebreide betogen over zijn politieke ideeën. 'Op deze wereld zijn er maar drie echte kerels, Amir,' zei hij dan. Hij telde ze af op zijn vingers: de drieste bevrijder Amerika, Groot-Brittannië, en Israël. 'De rest...', en dan wuifde hij met zijn hand en maakte een pffft-geluid, 'is een stel roddelende oude wijven.'

De opmerking over Israël haalde de Afghanen in Fremont het bloed onder de nagels vandaan; ze beschuldigden hem ervan dat hij voor de joden en dus tegen de islam was. Baba en de anderen kwamen vaak in het park bijeen voor thee en *rowt*-taart, en dan joeg hij ze op de kast met zijn politieke ideeën. 'Ze begrijpen niet,' zei hij achteraf tegen mij, 'dat godsdienst er helemaal niets mee te maken heeft.' Baba zag Israël als een eiland van echte kerels in een zee van Arabieren die het te druk hadden met zich volvreten van hun oliecenten om voor hun eigen mensen te zorgen. 'Israël doet zus, Israël doet zo,' zei Baba vaak met een Arabisch accent. 'Doe er dan wat aan! Onderneem iets. Jullie zijn Arabieren, help de Palestijnen dan!'

Hij had een hekel aan Jimmy Carter, die 'idioot met die lange tanden', zoals hij hem noemde. In 1980, toen wij nog in Kabul zaten, kondigden de Verenigde Staten aan dat ze de Olympische Spelen in Moskou zouden boycotten. 'Bah!' riep Baba vol weerzin uit, 'Breznjev richt een bloedbad aan onder de Afghanen en het enige waar die pindavreter mee aankomt is: "Ik kom niet bij jou in je zwembad spelen."' Baba geloofde dat Carter onbedoeld meer voor het communisme had gedaan dan Leonid Breznjev. 'Die vent is niet geschikt om dit land te besturen. Je zet een jongen die niet kan fietsen toch ook niet achter het stuur van een splinternieuwe Cadillac?' Wat Amerika en de hele wereld nodig hadden was een harde kerel. Iemand om rekening mee te houden, iemand die dingen ondernam in plaats van zijn handen te wringen. Die persoon verscheen in de gedaante van Ronald Reagan. En toen Reagan de Sjorawi op de televisie 'het rijk van het kwaad' noemde, kocht Baba een foto van de grijnzende president met opgestoken duimen. Hij lijstte de foto in en hing hem bij ons in de gang, vlak naast de oude zwart-witfoto van hemzelf met smalle stropdas, waarop hij koning Zahir Shah de hand schudt. Onze buren in Fremont waren vooral buschauffeurs, politieagenten, pompbediendes en ongehuwde moeders met een uitkering, precies het slag mensen dat binnenkort zou stikken onder het kussen dat de reaganomie op hun gezicht drukte. Baba was de enige republikein in ons hele flatgebouw.

Maar zijn ogen gingen prikken van de smog in de Bay Area, hij kreeg hoofdpijn van het verkeerslawaai, en hij moest hoesten van het stuifmeel. Het fruit was nooit zoet genoeg, het water nooit schoon genoeg, en waar waren alle bomen en de open vlakten? Twee jaar lang probeerde ik Baba zover te krijgen dat hij zich inschreef voor lessen Engels als tweede taal, om zijn gebroken Engels op te krikken. Maar hij vond het een bespottelijk idee. 'Dan leer ik misschien wel hoe je *cat* spelt en dan krijg ik een glimmende ster van de meester om thuis trots aan jou te kunnen laten zien,' mopperde hij vaak.

Op een zondag in het voorjaar van 1983 liep ik een boekwinkeltje binnen waar ze tweedehands paperbacks verkochten, naast de Indiase bioscoop even ten westen van de plek waar de sporen van Cal-Trans Fremont Boulevard kruisen. Ik zei tegen

Baba dat ik over vijf minuten weer terug was en hij haalde zijn schouders op. Hij werkte op dat moment bij een benzinestation en had die dag vrij. Ik zag hem in het wilde weg Fremont Boulevard oversteken en de Fast & Easy binnengaan, een kleine kruidenierswinkel die gerund werd door een bejaard Vietnamees echtpaar, mevrouw en meneer Nguyen. Het waren grijsharige, vriendelijke mensen; zij had Parkinson, hij had een nieuwe heup. 'Hij is nu net Man van Zes Miljoen,' zei ze altijd tegen me met een tandeloze lach. 'Weet je nog, Man van Zes Miljoen, Amir?' En dan zette meneer Nguyen het stuurse gezicht van Lee Majors en deed hij of hij in slowmotion aan het rennen was.

Ik was een stukgelezen Mike Hammer aan het doorbladeren toen ik geschreeuw en het geluid van brekend glas hoorde. Ik liet het boek vallen en rende de straat over. Ik trof de Nguyens achter de toonbank aan, helemaal tegen de wand aan gedrukt, hun gezicht asgrauw, meneer Nguyen met zijn armen om zijn vrouw geslagen. Op de vloer: sinaasappels, een omgevallen rek met tijdschriften, een gebroken pot met staafjes gedroogd rundvlees, en glassplinters aan Baba's voeten.

Baba bleek geen geld bij zich gehad te hebben voor de sinaasappels. Hij had een cheque voor meneer Nguyen uitgeschreven en die had om een legitimatie gevraagd. 'Hij wil mijn vergunning zien,' bulderde Baba in het Farsi. 'Bijna twee jaar kopen we al dat verdomde fruit van hem en spekken we zijn zak en dan wil die hondenzoon mijn vergunning zien!'

'Dat is niet persoonlijk bedoeld, Baba,' zei ik met een glimlach naar de Nguyens. 'Ze horen om een legitimatie te vragen.'

'Ik wil u hier niet meer zien,' zei meneer Nguyen, die voor zijn vrouw was gaan staan. Hij wees met zijn stok naar Baba. Hij wendde zich tot mij. 'Jij bent een aardige jongeman, maar je vader, die is gek. Niet welkom meer.'

'Denkt hij dat ik een dief ben?' zei Baba met stemverheffing. Mensen dromden buiten samen. Ze stonden te staren. 'Wat is dit voor land? Niemand vertrouwt hier iemand!'

Mevrouw Nguyen stak haar gezicht achter haar man vandaan en zei: 'Ik bel de politie. Wegwezen of ik bel de politie.'

'Belt u alstublieft de politie niet, mevrouw Nguyen. Ik neem hem mee naar huis. Als u maar niet de politie belt, goed? Alstublieft?'

'Ja, neem jij hem mee naar huis. Goed idee,' zei meneer Nguyen. Zijn ogen achter het ziekenfondsbrilletje met dubbelfocus verloren Baba geen moment uit het oog. Ik loodste Baba de deur uit. Op weg naar buiten schopte hij tegen een tijdschrift. Nadat ik hem had laten beloven dat hij niet terug zou komen, ging ik weer naar de winkel om de Nguyens mijn excuses aan te bieden. Ik vertelde dat mijn vader een moeilijke periode doormaakte. Ik gaf mevrouw Nguyen ons telefoonnummer en adres en zei dat ze de schade moest laten opnemen. 'Belt u alstublieft zodra u het weet. Ik betaal alles, mevrouw Nguyen. Het spijt me vreselijk.' Mevrouw Nguyen pakte het papiertje van me aan en knikte. Ik zag dat haar handen erger trilden dan anders, en dat maakte me kwaad op Baba, omdat hij een oude vrouw zo aan het schrikken had gemaakt.

'Mijn vader moet nog aan het leven in Amerika wennen,' zei ik bij wijze van verklaring.

Ik wilde hun vertellen dat we in Kabul een tak van een boom afbraken en die als creditcard gebruikten. Hassan en ik namen die houten stok mee naar de bakker. Die maakte met zijn mes inkepingen in onze stok, een inkeping voor elk brood dat hij voor ons uit de loeiende vlammen van de tandoor haalde. Aan het eind van de maand betaalde mijn vader hem voor het aantal inkepingen in de stok. Dat was alles. Geen vragen. Geen legitimatie.

Maar dat vertelde ik hun niet. Ik bedankte meneer Nguyen omdat hij de politie niet gebeld had. Ik nam Baba mee naar huis. Hij ging op het balkon zitten pruilen en roken terwijl ik rijst met kippennekjesragout maakte. Anderhalf jaar geleden waren we uit de Boeing vanuit Peshawar gestapt, en Baba was nog steeds aan het wennen.

We aten die avond in stilte. Na twee happen duwde Baba zijn bord weg.

Ik wierp een blik op hem aan de overkant van de tafel: zijn nagels gescheurd en zwart van de smeerolie, zijn knokkels geschaafd, de geuren van het benzinestation – stof, zweet en benzine – in zijn kleren. Baba was net een weduwnaar die hertrouwt maar zijn overleden vrouw niet kan loslaten. Hij miste de suikerrietvelden van Jalalabad en de tuinen van Paghman. Hij miste de mensen die zijn huis in en uit liepen, miste het wandelen door de drukke gangen van de Shor-bazaar, het groeten van mensen die hem en zijn vader kenden, zijn grootvader kenden, mensen die voorouders met hem deelden, wier leven met het zijne vervlochten was.

Voor mij was Amerika een plaats om mijn herinneringen te begraven.

Voor Baba een plaats om de zijne te bewenen.

'Misschien moeten we terug naar Peshawar,' zei ik, starend naar het ijs dat in mijn glas water dreef. We hadden een halfjaar in Peshawar zitten wachten tot de immigratiedienst met onze visa kwam. Ons smerige appartement met één slaapkamer stonk naar vieze sokken en kattendrollen, maar we waren omgeven door mensen die we kenden – althans, mensen die Baba kende. Hij noodde regelmatig de hele gang met buren te eten, de meesten Afghanen die op een visum zaten te wachten. Altijd was er wel iemand die een stel tabla meenam en een ander een harmonium. De thee stond te trekken, en wie een beetje een zangstem had zong tot de zon opkwam, de muggen ophielden met zoemen en klappende handen pijn gingen doen.

'Daar was u gelukkiger, Baba. Het leek meer op thuis,' zei ik.

'Peshawar was goed voor mij. Niet voor jou.'

'U werkt hier zo hard.'

'Nu is het niet zo erg meer,' zei hij, en hij bedoelde sinds hij overdag manager bij het benzinestation was geworden. Maar ik had gezien hoe hij op vochtige dagen ineenkromp en over zijn polsen wreef. De manier waarop het zweet op zijn voorhoofd parelde als hij na het eten zijn pot met Rennies pakte. 'En bovendien, ik heb ons niet voor mijn plezier hierheen gebracht, waar of niet?'

Ik reikte over tafel en legde mijn hand op de zijne. Mijn studentenhand, schoon en zacht, op zijn arbeidershand, groezelig en eeltig. Ik dacht aan alle vrachtwagens, treintjes en fietsen die hij in Kabul voor me had meegebracht. En nu Amerika. Nog één laatste cadeau voor Amir.

Nauwelijks een maand nadat we in de Verenigde Staten waren aangekomen vond Baba een baan vlak achter Washington Boulevard, als pompbediende bij het benzinestation van een Afghaanse kennis – hij was binnen een week na aankomst op zoek gegaan naar werk. Zes dagen per week draaide Baba diensten van twaalf uur met tanken, de kassa bedienen, olie verversen en autoramen wassen. Soms bracht ik hem zijn lunch en dan zag ik hem op de planken zoeken naar een pakje sigaretten, met een wachtende klant aan de andere kant van een onder de olievlekken zittende toonbank, Baba's gezicht wit weggetrokken onder het felle neonlicht. De elektronische bel boven de deur dingdongde als ik naar binnen liep, Baba keek over zijn schouder, wuifde en glimlachte, zijn ogen tranend van vermoeidheid.

Op de dag dat hij werk vond, gingen Baba en ik ook naar onze begeleidster bij de sociale dienst in San Jose, mevrouw Dobbins. Het was een dikke zwarte vrouw met fonkelende ogen en kuiltjes in haar wangen als ze glimlachte. Ze vertelde me eens dat ze in de kerk zong, en ik geloofde haar – ze had een stem die me aan warme melk en honing deed denken. Baba liet de stapels voedselbonnen op haar bureau vallen. 'Dank u, maar ik wil niet,' zei Baba. 'Ik altijd werken. In Afghanistan werken, in Amerika werken. Dank u wel, mevrouw Dobbins, maar ik wil niet geld voor niets.'

Mevrouw Dobbins knipperde met haar ogen. Ze pakte de voedselbonnen, keek van mij naar Baba alsof we een geintje uithaalden, of *haar een trucje toeschoven*, zoals Hassan altijd zei. 'Ik doe dit werk al vijftien jaar, en dit heeft nog nooit iemand gedaan,' zei ze. Zo maakte Baba een einde aan die vernederende ogenblikken met de voedselbonnen bij de kassa en nam hij een van zijn grootste angsten weg: dat een Afghaan zou zien dat hij eten kocht met geld van de liefdadigheid. Baba liep het kantoor van de bijstand uit als een man die is genezen van kanker.

In de zomer van 1983 deed ik op mijn twintigste eindexamen, veruit de oudste leerling die die dag op het footballveld zijn baret in de lucht gooide. Ik weet nog dat ik Baba in het gewoel van gezinnen, flitsende camera's en blauwe gewaden kwijtraakte. Ik vond hem bij de twintigmeterlijn, zijn handen in zijn zakken geduwd, de camera bungelend op zijn borst. Hij verdween en verscheen achter de mensen die tussen ons door bewogen: gillende meisjes in het blauw die elkaar huilend omarmden, jongens die hun vader en elkaar een high five gaven. Baba's baard werd al grijs, zijn haar werd bij de slapen dunner, en was hij in Kabul niet groter geweest? Hij had zijn bruine pak aan – zijn enige pak, het pak dat hij op Afghaanse bruiloften en begrafenissen droeg – en de rode das die ik voor zijn vijftigste verjaardag dat jaar gekocht had. Toen zag hij me en hij zwaaide. Glimlachte. Hij gebaarde dat ik mijn baret moest opzetten en nam een foto van me met op de achtergrond de klokkentoren van de school. Ik glimlachte om hem – in zekere zin was dit meer zijn dag dan de mijne. Hij liep op me af, sloeg zijn arm om mijn hals, en gaf me een kus op mijn voorhoofd. 'Ik ben *moftakhir*, Amir,' zei hij. Trots. Zijn ogen glommen toen hij dat zei en ik vond het fijn dat ik degene was die die blik kreeg toegeworpen.

Hij nam me die avond mee naar een Afghaanse kebabtent in Hayward en bestelde veel te veel eten. Hij zei tegen de eigenaar dat zijn zoon die herfst naar de universiteit ging. Ik had er kort voor mijn eindexamen nog even met hem over gediscussieerd en ik had gezegd dat ik een baan wilde zoeken. Om bij te springen, geld te sparen; misschien kon ik het jaar daarop wel gaan studeren. Maar hij wierp me een van zijn verzengende blikken toe en de woorden bestierven me op de tong.

Na het eten nam Baba me mee naar een café tegenover het restaurant. Het was er schemerig en de muren waren doortrokken van de bittere bierlucht waaraan ik altijd al een hekel had gehad. Mannen met honkbalpetten en mouwloze T-shirts biljartten, boven de groene tafels kolkten wolken sigarettenrook in het neonlicht. We trokken de aandacht, Baba in zijn bruine pak en ik in een broek met vouw en een sportief jasje.

We gingen aan de bar zitten, naast een oude man met een leerachtig gezicht dat er ziekelijk uitzag in de blauwe gloed van de Michelob-reclame. Baba stak een sigaret op en bestelde bier voor ons. 'Vanavond ben ik veel gelukkig,' zei hij tegen iedereen en niemand. 'Vanavond ik drinken met mijn zoon. En graag een voor mijn vriend,' zei hij, de oude man op de rug kloppend. De oude kerel tikte aan zijn pet en lachte. Hij had geen boventanden.

Baba sloeg zijn bier in drie slokken achterover en bestelde er nog een. Hij had er drie op voor ik kans zag een kwart van het mijne op te drinken. Inmiddels had hij een whisky voor de oude man besteld en vier biljarters op een pul Budweiser getrakteerd. Mannen schudden hem de hand en sloegen op zijn rug. Ze dronken met hem. Iemand gaf hem een vuurtje. Baba trok zijn das los en gaf de oude man een handvol kwartjes. Hij wees naar de jukebox. 'Zeg maar dat hij zijn lievelingsliedjes moet opzetten,' zei hij tegen mij. De oude man knikte en salueerde voor Baba. Algauw schalde de countrymuziek en Baba had zomaar ineens een feestje in gang gezet.

Op een zeker moment stond Baba op, stak zijn bier de lucht in, waardoor hij op de met zaagsel bestrooide vloer morste, en schreeuwde: 'Fuck de Rusland!' Het hele café barstte in lachen uit, toen volgde luidkeels de echo. Baba gaf nog een rondje voor de hele tent weg.

Toen we vertrokken, vond iedereen het jammer dat hij wegging. Kabul, Peshawar, Hayward. Dezelfde oude Baba, dacht ik glimlachend.

Ik reed naar huis in Baba's oude, okergele Buick Continental. Baba doezelde onderweg in, snurkend als een pneumatische boor. Ik rook een geur van tabak en van alcohol, zoet en scherp. Maar toen ik remde kwam hij overeind en zei met een schorre stem: 'Rijd door naar de volgende hoek.'

'Waarom, Baba?'

'Doe nou maar.' Hij liet me aan het zuidelijke einde van de straat parkeren. Hij stak zijn hand in zijn zak en gaf me een stel sleutels. 'Daar,' zei hij en hij wees naar de auto voor ons. Het was een oud model Ford, lang en breed, in een donkere kleur die ik in het maanlicht niet kon onderscheiden. 'Hij moet opnieuw gespoten worden en ik zal een van de jongens van het benzinestation er nieuwe schokdempers onder laten zetten, maar hij rijdt.'

Verbijsterd pakte ik de sleutels aan. Ik keek van hem naar de auto.

'Je hebt hem nodig om naar college te gaan,' zei hij. Ik pakte zijn hand. Kneep erin. Ik kreeg tranen in mijn ogen en was dankbaar voor de schaduw die ons gezicht verborg. 'Dank u wel, Baba.'

We stapten uit en gingen in de Ford zitten. Het was een Grand Torino. Marineblauw, zei Baba. Ik reed er een rondje mee, testte de remmen, de radio, de richtingaanwijzers. Ik parkeerde hem op het parkeerterrein van ons flatgebouw en zette de motor af. 'Tasjakor, Baba jaan,' zei ik. Ik wilde meer zeggen, ik wilde hem vertellen hoe geroerd ik was door dit lieve gebaar, hoezeer ik alles wat hij voor me gedaan had, en nog steeds deed, waardeerde. Maar ik wist dat hij zich dan ongemakkelijk zou voelen. 'Tasjakor,' zei ik in plaats daarvan nog eens.

Hij glimlachte en leunde achterover tegen de hoofdsteun; zijn voorhoofd raakte bijna het plafond. We zeiden niets. We zaten in het duister en luisterden naar het *tink-tink* van de afkoelende motor, het geloei van een sirene in de verte. Toen rolde Baba zijn hoofd naar me toe. 'Was Hassan er vandaag maar bij geweest,' zei hij.

Een paar handen van staal sloten zich bij het horen van Hassans naam om mijn luchtpijp. Ik draaide het raampje omlaag. Wachtte tot de greep van de stalen handen verslapte.

Ik was van plan om me op te geven voor de eerstejaarscolleges in de herfst, zei ik de dag na het eindexamen tegen Baba. Hij dronk koude zwarte thee en kauwde op kardemomzaadjes, zijn eigen probate middel tegen een kater.

'Ik denk dat ik Engels als hoofdvak neem,' zei ik. Ik kromp vanbinnen ineen in afwachting van zijn reactie.

'Engels?'

'Creatief schrijven.'

Daar dacht hij over na. Hij nam slokjes van zijn thee. 'Verhalen, bedoel je. Je gaat verhalen bedenken.' Ik keek naar mijn voeten.

'Betalen ze daarvoor, voor verhalen bedenken?'

'Als je goed bent,' zei ik, 'en als je ontdekt wordt.'

'Hoe groot is de kans dat je ontdekt wordt?'

'Het komt voor.'

Hij knikte. 'En wat doe je intussen, terwijl je zit te wachten tot je goed bent en ontdekt wordt? Hoe verdien je dan geld? Als je trouwt, hoe onderhoud je dan je *khanoem*?'

Ik kon me er niet toe brengen hem in de ogen te kijken. 'Dan... zoek ik een baantje.'

'O,' zei hij. 'Wah wah. Dus als ik je goed begrijp, ga je jaren studeren om een graad te behalen, en dan zoek je een *tsjatti* baantje zoals dat van mij, zo'n baantje dat je nu meteen ook kunt krijgen, in de hoop dat die graad je misschien ooit nog eens zal helpen... ontdekt te worden.' Hij haalde diep adem en nam een slok thee. Bromde iets over medicijnen of rechten studeren, en over 'echt werk'.

Mijn wangen gloeiden en ik werd overspoeld door schuldgevoel, schuldgevoel omdat ik deed waar ik zin in had, ten koste van zijn maagzweer, zijn zwarte nagels en zijn pijnlijke polsen. Maar ik zou voet bij stuk houden, besloot ik. Ik wilde me niet meer voor Baba opofferen. De vorige keer dat ik dat gedaan had, had ik mezelf verdoemd.

Baba zuchtte en gooide toen ineens een hele hand kardemomzaadjes in zijn mond.

Soms ging ik achter het stuur van mijn Ford zitten, draaide de raampjes omlaag en reed dan uren rond, van de East Bay naar de South Bay, het schiereiland over en terug. Ik reed door de met katoenbomen omzoomde straten in onze wijk in Fremont, waar mensen die nog nooit een koning de hand hadden geschud, in armoedige lage huizen met een plat dak woonden, met tralies voor de ramen, waar oude auto's zoals de mijne olie lekten op opritten van asfalt. Potloodgrijze hekken omsloten de achtertuinen in onze buurt. Speelgoed, kale banden en bierflesjes met loslatende etiketten vervuilden grasloze voortuinen. Ik reed langs schaduwrijke parken die naar bast roken, langs winkelgalerijen die groot genoeg waren om er tegelijkertijd vijf Buzkashi-toernooien te houden. Ik reed met de Torino de heuvels van Los Altos in, langs landhuizen met panoramaramen en zilveren leeuwen die gietijzeren hekken bewaakten, huizen met fonteinen vol cherubijnen, langs verzorgde trottoirs waar geen Ford Torino's op de opritten stonden. Huizen waarbij vergeleken Baba's huis in Wazir Akbar Khan op een hut voor een bediende leek.

Ik stond op zaterdagochtend soms vroeg op en dan reed ik over snelweg 17 naar het zuiden en dreef de Ford over de slingerende weg door de bergen naar Santa Cruz. Ik parkeerde bij de oude vuurtoren en wachtte op zonsopgang, terwijl ik in de auto naar de mistbanken zat te kijken die uit zee kwamen opzetten. In Afghanistan had ik de oceaan alleen in de bioscoop gezien. In het donker naast Hassan gezeten vroeg ik me altijd af of het waar was wat ik gelezen had: dat de zeelucht naar zout rook. Ik zei vaak tegen Hassan dat we op een dag over een met zeewier bezaaid strand zouden lopen, onze voeten wegzakkend in het zand, en dat we dan zouden kijken hoe het water zich van onze tenen terugtrok. De eerste keer dat ik de Stille Oceaan zag, moest ik bijna huilen. Hij was even eindeloos en blauw als de oceanen op filmdoek uit mijn jeugd.

Soms parkeerde ik vroeg in de avond de auto en dan liep ik een brug over een snelweg op. Met mijn gezicht tegen het hek gedrukt probeerde ik de knipperende rode achterlichten te tellen die voortkropen zo ver het oog reikte. BMW's. Saabs. Porsches. Auto's die ik in Kabul nooit gezien had, waar de meeste mensen een Russische Wolga, een oude Ford of een Iraanse Paikan hadden.

Bijna twee jaren waren verstreken sinds we in Amerika waren aangekomen, en ik verbaasde me nog steeds over de grootte van dit land, zijn uitgestrektheid. Voorbij elke snelweg lag weer een snelweg, voorbij elke stad weer een stad, heuvels voorbij bergen en bergen voorbij heuvels, en daar voorbij nog meer steden en nog meer mensen.

Lang voordat het Roessi-leger Afghanistan binnen gemarcheerd was, lang voordat dorpen waren platgebrand en scholen verwoest, lang voordat er mijnen geplant werden als zaden des doods en kinderen begraven werden in met stenen bedekte graven, was Kabul een stad vol spoken voor me geworden. Een stad vol spoken met een hazenlip.

Amerika was anders. Amerika was een voortrazende rivier die geen acht sloeg op het verleden. Ik kon die rivier in lopen, mijn zonden naar de bodem laten zinken, en me naar ergens ver weg laten meevoeren. Ergens waar geen spoken waren, geen herinneringen en geen zonden.

Om die reden had ik Amerika in mijn armen gesloten.

De volgende zomer, de zomer van 1984 – de zomer dat ik eenentwintig werd – verkocht Baba zijn Buick en kocht voor vijfhonderdvijftig dollar een gehavend Volkswagen-busje uit 1971 van een Afghaanse kennis die in Kabul leraar scheikunde geweest was aan een middelbare school. De buren keken hun ogen uit toen de bus op een middag door de straat kwam aansputteren en onze parkeerplaats op tufte. Baba zette de motor af en liet de bus in stilte de ons toegewezen plek op rollen. We zakten weg op onze zitplaatsen, lachten tot de tranen ons over de wangen liepen, en, nog belangrijker: tot we zeker wisten dat de buren niet meer keken. De bus was een treurig kadaver van geroest metaal, kapotte ramen die waren vervangen door zwarte vuilniszakken, kalende banden en bekleding die tot op de springveren aan flarden was. Maar de oude leraar had Baba verzekerd dat de motor en de transmissie nog goed waren, en wat dat betreft had de man niet gelogen.

's Zaterdags maakte Baba me bij zonsopgang wakker. Terwijl hij zich aankleedde las ik de kleine advertenties in de plaatselijke kranten door en omcirkelde de advertenties van mensen die spullen te koop aanboden. We planden onze route: – eerst Fremont, Union City, Newark en Hayward, en als er dan nog tijd over was San Jose, Milpitas, Sunnyvale en Campbell. Baba bestuurde de bus en dronk warme thee uit de thermoskan, en ik navigeerde. We stopten bij garageverkopen en kochten spullen die mensen niet meer wilden hebben. We dongen af op oude naaimachines, eenogige barbiepoppen, houten tennisrackets, gitaren met ontbrekende snaren en oude Electrolux-stofzuigers. Halverwege de middag zat de vw-bus vol tweedehands spullen. Dan reden we zondagochtend vroeg naar de vlooienmarkt van San Jose vlak achter Berryessa, huurden een plaats en verkochten de rommel met een kleine winst: een plaat van Chicago die we de dag tevoren voor vijfentwintig cent gekocht hadden, ging soms voor één dollar weg, of voor vier dollar voor een set van vijf; een krakkemikkige Singer-naaimachine die we voor tien dollar gekocht hadden, bracht na enig loven en bieden soms vijfentwintig dollar op.

Die zomer namen Afghaanse families inmiddels een hele afdeling van die vlooienmarkt in beslag. Afghaanse muziek klonk in de gangpaden van de afdeling tweedehands goederen. Onder de Afghanen op de vlooienmarkt gold een onuitgesproken gedragscode: je begroette de man aan de overkant van het gangpad, je nodigde hem uit voor een hapje aardappel-*bolani* of een beetje *qaboeli*, en je kletste wat. Je bood je *tassali*, je deelneming, aan bij het overlijden van een vader of moeder, feliciteerde bij de geboorte van kinderen, en schudde treurig je hoofd als het gesprek op de Roessi kwam – en dat gebeurde altijd. Maar je vermeed het onderwerp 'zaterdag'. Want dan zou weleens kunnen blijken dat de man aan de overkant van het gangpad degene was die je gisteren bij de afrit van de snelweg bijna van de weg gereden had om eerder dan hij bij een veelbelovende garageverkoop te zijn.

Het enige wat in die gangen nog rijkelijker vloeide dan thee was het Afghaanse geroddel. Op de vlooienmarkt dronk je groene thee met amandel-*kolchas* en hoorde je wiens dochter haar verloving had verbroken om er met haar Amerikaanse vriendje vandoor te gaan, wie vroeger in Kabul *partsjami* – communist – was geweest, en wie met zwart geld een huis gekocht had terwijl hij nog bijstand kreeg. Thee, politiek en schandalen: dat waren de ingrediënten van een Afghaanse zondag op de vlooienmarkt.

Ik runde soms de stal terwijl Baba door het gangpad liep, zijn handen eerbiedig tegen de borst gedrukt, mensen die hij uit Kabul kende begroetend: mecaniciens en kleermakers die afdankertjes en beschadigde fietshelmen verkochten, naast voormalige ambassadeurs, werkloze chirurgen en professoren.

Vroeg op een zondagochtend in juli 1984, terwijl Baba de stal aan het opzetten was, kocht ik bij de snackbar twee bekertjes koffie en toen ik terugkwam stond Baba te praten met een gedistingeerde bejaarde man. Ik zette de bekers op de achterbumper van de bus, naast de sticker met REAGAN/BUSH VOOR '84.

'Amir,' zei Baba en hij wenkte me naderbij, 'dit is generaal sahib, meneer Iqbal Taheri. Hij was in Kabul een veelvuldig onderscheiden generaal. Hij werkte voor het ministerie van Defensie.'

Taheri. Waarom kwam die naam me zo bekend voor?

De generaal lachte als een man die gewend was om formele feesten te bezoeken, waar hij op het juiste moment lachte om de onnozele grapjes van belangrijke mensen. Hij had sliertig zilvergrijs haar dat van zijn gladde gebruinde voorhoofd was weggekamd, en witte plukjes in zijn woeste wenkbrauwen. Hij rook naar aftershave en had een staalgrijs driedelig pak aan dat glom van te veel persen; de gouden ketting van een zakhorloge bungelde uit zijn vestzak.

'Wat een indrukwekkende introductie,' zei hij met een donkere, gecultiveerde stem. 'Salaam, *batsjem*.' Hallo, jongen.

'Salaam, generaal sahib,' zei ik en ik schudde hem de hand. Zijn magere hand had een verrassend stevige greep, alsof er onder de verzorgde huid staal verborgen zat.

'Amir wordt een groot schrijver,' zei Baba. Daar keek ik van op. 'Hij heeft het eerste jaar aan de universiteit afgerond en hij had voor al zijn vakken een tien.'

'Junior college,' corrigeerde ik hem.

'Masjallah,' zei generaal Taheri, 'ga je over ons land schrijven? Over de geschiedenis? De economie?'

'Ik schrijf fictie,' zei ik, en ik dacht aan de tientallen korte verhalen die ik in het in leer gebonden notitieboek van Rahim Khan geschreven had, en ik vroeg me af waarom ik me daar ineens voor schaamde, in aanwezigheid van deze man.

'Aha, een verhalenverteller,' zei de generaal. 'Nou, mensen hebben verhalen nodig om zich in moeilijke tijden als deze te vermaken.' Hij legde zijn hand op Baba's schouder en wendde zich tot mij. 'En nu we het toch over verhalen hebben: je vader en ik hebben eens op een zomerdag op fazanten gejaagd in Jalalabad,' zei hij. 'Het was een fantastische tijd. Als ik me goed herinner was je vaders oog tijdens de jacht net zo scherp als in zaken.'

Baba schopte met de neus van zijn laars tegen een houten tennisracket dat op ons stuk zeildoek lag. 'Het zijn me nogal zaken.'

Generaal Taheri slaagde erin om tegelijk treurig en beleefd te glimlachen; hij slaakte een zucht en klopte Baba zachtjes op de schouder. '*Zendagi migzara,*' zei hij. Het leven gaat door. Hij richtte zijn ogen op mij. 'Wij Afghanen hebben de neiging nogal te overdrijven, batsjem, en ik heb menigeen lichtzinnig een groot man horen noemen. Maar jouw vader komt de eer toe om werkelijk tot de minderheid te behoren die dat etiket verdient.' Dat toespraakje klonk me in de oren zoals zijn pak eruitzag: vaak gebruikt en met een onnatuurlijke glans.

'U vleit me,' zei Baba.

'Dat doe ik niet,' zei de generaal, en hij hield zijn hoofd schuin en drukte zijn hand tegen zijn borst om nederigheid uit te drukken. 'Jongens en meisjes moeten de erfenis van hun vader kennen. Waardeer jij je vader, batsjem? Waardeer je hem echt?'

'*Balé*, generaal sahib, dat doe ik,' zei ik, en ik wilde dat hij me niet steeds 'jongen' noemde.

'Mijn gelukwensen dan, want dan ben je al half op weg om een man te worden,' zei hij zonder een spoortje humor of ironie – het compliment van een achteloos arrogant man.

'*Padar* jaan, u bent uw thee vergeten.' De stem van een jonge vrouw. Ze stond achter ons, een schoonheid met smalle heupen en fluwelig ravenzwart haar, een geopende thermoskan en een bekertje van piepschuim in haar hand. Ik knipperde met mijn ogen, mijn hart ging sneller kloppen. Ze had dikke zwarte wenkbrauwen die elkaar in het midden raakten als de gewelfde vleugels van een vliegende vogel, en de gracieus gebogen neus van een prinses uit het oude Perzië – misschien die van Tahmineh, Rostams vrouw en de moeder van Sohrab uit de *Shahnamah*. Haar ogen, walnootbruin en overschaduwd door uitwaaierende wimpers, ontmoetten de mijne. Hielden ze even vast. Vlogen weg.

'Wat aardig van je, lieverd,' zei generaal Taheri. Hij nam het bekertje van haar aan. Voor ze zich omdraaide om te vertrekken zag ik dat ze een bruine sikkelvormige moedervlek op de gladde huid boven de lijn van haar linkerkaak had. Ze liep naar een dofgrijze bestelwagen twee rijen verderop en zette de thermosfles binnen neer. Toen ze tussen dozen met oude platen en paperbacks knielde, viel haar haar naar één kant.

'Mijn dochter, Soraya jaan,' zei generaal Taheri. Hij haalde diep adem, alsof hij popelde om van onderwerp te veranderen, en keek op zijn gouden horloge. 'Tja, tijd om de boel op te zetten.' Hij en Baba kusten elkaar op de wang en hij schudde mijn hand met beide handen. 'Heel veel succes met het schrijven,' zei hij en keek me in de ogen. Zijn bleekblauwe ogen onthulden niets van de gedachten die erachter schuilgingen.

De rest van de dag moest ik me beheersen om niet steeds naar de grijze bestelwagen te kijken.

Het schoot me op de terugweg te binnen. Taheri. Ik wist dat ik die naam eerder gehoord had.

'Deed er niet een of ander verhaal de ronde over Taheri's dochter?' zei ik zo achteloos mogelijk tegen Baba.

'Je kent me,' zei Baba, terwijl hij de bus langs de rij die de vlooienmarkt verliet manoeuvreerde. 'Zodra gesprekken op geroddel uitdraaien, maak ik dat ik wegkom.'

'Maar het was wel zo, hè?' zei ik.

'Waarom vraag je dat?' Hij keek me slinks aan.

Ik haalde mijn schouders op en onderdrukte een glimlach. 'Gewoon nieuwsgierig, Baba.'

'Waarachtig? Is dat alles?' zei hij, met een plagerige blik op mij. 'Heeft ze indruk op je gemaakt?'

Ik rolde met mijn ogen. 'Toe nou, Baba.'

Hij glimlachte en draaide de bus de vlooienmarkt af. We gingen op weg naar snelweg 680. We reden een tijdje in stilte voort. 'Het enige wat ik gehoord heb is dat er ooit sprake is geweest van een man en dat het allemaal... niet goed is afgelopen.' Hij zei het ernstig, alsof hij onthulde dat ze borstkanker had.

'O.'

'Ik heb gehoord dat het een fatsoenlijk meisje is; ze werkt hard en ze is aardig. Maar sinds die tijd hebben er geen *khastegars*, geen huwelijkskandidaten, op de deur van de generaal geklopt.' Baba zuchtte. 'Het is misschien onrechtvaardig, maar wat in een paar dagen gebeurt, of zelfs op één enkele dag, kan de loop van een heel leven veranderen, Amir,' zei hij.

Die nacht lag ik wakker en dacht aan Soraya Taheri's sikkelvormige moedervlek, haar lichtgebogen neus, en de manier waarop haar glanzende ogen even de mijne hadden vastgehouden. Mijn hart sloeg over als ik aan haar dacht. Soraya Taheri. Mijn vlooienmarktprinses.

12

In Afghanistan is *jelda* de eerste nacht van de maand *jadi*, de eerste nacht van de winter en de langste van het jaar. Hassan en ik bleven altijd laat op, zoals de traditie voorschreef, met onze voeten weggestopt onder de koersi, terwijl Ali appelschillen in het kacheltje gooide en oude sprookjes vertelde over sultans en dieven om die langste nacht door te komen. Van Ali hoorde ik ook over het verhaal van jelda, dat behekste motten zich in kaarsvlammen storten, en over wolven die bergen beklimmen om naar de zon te kijken. Ali bezwoer dat als je in de nacht van jelda watermeloen at, je die hele zomer geen dorst zou hebben.

Toen ik ouder was las ik in mijn gedichtenbundels dat jelda de sterreloze nacht is die gekwelde minnaars doorwaken; ze doorstaan die eindeloze duisternis, wachtend tot de zon opkomt en hun geliefde meebrengt. Toen ik Soraya Taheri ontmoet had werd elke nacht van de week een jelda voor me. En als de zondagochtend aanbrak stond ik op met Soraya Taheri's bruinogige gezicht al voor ogen. In Baba's bus telde ik de kilometers tot ik haar weer blootsvoets kartonnen dozen en vergeelde encyclopedieën zou zien schikken, haar hielen wit afstekend tegen het asfalt, zilveren armbanden rinkelend rond haar smalle polsen. Ik dacht aan de schaduw die haar haar op de grond wierp als het van haar rug af gleed en als een fluwelen gordijn omlaaghing. Soraya. Vlooienmarktprinses. De ochtendzon van mijn jelda.

Ik bedacht uitvluchten om door het gangpad te slenteren – waarop Baba met een plagerige grijns reageerde – langs de kraam van de Taheri's. Ik wuifde naar de generaal, eeuwig gekleed in zijn glimmende, te vaak geperste pak, en hij wuifde dan terug. Soms stond hij van zijn directeursstoel op en praatten we wat over mijn geschrijf, de oorlog, de koopjes van de dag. En ik moest alles op alles zetten om mijn ogen niet te laten afdwalen naar waar Soraya een pocket zat te lezen. Vervolgens namen de generaal en ik afscheid en ik probeerde niet te sjokken als ik wegliep.

Soms zat ze alleen en stond de generaal wat te kletsen in een ander gangpad; dan liep ik voorbij en deed net of ik haar niet kende, maar wat wilde ik dat graag. Soms was ze er met een gezette vrouw van middelbare leeftijd met een bleke huid en roodgeverfd haar. Ik beloofde mezelf dat ik voor het eind van de zomer met haar zou praten, maar het schooljaar begon weer; de bladeren werden rood, geel, en vielen af; de winterregens joegen binnen en wekten Baba's gewrichten, blaadjes ontsproten opnieuw en nog steeds had ik niet de moed, de *dil*, om haar zelfs maar aan te kijken.

Het voorjaarssemester eindigde eind mei 1985. Voor al mijn vakken algemene vorming haalde ik hoge cijfers, wat een klein wonder was, aangezien ik tijdens de colleges aan de zachte kromming van Soraya's neus zat te denken.

En toen, op een drukkend hete zondag in die zomer, zaten Baba en ik bij onze kraam op de vlooienmarkt onszelf koelte toe te wuiven met kranten. Ondanks een zon die blakerde als een brandmerkijzer, was het die dag druk op de markt en de verkoop liep goed – het was nog maar halfeen en we hadden al honderdzestig dollar verdiend. Ik stond op, rekte me uit en vroeg Baba of hij een cola wilde. Hij zei dat hem dat heerlijk leek.

'Wees voorzichtig, Amir,' zei hij toen ik wegliep.

'Waarmee, Baba?'

'Ik ben geen *ahmaq*, dus doe nou maar niet of je stom bent.'

'Ik weet niet waar u het over hebt.'

'Als je maar nooit vergeet,' zei Baba en hij priemde met zijn vinger in mijn richting, 'dat die man een Pashtun in hart en nieren is. Hij heeft *nang* en *namoes*.' Nang. Namoes. Eer en trots. De grondvesten van de Pashtun-man. Vooral als het om de kuisheid van een echtgenote ging. Of een dochter.

‘Ik ga alleen wat te drinken voor ons halen.’

‘Als je me maar niet te schande maakt, dat is het enige wat ik vraag.’

‘Dat zal ik heus niet doen, Baba.’

Baba stak een sigaret op en begon zichzelf weer koelte toe te wuiven.

Ik liep in de richting van de snackbar, toen sloeg ik af bij de kraam met T-shirts – waar je voor vijf dollar een wit nylon T-shirt kon krijgen met het gezicht van Jezus, Elvis, Jim Morrison, of van alle drie. Mariachi-muziek kwam van boven, en ik rook ingelegde groenten en gegrild vlees.

Ik vond de grijze bestelwagen van de Taheri’s twee rijen van de onze vandaan, naast een stalletje waar ze mango op een stokje verkochten. Ze zat te lezen, alleen. Vandaag in een witte, enkellange zomerjurk. Sandalen met een open teen. Het haar achterovergekamd en bekroond met een tulpvormige knot. Mijn bedoeling was om weer gewoon langs te lopen, en ik dacht ook dat ik dat gedaan had, maar ineens stond ik aan de rand van het witte tafelkleed van de Taheri’s over krultangen en oude stropdassen heen naar Soraya te staren. Ze keek op.

‘Salaam,’ zei ik. ‘Het spijt me dat ik *mozahem* ben, ik wilde u niet storen.’

‘Salaam.’

‘Is generaal sahib er vandaag?’ zei ik. Mijn oren gloeiden. Ik kon mezelf er niet toe zetten om haar aan te kijken.

‘Hij is die kant op gegaan,’ zei ze. Ze wees naar rechts. De armband gleed omlaag naar haar elleboog, zilver tegen olijfkleur.

‘Wilt u zeggen dat ik langs geweest ben om de groeten te doen?’ zei ik.

‘Dat zal ik doen.’

‘Dank u wel,’ zei ik. ‘Ik heet trouwens Amir. Voor het geval u dat moet weten. Dan kunt u het tegen hem zeggen. Dat ik langs geweest ben. Om... de groeten te doen.’

‘Ja.’

Ik schuifelde met mijn voeten, schraapte mijn keel. ‘Ik ga maar weer. Neem me niet kwalijk dat ik u gestoord heb.’

'U hebt me niet gestoord,' zei ze.

'O, gelukkig.' Ik hield mijn hoofd scheef en schonk haar een halve glimlach. 'Ik ga maar weer.' Had ik dat al niet gezegd? '*Khoda hafez.*'

'Khoda hafez.'

Ik begon te lopen. Stond stil en draaide me om. Ik zei het voor ik de kans kreeg om de moed te verliezen: 'Mag ik vragen wat u aan het lezen bent?'

Ze knipperde met haar ogen.

Ik hield mijn adem in. Plotseling voelde ik hoe de ogen van alle vlooienmarkt-Afghanen op ons gericht werden. Het was net of iedereen zachter ging praten. Lippen hielden midden in een zin op te bewegen. Hoofden draaiden zich om. Ogen vernauwden zich van pure nieuwsgierigheid.

Wat kregen we nou?

Tot dat moment kon onze ontmoeting nog geïnterpreteerd worden als een beleefde uitwisseling: de ene man die vraagt waar hij een andere man kan vinden. Maar ik had haar een vraag gesteld en als ze antwoord gaf, waren we... nou ja, dan waren we aan het kletsen. Ik een *mojarad*, een ongehuwde jongeman, en zij een ongehuwde jonge vrouw. En ook nog eens eentje met een verleden. Dit balanceerde gevaarlijk op de rand van stof tot roddels, en dan nog wel van het beste soort. De giftige tongen zouden opgewonden raken. En zij zou het het zwaarst te verduren krijgen van dat gif, niet ik – ik was me ten volle bewust van de dubbele maat waarmee Afghanen al eeuwen mijn sekse bevoordelen. Het was niet van: *Zag je hoe hij daar met haar stond te kletsen?* maar: *Jemig! Zag je dat, dat ze hem gewoon niet liet gaan? Wat een* lotsjak*!*

Naar Afghaanse maatstaven was mijn vraag brutaal. Ik had mezelf blootgegeven en ik had duidelijk blijk gegeven van mijn interesse voor haar. Maar ik was een man, en het enige wat ik riskeerde was een beschadigd ego. En beschadigingen genezen. Reputaties niet. Zou ze de uitdaging aannemen?

Ze draaide het boek met de omslag naar me toe. *Woeste hoogten*. 'Hebt u het gelezen?' zei ze.

Ik knikte. Ik voelde het stampende kloppen van mijn hart achter mijn ogen. 'Het is een treurig verhaal.'

'Treurige verhalen worden goede boeken,' zei ze.

'Dat is waar.'

'Ik heb gehoord dat u schrijft.'

Hoe wist ze dat? Ik vroeg me af of haar vader het haar verteld had, misschien had ze hem ernaar gevraagd. Ik verwierp onmiddellijk beide scenario's als onzin. Vaders en zoons konden vrijelijk over vrouwen praten. Maar geen enkel Afghaans meisje – tenminste geen fatsoenlijk en *mohratam* Afghaans meisje – hoorde haar vader over een jongeman uit. En geen enkele vader, en zeker geen Pashtun met nang en namoes, zou ooit een mojarad met zijn dochter bespreken, tenzij de knaap in kwestie een khastegar, een huwelijkskandidaat, was die zijn vader gestuurd had om op de deur te kloppen, zoals de eerbaarheid voorschreef.

Ik geloofde mijn oren niet toen ik mezelf hoorde zeggen: 'Wilt u een verhaal van me lezen?'

'Heel graag,' zei ze. Ik merkte dat ze zich ongemakkelijk begon te voelen, ik zag het aan de manier waarop haar ogen heen en weer schoten. Misschien keek ze of de generaal eraan kwam. Ik vroeg me af wat hij zou zeggen als hij erachter kwam dat ik zo onfatsoenlijk lang met zijn dochter had staan praten.

'Misschien neem ik er weleens eentje voor u mee,' zei ik. Ik stond op het punt om nog meer te zeggen toen de vrouw die ik af en toe bij Soraya gezien had tussen de kramen door aan kwam lopen. Ze droeg een plastic zak vol fruit. Toen ze ons zag, sprongen haar ogen van Soraya naar mij en terug. Ze glimlachte.

'Wat leuk om je te zien, Amir jaan,' zei ze, terwijl ze de zak op het tafellaken zette. Haar voorhoofd glom van het zweet. Haar in de vorm van een helm gekapte rode haar glinsterde in het zonlicht – hier en daar zag ik haar schedel waar het haar dun geworden was. Ze had kleine groene ogen, diep in een kogelrond hoofd, tanden met kronen, en kleine worstachtige vingers. Een gouden Allah rustte op haar boezem, de ketting begraven in de huidplooien en vouwen van haar hals. 'Ik ben Jamila, de moeder van Soraya jaan.'

'Salaam, khala jaan,' zei ik, gegeneerd, zoals zo vaak bij Afghanen, omdat zij mij kende en ik geen idee had wie zij was.

'Hoe gaat het met je vader?' zei ze.

'Het gaat goed met hem, dank u.'

'Je grootvader, je weet wel, Ghazi sahib de rechter? Zijn oom en mijn grootvader waren neven,' zei ze. 'Dus we zijn familie van elkaar.' Ze glimlachte een mond vol kronen bloot, en het viel me op dat de rechterkant van haar mond een beetje hing. Haar ogen schoten tussen Soraya en mij heen en weer.

Ik had Baba een keer gevraagd waarom generaal Taheri's dochter nog niet getrouwd was. Geen huwelijkskandidaten, zei Baba. Geen geschikte huwelijkskandidaten, corrigeerde hij zichzelf. Maar meer zei hij niet – Baba wist hoe dodelijk loze praatjes konden zijn voor de kansen van een jonge vrouw om een goed huwelijk te sluiten. Afghaanse mannen, en dan helemaal mannen van achtenswaardige families, waren wispelturige schepsels. Een roddel hier, een insinuatie daar, en ze gingen er als verschrikte vogels vandoor. Dus er waren bruiloften gekomen en gegaan en niemand had *Ahesta Boro* voor Soraya gezongen, niemand had haar handpalmen met henna beschilderd, niemand had een koran boven haar hoofdtooi gehouden, en generaal Taheri was degene die op elke bruiloft met haar danste.

En hier was deze vrouw, deze moeder, met haar hartverscheurend gretige, scheve glimlach en de nauwelijks verhulde hoop in haar ogen. Ik schrok een beetje terug voor de macht die me werd toegekend, en dat allemaal omdat ik had gewonnen in de genetische loterij die mijn geslacht bepaald had.

Ik kon uit de ogen van de generaal geen gedachten aflezen, maar van zijn vrouw wist ik wel zeker dat als ik al tegenstand zou ondervinden bij wat het ook mocht zijn dat hier speelde, die niet van haar zou komen.

'Ga zitten, Amir jaan,' zei ze. 'Haal even een stoel voor hem, Soraya, batsjem. En spoel een perzik voor hem af. Ze zijn zoet en vers.'

'Nee, dank u,' zei ik. 'Ik moet ervandoor. Mijn vader zit te wachten.'

'O?' zei khanoem Taheri, duidelijk onder de indruk omdat ik zo beleefd was geweest om het aanbod af te wijzen. 'Maar neem dan in elk geval deze mee.' Ze gooide een handvol kiwi's en een paar perziken in een papieren zak en stond erop dat ik ze meenam. 'Breng mijn salaam aan je vader over. En kom nog eens langs.'

'Dat zal ik doen. Dank u wel, khala jaan,' zei ik. Uit mijn ooghoek zag ik Soraya wegkijken.

'Ik dacht dat je cola ging halen,' zei Baba toen hij de zak met perziken van me aanpakte. Hij keek me tegelijkertijd ernstig en plagerig aan. Ik begon een uitvlucht te bedenken, maar hij hapte in een perzik en maakte een wegwuivend gebaar. 'Laat maar zitten, Amir. Vergeet alleen niet wat ik gezegd heb.'

Die nacht in bed dacht ik aan de manier waarop vlekjes zonlicht hadden gedanst in Soraya's ogen, en aan de zachte holtes boven haar sleutelbeen. Ik speelde steeds opnieuw onze conversatie af in mijn hoofd. Had ze gezegd *Ik heb gehoord dat u schrijft* of *Ik heb gehoord dat u schrijver bent*? Wat was het? Ik lag te woelen tussen de lakens en staarde naar het plafond, ontzet door de gedachte aan zes zware, oneindige nachten jelda voor ik haar weer zag.

Zo ging het een paar weken door. Ik wachtte tot de generaal een wandelingetje ging maken en dan liep ik naar de kraam van de Taheri's. Als khanoem Taheri er was, bood ze me thee en een kolcha aan en praatten we wat over het oude Kabul, de mensen die we kenden, haar artritis. Het viel haar ongetwijfeld op dat mijn verschijnen altijd samenviel met de afwezigheid van haar echtgenoot, maar dat liet ze nooit merken. 'Je hebt net je kaka gemist,' zei ze dan. Ik vond het eigenlijk wel prettig als khanoem Taheri erbij was, en niet alleen vanwege haar vriendelijke manier van doen; Soraya was meer op haar gemak en spraakzamer als haar moeder erbij was. Alsof haar aanwezigheid legitimeerde wat er zich tussen ons afspeelde – al was dat in mindere mate het geval dan wanneer de generaal erbij geweest was. Khanoem Taheri's optreden als chaperonne maakte onze ontmoetingen zo niet bestand tegen roddels, dan toch minder interessant voor roddels, al geneerde Soraya zich duidelijk voor haar gedrag, dat op het randje van strooplikkerij was.

Op een dag zaten Soraya en ik alleen bij hun kraam te praten. Ze vertelde me over haar studie; zij was ook bezig met colleges algemene vorming, aan Ohlone Junior College in Fremont.

'Wat neemt u als hoofdvak?'

'Ik wil lerares worden,' zei ze.

'Echt waar? Waarom?'

'Dat heb ik altijd gewild. Toen wij in Virginia woonden, heb ik het certificaat Engels als tweede taal gehaald en nu geef ik een avond in de week les in de openbare bibliotheek. Mijn moeder was ook lerares; ze gaf Farsi en geschiedenis aan de Zarghoona-middelbare school voor meisjes in Kabul.'

Een man met een dikke buik en een jachtpet op bood drie dollar voor een set kaarsen van vijf dollar en Soraya vond het goed. Ze liet het geld in een snoeptrommeltje bij haar voeten vallen. Ze keek me verlegen aan. 'Ik wil u een verhaaltje vertellen,' zei ze, 'maar ik vind het een beetje gênant.'

'Vertel maar.'

'Het is een onnozel verhaal.'

'Vertel het toch maar.'

Ze lachte. 'Toen ik in Kabul in groep 4 zat, nam mijn vader een vrouw in dienst om in het huishouden te helpen. Ze heette Ziba. Ze had een zus die in Iran woonde, in Mashad, en omdat Ziba analfabeet was, vroeg ze af en toe of ik een brief aan haar zus wilde schrijven. En als haar zus terugschreef, las ik Ziba haar brief voor. Op een dag vroeg ik haar of ze wilde leren lezen en schrijven. Ze keek me aan met een brede grijns en lachrimpels rond haar ogen en zei dat ze dat heel graag zou willen. Dus als ik met mijn eigen huiswerk klaar was gingen we aan de keukentafel zitten en dan leerde ik haar *alef-beh*, het alfabet. Ik weet nog dat ik soms opkeek van mijn huiswerk en zag hoe Ziba even het vlees in de hogedrukpan omroerde en dan weer ging zitten om met een potlood het huiswerk te maken dat ik haar de avond tevoren had opgegeven.

Om kort te gaan, Ziba kon binnen een jaar kinderboeken lezen. We gingen op het erf zitten en dan las zij me de verhalen van Dara en Sara voor – langzaam maar foutloos. Ze begon me *moalem* Soraya te noemen, juf Soraya.' Ze lachte weer. 'Ik weet dat het kinderachtig klinkt, maar vanaf de eerste keer dat Ziba zelf een brief schreef, wist ik dat ik nooit iets anders dan lerares wilde worden. Ik was zo trots op haar en ik had het gevoel dat ik echt iets waardevols gedaan had, begrijpt u?'

'Ja,' loog ik. Ik dacht eraan dat ik mijn kennis gebruikt had om Hassan belachelijk te maken. Dat ik hem geplaagd had met de moeilijke woorden die hij niet kende.

'Mijn vader wil dat ik rechten ga studeren en mijn moeder heeft het in bedekte termen over medicijnen, maar ik word lerares. Het betaalt niet goed hier, maar dat is wat ik wil.'

'Mijn moeder was ook lerares,' zei ik.

'Dat weet ik,' zei ze. 'Dat heeft mijn moeder me verteld.' Toen moest ze blozen om wat ze er zomaar uit gegooid had, vanwege de implicatie van haar antwoord dat er 'Amir-gesprekken' tussen hen tweeën plaatsvonden als ik er niet bij was. Ik moest me ontzettend inhouden om niet te glimlachen.

'Ik heb iets voor u bij me.' Ik viste de rol bijeengeniete blaadjes uit mijn achterzak. 'Zoals beloofd.' Ik gaf haar een van mijn korte verhalen.

'O, je hebt eraan gedacht,' zei ze en ze straalde helemaal. 'Dank je wel!' Ik had nauwelijks de tijd om te registreren dat ze me voor het eerst met *tu* had aangesproken en niet het vormelijke *shoma*, want plotseling verdween haar glimlach. De kleur verdween uit haar gezicht en haar ogen vestigden zich op iets achter mij. Ik draaide me om en stond oog in oog met generaal Taheri.

'Amir jaan. Onze inspirerende verhalenverteller. Wat leuk,' zei hij. Hij glimlachte dunnetjes.

'Salaam, generaal sahib,' zei ik weinig enthousiast.

Hij liep voorbij me naar de kraam. 'Wat een mooie dag is het, nietwaar?' zei hij, een duim in het borstzakje van zijn vest gehaakt, de andere hand uitgestrekt naar Soraya. Ze gaf hem de blaadjes aan.

'Ze zeggen dat het deze week gaat regenen. Dat kun je je niet voorstellen, hè?' Hij gooide de opgerolde blaadjes in de vuilnisbak. Draaide zich naar me om en legde zacht een hand op mijn schouder. We deden samen een paar stappen.

'Weet je, batsjem, ik mag je inmiddels erg graag. Je bent een fatsoenlijke jongen, dat geloof ik echt, maar... ' Hij zuchtte en wuifde met zijn hand. 'Zelfs fatsoenlijke jongens moeten af en toe op de vingers getikt worden. Dus het is mijn plicht om je eraan te helpen herinneren dat je op deze markt onder gelijken bent.' Hij zweeg. Zijn uitdrukkingsloze ogen boorden zich in de mijne. 'Iedereen hier is namelijk verhalenverteller.' Hij glimlachte zijn volmaakt regelmatige tanden bloot. 'Breng vooral mijn groeten aan je vader over, Amir jaan.'

Hij liet zijn hand vallen. Glimlachte nog eens.

'Wat is er aan de hand?' vroeg Baba. Hij nam net geld in ontvangst van een oude vrouw voor een hobbelpaard.

'Niets,' zei ik. Ik ging op een oude televisie zitten. Toen vertelde ik het hem toch.

'Akh, Amir,' verzuchtte hij.

Uiteindelijk kreeg ik niet eens de gelegenheid om lang over het gebeurde te piekeren.

Omdat Baba later die week verkouden werd.

Het begon met een kuchje en een loopneus. De loopneus verdween, maar de kuch bleef. Hij kuchte in zijn zakdoek en stopte die in zijn zak. Ik zeurde maar aan zijn hoofd dat hij ernaar moest laten kijken, maar dat wuifde hij weg. Hij verafschuwde artsen en ziekenhuizen. Voorzover ik wist was Baba maar één keer naar de dokter geweest: toen hij in India malaria had opgelopen.

Vervolgens betrapte ik hem twee weken later toen hij in de wc een prop slijm met bloed ophoestte.

'Hoe lang doet u dat al?' zei ik.

'Wat eten we vanavond?' zei hij.

'Ik ga met u naar de dokter.'

Baba was dan wel manager bij het benzinestation, maar de eigenaar had hem geen ziektekostenverzekering aangeboden en Baba had in al zijn roekeloosheid niet aangedrongen. Dus nam ik hem mee naar het streekziekenhuis in San Jose. De lijkbleke arts met opgezette oogleden bij wie we terechtkwamen stelde zich voor als tweedejaars co-assistent. 'Hij ziet er jonger uit dan jij en zieker dan ik,' mopperde Baba. De co-assistent stuurde ons door voor een röntgenfoto. Toen de verpleegkundige ons weer binnenriep, zat de co-assistent een formulier in te vullen.

'Neem dit mee naar de receptie,' zei hij, al krabbelend.

'Wat is het?' vroeg ik.

'Een verwijzing.' Krabbel, krabbel.

'Waarvoor?'

'De longkliniek.'

'Wat is dat?'

Hij wierp me een korte blik toe. Duwde zijn bril omhoog. Begon weer te krabbelen. 'Hij heeft een vlekje op zijn rechterlong. Ik wil dat ze daarnaar kijken.'

'Een vlekje?' zei ik. Ineens was de kamer te klein, de lucht te dik.

'Kanker?' voegde Baba er achteloos aan toe.

'Mogelijk. In elk geval is het verdacht,' mompelde de dokter.

'Kunt u niets meer vertellen?' vroeg ik.

'Niet echt. Eerst moet er een CAT-scan gemaakt worden, en dan moet hij naar de longarts.' Hij gaf me het verwijsbriefje. 'Je zei dat je vader rookt, hè?'

'Ja.'

Hij knikte. Keek van mij naar Baba en terug. 'U wordt binnen veertien dagen gebeld.'

Ik wilde hem vragen hoe ik veertien dagen moest doorkomen met dat woord 'verdacht'. Hoe dacht hij dat ik moest eten, werken, studeren? Hoe kon hij me met dat woord naar huis sturen?

Ik pakte het verwijsbriefje en gaf het af. Die avond wachtte ik tot Baba in slaap gevallen was en vouwde toen een deken op. Ik gebruikte hem als gebedskleed. Met mijn hoofd naar de grond gebogen reciteerde ik half vergeten soera's uit de koran – verzen die we van de mullah in Kabul uit ons hoofd hadden moeten leren – en vroeg om medelijden van een God van wiens bestaan ik niet overtuigd was. Ik benijdde de mullah nu om zijn geloof en zijn zekerheid.

Twee weken verstreken en er belde niemand. En toen ik belde zeiden ze dat ze de verwijsbrief niet konden vinden. Wist ik zeker dat ik hem had afgegeven? Ze zeiden dat ze over nog eens drie weken zouden opbellen. Ik maakte flink stennis en zag kans de drie weken terug te brengen naar eentje voor de CAT-scan, en twee voor de afspraak met de dokter.

Het bezoek bij de longarts verliep goed, tot Baba dokter Schneider vroeg waar hij vandaan kwam. Dokter Schneider zei: Rusland. Baba ging door het lint.

'Neem me niet kwalijk, dokter,' zei ik en ik trok Baba mee naar opzij. Dokter Schneider glimlachte en deed een stap terug, met de stethoscoop nog in de hand.

'Ik heb dokter Schneiders biografie in de wachtkamer gelezen, Baba. Hij is in Michigan geboren. *Michigan!* Hij is Amerikaan, heel wat Amerikaanser dan jij en ik ooit zullen worden.'

'Het laat me koud waar hij geboren is, het is een Roessi,' zei Baba, en hij vertrok zijn gezicht alsof het een vies woord was. 'Zijn ouders waren Roessi, zijn grootouders waren Roessi. En ik zweer je op je het gezicht van je moeder dat ik zijn arm zal breken als hij me probeert aan te raken.'

'De ouders van dokter Schneider zijn uit de Sjorawi gevlucht, begrijp dat dan. Ze zijn ontsnapt!'

Maar Baba wilde er niet van horen. Soms denk ik dat Afghanistan, zijn gestorven land, het enige is waar hij evenveel van hield als van zijn gestorven vrouw. Ik schreeuwde het bijna uit van frustratie. In plaats daarvan wendde ik me tot dokter Schneider: 'Het spijt me, dokter. Dit gaat niet lukken.'

De volgende longarts, dokter Amani, was Iraniër, en Baba vond het goed. Dokter Amani, een man met een zachte stem, een scheve snor en een bos grijs haar, vertelde dat hij de resultaten van de CAT-scan had bekeken en dat hij een ingreep moest uitvoeren die bronchoscopie heette, om een stukje longweefsel te pakken te krijgen voor pathologie. Hij zette het op het rooster voor de week daarop. Ik bedankte hem terwijl ik Baba de spreekkamer uit hielp, maar ik bedacht intussen wel dat ik nu een hele week zou moeten doorkomen met dat nieuwe woord: 'weefsel', een nog onheilspellender woord dan 'verdacht'. Ik wilde dat Soraya bij me was.

Het bleek dat kanker net als Satan vele namen heeft. Die van Baba heette anaplastisch carcinoom. Vergevorderd. Inoperabel. Baba vroeg dokter Amani om een prognose. Dokter Amani beet op zijn lip en gebruikte het woord 'somber'. 'Natuurlijk is er zoiets als chemotherapie,' zei hij, 'maar dat zou alleen palliatief zijn.'

'Wat betekent dat?' vroeg Baba.

Dokter Amani zuchtte. 'Dat betekent dat het niets aan de afloop verandert, alleen rekt het die afloop.'

'Dat is een duidelijk antwoord, dokter Amani. Dank u wel,' zei Baba. 'Maar ik hoef geen chemomedicijnen.' Hij had diezelfde vastbesloten blik in zijn ogen als die keer dat hij de stapel voedselbonnen op het bureau van mevrouw Dobbins had laten vallen.

'Maar Baba... '

'Val me nooit meer publiekelijk af, Amir. Wie denk je wel dat je bent?'

De regen waar generaal Taheri het op de vlooienmarkt over had gehad had een paar weken op zich laten wachten, maar toen we bij dokter Amani naar buiten kwamen, sproeiden passerende auto's smerig water op de stoep. Baba stak een sigaret op. Hij rookte het hele stuk naar de auto en het hele stuk naar huis.

Toen hij de sleutel in de deur naar de hal stak zei ik: 'Ik wou dat u die chemo een kans gaf, Baba.'

Baba stak de sleutels in zijn zak en trok me onder de gestreepte luifel van het gebouw uit de regen. Hij duwde tegen mijn borst met de hand waarin hij zijn sigaret hield. 'Bas! Ik heb mijn beslissing genomen.'

'En ik dan, Baba? Wat moet ik dan doen?' zei ik, en mijn

ogen vulden zich met tranen. Een blik van afkeer trok over zijn natgeregende gezicht. Het was dezelfde blik die hij me vaak had toegeworpen toen ik klein was en ging huilen als ik bij het vallen mijn knieën schaafde. Het was het huilen dat indertijd die blik opriep, net zoals nu. 'Je bent eenentwintig, Amir! Een volwassen man! Je... ' Hij opende zijn mond, sloot hem, opende hem weer, en dacht nog eens na. Boven ons hoofd roffelde de regen op de canvas luifel. 'Dus je wilt weten hoe het met jou moet? Dat heb ik je nou al die jaren proberen bij te brengen, dat je die vraag nooit zou hoeven stellen.'

Hij deed de deur open. Wendde zich weer naar mij. 'En nog één ding. Niemand komt hierachter, begrepen? Niemand. Ik wil van niemand medelijden.' Toen verdween hij in de schemerige hal. De rest van de dag zat hij kettingrokend voor de tv. Ik wist niet wat of wie hij tartte. Mij? Dokter Amani? Of misschien de God waar hij nooit in geloofd had.

Een tijdje liet Baba zichzelf door kanker niet van de vlooienmarkt weghouden. Op zaterdag reden we de garageverkopen af, Baba achter het stuur en ik als navigator, en op zondag stalden we onze spullen uit. Koperen lampen. Honkbalhandschoenen. Ski-jacks met een kapotte ritssluiting. Baba begroette kennissen uit het oude vaderland en ik sjacherde voor een paar dollar met klanten. Alsof het er ook maar iets toe deed. Alsof de dag waarop ik wees zou worden niet met elke keer dat we ons boeltje pakten dichterbij geslopen kwam.

Soms wandelden generaal Taheri en zijn vrouw voorbij. Diplomaat als hij was, begroette de generaal me met een glimlach en zijn dubbelhandige handdruk. Maar khanoem Taheri gedroeg zich ineens terughoudend. Een terughoudendheid die alleen verbroken werd door de heimelijke scheve lachjes en steelse verontschuldigende blikken die ze me toewierp als de aandacht van de generaal op iets anders gericht was.

Ik herinner me die periode als een tijd van eerste keren. De eerste keer dat ik Baba in de badkamer hoorde kreunen. De eerste keer dat ik bloed op zijn kussen aantrof. In de ruim drie jaar dat hij het benzinestation bestierde had hij zich niet één keer ziek gemeld. Nog zo'n eerste keer.

Tegen Halloween van dat jaar was Baba halverwege de zaterdagmiddag al zo moe dat hij achter het stuur bleef zitten wachten, terwijl ik op pad ging om te pingelen. Tegen Thanksgiving was hij voor twaalf uur 's middags al uitgeput. Toen de sleeën in de voortuinen verschenen en kunstsneeuw op de douglassparren, bleef Baba thuis en reed ik alleen met de Volkswagen-bus het hele schiereiland af.

Soms zeiden Afghaanse kennissen op de vlooienmarkt iets over Baba's gewichtsverlies. Aanvankelijk waren ze complimenteus. Ze vroegen zelfs naar het geheim van zijn dieet. Maar de vragen en complimenten hielden op terwijl het gewichtsverlies doorging. Toen de kilo's bleven verdwijnen. En verdwijnen. Toen zijn wangen steeds holler werden. En zijn slapen wegsmolten. En zijn ogen in hun kassen verzonken.

Toen, op een frisse zondag kort na nieuwjaar, was Baba een lampenkap aan het verkopen aan een gezette Filippino terwijl ik in de Volkswagen op zoek was naar een deken om over zijn benen te leggen.

'Hé man, die kerel heeft hulp nodig!' zei de Filippino geschrokken. Ik draaide me om en zag Baba op de grond liggen. Zijn armen en benen schokten.

'*Komak!*' riep ik. 'Iemand moet me helpen!' Ik rende naar Baba. Hij schuimbekte; het schuimige spuug doorweekte zijn baard. In zijn omhooggedraaide ogen was alleen oogwit te zien.

Mensen kwamen toegesneld. Ik hoorde dat iemand het over een toeval had. Iemand anders gilde: '911 bellen!' Ik hoorde rennende voetstappen. Naarmate zich een menigte om ons heen verzamelde, werd de lucht allengs donkerder.

Baba's speeksel werd rood. Hij beet op zijn tong. Ik knielde naast hem, greep zijn armen vast en zei: 'Ik ben hier, Baba, ik ben hier, het komt goed, ik ben bij je.' Alsof ik die stuiptrekkingen uit hem weg kon sussen. Alsof ik ze kon verleiden om mijn Baba met rust te laten. Ik voelde nattigheid op mijn knieën. Zag dat Baba zijn urine had laten lopen. Ssst, Baba jaan, ik ben hier. Je zoon is bij je.

De dokter, met een witte baard en compleet kaal, trok me de kamer uit. 'Ik wil de CAT-scans van je vader met je bespreken,' zei hij. Hij schoof de opnamen in een lichtbak in de gang en wees met het gummetje aan zijn potlood naar de foto's van Baba's kanker, als een agent die opnamen van de moordenaar aan de familie van het slachtoffer laat zien. Baba's hersenen zagen er op die foto's uit als doorsneden van een grote walnoot, met overal grijze dingen in de vorm van een tennisbal.

'Zoals je ziet is de kanker uitgezaaid,' zei hij. 'Hij zal steroïden moeten slikken om de zwelling in zijn hersenen te laten slinken en medicijnen tegen toevallen. En ik raad palliatieve bestralingen aan. Weet je wat dat betekent?'

Ik zei dat ik dat wist. Ik was al aardig thuis in het kankerjargon.

'Mooi zo,' zei hij. Hij keek op zijn pieper. 'Ik moet ervandoor, maar als je iets te vragen hebt, kun je me laten omroepen.'

'Dank u wel.'

Ik bracht de nacht door in een stoel naast Baba's bed.

De volgende ochtend zat de wachtkamer aan het eind van de gang vol Afghanen. De slager uit Newark. Een ingenieur die voor Baba gewerkt had aan zijn weeshuis. Ze gingen een voor een naar binnen en begroetten Baba fluisterend. Wensten hem een snel herstel toe. Baba was wakker, versuft en doodmoe, maar wakker.

Halverwege de ochtend verschenen generaal Taheri en zijn vrouw. Soraya volgde. We keken elkaar aan en keken tegelijkertijd weer weg. 'Hoe gaat het met u, mijn vriend?' zei generaal Taheri en hij pakte Baba's hand vast.

Baba gebaarde naar het infuus aan zijn arm. Glimlachte dunnetjes. De generaal glimlachte terug.

'Jullie hadden niet al die moeite hoeven doen. Jullie allemaal,' zei Baba met schorre stem.

'Het is geen moeite,' zei khanoem Taheri.

'Helemaal geen moeite. Wat belangrijker is, is of u iets nodig hebt,' zei generaal Taheri. 'Wat dan ook. Vraag het me gerust, zoals u het een broer zou vragen.'

Het schoot me te binnen wat Baba eens over Pashtun gezegd had. *We zijn misschien stijfkoppen en ik weet dat we veel te trots zijn, maar als de nood aan de man komt, neem dan van mij aan dat je niemand liever aan je zijde hebt dan een Pashtun.*

Baba schudde zijn hoofd op het kussen. 'Dat u hier bent doet mijn ogen oplichten.' De generaal glimlachte en kneep in Baba's hand. 'Hoe gaat het met jou, Amir jaan? Heb jij iets nodig?'

De manier waarop hij naar me keek, de vriendelijkheid in zijn ogen... 'Nee, dank u, generaal sahib. Ik ben... ' Ik kreeg een brok in mijn keel en mijn ogen schoten vol. Ik vloog de kamer uit.

Baba's deur ging open en Soraya kwam te voorschijn. Ze ging vlak bij me staan. Ze had een grijs sweatshirt en een spijkerbroek aan. Haar haar hing los. Ik wilde troost zoeken in haar armen.

'Ik vind het heel erg, Amir,' zei ze. 'We wisten allemaal dat er iets aan de hand was, maar we hadden geen idee dat het dit was.'

Ik depte mijn ogen met mijn mouw. 'Hij wilde niet dat iemand het wist.'

'Heb je iets nodig?'

'Nee.' Ik probeerde te glimlachen. Ze legde haar hand op de mijne. Onze eerste aanraking. Ik pakte haar hand. Bracht hem naar mijn gezicht. Mijn ogen. Ik liet hem los. 'Je kunt beter weer naar binnen gaan. Anders krijg ik je vader achter me aan.'

Ze knikte glimlachend. 'Dat moest ik maar doen.' Ze draaide zich om om weg te gaan.

'Soraya?'

'Ja?'

'Ik ben heel blij dat je er bent. Het betekent heel veel voor me.'

Baba mocht twee dagen later weg. Ze lieten een zogenaamde stralingsoncoloog komen om Baba zover te krijgen dat hij zich liet bestralen. Baba weigerde. Ze probeerden mij zover te krijgen om hem over te halen. Maar ik had gezien hoe Baba keek. Ik bedankte hen, ondertekende hun formulieren, en nam Baba in mijn Ford Torino mee naar huis.

Die avond lag Baba op de bank met een wollen deken over zich heen. Ik bracht hem hete thee en amandelen. Ik sloeg mijn armen om hem heen en trok hem veel te makkelijk omhoog. Zijn schouderbladen leken wel vogelvleugels onder mijn vingers. Ik trok de deken weer omhoog over zijn borst, waar de ribben zijn dunne, lijkbleke huid straktrokken.

'Kan ik nog iets voor u doen, Baba?'

'Nee, batsjem. Dank je wel.'

Ik ging naast hem zitten. 'Dan vraag ik me af of u iets voor mij wilt doen. Als u niet te moe bent.'

'Wat?'

'Ik wil dat u *khastegari* voor me doet. Ik wil dat u generaal Taheri om de hand van zijn dochter gaat vragen.'

Baba's droge lippen verbreedden zich tot een glimlach. Een vlekje groen op een verwelkt blad. 'Weet je het zeker?'

'Zekerder dan ik ooit over iets geweest ben.'

'Heb je er goed over nagedacht?'

'Balé, Baba.'

'Geef me dan de telefoon maar aan. En mijn notitieboekje.'

Ik knipperde met mijn ogen. 'Nu?'

'Wanneer anders?'

Ik glimlachte. 'Oké.' Ik gaf hem de telefoon aan en het zwarte notitieboekje waarin Baba de telefoonnummers van zijn Afghaanse vrienden neergekrabbeld had. Hij zocht de Taheri's op. Draaide het nummer. Bracht de hoorn naar zijn oor. Mijn hart maakte pirouettes in mijn borstkas.

'Jamila jaan? Salaam aleikum,' zei hij. Hij noemde zijn naam. Zweeg even. 'Veel beter, dank u. Het was heel vriendelijk van u om op bezoek te komen.' Hij luisterde een poosje. Knikte. 'Dat zal ik onthouden, dank u wel. Is generaal sahib thuis?' Stilte. 'Dank u.'

Zijn ogen schoten naar mij. Ik had de aanvechting om te lachen. Of te schreeuwen. Ik bracht de muis van mijn hand naar mijn mond en beet erop. Baba lachte zachtjes door zijn neus.

'Salaam aleikum, generaal sahib... Ja, veel beter... Balé... Heel vriendelijk van u. Generaal sahib, ik bel u om te vragen of ik u en khanoem Taheri morgenochtend een bezoek zou mogen brengen. Het is een eerbare aangelegenheid... Ja... Elf uur is uitstekend. Tot dan. Khoda hafez.'

Hij hing op. We keken elkaar aan. Ik kreeg de slappe lach. En Baba deed mee.

Baba maakte zijn haar nat en kamde het naar achteren. Ik hielp hem in een schoon wit overhemd en strikte zijn das voor hem, en ik zag de vijf centimeter speling tussen het boordknoopje en Baba's hals. Ik dacht aan alle open plekken die Baba zou achterlaten als hij er niet meer was, en ik dwong mezelf om aan iets anders te denken. Hij was niet weg. Nog niet. En dit was een dag voor mooie gedachten. Het jasje van het bruine pak dat hij bij mijn diploma-uitreiking gedragen had, hing om hem heen – Baba was te veel afgevallen om het op te vullen. Ik moest de mouwen oprollen. Ik bukte me en maakte zijn veters voor hem vast.

De Taheri's woonden in een huis met één verdieping en een plat dak in een van de betere woonwijken in Fremont die erom bekendstonden dat er veel Afghanen woonden. Het had diepe ramen, een schuin dak, en een omsloten veranda waarop ik geraniums in potten zag staan. De grijze bestelwagen van de generaal stond op de oprit.

Ik hielp Baba uit de Ford en schoof weer achter het stuur. Hij leunde door het passagiersraam. 'Ga naar huis, ik bel je over een uur.'

'Oké, Baba,' zei ik, 'succes.'

Hij glimlachte.

Ik reed weg. In de achteruitkijkspiegel hobbelde Baba over de oprit van de Taheri's om een laatste vaderlijke plicht te vervullen.

In afwachting van Baba's telefoontje beende ik op en neer in de huiskamer van onze flat. Vijftien stappen lang. Tienenhalve stap breed. Stel dat de generaal nee zei? Stel dat hij me haatte? Ik liep telkens naar de keuken om op de ovenklok te kijken.

De telefoon ging vlak voor twaalf uur. Het was Baba.

'En?'

'De generaal heeft ja gezegd.'

Ik slaakte een diepe zucht. Ging zitten. Mijn handen trilden. 'Echt waar?'

'Ja, maar Soraya jaan is boven in haar kamer. Zij wil eerst met je praten.'

'Oké.'

Baba zei iets tegen iemand en er klonk een dubbele klik toen hij ophing.

'Amir?' Soraya's stem.

'Salaam.'

'Mijn vader heeft ja gezegd.'

'Ik weet het,' zei ik. Ik pakte de hoorn over in mijn andere hand. Ik moest glimlachen. 'Ik ben zo blij dat ik gewoon niet weet wat ik moet zeggen.'

'Ik ben ook heel blij, Amir. Ik... Ik kan het niet geloven.'

Ik lachte. 'Dat weet ik.'

'Hoor eens,' zei ze, 'ik moet je iets vertellen. Iets wat je moet weten voor... '

'Het kan me niet schelen, wat het ook is.'

'Je moet het weten. Ik wil niet dat we met geheimen beginnen. En ik wil liever dat je het van mij hoort.'

'Als jij het prettiger vindt, vertel het me dan. Maar het verandert niets.'

Aan de andere kant viel een lange stilte. 'Toen we in Virginia woonden, ben ik met een Afghaanse man weggelopen. Ik was toen achttien... opstandig... stom, en... hij was aan de drugs... We hebben bijna een maand samengewoond. Alle Afghanen in Virginia praatten erover.

Padar heeft ons uiteindelijk gevonden. Hij stond voor onze neus en... dwong me mee naar huis te komen. Ik was hysterisch. Gilde. Schreeuwde. Zei dat ik hem haatte...

Maar goed, ik kwam thuis en... ' Ze huilde. 'Neem me niet kwalijk.' Ik hoorde dat ze de hoorn neerlegde. Haar neus snoot. 'Neem me niet kwalijk,' kwam ze terug met schorre stem. 'Toen ik thuiskwam, zag ik dat mijn moeder een beroerte had gehad, de rechterkant van haar gezicht was verlamd en... Ik voelde me zo schuldig. Dat had ze niet verdiend. Kort daarop besloot Padar dat we naar Californië gingen verhuizen.'

Stilte volgde.

'Hoe gaat het nu tussen jou en je vader?' zei ik.

'We hebben altijd zo onze geschillen gehad, en dat is nog steeds zo, maar ik ben hem dankbaar dat hij me toen is komen halen. Ik denk echt dat hij me gered heeft.' Ze hield even haar mond. 'En, heb je moeite met wat ik je verteld heb?'

'Een beetje,' zei ik. Ik was het aan haar verplicht om de waarheid te spreken. Ik kon niet tegen haar liegen en beweren dat mijn trots, mijn *iftikhar*, helemaal niet gekwetst was omdat zij met een man samen was geweest, terwijl ik nog nooit met een vrouw had geslapen. Het zat me wel een beetje dwars, maar ik had er veel over nagedacht in de weken voor ik Baba gevraagd had khastegari te doen. En uiteindelijk kwam altijd weer deze vraag in me op: was ik niet de laatste om iemand om zijn verleden te straffen?

'Heb je er zoveel moeite mee dat je van gedachten veranderd bent?'

'Nee, Soraya. Bij lange na niet,' zei ik. 'Wat je me verteld hebt maakt geen verschil. Ik wil dat we trouwen.'

Opnieuw brak ze in tranen uit.

Ik benijdde haar. Haar geheim was uitgesproken. Afgehandeld. Ik deed mijn mond open en vertelde haar bijna hoe ik Hassan verraden had, hoe ik had gelogen en hem had verdreven, en de veertigjarige relatie tussen Baba en Ali had verwoest. Maar ik deed het niet. Ik vermoedde dat Soraya Taheri in vele opzichten een beter mens was dan ik. En een daarvan was moed.

13

Toen we de volgende avond bij het huis van de Taheri's aankwamen – voor *lafz*, de ceremonie van het geven van het woord – moest ik de Ford aan de overkant van de straat parkeren. Hun oprit stond al vol auto's. Ik had een marineblauw pak aan dat ik de vorige dag gekocht had nadat ik Baba van khastegari had thuisgebracht. Ik keek in de achteruitkijkspiegel hoe mijn das zat.

'Je ziet er *ghostiep* uit,' zei Baba. Knap.

'Dank u, Baba. Gaat het wel? Kunt u dit aan?'

'Of ik dit aankan? Dit is de gelukkigste dag van mijn leven, Amir,' zei hij met een vermoeide glimlach.

Ik hoorde van de andere kant van de deur gepraat, gelach en zachte Afghaanse muziek – het klonk als een klassieke *ghazal* gezongen door Ustad Sarahang. Ik belde aan. Een gezicht gluurde tussen de gordijnen van het raam in de vestibule door en verdween. 'Ze zijn er!' hoorde ik een vrouwenstem zeggen. Het gepraat hield op. Iemand zette de muziek af.

Khanoem Taheri deed de deur open.

'Salaam aleikum,' zei ze stralend. Ze had haar haar laten permanenten, zag ik, en ze droeg een elegante, enkellange zwarte jurk. Toen ik de vestibule in stapte werden haar ogen vochtig. 'Je bent nog maar net binnen en ik begin al te huilen, Amir jaan,' zei ze. Ik drukte een kus op haar hand, zoals Baba me de avond tevoren had opgedragen.

Ze ging ons voor door een helverlichte gang naar de huiskamer. Aan de met hout beklede wanden zag ik foto's van de mensen die op het punt stonden mijn nieuwe familie te worden: een jonge khanoem Taheri met wijduitstaand haar samen met de generaal – met op de achtergrond de Niagara-watervallen; khanoem Taheri in een gladde jurk, de generaal in een jasje met smalle revers en een smalle das, zijn haar vol en zwart; Soraya die op het punt staat in een houten achtbaan te stappen, zwaaiend en lachend, de zon glinsterend op de zilverkleurige ijzerdraadjes om haar tanden. Een foto van de generaal, elegant in vol militair ornaat, die koning Hoessein van Jordanië de hand schudt. Een portret van Zahir Shah.

De huiskamer was afgeladen met zo'n twintig gasten op stoelen die langs de wanden waren opgesteld. Toen Baba binnenkwam stond iedereen op. We gingen de kamer rond, Baba langzaam voorop, ik achter hem aan, om de gasten de hand te schudden en te begroeten. De generaal – nog steeds in zijn grijze pak – en Baba omhelsden elkaar en klopten elkaar vriendelijk op de rug. Ze zeiden hun salaams op beleefde, zachte toon.

De generaal hield me op een armlengte van zich af en glimlachte veelbetekenend, alsof hij wilde zeggen: 'Kijk, dit is de juiste manier – de Afghaanse manier – om het te doen, batsjem.' We kusten elkaar drie keer op de wang.

Baba en ik zaten in de volle kamer naast elkaar, tegenover de generaal en zijn vrouw. Baba's ademhaling was een beetje onregelmatig geworden en hij veegde voortdurend met zijn zakdoek zweet van zijn voorhoofd en schedel. Hij zag dat ik naar hem keek en slaagde erin een grijns te forceren. 'Het gaat best,' zei hij geluidloos.

In overeenstemming met de traditie was Soraya niet aanwezig.

Een paar ogenblikken van gebabbel en loos geklets volgden, tot de generaal zijn keel schraapte. De kamer werd stil en iedereen hield beleefd de blik gericht op zijn handen. De generaal knikte naar Baba.

Baba schraapte zelf ook zijn keel. Toen hij begon kon hij niet in volledige zinnen praten zonder af en toe adem te halen. 'Generaal sahib, khanoem Jamila jaan... het is met de grootste nederigheid dat mijn zoon en ik... vandaag naar u toe gekomen zijn. U bent beiden... achtenswaardige mensen... van voortreffelijke en achtenswaardige familie en... van trotse afkomst. Ik kom slechts met de grootste *ihtiram*... en de hoogste achting voor u, uw familienaam, en de herinnering... aan uw voorouders.' Hij zweeg. Kwam op adem. Veegde zijn voorhoofd af. 'Amir jaan is mijn enige zoon... mijn enig kind, en hij is een goede zoon voor me geweest. Ik hoop dat hij... uw goedheid waardig zal blijken. Ik vraag u Amir jaan en mij de eer aan te doen om mijn zoon in uw familie op te nemen.'

De generaal knikte beleefd.

'We zijn vereerd om de zoon van een man als u in onze familie te mogen verwelkomen,' zei hij. 'Uw naam is u vooruitgesneld. Ik was in Kabul uw nederige bewonderaar, en dat ben ik nog. We voelen ons vereerd dat uw familie en de onze verenigd worden.

Wat jou aangaat, Amir jaan, ik verwelkom je in mijn huis als mijn zoon, als de echtgenoot van mijn dochter die de *noor* van mijn ogen is. Jouw pijn zal de onze zijn, jouw vreugde onze vreugde. Ik hoop dat je khala Jamila en mij als tweede ouders gaat beschouwen, en ik bid voor het geluk van jou en onze allerliefste Soraya jaan. Jullie hebben beiden onze zegen.'

Iedereen klapte, en op dat signaal wendden de hoofden zich naar de gang. Het moment waarop ik gewacht had.

Soraya verscheen aan het eind. Gekleed in een oogverblindend wijnkleurig traditioneel Afghaans gewaad met lange mouwen en goudborduursel langs de randen. Baba's hand pakte de mijne vast en kneep. Khanoem Taheri barstte alweer in tranen uit. Langzaam kwam Soraya naar ons toe, met in haar kielzog een stoet jonge vrouwelijke familieleden.

Ze kuste mijn vaders handen. Ging ten slotte naast me zitten, met neergeslagen ogen.

De traditie schreef voor dat Soraya's familie het verlovingsfeest gaf, de *sjirini-khori* – de ceremonie van het eten van de zoetigheid. Dan volgde er een verlovingstijd van een maand of wat. Dan de bruiloft, die door Baba betaald werd.

We waren het er allemaal over eens dat Soraya en ik de sjirini-khori zouden overslaan. Iedereen kende de reden, dus niemand hoefde het hardop te zeggen: dat Baba geen paar maanden meer te leven had.

Soraya en ik gingen nooit samen uit terwijl de voorbereidingen voor de bruiloft plaatsvonden – omdat we nog niet waren getrouwd, zelfs nog geen sjirini-khori hadden gehad, werd dat als onfatsoenlijk beschouwd. Dus ik moest me tevreden stellen met samen met Baba bij de Taheri's te gaan dineren. Tegenover Soraya aan tafel te zitten. Me voorstellen hoe het zou zijn om haar hoofd op mijn borst te voelen, haar haar te ruiken. Haar te kussen. Met haar te vrijen.

Baba spendeerde vijfendertigduizend dollar, bijna al zijn spaargeld, aan de *awroessi*, de huwelijksceremonie. Hij huurde een enorme Afghaanse feestzaal in Fremont af – de eigenaar kende hem uit Kabul en gaf hem een fikse korting. Baba betaalde voor de *tsjila's*, onze bij elkaar passende trouwringen, en voor de ring met diamant die ik uitkoos. Hij kocht mijn smoking en mijn traditionele groene pak voor de *nika* – het afleggen van de eed.

Ondanks alle jachtige voorbereidingen die aan het bruiloftsfeest voorafgingen – de meeste daarvan gelukkig uitgevoerd door khanoem Taheri en haar vriendinnen – herinner ik me er maar een paar momenten van.

Ik herinner me onze nika. We zaten rond een tafel, Soraya en ik in het groen gekleed – de kleur van de islam, maar ook de kleur van de lente en een nieuw begin. Ik droeg een pak, Soraya (de enige vrouw aan tafel) een jurk met lange mouwen en een sluier. Baba, generaal Taheri (deze keer in smoking), en een aantal van Soraya's ooms zaten ook aan tafel. Soraya en ik hielden onze ogen ernstig en vol respect neergeslagen, alleen wierpen we af en toe een steelse blik op elkaar. De mullah ondervroeg de getuigen en las voor uit de koran. We legden onze eed af. Ondertekenden de certificaten. Een van Soraya's ooms uit Virginia, Sharif jaan, de broer van khanoem Taheri, stond op en schraapte zijn keel. Soraya had me verteld dat hij al meer dan twintig jaar in de Verenigde Staten woonde. Hij werkte bij de immigratiedienst en had een Amerikaanse vrouw. En hij was dichter. De kleine man, met een vogelachtig gezicht en pluizig haar, las een nogal lang gedicht voor dat aan Soraya was opgedragen, neergepend op briefpapier van een hotel.

'Wah wah, Sharif jaan!' riep iedereen uit toen hij klaar was.

Ik weet nog dat ik naar het podium liep, nu in mijn smoking, Soraya een gesluierde pari in het wit, onze handen ineen. Baba hobbelde naast me voort, de generaal en zijn vrouw naast hun dochter. Een stoet ooms, tantes, neven en nichten volgde ons op onze weg door de zaal, door een zee van applaudisserende gasten, met de ogen knipperend in het flitslicht van de camera's. Een van Soraya's neven, de zoon van Sharif jaan, hield een koran boven ons hoofd terwijl we ons een weg baanden. Het bruiloftslied, *Ahesta Boro*, schetterde door de luidsprekers, hetzelfde lied dat de Russische soldaat bij de controlepost van Mahipar had gezongen in de nacht dat Baba en ik Kabul verlieten:

Maak van de morgen een sleutel en gooi die in de put,
Ga langzaam, mooie maan, ga langzaam.
Maak dat de morgenzon vergeet in het oosten op te komen,
Ga langzaam, mooie maan, ga langzaam.

Ik weet nog dat ik op de bank zat die als een troon op het podium stond, Soraya's hand in de mijne, en zo'n driehonderd gezichten die toekeken. We deden *Ayena Masshaf*; dan krijgt het paar een spiegel en wordt er een sluier over hun hoofd gegooid, zodat ze alleen zijn en naar elkaars spiegelbeeld kunnen staren. Toen ik Soraya's glimlachende gezicht zo in de spiegel zag, in dat korte moment van privacy dat de sluier ons bood, fluisterde ik haar voor de eerste keer toe dat ik van haar hield. Een blos zo rood als henna ontsproot op haar wangen.

Ik zie kleurige schalen met *tsjopan*-kebab, *sjoleh-gosjti*, en wilde-sinaasappelrijst. Ik zie Baba glimlachend tussen ons in op de bank zitten. Ik herinner me de bezwete mannen die in een cirkel de traditionele *attan* dansten: hoe ze steeds sneller gingen springen en draaien op het koortsachtige tempo van de tabla, tot bijna iedereen er van uitputting mee moest ophouden. Ik weet nog dat ik wilde dat Rahim Khan erbij was.

En ik weet nog dat ik me afvroeg of Hassan ook getrouwd was. En als dat zo was, welk gezicht hij dan in de spiegel onder de sluier gezien had. Van wie had hij de met henna geverfde handen vastgehouden?

Rond twee uur 's nachts verhuisde het feest van de feestzaal naar Baba's flat. De thee vloeide weer rijkelijk en de muziek klonk tot de buren de politie belden. Later die nacht, nog geen uur voor zonsopgang toen de gasten eindelijk vertrokken waren, lagen Soraya en ik voor het eerst samen in bed. Mijn hele leven was ik met mannen samen geweest. Die nacht ontdekte ik de tederheid van een vrouw.

Soraya was degene die voorstelde om bij Baba en mij in te trekken.

'Ik dacht dat je misschien liever iets voor ons tweeën zou zoeken,' zei ik.

'Terwijl kaka jaan zo ziek is?' antwoordde ze. Uit haar ogen sprak dat dat geen goede manier was om met een huwelijk te beginnen. Ik kuste haar. 'Dank je wel.'

Soraya wijdde zich met hart en ziel aan de zorg voor mijn vader. Zij maakte 's ochtends toast en thee voor hem en hielp hem in en uit bed. Zij gaf hem zijn pijnstillers, waste zijn kleren, las hem elke middag de buitenlandpagina's van de krant voor. Ze maakte zijn lievelingsgerecht klaar, aardappel-*sjorwa*, al kreeg hij nauwelijks meer dan een paar happen door zijn keel, en nam hem elke dag mee voor een blokje om. En toen hij zijn bed niet meer uit kon, draaide ze hem elk uur om om doorliggen te voorkomen.

Op een dag kwam ik thuis van de apotheek met Baba's morfinepillen. Net toen ik de deur dichtdeed, zag ik Soraya snel iets onder Baba's deken wegstoppen. 'Hé, dat zag ik! Wat waren jullie twee aan het doen?' zei ik.

'Niets,' zei Soraya lachend.

'Leugenaar.' Ik tilde Baba's deken op. 'Wat is dit?' zei ik, al wist ik het meteen toen ik het in leer gebonden boek oppakte. Ik ging met mijn vingers langs de met gouddraad gestikte randen. Ik herinnerde me het vuurwerk de avond dat Rahim Khan het me gegeven had, de avond van mijn dertiende verjaardag, de sissende vuurpijlen die in boeketten van rood, groen en geel uiteenspatten.

'Niet te geloven dat jij zo kunt schrijven,' zei Soraya.

Baba tilde zijn hoofd met moeite van het kussen. 'Ik heb haar ertoe aangezet. Ik hoop dat je het niet erg vindt.'

Ik gaf het notitieboek aan Soraya terug en verliet de kamer. Baba had er een hekel aan als ik huilde.

Een maand na de bruiloft kwamen de Taheri's, Sharif en zijn vrouw Suzy en een stel tantes van Soraya bij ons eten. Soraya maakte *sabzi tsjallow* – witte rijst met spinazie en lamsvlees. Na het eten dronken we allemaal groene thee en we kaartten in groepjes van vier. Soraya en ik speelden met Sharif en Suzy aan de salontafel, naast de bank waar Baba op lag, onder een wollen deken. Hij sloeg me gade terwijl ik met Sharif grapjes maakte; hij zag dat Soraya en ik onze vingers ineenstrengelden, dat ik een losse krul van haar haar terugduwde. Ik kon zijn innerlijke glimlach zien, zo breed als de hemel boven Kabul, in nachten dat de populieren sidderden en het geluid van krekels aanzwol in de tuinen.

Vlak voor middernacht vroeg Baba of we hem naar bed wilden helpen. Soraya en ik legden zijn armen op onze schouders en sloegen de onze om zijn rug. Toen we hem hadden laten zakken, liet hij Soraya het bedlampje uitdoen. Hij vroeg ons voorover te buigen, gaf ons allebei een kus.

'Ik kom zo terug met uw morfine en een glas water, kaka jaan,' zei Soraya.

'Vannacht niet,' zei hij, 'ik heb vannacht geen pijn.'

'Oké,' zei ze. Ze trok zijn deken omhoog. We sloten de deur.

Baba werd niet meer wakker.

Ze vulden de parkeerplaatsen bij de moskee van Hayward. Op het kalende grasveld achter het gebouw werden auto's en jeeps in overvolle geïmproviseerde rijen neergezet. Mensen moesten drie, vier straten voorbij de moskee rijden om nog een plaats te vinden.

De mannenafdeling van de moskee was een grote vierkante

ruimte, bekleed met Afghaanse tapijten en dunne matrassen in evenwijdige rijen. Mannen lieten hun schoenen bij de ingang achter, liepen de ruimte in en gingen met gekruiste benen op de matrassen zitten. Een mullah zong soera's uit de koran in een microfoon. Ik zat bij de deur, de gebruikelijke plaats voor de familie van de overledene. Generaal Taheri zat naast me.

Door de open deur zag ik rijen auto's aan komen rijden, het zonlicht twinkelend in hun voorruit. Passagiers stapten uit, mannen in donkere pakken, vrouwen met een zwarte jurk aan, hun hoofd bedekt met de traditionele hijab.

Terwijl woorden uit de koran in de ruimte weergalmden, dacht ik terug aan het oude verhaal over Baba die in Baluchistan met een zwarte beer geworsteld had. Baba had zijn hele leven met beren geworsteld. Het verlies van zijn jonge vrouw. Alleen een zoon opvoeden. Het gedwongen vertrek uit zijn geliefde vaderland, zijn watan. Armoede. Vernedering. En uiteindelijk was er een beer verschenen die hij niet had kunnen verslaan. Maar zelfs toen had hij nog op zijn eigen voorwaarden verloren.

Na elke ronde gebeden gingen er weer groepen rouwenden in de rij staan om me op hun weg naar buiten te groeten. Ik schudde hun plichtsgetrouw de hand. Velen van hen kende ik nauwelijks. Ik glimlachte beleefd, bedankte hen voor hun goede wensen, luisterde naar wat ze over Baba te zeggen hadden.

'hielp me om het huis in Taimani te bouwen... '

'... zegene hem... '

'... niemand anders om me te helpen en hij leende me... '

'... regelde een baan voor me... kende me nauwelijks... '

'... als een broer voor me... '

Ik hoorde hen allemaal aan en besefte dat veel van wie en wat ik was bepaald was door Baba en door de sporen die hij in het leven van anderen had nagelaten. Mijn hele leven was ik Baba's zoon geweest. Nu was hij er niet meer. Baba kon me de weg niet meer wijzen; die zou ik zelf moeten vinden.

Die gedachte joeg me angst aan.

Eerder die dag, bij het graf op de kleine Afghaanse afdeling van de begraafplaats, had ik staan kijken hoe ze Baba in het gat lieten zakken. De mullah en een andere man hadden onenigheid gekregen over welke ajat uit de koran de juiste was om bij het graf te reciteren. Het had echt vervelend kunnen worden als generaal Taheri niet had ingegrepen. De mullah koos een ajat en las die voor en intussen wierp hij de andere man valse blikken toe. Ik zag hen de eerste schep aarde in het graf gooien. Toen vertrok ik. Ik liep naar de andere kant van de begraafplaats en ging in de schaduw van een rode esdoorn zitten.

Nu hadden de laatste rouwenden me gecondoleerd en de moskee was leeg op de mullah na, die de microfoon afsloot en zijn koran in een groene doek wikkelde. De generaal en ik stapten de namiddagzon in. We liepen de treden af langs groepjes rokende mannen. Ik hoorde flarden van hun gesprekken: een voetbalwedstrijd volgende week in Union City, een nieuw Afghaans restaurant in Santa Clara. Het leven ging nu al verder en liet Baba achter.

'Hoe gaat het met je, batsjem?' zei generaal Taheri.

Ik zette mijn tanden op elkaar. Hield de tranen die de hele dag al op de loer lagen binnen. 'Ik ga op zoek naar Soraya,' zei ik.

'Oké.'

Ik liep naar de vrouwenkant van de moskee. Soraya stond op de trappen met haar moeder en een stel dames die me vaag bekend voorkwamen van de bruiloft. Ik wenkte Soraya. Ze zei iets tegen haar moeder en kwam naar me toe.

'Kunnen we een eindje lopen?' zei ik.

'Ja hoor.' Ze pakte mijn hand.

We liepen in stilte over een kronkelend grindpad, afgezet met lage heggen.

We gingen op een bank zitten en keken naar een bejaard echtpaar dat een paar rijen verderop naast een graf hurkte en een boeket margrieten naast de grafsteen zette. 'Soraya?'

'Ja?'

'Ik zal hem missen.'

Ze legde haar hand op mijn schoot. Baba's tsjila glom aan

haar ringvinger. Achter haar zag ik de mensen die op Baba's begrafenis geweest waren over Mission Boulevard wegrijden. Straks zouden wij ook vertrekken en voor het eerst zou Baba helemaal alleen zijn.

Soraya trok me tegen zich aan en eindelijk kwamen de tranen.

Omdat Soraya en ik geen verlovingstijd gehad hadden, hoorde ik pas het een en ander over de Taheri's nadat ik in de familie was ingetrouwd. Zo vernam ik bijvoorbeeld dat de generaal eens in de maand een zware migraineaanval had, die bijna een week duurde. Als de hoofdpijn toesloeg, ging de generaal naar zijn kamer, kleedde zich uit, deed het licht uit, sloot de deur, en kwam pas weer naar buiten als de pijn was weggetrokken. Niemand mocht naar binnen, niemand mocht kloppen. Uiteindelijk kwam hij weer te voorschijn in zijn grijze pak, met de geur van slaap en lakens om zich heen, en met opgezette, bloeddoorlopen ogen. Ik hoorde van Soraya dat hij en khanoem Taheri zo lang zij zich kon herinneren in aparte kamers hadden geslapen. Ik hoorde dat hij kinderachtig kon zijn, dat hij bijvoorbeeld een hap qoerma die zijn vrouw hem had voorgezet kon nemen, zuchtte, en hem dan wegschoof. 'Ik maak wel wat anders voor je,' zei khanoem Taheri dan, maar hij negeerde haar, ging zitten mokken en at alleen brood met ui. Dat maakte Soraya kwaad en bracht haar moeder aan het huilen. Soraya vertelde dat hij antidepressiva gebruikte. Ik hoorde dat hij zijn gezin met een bijstandsuitkering had onderhouden en dat hij in de Verenigde Staten nooit een baan had gehad, omdat hij liever de cheques van de overheid inde dan zichzelf te verlagen tot werk dat ongeschikt was voor een man van zijn statuur – hij beschouwde de vlooienmarkt als een liefhebberij, een manier om met zijn landgenoten om te gaan. De generaal geloofde dat Afghanistan vroeg of laat bevrijd zou worden, dat de monarchie terug zou keren, en dat men dan weer aanspraak zou maken op zijn diensten. Dus elke dag tooide hij zich in zijn grijze pak, wond zijn zakhorloge op en wachtte.

Ik vernam dat khanoem Taheri – die ik inmiddels khala Jamila noemde – in Kabul ooit beroemd was geweest om haar betoverende zangstem. Ze had nooit als beroep gezongen, maar ze had er wel het talent voor gehad – ik hoorde dat ze volksliedjes en ghazals kon zingen, en zelfs *raga's*, die eigenlijk het terrein van mannen waren. Maar hoe graag de generaal ook naar muziek luisterde – hij bezat in feite een aanzienlijke collectie banden met klassieke ghazals van Afghaanse en Hindi-zangers –, hij vond wel dat de uitvoering ervan beter kon worden overgelaten aan mensen die minder in aanzien stonden. Een van de voorwaarden van de generaal bij hun huwelijk was geweest dat ze nooit in het openbaar zou zingen. Soraya vertelde me dat ze bij onze bruiloft had willen zingen, één lied, meer niet. Maar de generaal had haar een van zijn blikken toegeworpen en de zaak was onder het tapijt geschoven. Khala Jamila speelde eens per week lotto en keek elke avond naar Johnny Carson. Ze bracht haar dagen door in de tuin, verzorgde haar rozen, geraniums, aardappelplanten en orchideeën.

Toen ik met Soraya trouwde verdwenen de bloemen en Johnny Carson naar de achtergrond. Ik was het nieuwe licht in khala Jamila's leven. De generaal bleef op zijn hoede en diplomatiek – hij corrigeerde me niet toen ik hem 'generaal sahib' bleef noemen –, maar khala Jamila maakte er geen geheim van dat ze me aanbad. Ik luisterde bijvoorbeeld naar haar indrukwekkende lijst kwalen, terwijl ze bij de generaal allang tegen dovemansoren sprak. Soraya vertelde dat sinds haar moeder een beroerte had gehad, voor haar elke siddering in haar borst een hartaanval was, elk pijnlijk gewricht de aanzet tot reumatische artritis, en elke trekking van een ooglid een nieuwe beroerte. Ik weet nog de eerste keer dat khala liet vallen dat ze een knobbel in haar hals had. 'Ik ga morgen niet naar school, dan ga ik met u mee naar de dokter,' zei ik, waarop de generaal glimlachte en zei: 'Dan kun je net zo goed meteen al je boeken inleveren, batsjem. Je khala heeft een medisch dossier met de omvang van de werken van Roemi: het bestaat uit vele delen.'

Maar het kwam niet alleen doordat ze een luisterend oor voor haar monologen over ziekten gevonden had. Ik geloof waarachtig dat ze nog steeds evenveel van me was blijven houden al was ik met een geweer aan het moorden geslagen. Omdat ik haar hart van zijn grootste kwaal bevrijd had. Ik had haar bevrijd van de grootste angst van iedere Afghaanse moeder: dat geen enkele eerbare khastegar om de hand van haar dochter zou vragen. Dat haar dochter eenzaam oud zou worden, zonder echtgenoot, zonder kind. Iedere vrouw had een echtgenoot nodig. Ook al legde hij het lied in haar het zwijgen op.

En ik vernam van Soraya de details van wat er in Virginia gebeurd was.

We waren op een bruiloft. Soraya's oom, Sharif, degene die bij de immigratiedienst werkte, liet zijn zoon trouwen met een Afghaans meisje uit Newark. De bruiloft was in dezelfde feestzaal waar Soraya en ik een halfjaar daarvoor onze awroessi gehad hadden. We stonden tussen een menigte gasten te kijken hoe de bruid ringen aannam van de familie van de bruidegom, toen we een gesprek opvingen tussen twee vrouwen van middelbare leeftijd, die met hun rug naar ons toe stonden.

'Wat een schattige bruid,' zei de een, 'Moet je haar nou toch zien. Zo *maghbool* als de maan.'

'Ja,' zei de ander. 'En zo zuiver. Zo kuis. Geen vriendjes.'

'Ik weet het. Heel verstandig van die jongen om niet met zijn nicht te trouwen.'

Op weg naar huis stortte Soraya in. Ik parkeerde de Ford onder een lantaarn aan Fremont Boulevard.

'Stil maar,' zei ik en ik streek haar haar naar achteren. 'Wat kan ons het schelen?'

'Het is zo gruwelijk onrechtvaardig,' brulde ze.

'Zet het toch uit je hoofd.'

'Hun zoons gaan in nachtclubs op zoek naar vlees en maken hun vriendinnen zwanger, ze krijgen ongehuwd kinderen, en niemand die daar verdomme een woord over zegt. Dat zijn gewoon mannen die zich vermaken! En ik maak één keer een fout en ineens heeft iedereen de mond vol over nang en namoes, en ik krijg het de rest van mijn leven onder mijn neus gewreven.'

Ik veegde met de muis van mijn duim een traan van haar kaak, vlak boven haar moedervlek.

'Ik had je dat nog niet verteld,' zei Soraya terwijl ze haar ogen bette, 'maar mijn vader verscheen die avond met een geweer. Hij zei... tegen hem... dat er twee kogels in zaten: een voor hem en een voor hemzelf, als ik niet mee naar huis ging. Ik zette een keel op, ik schold mijn vader uit voor van alles en nog wat, ik zei dat hij me niet voor altijd kon opsluiten en dat ik wou dat hij dood was.

Toen we thuiskwamen, sloeg mijn moeder haar armen om me heen en moest zij ook huilen. Ze zei van alles, maar ik verstond het niet omdat ze die woorden niet duidelijk kon uitspreken. Mijn vader nam me mee naar boven naar mijn slaapkamer en zette me voor de kastspiegel neer. Hij gaf me een schaar aan en vroeg me rustig al mijn haar af te knippen. Hij keek intussen toe.

Ik zette wekenlang geen stap buitenshuis. En toen ik dat weer wel deed, hoorde ik overal waar ik heen ging gefluister of beeldde ik me dat in. Het is vier jaar geleden en vierduizend kilometer hiervandaan, en ik hoor ze nog.'

'Laat ze doodvallen,' zei ik.

Ze maakte een geluid dat half snik, half lach was. 'Toen ik je dit de avond van khastegari aan de telefoon vertelde, wist ik zeker dat je van gedachten zou veranderen.'

'Geen sprake van, Soraya.'

Ze glimlachte en pakte mijn hand. 'Ik heb zo met jou geboft. Je bent zo anders dan alle andere Afghaanse jongens die ik ooit ontmoet heb.'

'We hebben het er nooit meer over, goed?'

'Goed.'

Ik kuste haar op de wang en trok weer op. Onder het rijden vroeg ik me af waarom ik anders was. Misschien doordat ik door mannen was opgevoed; ik was niet opgegroeid in een omgeving met vrouwen en had nooit rechtstreeks te maken gehad met de dubbele maatstaven waarmee de Afghaanse samenleving vrouwen soms benadert. Misschien kwam het doordat Baba zo'n ongebruikelijke Afghaanse vader was: een vrijdenker die volgens zijn eigen regels leefde, een non-conformist die sociale gebruiken naar believen aan zijn laars had gelapt of had omarmd.

Maar ik denk dat de belangrijkste reden waarom Soraya's verleden me koud liet, was dat ik mijn eigen verleden had. Ik wist alles van spijt.

Kort na de dood van Baba verhuisden Soraya en ik naar een flat met één slaapkamer in Fremont, een paar straten van het huis van de generaal en khala Jamila. Soraya's ouders kochten een bruinleren bank en een stel borden van Mikasa voor ons bij wijze van geschenk voor ons nieuwe huis. En de generaal gaf me nog een extra cadeau: een splinternieuwe IBM-typemachine. In de doos had hij een briefje in het Farsi gestopt:

Amir jaan,
Ik hoop dat je op deze toetsen heel veel verhalen ontdekt.
Generaal Iqbal Taheri

Ik verkocht de Volkswagen-bus van Baba, en tot op de dag van vandaag ben ik nooit meer op de vlooienmarkt geweest. Ik reed elke vrijdag naar de begraafplaats en soms trof ik een vers boeket fresia's aan bij de grafsteen en wist ik dat Soraya er ook geweest was.

Soraya en ik voegden ons naar de vaste patronen – en de kleine wondertjes – van het huwelijksleven. We deelden tandenborstels en sokken, gaven elkaar de ochtendkrant door. Zij sliep aan de rechterkant van het bed, ik lag liever links. Zij hield van zachte kussens, ik meer van het stevige soort. Zij at haar ontbijtvlokken droog, als tussendoortje, en spoelde ze vervolgens met melk weg.

Ik werd die zomer aangenomen bij de staatsuniversiteit in San Jose met als hoofdvak Engels. Ik nam een baantje als bewaker in de vroege avonddienst bij een meubelpakhuis in Sunnyvale. Het baantje was afgrijselijk saai, maar dat werd gecompenseerd door iets heel belangrijks: als iedereen om zes uur 's avonds vertrokken was en de schaduwen kwamen opzetten tussen de rijen tot het plafond toe opgestapelde met plastic overtrokken banken, haalde ik mijn boeken te voorschijn om te studeren. In het naar schoonmaakmiddel ruikende kantoor van dat pakhuis begon ik aan mijn eerste roman.

Het jaar daarop voegde Soraya zich bij me op de universiteit en schreef ze zich tot ergernis van haar vader in voor de docentenopleiding.

'Ik begrijp niet waarom jij je talenten op die manier wilt verspillen,' zei de generaal op een avond onder het eten. 'Wist je dat ze op de middelbare school alleen maar tienen haalde, Amir?' Hij wendde zich tot haar: 'Een intelligent meisje als jij moet jurist worden, of politicoloog. En insjallah als Afghanistan bevrijd is, zou je de nieuwe grondwet kunnen helpen schrijven. Dan is er behoefte aan jonge, getalenteerde Afghanen als jij. Wie weet geven ze je wel een baan bij een ministerie, vanwege je achternaam.'

Ik zag dat Soraya zich inhield en dat haar gezicht verstrakte. 'Ik ben geen meisje meer, padar. Ik ben een getrouwde vrouw. En bovendien, dan hebben ze ook docenten nodig.'

'Iedereen kan lesgeven.'

'Is er nog rijst, *madar*?' zei Soraya.

Toen de generaal van tafel was opgestaan omdat hij vrienden in Hayward ging opzoeken, deed khala Jamila haar best om Soraya te troosten. 'Hij bedoelt het goed,' zei ze. 'Hij wil alleen maar dat je succesvol bent.'

'Zodat hij tegen zijn vrienden kan opscheppen over zijn dochter de advocaat. Nog een medaille voor de generaal,' zei Soraya.

'Wat praat je nou voor onzin!'

'Succesvol,' siste Soraya. 'Ik lijk in elk geval niet op hem; terwijl anderen tegen de Sjorawi vechten, zit hij te wachten tot het stof is neergedaald zodat hij kan opduiken om zijn chique baantje bij de overheid op te eisen. Lesgeven betaalt dan wel niet goed, maar het is wel wat ik wil! Ik hou van dat werk, en het is trouwens heel wat beter dan bijstand beuren.'

Khala Jamila beet op haar tong. 'Als hij je dat hoort zeggen, praat hij nooit meer met je.'

'Maakt u zich geen zorgen,' snauwde Soraya, en ze gooide haar servet op haar bord. 'Ik zal echt dat kostbare ego van hem niet kwetsen.'

In de zomer van 1988, een halfjaar voordat de Sovjets zich uit Afghanistan terugtrokken, had ik mijn eerste roman af, een verhaal over een vader en een zoon, dat zich in Kabul afspeelt, voor het grootste deel geschreven op de typemachine die de generaal me gegeven had. Ik stuurde verzoekbrieven naar een tiental literaire agentschappen en op een dag in augustus werd ik volkomen verrast toen ik bij het openen van ons postvak een verzoek aantrof voor het hele manuscript van een agentschap in New York. Ik deed het de volgende dag op de post. Soraya kuste het zorgvuldig ingepakte manuscript en khala Jamila stond erop dat we het onder de koran door haalden. Ze zei dat ze *nazr* voor me zou doen, een eed zou afleggen om een schaap te laten slachten en het vlees aan de armen te geven als mijn boek zou worden geaccepteerd.

'Geen nazr, alstublieft, khala jaan,' zei ik, en ik kuste haar op de wang. 'Doe alleen maar zakat, geef het geld aan iemand die behoeftig is, goed? Geen schapen doodmaken.'

Zes weken later belde ene Martin Greenwalt uit New York en bood aan om me te vertegenwoordigen. Ik vertelde het alleen aan Soraya. 'Maar dat ik nu een agent heb, wil nog niet zeggen dat ik gepubliceerd word. Als Martin de roman slijt, gaan we feestvieren.'

Een maand later belde Martin om me te vertellen dat ik uitgegeven zou worden. Toen ik het Soraya vertelde, begon ze te gillen.

Die avond hadden we een feestelijk etentje met Soraya's ouders. Khala Jamila maakte kofta – gehaktballen met rijst – en chocolade-*ferni*. De generaal zei met vochtige ogen dat hij trots op me was. Toen generaal Taheri en zijn vrouw vertrokken waren, vierden Soraya en ik het nog eens met een dure fles merlot die ik op weg naar huis gekocht had – de generaal was ertegen dat vrouwen alcohol dronken, en Soraya dronk in zijn aanwezigheid niet.

'Ik ben zo trots op je,' zei ze en ze hief haar glas naar het mijne op. 'Kaka zou ook trots geweest zijn.'

'Dat weet ik,' zei ik en ik moest aan Baba denken en hoe graag ik had gewild dat hij me had kunnen zien.

Later die avond, toen Soraya in slaap gevallen was – ze werd altijd slaperig van wijn –, stond ik op het balkon en ademde de koele zomerlucht in. Ik dacht aan Rahim Khan en aan het aanmoedigende briefje dat hij me geschreven had na het lezen van mijn eerste verhaal. En ik dacht aan Hassan. *Ooit, insjallah, zult u een groot schrijver zijn,* had hij gezegd, *en over de hele wereld zullen mensen uw verhalen lezen.* In mijn leven was zoveel goedheid. Zoveel geluk. Ik vroeg me af of ik dat wel allemaal verdiend had.

Het boek kwam in de zomer van het jaar daarop, 1989, uit, en de uitgever stuurde me op tournee langs vijf steden. Ik werd een soort beroemdheid in de Afghaanse gemeenschap. Het was het jaar waarin de Sjorawi zich volledig hadden teruggetrokken uit Afghanistan. Het had een triomfantelijke tijd voor de Afghanen moeten zijn. Maar in plaats daarvan woedde de oorlog voort, ditmaal tussen Afghanen, de moedjahedien tegen de marionettenregering van Najibullah, en hele horden Afghaanse vluchtelingen trokken naar Pakistan. Het was het jaar waarin er een einde kwam aan de Koude Oorlog, het jaar dat de Berlijnse Muur viel. Het was het jaar van het Plein van de Hemelse Vrede. Te midden van al die gebeurtenissen werd Afghanistan vergeten. En generaal Taheri, wiens hoop bij het vertrek van de Sovjets was opgeleefd, keerde terug naar het opwinden van zijn zakhorloge.

Het was ook het jaar waarin Soraya en ik pogingen begonnen te ondernemen om een kind te verwekken.

De gedachte aan het vaderschap maakte een draaikolk van emoties in me los. Ik vond het tegelijkertijd angstaanjagend, stimulerend, intimiderend en vrolijk stemmend. Wat voor vader zou ik zijn, vroeg ik me af. Ik wilde op Baba lijken en ook weer helemaal niet.

Maar er ging een jaar voorbij en er gebeurde niets. Met elke cyclus raakte Soraya gefrustreerder, ongeduldiger en prikkelbaarder. Inmiddels waren khala Jamila's aanvankelijk nog subtiele hints openlijk geworden, zoals in '*Kho dega!*' Welja! 'Wanneer kan ik *alahoo* voor mijn kleine *nawasa* gaan zingen?' De generaal, helemaal de Pashtun, vroeg nooit ergens naar – want dat zou betekenen dat hij het over een seksuele handeling tussen zijn dochter en een man had, al was de man in kwestie dan al ruim vier jaar met haar getrouwd. Maar zijn ogen werden opmerkzaam als khala Jamila ons plaagde met een baby.

'Soms duurt het een poosje,' zei ik op een avond tegen Soraya.

'Een jaar is geen poosje, Amir!' zei ze kortaf, wat helemaal niets voor haar was. 'Er is iets mis, dat weet ik gewoon.'

'Laten we dan naar de dokter gaan.'

Dokter Rosen, een buikige man met een vlezig gezicht en kleine, regelmatige tanden, sprak met een vaag Oost-Europees accent dat iets Slavisch had. Hij was verslingerd aan treinen – zijn kantoor was volgepropt met boeken over de geschiedenis van het spoor, modellocomotieven en schilderijen van treinen die over sporen door groene heuvels en over bruggen tuften. Boven zijn hoofd hing een bordje met het opschrift: HET LEVEN IS EEN TREIN. STAP AAN BOORD.

Hij legde het plan aan ons uit. Ik zou als eerste onderzocht worden. 'Mannen zijn makkelijk,' zei hij, met zijn vingers op het mahoniehouten bureau trommelend. 'De waterleiding van een man is net als zijn geest: simpel, met heel weinig verrassingen. Jullie dames, daarentegen... Nou ja, God heeft heel diep over jullie nagedacht.' Ik vroeg me af of hij die tekst over de waterleiding aan al zijn echtparen ten beste gaf.

'Boffen wij even,' zei Soraya.

Dokter Rosen lachte. Net niet helemaal oprecht. Hij gaf me een strookje papier en een plastic potje, en Soraya een aanvraag voor een aantal bloedonderzoeken. We schudden elkaar de hand.

'Welkom aan boord,' zei hij toen hij ons uitliet.

Ik slaagde met vlag en wimpel.

De maanden daarop volgden een heleboel onderzoeken voor Soraya: basale lichaamstemperaturen, bloedonderzoeken op elk denkbaar hormoon, urinetests, een zogenoemde cervicale slijmtest, echoscopieën, nog meer bloedonderzoeken, en nog meer urineonderzoeken. Soraya onderging een zogenoemde hysteroscopie – dokter Rosen schoof een telescoop in Soraya's baarmoeder en keek daar rond. Hij vond niets. 'De leiding is schoon,' verkondigde hij terwijl hij zijn latex handschoenen afstroopte. Ik had liever dat hij ophield het zo te noemen – we waren geen badkamers. Toen de onderzoeken voorbij waren, legde hij uit dat hij niet kon verklaren waarom we geen kinderen konden krijgen. En kennelijk was het niets ongewoons. Het heette 'onverklaarbare onvruchtbaarheid'.

Toen kwam de behandelfase. We probeerden een medicijn dat Clomifeen heette, en HMG, een reeks injecties die Soraya zichzelf toediende. Toen dat mislukte raadde dokter Rosen in-vitrofertilisatie aan. We kregen een beleefde brief van onze ziektekostenverzekering, die ons heel veel succes wenste maar helaas de kosten niet kon vergoeden.

We gebruikten het voorschot dat ik voor mijn boek gekregen had om het te betalen. De IVF bleek langdurig, nauwkeurig, frustrerend, en uiteindelijk een mislukking. Na maanden in wachtkamers tijdschriften lezen als *Good Housekeeping* en *Reader's Digest*, na reeksen papieren jurken en koude, steriele kamers, verlicht door neonlampen, steeds weer de vernederende ervaring om alle details van ons seksleven met een volslagen onbekende te moeten bespreken, de injecties en de onderzoeken en het verzamelen van specimens, keerden we terug naar dokter Rosen en zijn treinen.

Hij zat tegenover ons, trommelde met zijn vingers op zijn bureau en gebruikte voor het eerst het woord 'adoptie'. Soraya huilde de hele weg naar huis.

Soraya vertelde haar ouders het nieuws in het weekend na ons laatste bezoek aan dokter Rosen. We zaten op tuinstoelen in de achtertuin van de Taheri's, maakten forel klaar op de barbecue en dronken *dogh*. Het was een vroege avond in maart 1991. Khala Jamila had de rozen en haar nieuwe kamperfoelie water gegeven, en de geur vermengde zich met de geur van de vis op de barbecue. Ze had al twee keer over het haar van Soraya gestreeld en gezegd: ‘God weet het het best, batsjem. Misschien heeft het gewoon niet zo mogen zijn.’

Soraya bleef omlaagkijken naar haar handen. Ze was moe, moe van alles. ‘De dokter zei dat we een kind kunnen adopteren,’ mompelde ze.

Generaal Taheri’s hoofd schoot omhoog. Hij sloot het deksel van de barbecue. ‘Waarachtig?’

‘Hij zei dat het een mogelijkheid was,’ zei Soraya.

We hadden het thuis over adoptie gehad. Soraya was op z’n zachtst gezegd ambivalent. ‘Ik weet dat het onnozel is en misschien ook wel heel ijdel,’ zei ze onderweg naar haar ouders, ‘maar ik kan het niet helpen. Ik heb altijd gedroomd dat ik een kind in mijn armen zou houden en zou weten dat mijn bloed het negen maanden had gevoed, dat ik het ooit in de ogen zou kijken en er tot mijn verbijstering jou of mezelf in zou zien, dat de baby zou opgroeien en jouw glimlach zou hebben of de mijne. Zonder dat... Is dat verkeerd?’

‘Nee,’ had ik gezegd.

‘Ben ik egoïstisch?’

‘Nee, Soraya.’

‘Want als jij het echt heel graag wilt...’

‘Nee,’ zei ik, ‘als we het doen, moeten we ook geen enkele twijfel hebben, en we moeten het er samen over eens zijn. Anders is het niet eerlijk tegenover de baby.’

Ze liet haar hoofd tegen het raampje rusten en zei de rest van de weg niets meer.

Nu zat de generaal naast haar. ‘Dat adoptie... gedoe, batsjem, ik weet niet of dat nou wel wat voor ons Afghanen is.’ Soraya keek me vermoeid aan en zuchtte.

‘Om te beginnen willen ze als ze opgroeien weten wie hun echte ouders zijn,’ zei hij. ‘En dat kun je ze ook niet kwalijk nemen. Soms verlaten ze het huis waar jij jarenlang geploeterd hebt om ze te onderhouden om op zoek te gaan naar de mensen door wie ze op de wereld zijn gezet. Bloed is iets heel krachtigs, batsjem, dat moet je nooit vergeten.’

'Ik wil het er niet meer over hebben,' zei Soraya.

'Ik wil nog één ding zeggen,' zei hij. Ik kon merken dat hij op stoom kwam; straks kregen we een van de toespraakjes van de generaal. 'Neem nou Amir jaan. We kenden allemaal zijn vader, ik weet wie zijn grootvader was in Kabul, en zijn overgrootvader vóór hem, en als je het me zou vragen zou ik hele generaties voorouders van hem kunnen terughalen. Dat is de reden waarom ik geen moment aarzelde toen zijn vader – God hebbe zijn ziel – khastegari kwam doen. En neem van mij aan dat zijn vader er niet in toegestemd zou hebben om om jouw hand te vragen als hij niet had geweten van wie jij afstamde. Bloed is iets heel krachtigs, batsjem, en als je een kind adopteert, weet je niet wiens bloed je in je huis opneemt.

Als je nou Amerikaans was, deed het er niet toe. Mensen trouwen hier uit liefde, familienamen en afkomst spelen geen rol. En zo adopteren ze ook: zolang de baby maar gezond is, is iedereen gelukkig. Maar wij zijn Afghanen, batsjem.'

'Is de vis bijna klaar?' zei Soraya. Generaal Taheri's ogen bleven even op haar rusten. Hij klopte op haar knie. 'Wees nou maar blij dat je gezond bent en een goede echtgenoot hebt.'

'Wat vind jij, Amir jaan?' zei khala Jamila.

Ik zette mijn glas op de richel waar een rij van haar geraniums in potten stonden te druipen. 'Ik ben het denk ik wel met generaal sahib eens.'

De generaal knikte gerustgesteld en keerde terug naar de barbecue.

We hadden allemaal onze redenen om niet te willen adopteren. Soraya had de hare, de generaal de zijne, en ik dit: misschien had iets of iemand besloten me het vaderschap te onthouden om de dingen die ik gedaan had. Wellicht was dit mijn straf, en misschien terecht. *Het heeft niet zo mogen zijn,* had khala Jamila gezegd. Maar misschien heeft het juist wel zo moeten gaan.

Een paar maanden later gebruikten we het voorschot van mijn tweede roman voor een aanbetaling op een mooi Victoriaans huisje met twee slaapkamers in Bernal Heights in San Francisco. Het had een puntdak, houten vloeren en een achtertuintje met een veranda en een vuurkuil. De generaal hielp me de veranda opnieuw te lakken en de muren te schilderen. Khala Jamila betreurde het dat we bijna een uur verder van hen vandaan kwamen te wonen, vooral omdat ze meende dat Soraya alle liefde en steun nodig had die ze maar kon krijgen – maar ze besefte niet dat haar goedbedoelde maar opdringerige medeleven nou juist de reden was waarom Soraya wilde verhuizen.

Soms lag ik in bed, met Soraya slapend naast me, te luisteren naar de hordeur die in de bries open- en dichtzwaaide, en naar de krekels die in de achtertuin zaten te tjirpen. Ik kon de leegte in Soraya's baarmoeder bijna voelen, alsof het een levend, ademend wezen was. Die leegte was ons huwelijk in gesijpeld, in ons lachen, in ons vrijen. En diep in de nacht, in de duisternis van onze kamer, voelde ik hoe die leegte uit Soraya opsteeg en zich tussen ons nestelde. Tussen ons in sliep. Als een pasgeboren baby.

14

Juni 2001

Ik legde de hoorn weer op de haak en staarde er vervolgens een hele tijd naar. Pas toen Aflatoon me met zijn geblaf deed opschrikken besefte ik hoe stil de kamer geworden was. Soraya had het geluid van de televisie uitgezet.

'Je ziet helemaal bleek, Amir,' zei ze vanaf de bank, dezelfde die haar ouders ons cadeau hadden gedaan toen we onze eerste flat betrokken. Ze had erop gelegen met Aflatoons kop op haar borst, haar benen onder de versleten kussens. Ze keek met een half oog naar een programma op de educatieve zender over de kommer en kwel van wolven in Minnesota terwijl ze zo'n beetje de opstellen van haar zomerschoolklas zat te corrigeren – ze gaf al zes jaar les aan dezelfde school. Ze ging overeind zitten, en Aflatoon sprong van de bank af. De generaal had onze cockerspaniël zijn naam gegeven: Farsi voor Plato, omdat als je maar lang en strak genoeg in zijn wazige zwarte ogen keek, je volgens hem zou zweren dat hij er wijze gedachten op nahield.

Onder Soraya's kin zat inmiddels iets van vet. De afgelopen tien jaren hadden de rondingen van haar heupen wat aangezet en een paar strepen asgrijs door haar koolzwarte haar gekamd. Maar ze had nog steeds het gezicht van de prinses van het bal, met haar vliegendevogelwenkbrauwen en de elegant gebogen neus als een letter uit een antiek Arabisch geschrift.

'Je ziet bleek,' herhaalde Soraya terwijl ze de stapel papieren op tafel legde.

'Ik moet naar Pakistan.'

Nu stond ze op. 'Pakistan?'

'Rahim Khan is heel erg ziek.' Bij die woorden balde zich een vuist in mijn binnenste.

'Die vroegere partner van kaka?' Ze had Rahim Khan nooit ontmoet, maar ik had haar over hem verteld. Ik knikte.

'O,' zei ze, 'wat naar, Amir.'

'We waren vroeger nogal dik met elkaar,' zei ik. 'Toen ik klein was, was hij de eerste volwassene die ik als een vriend beschouwde.' Ik zag voor me hoe hij en Baba in Baba's studeerkamer thee zaten te drinken, en daarna rokend bij het raam, en dat er een naar egelantier geurende bries uit de tuin kwam aanzetten, die de twee rookzuilen deed buigen.

'Ik weet nog dat je me dat verteld hebt,' zei Soraya. Ze zweeg even. 'Hoe lang blijf je weg?'

'Dat weet ik niet. Hij wil me zien.'

'Is het...?'

'Jawel, het is veilig. Ik red me wel, Soraya.' Het was een vraag die ze aldoor al had willen stellen – vijftien jaar huwelijk hadden ervoor gezorgd dat we elkaars gedachten konden lezen. 'Ik ga een stuk wandelen.'

'Moet ik met je mee?'

'Nee, ik ga liever alleen.'

Ik reed naar het Golden Gate-park en wandelde langs het Spreckels-meer aan de noordkant van het park. Het was een prachtige zondagmiddag; de middagzon glinsterde op het water, waar miniatuurbootjes zeilden, voortgestuwd door een stevige San Francisco-bries. Ik ging op een bank zitten, keek naar een man die een voetbal naar zijn zoon gooide en hem opdroeg om de bal niet onderhands maar van over zijn schouder terug te gooien. Ik keek omhoog en zag een paar vliegers, rood met een lange blauwe staart. Ze zweefden ver boven de bomen aan de westrand van het park, boven de molens.

Ik dacht na over iets wat Rahim Khan vlak voor hij had opgehangen gezegd had. Hij zei het terloops, bijna als iets wat hem net te binnen schoot. Ik deed mijn ogen dicht en zag hem aan de andere kant van de krakerige internationale lijn, met zijn lippen een stukje van elkaar, zijn hoofd een beetje scheef. En opnieuw zinspeelden zijn bodemloos zwarte ogen op een onuitgesproken geheim tussen ons. Maar nu wist ik dat hij het wist. Mijn vermoedens waren al die jaren juist geweest. Hij wist van Assef, de vlieger, het geld, het horloge met de wijzers in de vorm van bliksemschichten. Hij had het altijd geweten.

Kom hierheen. Er is een manier om het goed te maken, had Rahim Khan vlak voor hij ophing gezegd. Hij zei het terloops, bijna als iets wat hem net te binnen schoot.

Een manier om het goed te maken.

Toen ik thuiskwam had Soraya haar moeder aan de lijn. 'Het duurt niet lang, madar jaan. Een week, misschien twee... Ja, u en padar kunnen hier komen logeren... '

Twee jaar eerder had de generaal zijn rechterheup gebroken. Hij had weer een van zijn migraineaanvallen gehad en toen hij met troebele ogen en duizelig uit zijn kamer kwam, was hij over een hoekje van het tapijt gestruikeld. Op zijn schreeuw was khala Jamila uit de keuken komen aanrennen. 'Het was net het geluid van een *djaroe*, een bezem, die in tweeën knapte,' kon ze nooit nalaten te herhalen, al had de dokter gezegd dat het onwaarschijnlijk was dat ze zoiets gehoord had. De versplinterde heup van de generaal – en alle complicaties van dien: de longontsteking, bloedvergiftiging, het langdurige verblijf in een verpleeghuis – maakte een eind aan khala Jamila's eindeloze monologen over haar eigen gezondheid. En ze waren het begin van nieuwe monologen over die van de generaal. Ze vertelde aan iedereen die maar wilde luisteren dat de artsen gezegd hadden dat zijn nieren het begaven. 'Maar dan hebben ze nog nooit Afghaanse nieren gezien, nietwaar?' zei ze trots. Wat me vooral nog van het verblijf van de generaal in het ziekenhuis bijstaat is dat khala Jamila altijd wachtte tot hij in slaap viel en dan voor hem ging zingen, liedjes die ik me herinner uit Kabul, van de krassende oude transistorradio van Baba.

De breekbaarheid van de generaal – en de tijd – hadden ook de verhouding tussen hem en Soraya verzacht. Ze wandelden samen, gingen op zaterdag lunchen, en soms kwam de generaal bij haar in de klas zitten. Dan zat hij achter in de klas, in zijn glimmende oude grijze pak, met zijn wandelstok op zijn schoot, glimlachend. Soms maakte hij zelfs aantekeningen.

Die nacht lagen Soraya en ik in bed, haar rug tegen mijn borst gedrukt, mijn gezicht in haar haar verborgen. Ik herinnerde me hoe we ooit voorhoofd tegen voorhoofd hadden gelegen en elkaar nagenietend hadden gekust en hadden liggen fluisteren tot onze ogen dichtvielen, fluisteren over kleine, opgekrulde tenen, eerste lachjes, eerste woordjes, eerste stapjes. Zo lagen we nog steeds weleens, maar het gefluister ging over school, mijn nieuwe boek; we giechelden over iemands idiote uitmonstering op een feest. Het vrijen was nog steeds goed, soms zelfs meer dan goed, maar soms voelde ik alleen maar opluchting dat het weer achter de rug was, dat ik weg kon drijven en op z'n minst voor even kon vergeten hoe futiel het was wat we net gedaan hadden. Ze zei het nooit, maar ik wist dat Soraya het soms ook zo voelde. Op die avonden rolden we ieder naar onze eigen kant van het bed om ons door onze eigen redder mee te laten voeren. Voor Soraya was dat de slaap, voor mij, zoals altijd, een boek.

De nacht nadat Rahim Khan had gebeld lag ik wakker in het donker en ik volgde met mijn ogen de evenwijdige zilveren strepen op de muur die het door de rolgordijnen vallende maanlicht maakte. Op een zeker moment, misschien vlak voor zonsopgang, zakte ik in slaap. En droomde van Hassan die door de sneeuw rende, met de zoom van zijn groene tsjapan die achter hem aan sleepte, en sneeuw die onder zijn zwarte rubberlaarzen knerpte. Hij schreeuwde over zijn schouder: *Voor u doe ik alles!*

Een week later zat ik in een vliegtuig van Pakistan International Airlines aan een raampje en keek hoe twee geüniformeerde employés van de luchtvaartmaatschappij de wielblokken weghaalden. Het vliegtuig taxiede van de vertrekhal vandaan en algauw waren we los van de grond en sneden we door de wolken. Ik legde mijn hoofd tegen het raampje. Wachtte vruchteloos op de slaap.

15

Drie uur nadat we in Peshawar geland waren zat ik op de aan flarden gescheurde bekleding van de achterbank van een met rook gevulde taxi. De chauffeur, een kettingrokende zweterige kleine man die zichzelf had voorgesteld als Gholam, reed nonchalant en roekeloos, en zag kans op een haar na botsingen te voorkomen, en dat allemaal zonder ook maar een seconde pauze in de niet-aflatende stroom woorden die aan zijn mond ontvlood: '... vreselijk wat er in uw land gebeurt, *jar*. Afghanen en Pakistanen zijn broeders, echt waar. Moslims moeten moslims helpen, dus... '

Ik sloot hem buiten, schakelde over op de beleefdeknikjesmodus. Ik herinnerde me Peshawar nog vrij goed van de paar maanden die Baba en ik er in 1981 hadden doorgebracht. We reden nu in westelijke richting over de Jamrun-weg, voorbij de Cantonment met zijn luxueuze huizen met hoge muren eromheen. Het gekrioel van de stad dat in een waas aan me voorbijtrok, deed me denken aan een drukkere, vollere versie van het Kabul dat ik kende, met name van de *Kocheh-morgha* of Kippenbazaar, waar Hassan en ik wel in chutney gedoopte aardappelen en kersenwater kochten. De straten zaten verstopt met fietsers, rondsjouwende voetgangers, en riksja's die blauwe rook uitpuften, die allemaal door een doolhof van nauwe laantjes en stegen zigzagden. Baardige kooplui gehuld in dunne dekens verkochten lampenkappen van dierenhuid, tapijten, geborduurde sjaals, en koperen spullen, vanuit rijen kleine opeengepakte kraampjes. De stad barstte uit zijn voegen van de geluiden; de kreten van de kooplui klonken na in mijn oren, vermengd met het geschetter van Hindi-muziek, het gesputter van riksja's en het belgerinkel van de door paarden getrokken karren. Rijke geuren, zowel aangename als onaangename, dreven door het autoraam naar me toe: het kruidige aroma van pakoura en de *nihari* waar Baba zo gek op geweest was vermengd met scherpe dieselwalmen, de stank van verrotting, vuilnis en uitwerpselen.

Even voorbij de rode bakstenen gebouwen van de universiteit van Peshawar reden we een wijk in die mijn praatzieke chauffeur Afghanenstad noemde. Ik zag snoepwinkels en tapijtkooplui, kebabkraampjes, kinderen, hun handen onder de modderkorsten, die sigaretten verkochten, petieterige restaurantjes met de landkaart van Afghanistan op hun ramen geschilderd, en om de haverklap een bureautje van een hulpverlenende instantie. 'Al uw broeders zitten in deze buurt, jar. Ze beginnen vaak een zaakje, maar de meesten zijn heel arm.' Hij klakte met zijn tong en zuchtte. 'Hoe dan ook, we zijn er nu bijna.'

Ik dacht aan de laatste keer dat ik Rahim Kahn gezien had, in 1981. Hij was de avond dat Baba en ik uit Kabul vluchtten afscheid komen nemen. Ik weet nog dat Baba en hij elkaar in de vestibule snikkend omarmden. Toen Baba en ik in de Verenigde Staten waren aangekomen, hielden hij en Rahim Khan contact. Ze spraken elkaar vier, vijf keer per jaar en soms gaf Baba de hoorn aan mij door. De laatste keer dat ik Rahim Khan gesproken had was kort na Baba's dood. Het nieuws had Kabul bereikt en hij belde me op. We hadden maar een paar minuten gepraat en toen viel de verbinding weg.

De chauffeur reed op een smal gebouw af op een drukke hoek waar twee kronkelige straten elkaar sneden. Ik betaalde hem, pakte mijn eenzame koffer en liep naar de met houtsnijwerk versierde deur. Het gebouw had houten balkons met open rolluiken – op sommige hing was in de zon te drogen. Ik liep de krakende trap op naar de eerste verdieping, door een schemerige gang naar de laatste deur links. Controleerde het adres op een klein papiertje in mijn hand. Het klopte.

Toen deed een wezen van huid en botten dat net deed of het Rahim Khan was de deur open.

Een docent creatief schrijven aan San Jose zei altijd over clichés: 'Mijd ze als de pest.' Dan lachte hij om zijn eigen grap. De zaal lachte met hem mee, maar ik vond altijd dat clichés valselijk beschuldigd werden, want ze zijn vaak ontzettend raak. Maar de bruikbaarheid van een tot cliché verworden uitdrukking wordt overschaduwd door het feit dat het een cliché geworden is. Neem bijvoorbeeld die uitdrukking over de olifant in de porseleinkast. Niets kan die eerste momenten van mijn hereniging met Rahim Khan beter beschrijven.

We gingen op een miezerige matras zitten die langs de muur lag, tegenover het raam dat op de luidruchtige weg beneden uitkeek. Zonlicht viel schuin naar binnen en wierp een driehoekige wig licht op het Afghaanse kleed op de vloer. Twee vouwstoelen leunden tegen een muur en een kleine koperen samowar stond in de hoek ertegenover. Ik schonk daaruit thee voor ons in.

'Hoe hebt u me gevonden?' vroeg ik.

'Het is niet moeilijk om mensen in Amerika te vinden. Ik heb een kaart van de Verenigde Staten gekocht en toen heb ik het inlichtingennummer gebeld voor Noord-Californië,' zei hij. 'Het is geweldig en tegelijkertijd vreemd om je als volwassen man te zien.'

Ik glimlachte en deed drie klontjes suiker in mijn thee. Hij dronk zijn thee liever zwart en ongezoet, wist ik nog. 'Baba heeft het u niet meer kunnen vertellen, maar ik ben vijftien jaar geleden getrouwd.' De waarheid was dat de kanker in Baba's hersenen hem vergeetachtig en slordig gemaakt had.

'Ben je getrouwd? Met wie?'

'Ze heet Soraya Taheri.' Ik dacht aan haar thuis in Amerika, hoe bezorgd ze zich om me maakte. Ik was blij dat ze niet alleen was.

'Taheri... Van wie is dat een dochter?'

Ik vertelde het hem. Zijn ogen lichtten op. 'Ach ja, ik weet het weer. Is generaal Taheri niet getrouwd met een zus van Sharif jaan? Hoe heette ze ook alweer... '

'Jamila jaan.'

'Balé!' zei hij glimlachend. 'Ik heb Sharif jaan lang geleden in Kabul gekend, voor hij naar Amerika verhuisde.'

'Hij werkt al jaren voor de immigratiedienst en handelt een hoop Afghaanse zaken af.'

'Haiii,' zuchtte hij. 'Hebben Soraya jaan en jij kinderen?'

'Nee.'

'O.' Hij slurpte van zijn thee en vroeg verder niets; Rahim Khan was altijd al iemand geweest met een sterk ontwikkelde intuïtie.

Ik vertelde hem een heleboel over Baba, zijn werk, de vlooienmarkt, en dat hij uiteindelijk als een gelukkig man was gestorven. Ik vertelde hem over mijn opleiding, mijn boeken – ik had inmiddels vier boeken op mijn naam staan. Hij glimlachte en zei dat hij geen moment aan mijn schrijverskunst had getwijfeld. Ik vertelde dat ik korte verhalen had geschreven in het notitieboek met de leren kaft dat hij me gegeven had, maar dat kon hij zich niet meer herinneren.

Het gesprek kwam onafwendbaar op de taliban.

'Is het echt zo erg als ik gehoord heb?' zei ik.

'Nee, het is erger. Veel erger,' zei hij. 'Je mag geen mens van ze zijn.' Hij wees naar een litteken boven zijn rechteroog dat een kronkelig pad door zijn borstelige wenkbrauw getrokken had. 'Ik was bij een voetbalwedstrijd in het Ghazi-stadion in 1998. Kabul tegen Mazar-i-Sharif, geloof ik, en de spelers mochten trouwens niet in een short. Aanstootgevende ontkleding, neem ik aan.' Hij lachte vermoeid. 'Hoe dan ook, Kabul maakte een doelpunt en de man naast me juichte luid. Ineens stapt een jonge bebaarde knaap, op z'n hoogst een jaar of achttien, die door de gangpaden patrouilleerde, op me af en slaat me met de kolf van zijn kalasjnikov tegen mijn voorhoofd. "Als je dat nog eens doet snijd ik je tong eruit, ouwe ezel!" zei hij.' Rahim Khan wreef met een knoestige vinger over het litteken. 'Ik was oud genoeg om zijn grootvader te zijn, en daar zat ik: het bloed gutste over mijn gezicht, en ik zat me te verontschuldigen tegenover die hondenzoon.'

Ik schonk thee bij. Rahim Khan praatte nog wat. Het meeste wist ik al, sommige dingen niet. Hij vertelde dat hij vanaf 1981 in Baba's huis gewoond had, zoals Baba en hij geregeld hadden – dat wist ik. Baba had het huis aan Rahim Khan 'verkocht' vlak voor hij en ik uit Kabul vluchtten. Baba dacht in die tijd nog dat de problemen in Afghanistan slechts een korte onderbreking van onze levenswijze waren – de tijden van de feesten in het huis in Wazir Akbar Khan en de picknicks in Paghman zouden zeker weerkeren. Daarom had hij Rahim Khan het huis gegeven: om er tot die tijd op te passen.

Rahim vertelde dat toen de Noordelijke Alliantie Kabul tussen 1992 en 1996 in handen had, verschillende facties elk voor zich delen van Kabul opeisten. 'Als je vanuit de wijk Shar-i-Nau naar Kerteh-Parwan ging om een tapijt te kopen, liep je kans doodgeschoten te worden door een sluipschutter of opgeblazen door een raket – tenminste, als het je lukte om voorbij alle controleposten te komen. Je had zo ongeveer een visum nodig om van de ene buurt naar de andere te komen. Dus mensen bleven zitten waar ze zaten en baden dat de volgende raket hun huis niet zou raken.' Hij vertelde hoe mensen gaten in de muren van hun huizen hakten zodat ze de gevaarlijke straat konden omzeilen en van gat tot gat door een heel huizenblok konden lopen. In andere delen van de stad verplaatsten de mensen zich door ondergrondse tunnels.

'Waarom bent u niet weggegaan?' zei ik.

'Kabul was mijn thuishaven. Dat is het nog steeds.' Hij grinnikte. 'Weet je nog die straat die van jullie huis naar de *qisjla* liep, de militaire barakken naast de Istiqlal-middenschool?'

'Ja.' Het was een kortere route naar school. Ik dacht aan de keer dat Hassan en ik het terrein waren overgestoken en de soldaten Hassan gepest hadden met zijn moeder. Hassan had later in de bioscoop zitten huilen en ik had mijn arm om hem heen geslagen.

'Toen de taliban binnentrokken en de Alliantie Kabul uit trapten, stond ik op die straat te dansen,' zei Rahim Khan. 'En neem van mij aan dat ik niet de enige was. Mensen vierden feest op het Chaman-plein, in Deh-mazang; ze begroetten de taliban in de straten, beklommen hun tanks en poseerden voor foto's met ze. Mensen waren zo moe van die voortdurende gevechten, moe van de raketten, het geweervuur, de explosies, moe van het kijken naar Guldubbin en zijn kornuiten, die op alles schoten wat bewoog. De Alliantie heeft Kabul meer schade toegebracht dan de Sjorawi. Ze hebben het weeshuis van je vader verwoest, wist je dat?'

'Waarom?' zei ik. 'Wie verwoest er nou een weeshuis?' Ik zag mezelf weer achter Baba zitten op de dag dat het weeshuis geopend werd. De wind had zijn astrakan muts af geblazen en iedereen moest lachen, en toen hij zijn toespraak had afgestoken, was iedereen opgestaan en had geklapt. En nu was het de zoveelste hoop puin geworden. Al het geld dat Baba had uitgegeven, al die nachten die hij op de blauwdrukken had zitten zweten, alle bezoeken aan de bouwplaats om zeker te weten dat elke baksteen, elke balk en elk blok goed geplaatst was...

'Bijkomende schade,' zei Rahim Khan. 'Ik zal je maar niet vertellen, Amir jaan, hoe het was om het puin van het weeshuis te doorzoeken. Ledematen van kinderen lagen er... '

'Dus toen de taliban kwamen... '

'... werden ze als helden binnengehaald,' zei Rahim Khan.

'Eindelijk vrede.'

'Ja, hoop is iets vreemds. Eindelijk vrede. Maar tegen welke prijs?' Een hevige hoestaanval kreeg Rahim Khan in zijn greep en zijn uitgemergelde lichaam schokte heen en weer. Toen hij in zijn zakdoek spuugde kleurde die meteen rood. Het leek me dat ik net zo goed nu die zwetende olifant in de porseleinkast aan kon pakken.

'Hoe gaat het met u?' vroeg ik. 'Hoe gaat het echt?'

'Ik ga dood,' zei hij met een gorgelende stem. Weer een hoestaanval. Meer bloed op de zakdoek. Hij veegde zijn mond af, bette met zijn mouw zijn bezwete voorhoofd van de ene weggeteerde slaap naar de andere, en wierp me een snelle blik toe. Toen hij knikte wist ik dat hij de volgende vraag van mijn gezicht had afgelezen. 'Niet lang,' hijgde hij.

'Hoe lang?'

Hij haalde zijn schouders op. Hoestte weer. 'Ik denk niet dat ik het eind van de zomer haal,' zei hij.

'Laat me u dan mee naar huis nemen. Ik zoek een goede arts voor u. Ze komen voortdurend met nieuwe behandelingen. Er zijn nieuwe geneesmiddelen en experimentele behandelingen;

daar kunnen we u voor opgeven...' Ik daasde door en ik wist het. Maar het was beter dan huilen, en dat zou ik waarschijnlijk toch wel doen.

Hij gaf een hijgend lachje ten beste en onthulde ontbrekende snijtanden in zijn onderkaak. Het was de meest vermoeide lach die ik ooit had gehoord. 'Ik merk dat Amerika je doortrokken heeft van het optimisme waar het land zo groot mee geworden is. Dat is heel goed. We zijn een melancholiek volkje, wij Afghanen, waar of niet? We zwelgen vaak te veel in *ghamkori* en zelfmedelijden. We geven toe aan verlies en lijden, accepteren het als iets wat bij het leven hoort; we zien het zelfs als een noodzaak. Zendagi migzara, zeggen we, het leven gaat door. Maar ik geef me niet over aan mijn lot, ik ben gewoon pragmatisch. Ik heb hier diverse goede artsen bezocht en zij zeggen hetzelfde. Ik vertrouw ze en geloof ze. Er is zoiets als Gods wil.'

'Alleen wat je doet en wat je niet doet bestaat,' zei ik.

Rahim Khan lachte. 'Nu klink je net als je vader. Ik mis hem vreselijk. Maar het is echt Gods wil, Amir jaan. Echt waar.' Hij zweeg even. 'Trouwens, er is een andere reden waarom ik je gevraagd heb hierheen te komen. Ik wilde je spreken voor ik sterf, ja, maar er is ook iets anders.'

'Zeg het maar.'

'Je weet dat ik al die jaren na jullie vertrek in het huis van je vader gewoond heb?'

'Ja.'

'Ik ben niet al die jaren alleen geweest. Hassan woonde bij me.'

'Hassan,' zei ik. Wanneer had ik zijn naam voor het laatst uitgesproken? Opnieuw werd ik doorboord door die doornige punten van schuldgevoel, alsof het uitspreken van zijn naam een betovering verbroken had en ze bevrijd had om me opnieuw te kwellen. Plotseling was de lucht in Rahim Khans kleine flat te zwaar, te heet, te zeer vervuld van de geur van de straat.

'Ik heb overwogen om het je te schrijven, maar ik wist niet zeker of je het wel wilde weten. Was dat een vergissing?'

De waarheid was nee. De leugen was ja. Ik koos voor iets ertussenin. 'Ik weet niet.'

Hij hoestte een nieuwe klodder bloed in zijn zakdoek. Toen hij zijn hoofd boog om te spugen zag ik honingkleurige korsten op zijn schedel. 'Ik heb je laten komen omdat ik iets van je wil vragen. Ik ga je vragen iets voor me te doen. Maar voor ik dat doe, wil ik je over Hassan vertellen. Begrijp je dat?'

'Ja,' mompelde ik.

'Ik wil je over hem vertellen. Ik wil je alles vertellen. Zul je luisteren?'

Ik knikte.

Toen nam Rahim Khan nog een slokje thee. Hij liet zijn hoofd tegen de muur rusten en begon te praten.

16

Er waren allerlei redenen waarom ik in 1986 naar Hazarajat ging om Hassan te zoeken. De belangrijkste was – en Allah vergeve het mij – dat ik eenzaam was. Tegen die tijd waren de meeste van mijn vrienden vermoord of het land uit gevlucht naar Pakistan of Iran. Ik kende bijna niemand meer in Kabul, de stad waar ik mijn hele leven had gewoond. Iedereen was gevlucht. Als ik in Kateh-Parwan ging wandelen – waar vroeger de meloenverkopers rondhingen, kun je je die plek herinneren? – dan herkende ik daar niemand meer. Niemand om te begroeten, niemand om thee mee te drinken, niemand om verhalen mee uit te wisselen, alleen maar Roessi-soldaten die op straat patrouilleerden. Dus op een gegeven moment ging ik gewoon de stad niet meer in. Ik bracht mijn dagen door in het huis van je vader, boven in de studeerkamer, en ik las de oude boeken van je moeder, luisterde naar het nieuws, keek naar de communistische propaganda op de televisie. En dan bad ik namaz, maakte eten klaar, at, bad nog eens, en ging naar bed. De volgende morgen stond ik op, bad, en deed alles opnieuw.

Met mijn artritis werd het lastiger om het huis te onderhouden. Mijn knieën en mijn rug deden altijd pijn – als ik 's ochtends opstond duurde het minstens een uur voor ik de stijfheid in mijn gewrichten kwijt was, vooral 's winters. Ik wilde het huis van je vader niet laten vervallen; wij allemaal hadden daar leuke tijden meegemaakt, en zoveel herinneringen, Amir jaan. Dat was niet goed – je vader had het zelf ontworpen; het had zoveel voor hem betekend, en bovendien had ik hem beloofd dat ik ervoor zou zorgen toen hij en jij naar Pakistan vertrokken. Nu waren er alleen nog ik en het huis en... Ik deed mijn best. Ik probeerde de bomen elke paar dagen water te geven, het gras te maaien, de bloemen te verzorgen, dingen te repareren die gerepareerd moesten worden, maar dat nam niet weg dat ik geen jongeman meer was.

Maar ik had het misschien langer kunnen bolwerken. Op z'n minst een tijdje langer. Maar toen bereikte mij het nieuws van de dood van je vader... En voor het eerst voelde ik een gruwelijke eenzaamheid in dat huis. Een gruwelijke leegte.

Dus gooide ik op een dag de Buick vol en reed naar Hazarajat. Ik wist nog dat je vader, nadat Ali zichzelf uit het huis had weggestuurd, had verteld dat hij en Hassan naar een dorpje vlak bij Bamiyan verhuisd waren. Ali had daar een neef, als ik me goed herinner. Ik had geen idee of Hassan daar nog zou zijn, of iemand iets van hem of zijn verblijfplaats af zou weten. Het was tenslotte al tien jaar geleden dat Ali en Hassan het huis van je vader verlaten hadden. Hassan zou in 1986 een volwassen man zijn – tweeëntwintig, drieëntwintig jaar. Als hij tenminste nog in leven was – de Sjorawi, mogen ze branden in de hel voor wat ze onze watan hebben aangedaan, hebben zoveel van onze jonge mannen gedood. Dat hoef ik je niet te vertellen.

Maar, God zij geloofd, ik heb hem daar gevonden. Het kostte me heel weinig gezoek – ik hoefde alleen maar in Bamiyan een paar vragen te stellen, en mensen verwezen me naar zijn dorp. Ik herinner me niet eens hoe het heette, of zelfs maar of het wel een naam had. Maar ik weet nog wel dat het een schroeiend hete zomerdag was en dat ik over een doorploegde ongeplaveide weg reed, met aan weerszijden niets dan geblakerde struiken, knoestige boomstammen met stekels en gedroogd gras dat op bleek stro leek. Ik passeerde een dode ezel aan de kant van de weg. En toen ging ik een bocht om en midden in dat kale landschap zag ik een groepje lemen huizen en daar voorbij niets dan een weidse hemel en bergen als gekartelde tanden.

De mensen in Bamiyan hadden me verteld dat ik hem makkelijk zou vinden – hij woonde in het enige huis in het dorp met een ommuurde tuin. De lemen muur, laag en vol gaten, omsloot het minuscule huisje – nauwelijks meer dan een veredelde hut. Kinderen speelden blootsvoets op straat; ze sloegen met een stok tegen een rafelige tennisbal en staarden naar me toen ik de auto aan de kant zette en de motor uitschakelde. Ik klopte op de houten deur en stapte naar binnen een tuin in waar nauwelijks meer was dan een uitgedroogd aardbeienperk en een kale citroenboom. In de hoek stond in de schaduw van een acacia een tandoor en ernaast zag ik een man op zijn hurken zitten. Hij legde deeg op een grote houten spatel en mepte dat tegen de wanden van de tandoor. Hij liet het deeg vallen toen hij me zag. Hij kon bijna niet ophouden mijn handen te kussen.

'Laat me je bekijken,' zei ik. Hij deed een stap naar achteren. Hij was erg lang geworden – ik stond op mijn tenen en nog reikte ik maar tot zijn kin. De zon van Bamiyan had zijn huid gelooid en hem diverse tinten donkerder gemaakt dan ik me herinnerde, en hij was een paar voortanden kwijt. Op zijn kin groeiden wat spaarzame haartjes. Maar verder had hij nog steeds dezelfde groene ogen, dat litteken op zijn bovenlip, dat ronde gezicht, die innemende glimlach. Je zou hem zo herkend hebben, Amir jaan. Dat weet ik zeker.

We gingen naar binnen. Daar zat een jonge Hazara-vrouw met een lichte huid in de hoek van de kamer een sjaal te naaien. Ze was duidelijk in verwachting. 'Dit is mijn vrouw, Rahim Khan,' zei Hassan trots. 'Ze heet Farzana jaan.' Het was een verlegen vrouw, en zo beleefd dat ze fluisterend sprak, en ze sloeg haar mooie, hazelnootbruine ogen niet op om me aan te kijken. Maar zoals ze naar Hassan keek, had hij wel op de troon in de Arg kunnen zitten.

'Wanneer komt de baby?' zei ik toen we allemaal waren gaan zitten in de kamer van leem. In de kamer was niets, alleen een rafelig kleed, een paar borden, een stel matrassen en een lantaarn.

'Insjallah deze winter,' zei Hassan. 'Ik bid dat het een jongen is, om mijn vaders naam te laten voortleven.'

'Over Ali gesproken, waar is hij?'

Hassan sloeg zijn ogen neer. Hij vertelde me dat Ali en zijn neef – van wie het huis was – twee jaar geleden even buiten Bamiyan op een landmijn waren gestapt. Allebei waren ze op slag dood geweest. Een landmijn. Is er een Afghaansere manier om te sterven, Amir jaan? En om een of andere idiote reden was ik ervan overtuigd dat het Ali's rechterbeen – zijn verwrongen poliobeen – was geweest dat hem uiteindelijk verraden had en op die landmijn was getrapt. Ik was diepbedroefd toen ik hoorde dat Ali gestorven was. Je vader en ik zijn samen opgegroeid, zoals je weet, en zo lang ik me kan herinneren was Ali bij hem. Ik herinner me nog dat toen we klein waren Ali polio kreeg en bijna stierf. Je vader liep de hele dag huilend door het huis.

Farzana maakte sjorwa met bonen, koolraap en aardappelen voor ons klaar. We wasten onze handen en doopten verse naan uit de tandoor in de sjorwa – het was de heerlijkste maaltijd die ik in maanden gebruikt had. En toen vroeg ik Hassan om bij mij in Kabul te komen wonen. Ik vertelde over het huis, dat ik er alleen niet meer voor kon zorgen. Ik zei dat ik hem goed zou betalen, dat hij en zijn khanoem het goed zouden hebben. Ze keken elkaar aan en zeiden niets. Later, toen we onze handen gewassen hadden en Farzana ons druiven geserveerd had, zei Hassan dat hij het dorp als zijn thuis beschouwde; hij en Farzana hadden zich er gesetteld.

'En Bamiyan is zo dichtbij. We kennen daar mensen. Vergeef het me, Rahim Khan. Ik bid u, begrijpt u het alstublieft.'

'Natuurlijk,' zei ik, 'je hoeft je nergens voor te verontschuldigen. Ik begrijp het.'

Halverwege de thee na de sjorwa vroeg Hassan naar jou. Ik vertelde dat je in Amerika zat, maar dat ik verder niet veel meer wist. Hassan had veel over je te vragen. Of je getrouwd was. Of je kinderen had. Hoe lang je was. Of je nog weleens vliegerde en naar de bioscoop ging. Of je gelukkig was. Hij zei dat hij bevriend was geraakt met een oude leraar Farsi in Bamiyan, die hem had leren lezen en schrijven. En als hij je een brief schreef, of ik hem dan aan jou door zou willen sturen. En of ik dacht dat jij terug zou schrijven. Ik zei dat ik weleens wat over je hoorde via de schaarse telefoongesprekken die ik met je vader voerde, maar op de meeste vragen had ik geen antwoord. Toen vroeg hij naar je vader. Toen ik hem over zijn dood vertelde begroef hij zijn gezicht in zijn handen en barstte in tranen uit. De rest van de avond huilde hij als een kind.

Ze stonden erop dat ik de nacht bij hen doorbracht. Farzana maakte een slaapplaats voor me en zette een glas water uit de bron bij me neer voor als ik dorst kreeg. Ik hoorde haar de hele nacht tegen Hassan fluisteren en ik hoorde hem snikken.

's Morgens vertelde Hassan me dat hij en Farzana besloten hadden met me mee te gaan naar Kabul.

'Ik had hier niet moeten komen,' zei ik. 'Je had gelijk, Hassan jaan. Jij hebt een *zendagi*, een bestaan hier. Waar haal ik het lef vandaan om hier zomaar op te duiken en jou te vragen alles te laten vallen? Ik zou om vergeving moeten vragen.'

'Zoveel hebben we niet te laten vallen, Rahim Khan,' zei Hassan. Zijn ogen waren nog steeds rood en opgezet. 'We gaan met u mee. We zullen u helpen voor het huis te zorgen.'

'Weet je het heel zeker?'

Hij knikte en boog zijn hoofd. 'Agha sahib was als een tweede vader voor me... God schenke hem vrede.'

Ze stapelden hun spullen in het midden van een paar versleten lappen en knoopten de hoeken bij elkaar. We laadden de bundel in de Buick. Hassan stond op de drempel van het huis en hield de koran vast, die we allemaal kusten, om er vervolgens onderdoor te lopen. Toen gingen we op weg naar Kabul. Ik weet nog dat toen ik optrok Hassan omkeek om een laatste blik op hun huis te werpen.

Toen we in Kabul aankwamen kwam ik erachter dat Hassan niet van plan was om in te te trekken in het huis zelf. 'Maar al die kamers zijn leeg, Hassan jaan. Daar woont niemand,' zei ik.

Maar hij deed het niet. Hij zei dat het een kwestie van ihtiram was, een kwestie van eerbied. Hij en Farzana brachten hun spullen naar de hut in de achtertuin waar hij geboren was. Ik smeekte hun om een van de logeerkamers boven te betrekken, maar Hassan wilde er niet van horen. 'Wat zal Amir agha daar wel niet van denken?' zei hij tegen me. 'Wat zal hij denken als hij na de oorlog naar Kabul terugkomt en merkt dat ik zijn plaats in het huis heb ingenomen?' Daarna droeg Hassan veertig dagen lang zwart als rouw voor je vader.

Ik wilde niet dat ze het deden, maar zij tweeën bereidden altijd het eten en maakten altijd schoon. Hassan zorgde voor de bloemen in de tuin, begoot de wortels, plukte gele bladeren af en plantte rozenstruiken. Hij verfde de muren. In het huis veegde hij kamers waar al jaren niemand meer sliep en maakte badkamers schoon waar nooit meer iemand baadde. Alsof hij het huis voorbereidde op iemands terugkeer. Weet je nog die muur achter het rijtje maïs dat je vader geplant had, Amir jaan? Hoe noemden jij en Hassan die ook alweer, 'de Muur der Noodlijdende Maïskolven'? Een heel stuk van die muur werd vroeg in die herfst midden in de nacht door een raket vernield. Hassan metselde hem eigenhandig weer op, steen voor steen, tot hij weer heel overeind stond. Ik weet niet wat ik had moeten doen als hij er niet geweest was.

Aan het eind van die herfst beviel Farzana van een doodgeboren dochter. Hassan kuste het levenloze gezicht van de baby, en we begroeven haar in de achtertuin, bij de egelantiers. We bedekten de kleine heuvel met bladeren van de populieren. Ik zei een gebed voor haar. Farzana bleef de hele dag in de hut en ze weende – een hartverscheurend geluid, Amir jaan, het wenen van een moeder. Ik bid Allah dat jij dat nooit zult horen.

Buiten de muren woedde een oorlog. Maar wij drieën maakten ons eigen kleine toevluchtsoord van je vaders huis.

Eind jaren tachtig begonnen mijn ogen achteruit te gaan, dus liet ik Hassan me de boeken van je moeder voorlezen. We gingen in de vestibule bij de kachel zitten en dan las Hassan voor uit de *Masnawi* en Khayyam, terwijl Farzana in de keuken het eten klaarmaakte. En elke ochtend legde Hassan een bloem op het heuveltje bij de egelantiers.

Begin 1990 raakte Farzana weer zwanger. In datzelfde jaar, midden in de zomer, werd er op de poort geklopt door een vrouw die helemaal verborgen ging onder een hemelsblauwe burqa. Toen ik naar het hek liep stond ze op haar benen te zwaaien, alsof ze te zwak was om te staan. Ik vroeg wat ze kwam doen, maar ze gaf geen antwoord.

'Wie bent u?' zei ik. Maar ze zakte zomaar op de oprijlaan in elkaar. Ik riep Hassan en hij hielp me haar naar binnen te dragen, naar de woonkamer. We legden haar op de bank en deden haar burqa uit. Daaronder troffen we een tandeloze vrouw aan met piekerig grijs haar en zweren op haar armen. Ze zag eruit alsof ze in dagen niet gegeten had. Maar veruit het ergste was haar gezicht. Iemand had het met een mes bewerkt… Amir jaan, het zat onder de sneden. Een ervan liep van haar jukbeen naar haar haarlijn en ook haar linkeroog was niet ontzien. Het was grotesk. Ik bette haar voorhoofd met een vochtige doek en ze deed haar ogen open. 'Waar is Hassan?' fluisterde ze.

'Ik ben hier,' zei Hassan. Hij pakte haar hand stevig vast.

Haar goede oog draaide in zijn richting. 'Ik heb een heel eind gelopen om te zien of je in het echt net zo mooi bent als in mijn dromen. En dat ben je. Zelfs nog mooier.' Ze trok zijn hand tegen haar beschadigde gezicht. 'Glimlach eens naar me. Alsjeblieft.'

Dat deed Hassan, en de oude vrouw begon te huilen. 'Je glimlachte al toen je uit me kwam, heeft iemand je dat weleens verteld? En ik wilde je niet eens vasthouden. Allah vergeve het me, maar ik wilde je niet eens vasthouden.'

Niemand van ons had Sanaubar meer gezien sinds ze in 1964 was weggelopen met een troep zangers en dansers, vlak nadat ze van Hassan bevallen was. Jij hebt haar nooit gezien, Amir, maar in haar jonge jaren was ze een hele verschijning. Als ze glimlachte had ze kuiltjes in haar wangen en haar manier van lopen dreef mannen tot waanzin. Niemand die haar op straat passeerde, of dat nou een man of een vrouw was, kon het nalaten om nog eens te kijken. En nu…

Hassan liet haar hand vallen en vloog de deur uit. Ik ging achter hem aan, maar hij was te snel. Ik zag hem de heuvel op rennen waar jullie vroeger speelden, en zijn voeten schopten wolkjes stof op. Ik liet hem gaan. Ik bleef de hele dag bij Sanaubar zitten, terwijl de hemel van felblauw naar purper verkleurde. Toen de nacht viel en maanlicht de wolken in licht baadde was Hassan nog steeds niet teruggekeerd. Sanaubar zei huilend dat ze een fout gemaakt had door terug te komen, en misschien nog wel een grotere fout dan toen ze wegliep. Maar ik zorgde ervoor dat ze bleef. Hassan kwam terug, dat wist ik.

Hij kwam de volgende ochtend terug, vermoeid en mat, alsof hij de hele nacht niet had geslapen. Hij pakte Sanaubars hand met beide handen vast en zei dat ze kon huilen als ze dat wilde, maar dat het niet hoefde, want ze was nu thuis, zei hij, thuis bij haar familie. Hij raakte de littekens op haar gezicht aan en ging met zijn hand door haar haar.

Hassan en Farzana verzorgden haar tot ze weer gezond was. Ze gaven haar te eten en wasten haar kleren. Ik gaf haar een van de logeerkamers boven. Soms keek ik door het raam de achtertuin in en sloeg ik Hassan en zijn moeder gade, die samen geknield tomaten plukten of een rozenstruik snoeiden en praatten. Ze waren al die verloren jaren aan het inhalen, nam ik aan. Voorzover ik weet heeft hij nooit gevraagd waar ze geweest was of waarom ze was weggegaan, en heeft zij het ook nooit verteld. Ik denk dat er verhalen zijn die niet verteld hoeven te worden.

Sanaubar was degene die Hassans zoon in de winter van 1990 ter wereld hielp komen. Het was nog niet begonnen te sneeuwen, maar de winterse winden bliezen door de tuinen en deden bloemen buigen en bladeren ritselen. Ik zie nog Sanaubar uit de hut komen met haar kleinzoon in een wollen deken gewikkeld in haar armen. Ze stond te stralen onder een dofgrijze hemel; tranen stroomden over haar wangen, de ijzig koude wind blies door haar haar, en ze klemde de baby in haar armen alsof ze hem nooit meer wilde loslaten. Deze keer niet. Ze gaf hem aan Hassan en hij gaf hem aan mij en ik zong het jongetje het gebed van *Ajat-oel-koersi* in het oor.

Ze noemden hem Sohrab, naar Hassans lievelingsheld uit de *Shahnamah* – maar dat weet je, Amir jaan. Het was een prachtig jongetje, zo zoet als suiker; hij had hetzelfde temperament als zijn vader. Je had Sanaubar moeten zien met die baby, Amir jaan. Hij werd het middelpunt van haar bestaan. Ze naaide kleertjes voor hem, knutselde speelgoed van stukjes hout, lapjes en gedroogd gras. Toen hij koorts had bleef ze de hele nacht op en vastte drie dagen lang. Ze verbrandde in een kookpot *isfand* voor hem om de *nazar* te verjagen, het boze oog. Toen

Sohrab twee was, noemde hij haar Sasa. Die twee waren onafscheidelijk.

Ze maakte nog mee dat hij vier werd, en toen werd ze op een ochtend eenvoudig niet meer wakker. Ze leek kalm, vredig, alsof ze het niet erg vond om nu te sterven. We begroeven haar op de begraafplaats op de heuvel, die bij de granaatappelboom, en ik zei voor haar ook een gebed. Hassan had het heel moeilijk met het verlies – het doet altijd meer pijn om iemand te hebben en dan te verliezen dan om iemand helemaal niet te hebben. Maar kleine Sohrab had het nog veel moeilijker. Hij liep maar om het huis op zoek naar Sasa, maar je weet hoe kinderen zijn: ze vergeten snel.

Tegen die tijd – dat moet 1995 geweest zijn – waren de Sjorawi verslagen en allang verdwenen en Kabul was van Massoud, Rabbani, en de moedjahedien. De facties vochten fel om de macht en niemand wist of hij het eind van de dag zou halen. Onze oren raakten gewend aan het fluiten van vallende granaten en het gerommel van geweervuur; onze ogen wenden aan de aanblik van mannen die uit puinhopen de lijken opgroeven. Kabul was in die tijd zo ongeveer die spreekwoordelijke hel op aarde, Amir jaan. Allah was ons echter gunstig gezind. Wazir Akbar Khan lag niet vaak onder vuur, dus we hadden het niet zo zwaar als sommige andere wijken.

Op dagen dat het raketvuur wat afnam en er minder vuurgevechten waren, nam Hassan Sohrab mee naar de dierentuin om Marian de leeuw op te zoeken, of mee naar de bioscoop. Hassan leerde hem met de katapult schieten en tegen de tijd dat Sohrab acht was, had hij een dodelijk schot over zich: hij kon vanaf het terras een dennenappel raken die halverwege de tuin op een emmer was neergezet. Hassan leerde hem lezen en schrijven – zijn zoon zou niet net als hij opgroeien als analfabeet. Ik raakte erg aan het jongetje verknocht – ik had hem zijn eerste stap zien zetten, had hem zijn eerste woord horen zeggen. Ik kocht Iraanse kinderboeken voor Sohrab bij de boekwinkel bij Cinema Park – die hebben ze inmiddels ook verwoest – en Sohrab las ze zo snel als ik ze kon aandragen. Hij deed me aan jou denken, omdat jij ook zo gek op lezen was toen je klein was, Amir jaan. Soms las ik hem 's avonds voor, legde hem raadsels voor, leerde hem kaarttrucjes. Ik mis hem verschrikkelijk.

In de winter ging Hassan vliegeren met zijn zoon. Er werden veel minder vliegertoernooien gehouden dan vroeger – niemand durfde lang buiten te blijven, maar zo af en toe was er nog wel een toernooi. Hassan zette Sohrab op zijn schouders en dan draafden ze door de stad achter vliegers aan, en ze klommen in bomen waar vliegers in terechtgekomen waren. Weet je nog wat een goede vliegeraar Hassan was, Amir jaan? Hij was nog steeds zo goed. Aan het eind van de winter hingen Hassan en Sohrab de vliegers die ze gevangen hadden op de muren van de grote gang. Ze hingen ze op als schilderijen.

Ik vertelde al dat we allemaal feestvierden toen de taliban verschenen en een eind aan de dagelijkse gevechten maakten. Ik weet nog dat ik die avond thuiskwam en Hassan in de keuken aantrof, luisterend naar de radio. Hij had een ernstige blik in de ogen. Ik vroeg wat er aan de hand was en hij schudde zijn hoofd. 'God sta de Hazara's bij, Rahim Khan sahib,' zei hij.

'De oorlog is voorbij, Hassan,' zei ik. 'Er komt vrede, insjallah, en geluk en rust. Geen raketten meer, geen moord en doodslag, geen begrafenissen!' Maar hij deed alleen de radio uit en vroeg of ik nog wat nodig had voor hij naar bed ging.

Een paar dagen later werden de vliegergevechten door de taliban verboden. En twee jaar later, in 1998, slachtten ze de Hazara's in Mazar-i-Sharif af.

17

Rahim Khan strekte langzaam zijn benen en liet zich tegen de kale muur zakken op de vermoeide, weloverwogen manier van iemand bij wie elke beweging pijnscheuten veroorzaakt. Buiten balkte een ezel en iemand schreeuwde iets in het Urdu. De zon was aan het ondergaan en glinsterde rood door de spleten tussen de gammele huizen.

Het trof me opnieuw als een mokerslag: de misdadigheid van wat ik die winter en de zomer daarop gedaan had. De namen klonken na in mijn hoofd: Hassan, Sohrab, Ali, Farzana, en Sanaubar. Toen Rahim Khan Ali's naam uitsprak was het alsof ik een stoffige muziekdoos vond die in jaren niet open was geweest; de melodie begon meteen te spelen: *Hé, Babaloe, wie heb je vandaag nou weer opgegeten? Wie heb je opgegeten, spleetogige Babaloe?* Ik probeerde me Ali's verstarde gezicht voor de geest te halen, om echt zijn kalme ogen te zien, maar de tijd kan hebzuchtig zijn – soms steelt hij alle details om ze zelf te houden.

'Is Hassan nog steeds in dat huis?' vroeg ik.

Rahim Khan bracht het theekopje naar zijn uitgedroogde lippen en nam een slok. Daarna viste hij een envelop uit het borstzakje van zijn vest en gaf die aan mij. 'Voor jou.'

Ik scheurde de verzegelde envelop open. Ik vond er een polaroid in en een opgevouwen brief. Ik staarde een poosje naar de foto.

Een rijzige man met een witte tulband op en in een groene gestreepte tsjapan stond met een jongetje voor een smeedijzeren hek. Zonlicht viel van links schuin naar beneden, waardoor de helft van zijn ronde gezicht in de schaduw bleef. Hij stond met toegeknepen ogen naar de camera te lachen, waardoor je zag dat er een paar voortanden ontbraken. Zelfs op die vage polaroid straalde de man met de tsjapan zelfverzekerdheid en rust uit. Het sprak uit de manier waarop hij stond: zijn voeten iets gespreid, zijn armen losjes gekruist voor zijn borstkas, zijn hoofd een beetje schuin naar de zon. Het sprak vooral uit zijn glimlach. Als je naar die foto keek kon je concluderen dat dit een man was die vond dat de wereld hem goed behandeld had. Rahim Khan had gelijk: ik had hem herkend als ik hem op straat was tegengekomen. Het jongetje was blootsvoets, hij omklemde met één arm de dij van de man, zijn kaalgeschoren hoofd rustte tegen zijn vaders heup. Hij grijnsde ook met toegeknepen ogen.

Ik vouwde de brief open. Hij was in het Farsi geschreven. Geen puntje was weggelaten, geen streepje vergeten, geen letter die in een andere overvloeide – het handschrift was bijna kinderlijk netjes. Ik begon te lezen:

In naam van de meest goedgunstige, meest genadige Allah,
Amir agha, en met mijn diepste eerbied,
Farzana jaan, Sohrab en ik bidden dat deze brief u aantreft in goede gezondheid en in het licht van Allahs genade. Breng alstublieft mijn grote dank over aan Rahim Khan sahib omdat hij hem naar u heeft overgebracht. Ik hoop dat ik op een dag een van uw brieven in mijn hand zal houden en over uw leven in Amerika zal lezen. Misschien zal zelfs een foto van u onze ogen vereren. Ik heb Farzana jaan en Sohrab veel over u verteld: dat we samen zijn opgegroeid en spelletjes deden en door de straten renden. Ze lachen om de verhalen over al het kattenkwaad dat u en ik hebben uitgehaald!

Amir agha,
Helaas is het Afghanistan van onze jeugd allang dood. De vriendelijkheid is uit het land verdwenen en je ontkomt niet aan de moordpartijen. Altijd die moordpartijen. In Kabul heerst overal angst, op straat, in het stadion, op de markt, overal is die een deel van ons leven, Amir agha. De

barbaren die onze watan regeren malen niet om fatsoen. Pasgeleden vergezelde ik Farzana jaan naar de bazaar om aardappelen en naan te kopen. Ze vroeg de koopman hoeveel de aardappelen kostten, maar hij verstond haar niet, ik denk dat hij doof was. Dus toen vroeg ze het luider, en plotseling kwam er een jonge talib aangerend en die sloeg haar met zijn houten stok op haar dijen. Hij sloeg haar zo hard dat ze viel. Hij schreeuwde tegen haar en schold haar uit, en hij zei dat het ministerie van Zedeloosheid en Deugd vrouwen verbiedt luid te spreken. Ze had dagenlang een grote blauwe plek op haar been, maar wat had ik anders kunnen doen dan toekijken terwijl mijn vrouw een pak rammel kreeg? Als ik was gaan vechten had die hond me met liefde een kogel door mijn hoofd gejaagd. Wat zou er dan met mijn Sohrab gebeurd zijn? De straten zijn al zo vol hongerige wezen en ik dank Allah elke dag dat ik leef, niet omdat ik de dood vrees, maar omdat mijn vrouw een echtgenoot heeft en mijn zoon geen wees is.
Kon u Sohrab maar zien. Het is een lieve jongen. Rahim Khan sahib en ik hebben hem leren lezen en schrijven zodat hij niet zo stom opgroeit als zijn vader. En wat kan hij schieten met die katapult! Ik neem Sohrab weleens mee Kabul in en dan koop ik snoep voor hem. In Shar-i-Nau is nog steeds een apenman en als we hem tegenkomen betaal ik hem om zijn aap voor Sohrab te laten dansen. U moest hem eens zien lachen! We lopen vaak omhoog naar de begraafplaats op de heuvel. Weet u nog dat we daar onder de granaatappelboom gingen zitten om uit de Shahnamah *te lezen? De droogtes hebben de heuvel doen uitdrogen en de boom heeft al jaren geen vrucht meer gedragen, maar Sohrab en ik gaan nog steeds in de schaduw zitten en dan lees ik hem voor uit de* Shahnamah. *Ik hoef u niet te vertellen dat zijn lievelingsstuk het verhaal is waar zijn naamgenoot in voorkomt, Rostam en Sohrab. Binnenkort kan hij zelf in het boek lezen. Ik ben een heel trotse vader en ik heb het erg getroffen.*

Amir agha,
Rahim Khan is erg ziek. Hij hoest de hele dag en ik zie bloed op zijn mouw als hij zijn mond afveegt. Hij is erg afgevallen en ik zou willen dat hij wat van de sjorwa met rijst at die Farzana jaan voor hem maakt. Maar hij neemt alleen een paar hapjes en zelfs dat doet hij waarschijnlijk alleen maar om Farzana jaan een plezier te doen. Ik maak me zoveel zorgen om die lieve man dat ik elke dag voor hem bid. Hij gaat over een paar dagen naar Pakistan om er een paar artsen te raadplegen en insjallah komt hij met goed nieuws terug. Maar in mijn hart vrees ik het ergste voor hem. Farzana jaan en ik hebben kleine Sohrab verteld dat Rahim Khan sahib weer beter wordt. Wat kunnen we anders doen? Hij is nog maar tien en hij aanbidt Rahim Khan sahib. Ze zijn erg aan elkaar verknocht. Rahim Khan sahib nam hem altijd mee naar de bazaar om ballonnen en koekjes te kopen, maar daar is hij nu te zwak voor.
Ik droom de laatste tijd heel veel, Amir agha. Soms zijn dat nachtmerries, over lijken, opgehangen boven voetbalvelden met bloedrood gras. Daar word ik hijgend en bezweet uit wakker. Maar meestal droom ik over fijne dingen, Allah zij geloofd. Ik droom dat Rahim Khan sahib weer beter wordt. Ik droom dat mijn zoon opgroeit en een goed mens wordt, een vrij mens, en een belangrijk mens. Ik droom dat er weer lawla-*bloemen in de straten van Kabul bloeien, dat er weer roebabmuziek in de samowarhuizen klinkt en er weer vliegers door de lucht zullen zweven. En ik droom dat u op een dag naar Kabul terugkeert om het land van onze jeugd weer te zien. Als u dat doet, zult u zien dat er een oude, trouwe vriend op u wacht.*
Moge Allah altijd met u zijn.
Hassan

Ik las de brief twee keer. Ik vouwde het blaadje op en keek nog een poosje naar de foto. Ik stak ze allebei in mijn zak. ‘Hoe gaat het met hem?’ vroeg ik.

‘Die brief is een halfjaar geleden geschreven, een paar dagen voor ik naar Peshawar vertrok,' zei Rahim Khan. 'Ik heb de polaroid de dag voor mijn vertrek gemaakt. Een maand na mijn aankomst in Peshawar kreeg ik een telefoontje van een van mijn buren in Kabul. Hij vertelde me dit verhaal: kort na mijn vertrek deed het gerucht de ronde dat een Hazara-gezin alleen in het grote huis in Wazir Akbar Khan woonde, dat zeggen de taliban tenminste. Een stel talib-ambtenaren kwam om de zaak te onderzoeken en Hassan te ondervragen. Ze beschuldigden hem ervan dat hij loog toen hij zei dat hij daar bij mij woonde, al ondersteunden veel buren, onder wie degene die mij belde, zijn verhaal. De talibs noemden hem een leugenaar en een dief, net als alle Hazara's, en ze gaven hem opdracht om met zijn gezin voor zonsondergang het huis te verlaten. Hassan protesteerde. Maar mijn buurman zei dat de talibs naar het grote huis keken als – hoe zei hij het ook alweer? – o ja, "als wolven die naar een kudde schapen kijken". Ze zeiden tegen Hassan dat ze erin zouden trekken, zogenaamd om erop te passen tot ik terugkwam. Hassan protesteerde opnieuw. Ze namen hem mee naar buiten de straat op...'

'Nee,' hijgde ik.

'... droegen hem op te knielen...'

'Nee. O god, nee.'

'... en schoten hem door het achterhoofd.'

'Nee.'

'Farzana kwam gillend naar buiten en viel hen aan...'

'Nee.'

'... schoten haar ook dood. Zelfverdediging, beweerden ze later.'

Maar ik kon alleen maar 'Nee, nee, nee' blijven fluisteren.

Ik moest steeds denken aan die dag in 1974, in de ziekenhuiskamer, vlak na de operatie aan Hassans hazenlip. Baba, Rahim Khan, Ali en ik verdrongen ons rond Hassans bed en keken toe hoe hij in de handspiegel zijn nieuwe lip onderzocht. Nu was iedereen in die kamer gestorven of stervende. Behalve ik.

Toen zag ik iets anders: een man in een visgraatvest die de

loop van zijn kalasjnikov tegen Hassans achterhoofd drukt. De knal weerkaatst door de straat van het huis van mijn vader. Hassan zakt op het asfalt ineen; zijn leven van onbeantwoorde trouw zweeft uit hem weg als de voortgeblazen vliegers waar hij vroeger op joeg.

'De taliban trokken in het huis,' zei Rahim Khan, 'onder het voorwendsel dat ze er een indringer uit gezet hadden. De moord op Hassan en Farzana werd afgedaan als een geval van zelfverdediging. Niemand zei er iets over. Hoofdzakelijk uit angst voor de taliban, denk ik. Maar niemand had aanvechting om enig risico te nemen voor een stel Hazara-bedienden.'

'Wat hebben ze met Sohrab gedaan?' vroeg ik. Ik voelde me moe, uitgeput. Rahim Khan kreeg opnieuw een hoestbui, die een hele tijd duurde. Toen hij eindelijk opkeek was zijn gezicht rood aangelopen en waren zijn ogen bloeddoorlopen. 'Ik heb gehoord dat hij in een weeshuis ergens in Karteh-Seh zit. Amir jaan...' Vervolgens begon hij weer te hoesten. Toen hij ophield leek hij alweer ouder dan vlak daarvoor, alsof hij met elke hoestbui ouder werd. 'Amir jaan, ik heb je hierheen laten komen omdat ik je voor ik stierf nog een keer wilde zien, maar dat is niet alles.'

Ik zei niets. Ik denk dat ik al wist wat hij ging zeggen.

'Ik wil dat je naar Kabul gaat. Ik wil dat je Sohrab gaat halen,' zei hij.

Ik worstelde om de juiste woorden te vinden. Ik had nauwelijks tijd gehad om te wennen aan de gedachte dat Hassan dood was.

'Luister alsjeblieft. Ik ken een Amerikaans echtpaar hier in Peshawar, Thomas en Betty Caldwell. Het zijn christenen en ze runnen met privé-giften een kleine liefdadigheidsorganisatie. Ze bieden vooral onderdak en eten aan Afghaanse kinderen die hun ouders kwijt zijn. Ik heb dat huis gezien. Het is er schoon en veilig; er wordt goed voor de kinderen gezorgd, en meneer en mevrouw Caldwell zijn aardige mensen. Ze hebben al gezegd dat Sohrab welkom zou zijn bij hen thuis... '

'Dat kunt u niet menen, Rahim Khan.'

'Kinderen zijn kwetsbaar, Amir jaan; ze breken net zo makkelijk als porselein. Kabul is al vol gebroken kinderen en ik wil niet dat Sohrab er een van wordt.'

'Ik wil niet naar Kabul, Rahim Khan. Ik kan het niet!' zei ik.

'Sohrab is een talentvol jongetje. We kunnen hem hier een nieuw leven bezorgen, nieuwe hoop, bij mensen die van hem zouden houden. Thomas agha is een goed mens en Betty khanoem is heel lief; je zou eens moeten zien hoe ze met die wezen omgaat.'

'Waarom ik? Waarom kunt u niet iemand hier betalen om erheen te gaan? Ik betaal wel als het een kwestie van geld is.'

'Het gaat niet om het geld, Amir!' brulde Rahim Khan. 'Ik ga binnenkort dood en ik laat me niet beledigen! Wat mij betreft is het nooit een kwestie van geld geweest, dat weet je. En waarom jij? Ik denk dat we allebei wel weten waarom jij de aangewezen persoon bent, nietwaar?'

Ik wilde die opmerking niet begrijpen, maar ik deed het wel. Ik begreep hem maar al te goed. 'Ik heb een vrouw in Amerika, een huis, een carrière, en een familie. Kabul is een gevaarlijke plek, dat weet u ook, en u wilt dat ik alles op het spel zet voor...' Ik hield op.

'Weet je,' zei Rahim Khan, 'een keer toen jij niet in de buurt was, waren je vader en ik in gesprek. Je weet dat hij zich in die tijd altijd zorgen over je maakte. Ik weet nog dat hij tegen me zei: "Rahim, een jongen die niet voor zichzelf opkomt wordt een man die nergens voor opkomt." Ik vraag me af of jij zo iemand geworden bent.'

Ik sloeg mijn ogen neer.

'Wat ik van je vraag is dat je de laatste wens van een oude man inwilligt,' zei hij ernstig.

Met die opmerking had hij een gok gewaagd. Hij had zijn troef uitgespeeld. Of in elk geval dacht ik dat toen. Zijn woorden bleven tussen ons in hangen, maar hij had in elk geval geweten wat hij moest zeggen. Ik zocht nog naar de juiste woorden, en ik was nog wel de schrijver in die kamer. Ten slotte stelde ik me hiermee tevreden: 'Misschien had Baba gelijk.'

'Ik vind het heel erg dat je dat denkt, Amir.'

Ik kon hem niet aankijken. 'Denkt u dat dan niet?'

'Als dat zo was, had ik je niet gevraagd om hierheen te komen.'

Ik speelde met mijn trouwring. 'U hebt me altijd overschat, Rahim Khan.'

'En jij hebt jezelf altijd te hard aangepakt.' Hij aarzelde. 'Maar er is nog iets. Iets wat je niet weet.'

'Alstublieft, Rahim Khan...'

'Sanaubar was niet Ali's eerste vrouw.'

Nu keek ik op.

'Hij was al eens getrouwd geweest, met een Hazara-vrouw uit de Jaghori-streek. Dat was lang voordat jij geboren werd. Ze waren drie jaar getrouwd.'

'Wat heeft dat er nou mee te maken?'

'Ze verliet hem drie jaar later zonder dat ze kinderen had gekregen en toen trouwde ze met een man in Khost. Met hem kreeg ze drie dochters. Dat probeer ik je te vertellen.'

Ik kreeg in de gaten welke kant hij op wilde. Maar ik wilde de rest niet horen. Ik had een goed leventje in Californië, een mooi Victoriaans huis met een puntdak, een goed huwelijk, een veelbelovende carrière als schrijver, schoonouders die van me hielden. Ik had geen behoefte aan dit soort problemen.

'Ali was onvruchtbaar,' zei Rahim Khan.

'Niet waar. Sanaubar en hij kregen toch zeker Hassan? Ze kregen Hassan... '

'Niet waar,' zei Rahim Khan.

'Wel waar!'

'Dat is niet waar, Amir.'

'Wie heeft dan... '

'Ik denk dat je wel weet wie.'

Ik had het gevoel alsof ik van een steile rots gleed en me probeerde vast te klemmen aan struiken en braambosjes maar met lege handen achterbleef. De kamer zwaaide op en neer en heen en weer. 'Wist Hassan het?' zei ik tussen lippen door die niet de mijne leken. Rahim Khan sloot zijn ogen. Schudde zijn hoofd.

'Klootzakken,' mompelde ik en ik stond op. 'Godvergeten klootzakken!' schreeuwde ik. 'Stelletje godvergeten leugenaars!'

'Ga alsjeblieft zitten,' zei Rahim Khan.

'Hoe konden jullie dat nou voor mij verborgen houden? En voor hem?' brulde ik.

'Denk nou toch even na, Amir jaan. Het was een schandelijke situatie. Mensen zouden erover praten. Het enige wat een man toen had, wat hij toen was, was zijn eer, zijn naam, en als mensen zouden kletsen... We konden het aan niemand vertellen, dat begrijp je toch wel?' Hij stak zijn hand naar me uit, maar ik duwde hem weg. Ik liep naar de deur.

'Ga alsjeblieft niet weg, Amir jaan.'

Ik deed de deur open en draaide me naar hem om. 'Waarom niet? Wat kunt u dan nog zeggen? Ik ben achtendertig en ik hoor net dat mijn hele leven één grote leugen is! Wat kunt u zeggen om daar iets aan te verhelpen? Niets. Helemaal niets!'

Toen stormde ik de flat uit.

18

De zon was bijna onder en had een hemel vol rode en purperen wolkendotten achtergelaten. Ik liep door de drukke, smalle straat die van het flatgebouw van Rahim Khan vandaan liep. De straat was een luidruchtig pad in een wirwar van stegen, verstikt door voetgangers, fietsers en riksja's. Op de hoeken hingen reclameborden voor Coca-Cola en sigaretten; op Lollywood-filmposters dansten zwoele actrices met knappe mannen met een bruine huid, in velden vol goudsbloemen. Ik liep een rokerige samovartent binnen en bestelde een kop thee. Ik kantelde de vouwstoel op zijn achterste poten en wreef over mijn gezicht. Het gevoel dat ik de diepte in gleed was aan het verdwijnen. In plaats daarvan had ik het gevoel of ik wakker geworden was in mijn eigen huis waar al het meubilair op een andere plaats gezet was, waardoor elk vertrouwd hoekje onbekend geworden was. Je bent gedesoriënteerd en moet je omgeving opnieuw een plaats geven, je heroriënteren.

Hoe had ik zo blind kunnen zijn? De tekenen waren zo overduidelijk geweest; ze drongen zich weer aan me op: Baba die dokter Kumar Hassans hazenlip liet herstellen. Baba die nooit Hassans verjaardag vergat. Ik dacht terug aan die dag dat we tulpenbollen plantten, toen ik Baba gevraagd had of hij weleens overwoog om andere bedienden te nemen. *Hassan gaat nergens heen*, had hij gesnauwd. *Hij blijft gewoon hier bij ons, waar hij thuishoort. Dit is zijn huis en wij zijn zijn familie*. Hij had echt gehuild toen Ali aankondigde dat Hassan en hij bij ons weggingen.

De kelner zette een theekopje op tafel. Op de plaats waar de poten van de tafel elkaar in de vorm van een X kruisten, zat een ring met koperen ballen ter grootte van een walnoot. Een van de ballen was losgeraakt. Ik boog voorover en schroefde hem vast. Ik wilde dat ik mijn eigen leven net zo makkelijk kon herstellen. Ik nam een grote slok van de zwartste thee die ik in jaren gedronken had en probeerde aan Soraya te denken, aan de generaal en khala Jamila, aan de roman die afgemaakt moest worden. Ik probeerde naar het verkeer te kijken dat langs kwam stormen, de mensen die de snoepwinkeltjes in en uit kwamen. Probeerde te luisteren naar de *Qawali*-muziek op de transistorradio op de tafel naast me. Of wat dan ook. Maar ik zag alsmaar Baba, die avond van mijn eindexamen, in de Ford die hij me net gegeven had, ruikend naar bier en rook, toen hij tegen me zei: *Was Hassan er vandaag maar bij geweest.*

Hoe had hij al die jaren tegen me kunnen liegen? Tegen Hassan? Hij had me toen ik klein was op schoot genomen, me diep in de ogen gekeken en gezegd: *Er is slechts één zonde. En dat is diefstal... Als je een leugen vertelt, steel je iemands recht op de waarheid.* Had hij dat niet tegen me gezegd? En nu, vijftien jaar nadat ik hem begraven had, kwam ik erachter dat Baba een dief geweest was. En een dief van het ergste soort, omdat de dingen die hij gestolen had heilig waren geweest: van mij had hij het recht gestolen om te weten dat ik een broer had, van Hassan zijn identiteit, en van Ali zijn eer. Zijn nang. Zijn namoez.

De vragen lieten me niet los: hoe had Baba het kunnen opbrengen om Ali in de ogen te kijken? Hoe had Ali dag in dag uit in dat huis kunnen wonen, wetend dat hij door zijn meester onteerd was op de verschrikkelijkste manier waarop een Afghaanse man onteerd kan worden? En hoe moest ik dat nieuwe beeld van Baba in overeenstemming brengen met het beeld dat al zo lang in mijn geheugen gegrift stond, het beeld van hem in zijn oude bruine pak toen hij de oprit van de Taheri's op strompelde om daar om Soraya's hand te vragen?

En dan nog zo'n cliché waarmee mijn docent creatief schrijven de spot gedreven had: zo vader, zo zoon. Maar het was waar, of niet soms? Nu bleek dat Baba en ik meer op elkaar leken dan ik ooit geweten had. We hadden allebei de mensen verraden die hun leven voor ons gegeven hadden. En tegelijk drong het volgende tot me door: dat Rahim Khan me niet alleen hierheen had laten komen om mijn eigen zonden goed te maken, maar ook die van Baba.

Rahim Khan had gezegd dat ik altijd te hard voor mezelf geweest was. Maar ik vroeg het me af. Toegegeven, het kwam niet door mij dat Ali op die landmijn had getrapt, en niet ik had de taliban naar het huis gehaald om Hassan dood te schieten. Maar belast door het schuldgevoel om wat ik Hassan had aangedaan, had ik Ali en hem wel uit het huis verdreven. Ging het te ver om me voor te stellen dat het anders zou zijn gelopen als ik dat toen niet had gedaan? Misschien had Baba hen mee naar Amerika genomen. Misschien had Hassan nu een eigen huis gehad, een baan, een gezin, een bestaan in een land waar het niemand iets kon schelen dat hij een Hazara was, waar de meeste mensen niet eens wisten wat een Hazara was. Misschien niet. Maar misschien ook wel.

Ik kan niet naar Kabul, had ik tegen Rahim Khan gezegd. Ik heb een vrouw in Amerika, een huis, een carrière, en een familie. Maar hoe kon ik mijn boeltje pakken en naar huis gaan als mijn daden Hassan misschien wel de kans gekost hadden om al die dingen ook te krijgen?

Ik wilde dat Rahim Khan me niet gebeld had. Ik wilde dat hij me in vergetelheid had laten doorleven. Maar hij had me wel gebeld. En door wat Rahim Khan had onthuld was alles veranderd. Daardoor zag ik hoe mijn hele leven, al lang voor die winter van 1975, vanaf de tijd dat de zingende Hazara-vrouw mij nog zoogde, een cyclus was geweest van leugens, bedrog en geheimen.

Er is een manier om het goed te maken, had hij gezegd.

Een manier om een eind te maken aan de cyclus.

Met een jongetje. Een wees. Hassans zoon. Ergens in Kabul.

Toen ik met de riksja op de terugweg was naar de flat van Rahim Khan, bedacht ik dat Baba ooit had gezegd dat mijn probleem was dat altijd iemand anders mijn gevechten had geleverd. Nu was ik achtendertig. Mijn haar werd dunner, en kwamen grijze strepen in, en ik ontdekte de laatste tijd kraaienpootjes rond mijn ooghoeken. Ik was ouder, maar misschien nog niet te oud om zelf te vechten. Baba bleek over veel dingen te hebben gelogen, maar daarover had hij niet gelogen.

Ik keek opnieuw naar het ronde gezicht op de polaroid, de manier waarop de zon erop viel. Het gezicht van mijn broer. Hassan had ooit van me gehouden, op een manier waarop niemand ooit van me gehouden had en nooit meer van me zou houden. Hij was er nu niet meer, maar een klein deel van hem leefde voort. In Kabul. En wachtte.

Rahim Khan was in een hoek van de kamer namaz aan het bidden toen ik arriveerde. Hij was niet meer dan een donker silhouet dat tegen een bloedrode lucht westwaarts boog. Ik wachtte tot hij klaar was.

Toen vertelde ik hem dat ik naar Kabul ging. Ik zei dat hij de volgende ochtend de Caldwells moest bellen.

'Ik zal voor je bidden, Amir jaan,' zei hij.

19

Weer die wagenziekte. Tegen de tijd dat we voorbij het met kogels doorzeefde bord reden met DE KHYBER-PAS HEET U WELKOM erop, stond mijn mond al vol speeksel. Iets in mijn maag draaide en wrong. Mijn chauffeur, Farid, wierp me een kille blik toe. Uit zijn ogen sprak geen medeleven.

'Kunnen we het raampje openzetten?' vroeg ik.

Hij stak een sigaret op en nam hem tussen de twee overgebleven vingers van zijn linkerhand, de hand die op het stuur rustte. Met zijn zwarte ogen op de weg gericht boog hij voorover, pakte de schroevendraaier die aan zijn voeten lag en gaf hem mij aan. Ik stak hem in het gaatje in de deur waar de hendel hoorde te zitten en draaide mijn raampje omlaag.

Farid wierp me nog een afwijzende blik toe, ditmaal met nauwelijks verhulde vijandigheid, en wijdde zich weer aan het roken van zijn sigaret. Sinds we uit Jamrud Fort waren vertrokken had hij niet meer dan een stuk of tien woorden tegen me gezegd.

'Tasjakor,' mompelde ik. Ik stak mijn hoofd het raam uit en liet de koude middaglucht langs mijn gezicht jagen. De rit door de stamgebieden van de Khyber-pas, kronkelend tussen kliffen van schalie en kalksteen, was precies zoals ik me herinnerde – Baba en ik waren in 1974 door dat brokkelige landschap gereden. De droge, indrukwekkende bergen lagen langs diepe kloven en torenden hoog op in kartelige pieken. Oude forten met afkalvende lemen muren stonden boven op de steile rotsen. Ik probeerde mijn ogen gericht te houden op de besneeuwde toppen van de Hindu Kush aan de noordkant, maar telkens als mijn maag maar even tot rust kwam, ging de truck schokkend en slippend een bocht om, zodat er een nieuwe golf misselijkheid kwam opzetten.

‘Probeer een citroen.’

‘Wat?’

‘Citroen. Goed tegen misselijkheid,’ zei Farid. ‘Ik heb er op deze rit altijd een bij me.’

‘Nee, dank u,’ zei ik. Alleen al de gedachte dat ik mijn maag nog meer zuur zou aandoen, maakte me nog misselijker. Farid grinnikte. ‘Het is niet zo chic als Amerikaanse medicijnen, dat weet ik wel. Gewoon een oud middeltje, van mijn moeder geleerd.’

Ik had spijt dat ik de kans om bij hem in een goed blaadje te komen had verspeeld. ‘In dat geval moet u me maar een stukje geven.’

Hij graaide een papieren zak van de achterbank en plukte er een halve citroen uit. Ik beet erin en wachtte een paar minuten. ‘U had gelijk, ik voel me beter,’ loog ik. Als Afghaan wist ik dat het beter is je ellendig te voelen dan onbeleefd te zijn. Ik forceerde een zwak glimlachje.

‘Oude watani-truc, dan heb je geen chique medicijnen nodig,’ zei hij. Zijn toon grensde aan arrogantie. Hij knipte de as van zijn sigaret en wierp zichzelf in de achteruitkijkspiegel een tevreden blik toe. Het was een Tadzjiek, een schrale, donkere man met een verweerd gezicht, smalle schouders en een lange hals, onderbroken door een uitstekende adamsappel die alleen vanonder zijn baard te voorschijn piepte als hij zijn hoofd draaide. Hij was vrijwel hetzelfde gekleed als ik, al neem ik aan dat het eigenlijk andersom was: in een grof geweven wollen deken gewikkeld, over een grijze *pirhan-toemban* en een vest. Op zijn hoofd droeg hij een bruine *pakol*, ietsje schuin naar één kant, net als de Tadzjiekse held Ahmad Shah Massoud – die door de Tadzjieken de Leeuw van Pansjir genoemd wordt.

Rahim Khan had me in Peshawar aan Farid voorgesteld. Hij zei dat Farid negenentwintig was, al had hij het vermoeide, gegroefde gezicht van iemand van twintig jaar ouder. Hij was in Mazar-i-Sharif geboren en woonde daar tot zijn vader het gezin naar Jalalabad overbracht toen Farid tien was. Op zijn veertiende hadden hij en zijn vader zich aangesloten bij de jihad tegen de Sjorawi. Ze hadden twee jaar in de Pansjir-vallei gevochten, tot de oude man door geweervuur uit een helikopter aan flarden geschoten was. Farid had twee vrouwen en vijf kinderen. 'Hij had er eerst zeven,' zei Rahim Khan met een meelevende blik, maar hij was zijn jongste twee dochters een paar jaar geleden verloren bij de ontploffing van een landmijn vlak buiten Jalalabad, dezelfde ontploffing waarbij een aantal tenen en drie vingers van zijn linkerhand waren afgerukt. Daarna was hij met vrouwen en kinderen naar Peshawar verhuisd.

'Controlepost,' gromde Farid. Ik zakte een beetje op mijn stoel omlaag, met mijn armen over elkaar; even was ik de misselijkheid vergeten. Maar ik had me geen zorgen hoeven maken. Twee Pakistaanse militieleden kwamen op onze gammele Landcruiser af, wierpen een terloopse blik naar binnen, en gebaarden dat we konden doorrijden.

Farid stond boven aan de lijst van voorbereidingen die Rahim Khan en ik hadden opgesteld, een lijst met onder andere het wisselen van dollars voor kaldar- en afghani-biljetten, mijn uitmonstering en pakol – die ik ironisch genoeg geen van beide ooit gedragen had toen ik nog echt in Afghanistan woonde –, de polaroid van Hassan en Sohrab, en ten slotte misschien wel het voornaamste onderdeel: een valse baard, zwart en tot op de borst reikend, geheel in overeenstemming met de shari'a – of in elk geval de taliban-versie van de shari'a. Rahim Khan kende een knaap in Peshawar die zich op het weven van die dingen had toegelegd, soms ook voor westerse oorlogsverslaggevers.

Rahim Khan had eigenlijk gewild dat ik nog een paar dagen bij hem gebleven was, om alles nog grondiger voor te bereiden. Maar ik wist dat ik zo snel mogelijk moest vertrekken. Ik was bang dat ik van gedachten zou veranderen. Ik was bang dat ik zou gaan wikken en wegen, piekeren, mezelf zou pijnigen, zou rationaliseren, en mezelf zou overhalen om niet te gaan. Ik was bang dat de aantrekkingskracht van mijn leven in Amerika me naar huis terug zou halen, dat ik die geweldige, brede rivier weer in zou waden en mezelf zou toestaan alles te vergeten, de dingen die ik de afgelopen dagen te weten was gekomen naar de bodem zou laten zinken. Ik was bang dat ik me door de wateren zou laten wegvoeren van wat ik moest doen. Van Hassan. Van het verleden dat zich gemeld had. En van deze ene, laatste kans om mijn schuld af te lossen. Daarom vertrok ik voordat er zoiets gebeurde. Wat Soraya betreft, ik kon haar absoluut niet vertellen dat ik naar Afghanistan terugging. Als ik dat had gedaan, had ze meteen het volgende vliegtuig naar Pakistan genomen.

We waren de grens over en overal waren de tekenen van armoede duidelijk zichtbaar. Aan beide kanten van de weg zag ik reeksen kleine dorpjes die hier en daar waren opgeschoten; het leek net speelgoed dat tussen de rotsen was achtergelaten: kapotte lemen huizen en hutten die nauwelijks meer waren dan vier houten palen en een gescheurde lap stof als dak. Ik zag kinderen in lompen die voor de hutten achter een voetbal aan zaten. Een paar kilometer verder zag ik een groepje mannen op hun hurken zitten, als een rij kraaien, op het geraamte van een oude uitgebrande sovjettank, en de dekens die ze hadden omgeslagen flapperden in de wind. Achter hen liep een vrouw in een bruine burqa met een grote stenen pot op haar schouder over een omgewoeld pad naar een rijtje lemen huizen.

'Vreemd,' zei ik.

'Wat?'

'Ik voel me net een toerist in eigen land,' zei ik, mijn blik gericht op een geitenhoeder die een paar uitgemergelde geiten langs de kant van de weg voortdreef.

Farid grinnikte. Gooide zijn sigaret weg. 'Ziet u die plek nog steeds als uw land?'

'Ik denk dat dat voor een deel altijd zo zal blijven,' zei ik, defensiever dan ik bedoeld had.

'En dat terwijl u al twintig jaar in Amerika woont,' zei hij, terwijl hij de truck om een gat ter grootte van een strandbal heen stuurde.

Ik knikte. 'Ik ben in Afghanistan opgegroeid.'

Farid moest weer grinniken.

'Waarom lacht u?'

'Laat maar zitten,' mompelde hij.

'Nee, ik wil het weten. Waarom lacht u?'

In zijn achteruitkijkspiegel zag ik een flits in zijn ogen. 'Wilt u het echt weten?' sneerde hij. 'Ik stel het me zo voor, agha sahib. U woonde vast in een groot huis met een of twee verdiepingen, een mooie achtertuin, door uw tuinman met bloemen en fruitbomen beplant. En rondom hekken, natuurlijk. Uw vader had een Amerikaanse auto. U had bedienden, waarschijnlijk Hazara's. Uw ouders huurden mensen in om het huis te versieren voor de chique *mehmani's* die ze gaven; daar konden hun vrienden wat komen drinken en opscheppen over hun reizen naar Europa en Amerika. En ik wed op de ogen van mijn eerstgeboren zoon dat dit de eerste keer is dat u een pakol draagt.' Hij grijnsde een mond vol voortijdig rottende tanden naar me bloot. 'Klopt dat een beetje?'

'Waarom zegt u dat allemaal?' zei ik.

'Omdat u het wilde weten,' snauwde hij. Hij wees naar een oude man in haveloze kleren die over een onverhard pad sjokte met een grote jutezak vol armetierig gras op zijn rug gebonden. 'Dat is het echte Afghanistan, agha sahib. Dat is het Afghanistan dat ik ken. En u, u bent hier altijd een toerist geweest. Alleen wist u het niet.'

Rahim Khan had me gewaarschuwd dat ik geen hartelijk onthaal moest verwachten van degenen die achtergebleven waren en de oorlogen hadden uitgevochten. 'Ik vind het heel naar van uw vader,' zei ik. 'Ik vind het heel naar van uw dochters, en ik vind het heel naar van uw hand.'

'Dat stelt helemaal niks voor,' zei hij. Hij schudde zijn hoofd. 'Waarom komt u eigenlijk terug? Gaat u het land van uw Baba verkopen? Het geld in uw zak steken en dan gauw weer terug naar uw moeder in Amerika?'

'Mijn moeder is overleden toen ze van mij beviel.'

Hij zuchtte en stak weer een sigaret op. Zei niets.

'Ga naar de kant.'

'Hoezo?'

'Ga godverdomme naar de kant!' zei ik. 'Ik moet overgeven.' Ik tuimelde al uit de truck voor hij helemaal tot stilstand was gekomen op het grind naast de weg.

In de namiddag had het terrein van zongebleekte pieken en kale kliffen plaatsgemaakt voor een groener, landelijker terrein. De hoofdpas daalde van Landi Kotal via het Shinwari-gebied naar Landi Khana. We waren Afghanistan bij Torkham binnengekomen. Pijnbomen flankeerden de weg, minder dan ik me herinnerde en veel ervan kaal, maar het was fijn om weer bomen te zien na de zware tocht door de Khyber-pas. We naderden Jalalabad, waar een broer van Farid woonde bij wie we die nacht konden slapen.

De zon was nog niet helemaal onder toen we Jalalabad binnenreden, de hoofdstad van de staat Nangarhar, een stad die eens beroemd was vanwege zijn fruit en het warme klimaat. Farid reed voorbij de gebouwen en stenen huizen van het centrum van de stad. Er waren minder palmen dan ik me herinnerde en sommige huizen waren gereduceerd tot dakloze muren en stapels gehavende brokken leem.

Farid sloeg een smalle onverharde weg in en parkeerde de Landcruiser langs een opgedroogde goot. Ik glipte uit de truck, rekte me uit en haalde diep adem. In het verleden waaiden de winden over de geïrrigeerde vlakten rond Jalalabad waar boeren suikerriet verbouwden, en vervulden de lucht in de stad van een zoete geur. Ik sloot mijn ogen en zocht naar het zoet. Ik vond het niet.

'Kom mee,' zei Farid ongeduldig. We liepen de onverharde weg op langs een paar kale populieren en een rij afbrokkelende lemen muren. Farid ging me voor naar een bouwvallig laag huis en klopte op de deur van houten planken.

Een jonge vrouw met zeegroene ogen en een witte sjaal rond haar gezicht gedrapeerd gluurde naar buiten. Ze zag eerst mij en kromp ineen; daarna kreeg ze Farid in het oog en klaarde ze op. 'Salaam aleikum, kaka Farid!'

'Salaam, Maryam jaan,' antwoordde Farid en hij schonk haar iets wat hij mij de hele dag onthouden had: een warme glimlach. Hij plantte een kus boven op haar hoofd. De jonge vrouw stapte opzij en bekeek me een beetje behoedzaam toen ik achter Farid aan het huis in liep.

Het lemen plafond was laag, de aarden muren waren volledig kaal, en het enige licht kwam van een paar lantaarns die in een hoek stonden. We deden onze schoenen uit en stapten op de rieten mat die de vloer bedekte. Langs een van de muren zaten drie jongetjes met gekruiste benen op een matras overdekt met een deken met rafelige randen. Een grote bebaarde man met brede schouders stond op om ons te begroeten. Farid en hij omarmden elkaar en kusten elkaar op de wang. Farid stelde hem aan me voor als Wahid, zijn oudere broer. 'Hij komt uit Amerika,' zei hij tegen Wahid, met zijn duim in mijn richting prikkend. Hij liet ons alleen om de jongens te begroeten. Wahid ging samen met mij tegen de muur zitten tegenover de jongens, die Farid in beslag genomen hadden en op zijn schouders klommen. Ondanks mijn protesten droeg Wahid een van de jongens op nog een deken te halen, zodat ik prettiger op de grond zou zitten, en hij vroeg Maryam om me thee te brengen. Hij informeerde naar de tocht van Peshawar, de rit over de Khyber-pas.

'Ik hoop dat jullie geen *dozds* zijn tegengekomen,' zei hij. De Khyber-pas was even beroemd om het terrein als vanwege de bandieten die dat terrein gebruikten om reizigers te beroven. Voor ik antwoord kon geven knipoogde hij en zei met harde stem: 'Natuurlijk verspilt geen enkele dozd zijn tijd aan zo'n lelijk vehikel als dat van mijn broer.'

Farid lag met de kleinste van de drie jongens over de grond te rollen en hij kietelde hem met zijn goede hand tussen zijn ribben. Het jochie giechelde en schopte. 'Ik héb tenminste een auto,' hijgde Farid. 'Hoe gaat het tegenwoordig met je ezel?'

'Mijn ezel rijdt lekkerder dan die auto van jou.'

'*Kahr khara mishnassah,*' gaf Farid lik op stuk. Alleen een ezel heeft verstand van een ezel. Ze lachten allemaal en ik deed mee. Ik hoorde vrouwenstemmen uit de kamer ernaast. Vanwaar ik zat kon ik de helft van de kamer zien. Maryam en een oudere vrouw met een bruine hijab – waarschijnlijk haar moeder – waren terwijl ze thee inschonken zachtjes met elkaar aan het praten.

'En wat doet u in Amerika, Amir agha?' vroeg Wahid.

'Ik ben schrijver,' zei ik. Ik dacht dat ik Farid daarom hoorde grinniken.

'Schrijver?' zei Wahid, duidelijk onder de indruk. 'Schrijft u over Afghanistan?'

'Dat heb ik wel gedaan. Maar op het moment niet,' zei ik. Mijn laatste roman, *Het jaargetijde van de as,* ging over een professor die zich aansluit bij een groep bohémiens nadat hij zijn vrouw in bed heeft aangetroffen met een van zijn studenten. Het was geen slecht boek. Sommige critici hadden het een 'goed' boek genoemd en een had zelfs het woord 'meeslepend' gebruikt. Maar plotseling schaamde ik me ervoor. Ik hoopte dat Wahid niet vroeg waar het over ging.

'Misschien moet u weer over Afghanistan schrijven,' zei Wahid. 'Om de rest van de wereld te vertellen wat de taliban ons land aandoen.'

'Maar ik ben... Ik ben niet echt zo'n soort schrijver.'

'O,' zei Wahid knikkend en een beetje blozend. 'U weet het natuurlijk het beste. Het is niet aan mij om suggesties te doen...'

Op dat moment kwamen Maryam en de andere vrouw binnen met een paar kopjes en een theepot op een klein blad. Ik stond uit beleefdheid op, drukte mijn hand tegen mijn borst en boog mijn hoofd. 'Salaam aleikum,' zei ik.

De vrouw, die nu haar hijab over het onderste deel van haar gezicht geslagen had, boog ook haar hoofd. 'Salaam,' antwoordde ze nauwelijks verstaanbaar. We maakten geen moment oogcontact. Ze schonk thee in terwijl ik stond.

De vrouw zette de dampende kop thee voor me neer en verliet de kamer zonder dat haar blote voeten ook maar het minste geluid maakten. Ik ging zitten en nam een slok van de sterke zwarte thee. Wahid verbrak ten slotte de ongemakkelijke stilte die volgde.

'Waarom bent u teruggekomen naar Afghanistan?'

'Waarom komen ze allemáál terug naar Afghanistan, beste broer?' zei Farid tegen Wahid maar met een blik vol verachting naar mij.

'Bas,' snauwde Wahid.

'Het is altijd hetzelfde,' zei Farid. 'Ze verkopen een stuk land, een huis, steken het geld in hun zak en gaan er als de weerlicht vandoor. Terug naar Amerika, om het geld uit te geven aan een vakantie met het hele gezin.'

'Farid!' brulde Wahid. Zijn kinderen en zelfs Farid krompen ineen. 'Ben je je goede manieren vergeten? Dit is mijn huis! Amir agha is vannacht bij mij te gast en ik sta niet toe dat je me zo te schande maakt!'

Farid deed zijn mond open, zei bijna iets, dacht nog eens na, en zei niets. Hij zakte tegen de muur aan, mompelde iets onverstaanbaars en sloeg zijn mismaakte voet over de andere. Zijn beschuldigende blik bleef op mij gericht.

'Vergeef het ons, Amir agha,' zei Wahid. 'Van jongs af aan is de mond van mijn broer zijn hoofd altijd twee stappen voor geweest.'

'Het is eigenlijk mijn schuld,' zei ik en ik deed mijn best om onder Farids strakke blik te glimlachen. 'Ik voel me niet beledigd. Ik had hem moeten uitleggen wat ik hier in Afghanistan kom doen. Ik ben hier niet om bezittingen te verkopen. Ik ga naar Kabul om naar een jongen te zoeken.'

'Een jongen,' herhaalde Wahid.

'Ja.' Ik viste de polaroid uit de zak van mijn overhemd. Eén blik op Hassan volstond om het dunne vliesje over zijn dood weg te scheuren. Ik moest mijn ogen ervan afwenden. Ik gaf de foto aan Wahid. Hij bestudeerde hem. Keek van mij naar de foto en terug. 'Deze jongen?'

Ik knikte.

'Deze Hazara-jongen.'

'Ja.'

'Wat is hij dan van u?'

'Zijn vader heeft veel voor me betekend. Dat is de man op de foto. Hij is nu dood.'

Wahid knipperde met zijn ogen. 'Was hij een vriend van u?'

Mijn instinct gaf me in om ja te zeggen, alsof ik diep vanbinnen zelf ook Baba's geheim wilde beschermen. Maar er was al genoeg gelogen. 'Hij was mijn halfbroer.' Ik slikte. Voegde eraan toe: 'Mijn buitenechtelijke halfbroer.' Ik draaide het kopje rond. Speelde met het oor.

'Ik wilde niet nieuwsgierig zijn.'

'Dat bent u ook niet.'

'Wat gaat u met hem doen?'

'Ik neem hem mee terug naar Peshawar. Daar zijn mensen die hem onder hun hoede willen nemen.'

Wahid gaf me de foto terug en legde zijn dikke hand op mijn schouder. 'U bent een rechtschapen man, Amir agha. Een ware Afghaan.'

Vanbinnen kromp ik ineen.

'Ik ben er trots op om u in ons huis te mogen ontvangen,' zei Wahid. Ik bedankte hem en wierp een snelle blik op Farid. Hij had zijn ogen neergeslagen en zat met de rafelige randen van de mat te spelen.

Even later brachten Maryam en haar moeder twee dampende kommen groenten-sjorwa en twee broden binnen. 'Het spijt me dat we u geen vlees kunnen aanbieden,' zei Wahid. 'Alleen de taliban kunnen zich nu nog vlees veroorloven.'

'Dit ziet er heerlijk uit,' zei ik. En dat was waar. Ik bood hem en de kinderen ook iets aan, maar Wahid zei dat het gezin gegeten had voor wij waren gearriveerd. Farid en ik rolden onze mouwen op, doopten ons brood in de sjorwa en aten met onze handen.

Tijdens het eten viel het me op dat Wahids zoontjes, alle drie mager, met hun gezicht onder de modderkorsten en kortgeschoren haar onder hun kalotje, steelse blikken wierpen op mijn digitale horloge. De jongste fluisterde zijn broer iets in het oor. De broer knikte, maar bleef naar mijn horloge staren. De oudste jongen – ik schatte hem op een jaar of twaalf – schommelde heen en weer, zijn blik strak gericht op mijn pols. Na het eten, toen ik mijn handen gewassen had in het water dat Maryam uit een pot van gebakken klei goot, vroeg ik Wahid toestemming zijn zoons een *hadia*, een cadeau, te geven. Hij zei nee, maar toen ik aandrong gaf hij aarzelend toe. Ik knipte mijn horloge los en gaf het aan de jongste van de drie. Hij mompelde een schaapachtig 'Tasjakor'.

'Daarop kun je de tijd in alle steden ter wereld aflezen,' zei ik tegen hem. De jongens knikten beleefd, pakten het horloge om de beurt vast en deden het om. Maar ze verloren hun belangstelling en algauw lag het verloren op de rieten mat.

'Je had het me wel kunnen vertellen,' zei Farid later. We lagen naast elkaar op de rieten veldbedden die Wahids vrouw voor ons had neergelegd.

'Wat had ik je moeten vertellen?'

'Waarom je naar Afghanistan gekomen bent.' Zijn stem was de scherpte kwijt die ik er vanaf onze kennismaking in gehoord had.

'Je vroeg er niet naar,' zei ik.

'Je had het me moeten vertellen.'

'Je vroeg niets.'

Hij rolde naar me om. Vouwde zijn arm onder zijn hoofd. 'Misschien help ik je wel om die jongen te vinden.'

'Dank je wel, Farid,' zei ik.

'Ik had niet zomaar iets moeten veronderstellen.'

Ik zuchtte. 'Maak je geen zorgen. Je had meer gelijk dan je beseft.'

Zijn handen zijn achter zijn rug vastgebonden met ruw gevlochten touw, dat in het vlees van zijn polsen snijdt. Hij is geblinddoekt met een stuk zwarte stof. Hij knielt op de straat, aan de rand van een riool vol stilstaand water, zijn hoofd gebogen tussen zijn schouders. Zijn knieën rollen op de harde grond en bloeden door zijn broek terwijl hij in gebed naar voren en naar achteren schommelt. Het is namiddag en zijn lange schaduw zwaait heen en weer op het grind. Hij mompelt iets onverstaanbaars. Ik stap op hem toe. Voor u doe ik alles, *mompelt hij.* Voor u doe ik alles.
Hij schommelt naar voren en naar achteren. Hij tilt zijn gezicht op. Ik zie een vaag litteken boven zijn bovenlip.
We zijn niet alleen.
De loop zie ik het eerst. Dan de man die erachter staat. Hij is groot, gekleed in een visgraatvest en met een zwarte tulband op. Hij kijkt omlaag naar de geblinddoekte man voor hem met ogen waaruit niets anders spreekt dan een uitge-

strekte, holle leegte. Hij doet een stap achteruit en brengt de loop omhoog. Zet hem tegen de achterkant van het hoofd van de knielende man. Een ogenblik vangt het metaal het vervagende zonlicht en het glinstert.
Het geweer geeft een oorverdovende knal.
Ik volg de loop in zijn boog omhoog. Ik zie het gezicht achter de rookpluim die uit de mond omhoogkrinkelt. Ik ben de man met het visgraatvest.
Ik werd wakker met een schreeuw die in mijn keel bleef steken.

Ik stapte naar buiten. Stond in het zilveren schemerlicht van een halvemaan en keek op naar een hemel bezaaid met sterren. Krekels tsjirpten in de afgeschermde duisternis en een zachte wind streek door de bomen. De grond was koel onder mijn blote voeten, en plotseling voelde ik voor het eerst sinds we de grens gepasseerd waren dat ik terug was. Na al die jaren was ik weer thuis en stond ik op de grond van mijn voorouders. Dit was de grond waarop mijn grootvader een jaar voor hij geveld werd in de cholera-epidemie die in 1915 in Kabul huishield met zijn derde vrouw trouwde. Zij had hem eindelijk gegeven wat zijn eerste twee vrouwen niet gelukt was: een zoon. Op deze grond was mijn grootvader op jacht gegaan met koning Nadir Shah en had hij een hert geschoten. Mijn moeder was op deze grond gestorven. En op deze grond had ik gevochten voor de liefde van mijn vader.

Ik ging tegen een van de lemen muren van het huis zitten. De verwantschap die ik ineens met het oude land voelde verbaasde me. Ik was er lang genoeg vandaan geweest om te vergeten en te worden vergeten. Ik was thuis in een land dat voor de mensen aan de andere kant van de muur waar ik tegenaan leunde net zo goed in een ander melkwegstelsel kon zijn. Ik dacht dat ik dit land was vergeten. Maar dat was niet zo. En onder de beenbleke gloed van een halvemaan voelde ik Afghanistan onder mijn voeten zinderen. Misschien was Afghanistan mij ook niet vergeten.

Ik keek naar het westen en verbaasde me erover dat ergens voorbij die bergen Kabul nog steeds bestond. Het bestond echt, niet alleen als een oude herinnering of als de kop boven een verhaal van Associated Press op bladzijde 15 van de *San Francisco Chronicle*. Ergens voorbij die bergen in het westen sliep een stad waar mijn broer met zijn hazenlip en ik op vliegers hadden gejaagd. Ergens die kant op was de geblinddoekte man uit mijn droom een nodeloze dood gestorven. Ooit had ik, voorbij die bergen, een keus gemaakt. En nu, een kwart eeuw later, was ik door die keus weer op deze grond beland.

Ik wilde net weer naar binnen gaan toen ik stemmen uit het huis hoorde komen. Een ervan herkende ik als die van Wahid.

'... niets over voor de kinderen.'

'We hebben honger, maar we zijn geen barbaren! Het is een gast! Wat had ik anders kunnen doen?' zei hij met een gespannen stem.

'... morgen iets vinden.' Ze klonk alsof ze op het punt stond in tranen uit te barsten. 'Hoe moet ik ze te eten geven...'

Ik liep op mijn tenen weg. Nu begreep ik waarom de jongens helemaal niet geïnteresseerd hadden geleken in het horloge: ze hadden niet naar het horloge zitten staren; ze hadden naar mijn eten gestaard.

We namen de volgende ochtend vroeg afscheid. Vlak voor ik in de Landcruiser klom bedankte ik Wahid voor zijn gastvrijheid. Hij wees naar het huisje achter zich. 'De deur staat altijd voor u open,' zei hij. Zijn drie zoons stonden in de deuropening naar ons te kijken. De kleinste had het horloge om – het bengelde rond zijn twijgdunne pols.

Ik keek in de zijspiegel toen we wegreden. Wahid stond te midden van zijn jongens in de stofwolk die door de truck was opgeworpen. Ik bedacht dat in een andere wereld die jongens niet te hongerig zouden zijn geweest om achter de auto aan te rennen.

Vroeg die ochtend, toen ik zeker wist dat niemand keek, deed ik iets wat ik zesentwintig jaar eerder ook had gedaan: ik stopte een handvol verkreukeld geld onder een matras.

20

Farid had me gewaarschuwd. Dat had hij zeker. Maar uiteindelijk bleek dat verspilde moeite geweest te zijn.

We reden over de weg vol kraters die van Jalalabad naar Kabul kronkelt. De laatste keer dat ik over die weg gereden had, was ik in een met zeildoek overdekte vrachtwagen de andere kant op gegaan. Baba had het bijna voor elkaar gekregen dat hij werd doodgeschoten door een gedrogeerde, zingende Roessi-officier – Baba had me die nacht zo kwaad gemaakt, zo bang, en uiteindelijk zo trots. De tocht tussen Kabul en Jalalabad, een rit die je botten deed kraken over een pas die tussen de rotsen door zigzagde, was inmiddels een reliek geworden, een reliek van twee oorlogen. Twintig jaar daarvoor had ik iets van die eerste oorlog met eigen ogen gezien. Grimmige getuigenissen lagen overal langs de weg: uitgebrande geraamten van oude Sovjet-tanks, gekantelde, verroeste legertrucks, een verpletterde Russische jeep die omlaag was gestort. De tweede oorlog had ik op de televisie gevolgd. En nu zag ik hem door de ogen van Farid.

Farid zigzagde moeiteloos langs de gaten in het midden van de weg en was duidelijk in zijn element. Hij was sinds onze overnachting in Wahids huis veel spraakzamer geworden. Hij vroeg of ik naast hem kwam zitten en keek me aan als hij wat zei. Hij glimlachte zelfs een paar keer. Hij stuurde met zijn verwrongen hand en wees naar dorpjes met lemen hutten waar hij jaren geleden mensen gekend had. Volgens hem waren de meesten daarvan inmiddels dood of ze zaten in vluchtelingenkampen in Pakistan. 'En soms hebben de doden het beter getroffen,' zei hij.

Hij wees naar de afgebrokkelde, geblakerde resten van een

heel klein dorpje. Het was nu niet meer dan een groepje zwarte, dakloze muren. Ik zag langs een van de muren een hond liggen slapen. 'Vroeger woonde daar een vriend van me,' zei Farid. 'Het was een heel goede fietsenmaker. En hij speelde ook heel goed op de tabla. De taliban vermoordden hem en zijn gezin en brandden het dorp plat.'

We reden langs het uitgebrande dorp en de hond kwam niet in beweging.

Vroeger duurde de rit van Jalalabad naar Kabul twee uur, misschien iets langer. Het kostte Farid en mij zes uur om Kabul te bereiken. En toen we er waren... Farid waarschuwde me toen we net de Mahipar-dam gepasseerd waren.

'Kabul is niet meer zoals jij het je herinnert,' zei hij.

'Dat heb ik gehoord.'

Farid wierp me een blik toe die inhield dat horen nog wel iets anders is dan zien. En hij had gelijk. Want toen Kabul zich eindelijk voor ons ontvouwde, wist ik absoluut zeker dat hij ergens een verkeerde afslag genomen had. Farid moet mijn verbijsterde gezichtsuitdrukking gezien hebben – met al dat heen- en-weerrijden van mensen van en naar Kabul was hij vast vertrouwd geraakt met die uitdrukking op het gezicht van degenen die Kabul lang niet gezien hadden.

Puin en bedelaars. Waar ik ook keek, dat is wat ik zag. Ik herinnerde me dat er vroeger ook bedelaars waren – Baba had speciaal voor hen altijd een extra stapeltje afghani-biljetten in zijn zak; ik had hem nog nooit nee horen zeggen tegen een straatventer. Maar nu hurkten ze op elke straathoek, gekleed in gerafelde vodden van jute, met handen onder de modderkorsten uitgestrekt voor een munt. En de meeste bedelaars waren nu kinderen, mager en met grimmige gezichten, sommige niet ouder dan vijf, zes. Ze zaten op de schoot van hun in burqa geklede moeders langs de goten van drukke straten en zongen smekend om *Bakhsjiesj, bakhsjiesj!* En er was nog iets anders, iets wat me niet onmiddellijk was opgevallen: bijna niemand zat naast een volwassen man – door de oorlogen waren vaders in Afghanistan een zeldzaam artikel geworden.

We reden in westelijke richting naar de wijk Karteh-Seh over een straat die ik me uit de jaren zeventig herinnerde als een drukke doorgangsroute: Jadeh Maywand. Even ten noorden van ons was de kurkdroge rivier de Kabul. Op de heuvels in het zuiden stond de afbrokkelende oude stadsmuur. Even ten oosten daarvan was het Bahal Hissar-fort – de oeroude citadel die de krijgsheer Dostum in 1992 bezet had – op de bergketen de Shirdarwaza, de bergen van waaruit Gulbuddins strijdkrachten Kabul tussen 1992 en 1996 met raketten bestookten, waarmee het grootste deel van de schade die ik nu aanschouwde was toegebracht. De Shirdarwaza strekte zich helemaal uit naar het westen. Ik weet nog dat vanaf die bergen de *Topeh chasht*, het middagkanon, werd afgevuurd. Elke dag ging het af als het twaalf uur was, en tijdens de ramadan ook om zonsondergang, en dus het einde van de dagelijkse vasten, aan te kondigen. In die tijd hoorde je het gebulder van het kanon door de hele stad.

'Toen ik klein was kwam ik vaak op de Jadeh Naywand,' mompelde ik. 'Vroeger waren hier winkels en hotels. Neonlicht en restaurants. Ik kocht vliegers bij een oude man die Saifo heette en die een kleine vliegerwinkel had vlak bij het hoofdbureau van politie.'

'Dat hoofdbureau is er nog steeds,' zei Farid. 'Geen gebrek aan politie in deze stad. Maar vliegerwinkels vind je niet meer aan de Jadeh Maywand of waar dan ook in Kabul. Die tijd is voorbij.'

Jadeh Maywand was in een enorm zandkasteel veranderd. De gebouwen die niet helemaal waren ingestort stonden nog nauwelijks overeind, met ingezakte daken en muren doorzeefd met granaathulzen. Hele huizenblokken waren tot puin vervallen. Ik zag een uithangbord vol kogelgaten, half begraven op zijn zij liggen in een hoop puin. DRINK COCA-CO... stond erop. Ik zag kinderen spelen in de ruïne van een raamloos gebouw te midden van kartelige klompen steen. Fietsers en door een muilezel getrokken karren omzeilden kinderen, zwerfhonden en stapels puin. Over de stad hing een waas van stof en aan de overkant van de rivier kringelde een enkele rookpluim de lucht in.

'Waar zijn de bomen?' zei ik.

'Mensen hakken ze om om in de winter brandhout te hebben,' zei Farid. 'De Sjorawi hebben er ook veel omgehakt.'

'Waarom?'

'Sluipschutters verstopten zich er vaak.'

Ik werd overweldigd door treurigheid. De terugkeer naar Kabul was net een weerzien met een oude, vergeten vriend aan wie je kunt zien dat het leven niet goed voor hem is geweest, dat hij dakloos en berooid is.

'Mijn vader heeft een weeshuis gebouwd in Shar-i-kohna, de oude stad, iets ten zuiden van hier,' zei ik.

'Ik kan het me herinneren,' zei Farid. 'Het is een paar jaar geleden verwoest.'

'Wil je even langs de kant gaan staan?' zei ik. 'Ik wil even een stukje lopen.'

Farid parkeerde in een klein achterafstraatje naast een bouwvallig, onbewoond gebouw zonder deur. 'Dat was vroeger een apotheek,' mompelde Farid toen we uit de truck stapten. We liepen terug naar Jadeh Maywand en sloegen rechts af, naar het westen. 'Wat is dat voor lucht?' zei ik. Ik kreeg er tranen van in mijn ogen.

'Dieselolie,' antwoordde Farid. 'De generators van de stad vallen om de haverklap uit, dus op de stroom kun je niet vertrouwen. Mensen gebruiken dieselolie als brandstof.'

'Diesel. Weet je nog waar deze straat vroeger naar rook?'

Farid glimlachte: 'Kebab.'

'Lamskebab,' zei ik.

'Lamsvlees,' zei Farid en hij proefde het woord op zijn tong. 'De enigen die in Kabul nog lamsvlees eten zijn de taliban.' Hij trok aan mijn mouw. 'En nou we het er toch over hebben...'

Er kwam een wagen op ons af gereden. 'Baardpatrouille,' mompelde Farid.

Dat was voor het eerst dat ik de taliban zag. Ik had ze op de tv gezien, op internet, buiten op tijdschriften en in kranten. Maar daar stond ik, op minder dan honderdvijftig meter van hen vandaan, en ik bezwoer mezelf dat die smaak die ik plotseling in mijn mond had geen onversneden, naakte angst was. Ik bezwoer mezelf dat mijn vlees niet plotseling tegen mijn botten was weggekropen en mijn hart niet bonsde. Daar kwamen ze aan. In volle glorie.

De rode Toyota-truck reed langzaam voorbij. Een handjevol streng kijkende jongemannen zat gehurkt in de laadbak met een kalasjnikov over hun schouder. Ze hadden allemaal een baard en een zwarte tulband. Een van hen, een man van voor in de twintig met een donkere huid en zware, gefronste wenkbrauwen, liet een zweep in zijn hand ronddraaien en zwiepte er ritmisch mee tegen de zijkant van de truck. Zijn ronddwalende ogen vielen op mij. Hielden mijn blik vast. Ik heb me van mijn leven niet zo naakt gevoeld. Toen spuwde de talib door tabak verkleurd speeksel uit en keek weg. Ik merkte dat ik weer kon ademhalen. De truck reed Jadeh Maywand verder af met in zijn kielzog een wolk van stof.

'Wat is er met jou aan de hand?' siste Farid.

'Hè?'

'Je moet ze nooit aanstaren! Begrepen? Nooit!'

'Het was niet mijn bedoeling,' zei ik.

'Uw vriend heeft gelijk, agha. Je kunt net zo goed een dolle hond met een stok in zijn ribben porren,' zei iemand. Deze nieuwe stem behoorde toe aan een oude bedelaar die blootsvoets op de trappen zat van een gebouw vol kogellittekens. Hij droeg een tot op de draad versleten tsjapan waar niet meer van over was dan wat rafelige vodden, en een tulband vol smerige korsten. Zijn linkerooglid hing over een lege oogkas. Met een van de artritis verwrongen hand wees hij in de richting waarin de rode truck verdwenen was. 'Ze rijden zoekend rond. Ze zijn op zoek naar iemand die ze uitdaagt. Vroeg of laat is er altijd iemand die ze hun zin geeft. Dan vieren de honden feest en wordt de verveling van zo'n hele dag eindelijk doorbroken en iedereen zegt Allah-u-Akbar! En op dagen dat niemand ze beledigt is er altijd nog zoiets als geweld in het wilde weg, waar of niet?'

'Hou je ogen op je voeten gericht met de taliban in de buurt,' zei Farid.

'Uw vriend geeft goede adviezen,' viel de oude bedelaar hem

bij. Hij blafte een natte kuch en spuugde in een smerige zakdoek. 'Vergeef mij, maar kunt u een paar afghani missen?' hijgde hij.

'Bas. Kom mee,' zei Farid en hij trok me aan mijn arm.

Ik gaf de oude man honderdduizend afghani, met een tegenwaarde van zo'n drie dollar. Toen hij vooroverboog om het geld aan te pakken, trof zijn stank – zure melk en wekenlang niet gewassen voeten – mijn neusgaten, en ik voelde mijn maag zich omdraaien. Hij stak het geld haastig weg, ergens bij zijn middel, zijn eenzame oog schoot heen en weer. 'Een wereld van dank voor uw goedertierenheid, agha sahib.'

'Weet u waar het weeshuis in Karteh-Seh is?' vroeg ik.

'Het is niet moeilijk te vinden, het is even ten westen van de Darulaman-boulevard,' zei hij. 'De kinderen werden uit Karteh-Seh hierheen overgebracht toen de raketten het oude weeshuis geraakt hadden. Wat net zoiets is als iemand uit de leeuwenkooi redden en hem dan in de tijgerkooi gooien.'

'Dank u, agha,' zei ik. Ik wilde weglopen.

'Het was uw eerste keer, hè?'

'Pardon?'

'De eerste keer dat u een talib zag.'

Ik zei niets. De oude bedelaar knikte glimlachend en ontblootte een stelletje resterende tanden, allemaal scheef en vergeeld. 'Ik weet nog goed dat ik ze de eerste keer Kabul binnen zag rijden. Wat een blije dag was dat!' zei hij. 'Het moorden was voorbij! Wah wah! Maar zoals de dichter zegt: *Hoe naadloos leek de liefde, en toen kwam de ellende!*'

Een glimlach trok over mijn gezicht. 'Ik ken die ghazal. Dat is van Hafez.'

'Dat klopt,' antwoordde de oude man, 'en ik kan het weten, want ik heb er vroeger aan de universiteit college over gegeven.'

'Echt waar?'

De oude man stopte zijn vuisten onder zijn oksels. Hoestte. 'Van 1958 tot 1996. Ik heb college gegeven over Hafez, Khayyam, Roemi, Beydel, Jami, Saadi. Ik heb zelfs eens in Teheran gastcolleges gegeven, in 1971. Ik gaf een lezing over de mysticus Beydel. Ik weet nog goed dat ze me een staande ovatie gaven. Ha!' Hij schudde zijn hoofd. 'Maar u hebt die jongelui in de truck gezien. Wat voor waarde denkt u dat zij aan het soefisme toekennen?'

'Mijn moeder heeft aan de universiteit lesgegeven,' zei ik.

'En hoe heette ze?'

'Sofia Akrami.'

Zijn oog zag kans door de sluiers van de grauwe staar heen te glinsteren. '*Het woestijnonkruid leeft voort, maar de lentebloesem bloeit en verwelkt.* Wat een gratie, wat een waardigheid, en wat een tragedie.'

'Kende u mijn moeder?' vroeg ik en ik ging op mijn knieën bij de oude man zitten.

'Niet heel goed, maar ik kende haar wel,' zei de oude bedelaar. 'We hebben bij gelegenheid weleens zitten praten. De laatste keer was op een regenachtige dag vlak voor de tentamens toen we samen een heerlijk stuk amandeltaart aten. Amandeltaart met hete thee en honing. Ze was inmiddels zichtbaar zwanger en ze werd er alleen maar mooier door. Ik zal nooit vergeten wat ze die dag tegen me zei.'

'Wat? Vertelt u het me alstublieft.' Baba had mijn moeder altijd beschreven in grote trekken, in de trant van: 'Het was een geweldige vrouw.' Maar waar ik altijd naar gesmacht had waren de details: de manier waarop haar haar glansde in de zon, welke smaak ijs ze het lekkerst vond, welke liedjes ze vaak neuriede, en of ze nagels beet. Baba nam zijn herinneringen aan haar mee het graf in. Misschien moest hij bij het uitspreken van haar naam aan zijn schuldigheid denken, aan wat hij zo kort na haar dood gedaan had. Of misschien was zijn verlies zo groot geweest, zijn pijn zo diep, dat hij het niet kon verdragen om over haar te praten. Misschien allebei.

'Ze zei: "Ik ben zo bang." En ik vroeg: "Waarom?" en ze zei: "Omdat ik zo onuitsprekelijk gelukkig ben, doctor Rasul. Zulk geluk is angstaanjagend." Ik vroeg haar waarom, en ze zei: "Ze laten je alleen zo gelukkig zijn als ze op het punt staan je iets te ontnemen", en ik zei: "Stil nou toch. Wat is dat nou voor onzin?"'

Farid pakte mijn arm. 'We moeten ervandoor, Amir agha,' zei hij zacht. Ik rukte mijn arm los. 'Wat nog meer? Wat zei ze nog meer?'

De gelaatstrekken van de oude man werden zachter. 'Ik zou willen dat ik het me voor jou herinnerde. Maar ik herinner me niets. Je moeder is lang geleden gestorven en mijn geheugen is evenzeer verwoest als deze gebouwen. Het spijt me.'

'Al is het maar iets kleins, wat dan ook.'

De oude man glimlachte. 'Ik zal mijn best doen, dat beloof ik je. Kom nog eens terug.'

'Dank u wel,' zei ik. 'Heel erg bedankt.' En dat meende ik. Nu wist ik dat mijn moeder van amandeltaart met honing en hete thee had gehouden, dat ze eens het woord 'onuitsprekelijk' gebruikt had en dat ze zich zorgen maakte omdat ze zo gelukkig was. Ik was zo-even meer over mijn moeder te weten gekomen van deze oude man op straat dan Baba ooit had verteld.

Op de terugweg naar de truck zeiden we geen van beiden iets over een gebeurtenis die de meeste niet-Afghanen als een hoogst onwaarschijnlijke toevalligheid zouden hebben beschouwd: dat een bedelaar op straat waarachtig mijn moeder zou kennen. We wisten immers alle twee dat in Afghanistan, en met name in Kabul, zo'n stom toeval heel normaal was. Baba zei altijd: 'Zet twee Afghanen die elkaar nog nooit ontmoet hebben in een kamer en binnen tien minuten hebben ze uitgeknobbeld hoe ze aan elkaar verwant zijn.'

We lieten de oude man op de trappen van dat gebouw achter. Ik was van plan om op zijn aanbod in te gaan en terug te komen om te horen of hij nog meer verhalen over mijn moeder had opgediept. Maar ik heb hem nooit meer gezien.

We vonden het nieuwe weeshuis in het noordelijke deel van Karteh-Seh, aan de oever van de drooggevallen Kabul. Het was een plat, barakachtig gebouw met wanden vol splinters en ramen die met planken waren dichtgetimmerd. Farid vertelde me onderweg dat Karteh-Seh een van de wijken van Kabul was die het meest van de oorlog te lijden hadden gehad, en toen we uit de truck stapten waren de bewijzen overweldigend. De straten vol gaten werden geflankeerd door nauwelijks meer dan ruïnes van beschoten gebouwen en verlaten huizen. We passeerden het roestige geraamte van een gekantelde auto, een tv-toestel zonder scherm half begraven in het puin, een muur met in zwarte letters de woorden: ZENDA BAD TALIBAN! Lang leve de taliban! erop gespoten.

Een kleine, dunne, kalende man met een rafelige grijze baard deed de deur open. Hij droeg een voddig tweedjasje, een kalotje en een bril met één gebroken glas, die op de punt van zijn neus rustte. Achter de brillenglazen schoten zwarte kraaloogjes van mij naar Farid. 'Salaam aleikum,' zei hij.

'Salaam aleikum,' zei ik. Ik stak hem de polaroid toe. 'We zijn op zoek naar deze jongen.'

Hij wierp een vluchtige blik op de foto. 'Het spijt me. Die heb ik nog nooit gezien.'

'U hebt nauwelijks naar die foto gekeken, vriend,' zei Farid. 'Waarom kijkt u niet nog eens wat beter?'

'*Lotfan*,' voegde ik eraan toe. Alstublieft.

De man achter de deur nam de foto aan. Bestudeerde hem. Gaf hem aan me terug. 'Nee, het spijt me. Ik ken vrijwel alle kinderen in deze instelling en die daar komt me niet bekend voor. Wilt mij excuseren? Ik moet weer aan het werk.' Hij deed de deur dicht. Schoof de grendel ervoor.

Ik klopte met mijn knokkels op de deur. 'Agha! Doet u alstublieft de deur open, agha. We willen hem geen kwaad doen.'

'Ik zeg toch dat hij hier niet is,' kwam zijn stem van de andere kant. 'Gaat u alstublieft weg.'

Farid stapte naar de deur en legde zijn voorhoofd ertegenaan. 'We zijn niet van de taliban, vriend,' zei hij met zachte, behoedzame stem. 'De man die ik bij me heb wil deze jongen naar een veilige plaats brengen.'

'Ik kom uit Peshawar,' zei ik. 'Een goede vriend van me kent een Amerikaans echtpaar dat een opvanghuis voor kinderen leidt.' Ik voelde de aanwezigheid van de man aan de andere kant van de deur. Ik voelde dat hij daar stond te luisteren, aarzelend, gevangen tussen achterdocht en hoop. 'Luister, ik heb

Sohrabs vader gekend,' zei ik. 'Hij heette Hassan. Zijn moeder heette Farzana. Hij noemde zijn grootmoeder Sasa. Hij kan lezen en schrijven. En hij is heel goed met de katapult. Deze jongen heeft een toekomst, agha, een uitweg. Doet u alstublieft de deur open.'

Van de andere kant kwam alleen stilte.

'Ik ben zijn halfoom,' zei ik.

Er verstreek enige tijd. Toen rammelde er een sleutel in het slot. Het smalle gezicht van de man verscheen in de spleet. Hij keek van mij naar Farid en terug. 'Met één ding zat u ernaast.'

'Wat dan?'

'Hij is geweldig met de katapult.'

Ik lachte.

'Hij kan niet buiten dat ding. Waar hij ook heen gaat, hij heeft hem altijd in zijn broekband zitten.'

De man die ons binnenliet stelde zich voor als Zaman, de directeur van het weeshuis. 'Ik neem u mee naar mijn kantoor,' zei hij.

We volgden hem door schemerige, smerige gangen, waar kinderen rondhingen, op blote voeten en gekleed in rafelige truien. We liepen langs kamers met alleen matten als vloerbedekking en ramen die met plastic kleden waren afgedekt. Geraamten van stalen bedden, de meeste zonder matras, vulden de kamers.

'Hoeveel wezen wonen hier?' vroeg Farid.

'Meer dan we kunnen huisvesten. Ongeveer honderdvijftig,' zei Zaman over zijn schouder. 'Maar ze zijn niet allemaal *yatiem*. Veel kinderen hebben hun vader in de oorlog verloren en hun moeder kan ze niet voeden, want de taliban staan hun niet toe om te werken. Daarom brengen ze hun kinderen hier.' Hij maakte een weids gebaar met zijn hand en voegde er vol medelijden aan toe: 'Dit onderkomen is beter dan de straat, maar niet heel veel beter. Dit gebouw is niet bedoeld om bewoond te worden – het was vroeger een magazijn van een tapijtfabrikant. Dus er is geen warm water en ze hebben de put laten droogvallen.' Hij liet zijn stem dalen. 'Ik heb de taliban talloze keren om geld gevraagd om een nieuwe put te graven, maar ze frutselen wat aan hun rozenkrans en zeggen dat er geen geld is. Geen geld.' Hij grinnikte. 'Al die heroïne, en dan beweren dat ze niet voor een put kunnen betalen!'

Hij wees naar een rij bedden langs de muur. 'We hebben niet genoeg bedden en niet genoeg matrassen voor de bedden die we hebben. Erger nog: we hebben niet genoeg dekens.' Hij wees ons op een klein meisje dat met twee anderen aan het touwtjespringen was. 'Ziet u dat meisje? Afgelopen winter moesten de kinderen dekens delen. Haar broertje is van de kou gestorven.' Hij liep door. 'De laatste keer dat ik het controleerde, hadden we nog voor minder dan een maand rijst in het magazijn en als die op is krijgen de kinderen bij het ontbijt én 's avonds brood en thee.' Het viel me op dat hij het niet over de lunch had.

Hij stopte en draaide zich naar me om. 'We hebben heel weinig beschutting te bieden, bijna geen eten, geen kleren, geen schoon water. Waar ik wel een hele voorraad van heb, dat zijn kinderen die hun jeugd kwijt zijn. Maar de tragedie is dat dit nog de gelukkigen zijn. We zitten overvol en elke dag moet ik moeders wegsturen die hun kinderen komen brengen.' Hij stapte naar me toe. 'U zei dat er hoop is voor Sohrab? Ik bid dat u niet liegt, agha. Maar... u zou weleens te laat kunnen zijn.'

'Wat bedoelt u?'

Zamans ogen schoten heen en weer. 'Komt u maar mee.'

Wat voor het kantoor van de directeur door moest gaan, bestond uit vier kale, gebarsten muren, een mat op de vloer, een tafel, en twee vouwstoelen. Toen Zaman en ik gingen zitten zag ik dat een grijze rat zijn kop uit een gat in de muur stak en vervolgens door de kamer schoot. Ik kromp ineen toen hij aan mijn schoenen snuffelde, daarna aan die van Zaman, waarna hij langs de open deur naar buiten rende.

'Wat bedoelde u toen u zei dat het misschien te laat was?' zei ik.

'Hebt u trek in *chai*? Ik kan wat zetten.'

'Nee, dank u. Ik wil liever praten.'

Zaman kantelde achterover op zijn stoel en kruiste zijn armen voor zijn borst. 'Wat ik u moet vertellen is onaangenaam. Om niet te zeggen gevaarlijk.'

'Voor wie?'

'Voor u. Voor mij. En natuurlijk voor Sohrab, als het niet al te laat is.'

'Ik moet het weten,' zei ik.

Hij knikte. 'Dat zei u al. Maar eerst wil ik u een vraag stellen: hoe graag wilt u uw neef vinden?'

Ik dacht aan de straatgevechten waarin we als jongens vaak verwikkeld waren geraakt, alle keren dat Hassan het voor me had opgenomen, twee tegen één, soms wel drie tegen één. Ik stond huiverend toe te kijken, kwam in de verleiding om mee te doen, maar op het laatste moment liet ik me altijd door iets weerhouden.

Ik keek naar de gang, zag een groep kinderen in een kring dansen. Een klein meisje, van wie het linkerbeen onder de knie geamputeerd was, zat op een morsige matras lachend toe te kijken en met de andere kinderen mee te klappen. Ik zag dat Farid ook naar de kinderen stond te kijken; zijn eigen verwrongen hand hing langs zijn zij. Ik herinnerde me Wahids jongens en... Er drong iets tot me door: ik zou niet uit Afghanistan weggaan voor ik Sohrab had gevonden. 'Vertelt u me waar hij is,' zei ik.

Zamans blik bleef op me rusten. Toen knikte hij, pakte een potlood op en liet hem tussen zijn vingers draaien. 'Als u mijn naam erbuiten houdt.'

'Dat beloof ik.'

Hij tikte met het potlood op de tafel. 'Ondanks uw belofte denk ik dat ik er nog spijt van zal krijgen, maar misschien is dat maar beter ook. Ik ben toch al verdoemd. Maar als er iets voor Sohrab gedaan kan worden... Ik zal het u vertellen omdat ik u geloof. U ziet eruit als een wanhopig man.' Hij hield een hele tijd zijn mond. 'Er is een talib-functionaris,' mompelde hij. 'Hij komt eens in de paar maanden langs. Hij heeft geld bij zich – niet veel, maar alles beter dan niets.' Zijn schichtige ogen bleven even op mij rusten en schoven verder. 'Meestal neemt hij een meisje. Maar niet altijd.'

'En dat laat u gebeuren?' zei Farid achter me. Hij liep om de tafel heen op Zaman af.

'Wat kan ik anders doen?' snauwde Zaman terug. Hij zette zich af tegen het bureau.

'U bent hier de directeur,' zei Farid. 'U hoort die kinderen te beschermen.'

'Ik kan er niets aan veranderen.'

'U verkoopt kinderen!' blafte Farid.

'Farid, ga zitten! Hou op!' zei ik. Maar ik was te laat. Want ineens sprong Farid over de tafel. Zamans stoel schoot onder hem weg toen Farid zich boven op hem liet vallen en hem tegen de vloer drukte. De directeur lag onder hem te worstelen en slaakte gesmoorde kreten. Hij schopte met zijn benen een la uit het bureau en er stroomde een golf papieren over de vloer.

Ik rende om het bureau heen en zag waarom Zamans kreten gesmoord klonken: Farid was hem aan het wurgen. Ik greep Farid met twee handen bij de schouders en trok hard. Hij rukte zich los. 'Zo is het wel genoeg!' blafte ik. Maar Farids gezicht was rood aangelopen, zijn lippen waren tot een woeste grijns vertrokken. 'Ik vermoord hem! Je houdt me niet tegen! Ik vermoord hem,' zei hij laatdunkend.

'Ga van hem af!'

'Ik vermoord hem!' De klank van zijn stem waarschuwde me dat als ik niet snel iets deed, ik voor het eerst getuige zou zijn van een moord.

'De kinderen staan te kijken, Farid. Ze staan te kijken,' zei ik. Zijn schouderspieren verstrakten onder mijn greep en even dacht ik dat hij Zamans hals toch bleef dichtknijpen. Toen draaide hij zich om en zag de kinderen. Ze stonden stilletjes bij de deur, hand in hand, en sommigen huilden. Ik voelde Farids spieren verslappen. Hij liet zijn handen vallen, kwam overeind. Hij keek omlaag naar Zaman en spoog op hem. Toen liep hij naar de deur en deed hem dicht.

Zaman kwam moeizaam overeind, bette zijn bebloede lippen met zijn mouw, veegde het spuug van zijn wang. Kuchend en hijgend zette hij zijn kalotje en bril weer op, zag dat beide brillenglazen gebarsten waren, zette de bril weer af. Hij begroef zijn gezicht in zijn handen. Lange tijd zei geen van ons iets.

'Hij heeft Sohrab een maand geleden meegenomen,' zei Zaman ten slotte met schorre stem, zijn gezicht nog steeds verborgen in zijn handen.

'En dat noemt zichzelf directeur!' zei Farid.

Zaman liet zijn handen vallen. 'Ik krijg al een halfjaar niet betaald. Ik heb geen cent meer, ik heb al mijn spaargeld in dit weeshuis gestoken. Alles wat ik ooit bezat of geërfd heb, heb ik verkocht om deze godvergeten tent te runnen. U denkt toch niet dat ik geen familie in Pakistan en Iran heb? Ik had net zo goed kunnen vluchten, zoals iedereen. Maar ik heb het niet gedaan. Ik ben gebleven. Ik ben voor hen gebleven.' Hij wees naar de deur. 'Als ik hem één kind weiger, neemt hij er tien. Dus ik sta toe dat hij er eentje meeneemt en ik laat het oordeel aan Allah. Ik slik mijn trots in en neem dat smerige rotgeld van hem aan. Dan ga ik naar de bazaar en koop eten voor de kinderen.'

Farid sloeg zijn ogen neer.

'Wat gebeurt er met de kinderen die hij meeneemt?' vroeg ik.

Zaman wreef met zijn wijsvinger en duim in zijn ogen. 'Soms komen ze terug.'

'Wie is het? Hoe kunnen we hem vinden?' zei ik.

'Ga morgen naar het Ghazi-stadion. U ziet hem in de pauze. Hij is degene met een zonnebril met zwarte glazen.' Hij pakte zijn kapotte bril op en draaide hem in zijn handen rond. 'Ik wil dat u nu weggaat. De kinderen zijn bang.'

Hij begeleidde ons naar buiten.

Toen de truck optrok zag ik in de zijspiegel Zaman in de deuropening staan. Een groep kinderen stond om hem heen, ze hielden de zoom van zijn losse hemd vast. Ik zag dat hij zijn kapotte bril weer had opgezet.

21

We staken de rivier over en reden noordwaarts over het drukke Pashtunistan-plein. Baba nam me vroeger wel mee naar het Khyber-restaurant daar, om kebab te eten. Het gebouw stond er nog wel maar de deuren waren met hangsloten vergrendeld, de ramen versplinterd, en de letters K en R ontbraken.

Voor het restaurant zag ik een lijk. Ze hadden iemand opgehangen. Een jongeman bengelde aan een touw dat aan een balk vastgebonden was, zijn gezicht blauw en opgezwollen, de kleren die hij op de laatste dag van zijn leven gedragen had waren gescheurd en bloederig. Het leek wel of bijna niemand hem nog opmerkte.

We reden in stilte over het plein en zetten koers naar de Wazir Akbar Khan-wijk. Waar ik ook keek was de stad met zijn in de zon gedroogde bakstenen huizen overdekt met een waas van stof. Een paar straten ten noorden van het Pashtunistanplein wees Farid naar twee mannen die op een hoek druk stonden te praten. Een van hen stond op één been te wippen; zijn andere was onder de knie geamputeerd. Hij wiegde een kunstbeen in zijn armen. 'Weet je wat die aan het doen zijn? Ze zijn over dat been aan het pingelen.'

'Verkoopt hij zijn been?'

Farid knikte. 'Je krijgt er een hoop geld voor op de zwarte markt. Kun je je kinderen weer een paar weken te eten geven.'

Tot mijn verbazing hadden de meeste huizen in de Wazir Akbar Khan-wijk nog daken en overeind staande muren. Ze verkeerden eigenlijk in uitstekende staat. Bomen staken nog steeds boven de muren uit en de straten waren lang niet zo bezaaid met puin als in Karteh-Seh. Vervaagde straatnaambordjes, sommige verwrongen en vol kogelgaten, wezen nog steeds de weg.

'Hier valt het wel mee,' merkte ik op.

'Dat haal je de koekoek. De meeste belangrijke mensen wonen tegenwoordig hier.'

'Taliban?'

'Die ook,' zei Farid.

'Wie nog meer?'

Hij reed een brede straat in met aan weerszijden tamelijk schone trottoirs en ommuurde huizen. 'De mensen achter de taliban. De echte hersens van deze regering, als je het zo kunt noemen: Arabieren, Tsjetsjenen, Pakistani,' zei Farid. Hij wees naar het noorden. 'Straat 15, die kant op, wordt *Sarak-e-Mehmana* genoemd.' De straat van de gasten. 'Zo worden ze hier genoemd: gasten. Ik denk dat die gasten nog eens het tapijt hier gaan onderpissen.'

'Ik denk dat dat hem is!' zei ik. 'Daar!' Ik wees naar het herkenningspunt dat me tot gids had gediend toen ik klein was. *Als je ooit verdwaald raakt*, zei Baba altijd, *denk er dan aan dat onze straat de straat is waar aan het eind dat roze huis staat*. Het roze huis met het spitse dak was indertijd in de hele buurt het enige huis geweest met die kleur. Dat was nog steeds zo.

Farid sloeg af de straat in. Ik zag meteen Baba's huis.

We vinden het schildpadje achter een wirwar van egelantierstruiken in de tuin. We weten niet hoe het daar terechtgekomen is en we zijn te uitgelaten om ons er druk over te maken. We verven zijn schild felrood, een idee van Hassan, en een heel goed idee: op die manier raken we het nooit in de struiken kwijt. We spelen dat we een stel onbevreesde ontdekkingsreizigers zijn die in een verafgelegen oerwoud een reusachtig prehistorisch monster hebben ontdekt en dat mee terug hebben genomen om aan de wereld te tonen. We zetten het beestje in de houten kar die Ali afgelopen winter voor zijn verjaardag gemaakt heeft en spelen dat het een enorme stalen kooi is. Aanschouw het vuur-

spuwende monster! We marcheren over het gras en trekken de kar achter ons aan rond appel- en kersenbomen, die tot in de wolken optorenende wolkenkrabbers worden, waaruit uit duizenden ramen hoofden steken die het schouwspel bekijken dat beneden voorbijtrekt. We lopen over de kleine halvemaansbrug die Baba bij een groepje vijgenbomen heeft laten bouwen; we spelen dat het een geweldige hangbrug tussen steden is, en de kleine vijver eronder is een zee met schuimkoppen. Vuurwerk ontploft boven de reusachtige pijlers van de brug en gewapende soldaten salueren voor ons aan weerszijden, waar gigantische stalen kabels de hemel in schieten. Met het schildpadje hobbelend in de laadbak trekken we de kar over de rondlopende oprijlaan van rode straatstenen buiten het smeedijzeren hek en beantwoorden de groet van de wereldleiders die staan te applaudisseren. Wij zijn Hassan en Amir, befaamde avonturiers en de grootste ontdekkingsreizigers ter wereld, en straks ontvangen we een eremedaille voor onze moedige daad...

Behoedzaam liep ik over de oprijlaan, waar nu plukken onkruid tussen de zongebleekte stenen groeiden. Ik stond voor het hek van het huis van mijn vader en voelde me een vreemdeling. Ik legde mijn handen op de roestige spijlen en dacht terug aan de duizenden keren dat ik als kind door dit hek gerend was, voor dingen die er nu helemaal niet meer toe deden en toen zo belangrijk hadden geleken. Ik gluurde naar binnen.

De voortzetting van de oprijlaan die naar het hek van de tuin leidde, waar Hassan en ik de zomer dat we leerden fietsen om de beurt een partijtje mochten vallen, was minder breed en lang dan ik me herinnerde. Het asfalt was gebarsten in een bliksemschichtpatroon, en in de spleten schoten nog meer bossen onkruid op. De meeste populieren waren omgekapt – de bomen waar Hassan en ik vroeger in klommen om met onze spiegeltjes bij de buren in huis te schijnen. De bomen die nog overeind stonden waren vrijwel kaal. De Muur der Noodlijdende Maïskolven was er nog, al zag ik er noodlijdende noch andere maïs langs groeien. De verf bladderde en delen ervan waren helemaal losgekomen. Het grasveld was net zo bruin geworden als het waas van stof dat boven de stad hing, en was bezaaid met kale stukken aarde waar helemaal niets groeide.

Op de oprijlaan stond een jeep geparkeerd, en dat klopte helemaal niet: Baba's zwarte Mustang hoorde daar te staan. Jarenlang kwamen de acht cilinders van de Mustang elke ochtend brullend tot leven en maakten ze mij wakker. Ik zag dat er olie onder uit de jeep gelekt was en een grote Rorschach-inktvlek op de oprijlaan gemaakt had. Voorbij de jeep lag een lege kruiwagen op zijn kant. Ik zag niets meer van de rozenstruiken die Baba en Ali aan de linkerkant van de oprijlaan hadden geplant, alleen aarde die over het asfalt verspreid lag. En onkruid.

Achter me toeterde Farid twee keer. 'We moeten ervandoor, agha. Straks trekken we de aandacht,' riep hij.

'Geef me nog heel even de tijd,' zei ik.

Het huis zelf had weinig meer weg van het uitgestrekte witte landhuis dat ik me uit mijn jeugd herinnerde. Het leek kleiner. Het dak was ingezakt en het pleister was gebarsten. De ramen van de woonkamer, de vestibule en de gastenbadkamer boven waren gebroken en slordig gedicht met stukken doorzichtig plastic, of met houten planken die op de sponningen zaten vastgespijkerd. De verf die ooit sprankelend wit was geweest, was verschoten tot een spookachtig grijs en hier en daar weggesleten, waardoor de lagen baksteen eronder zichtbaar werden. De trap naar de voordeur was tot puin afgebrokkeld. Zoals zoveel in Kabul was mijn vaders huis een toonbeeld van vervallen pracht en praal.

Ik vond het raam van mijn oude slaapkamer op de eerste verdieping, het derde raam rechts van de hoofdtrap naar het huis. Ik stond op mijn tenen en zag alleen schaduwen achter de ramen. Twintig jaar daarvoor had ik achter dat raam gestaan, terwijl dikke druppels regen langs de ruiten gleden en het glas besloeg van mijn adem. Ik had gekeken hoe Hassan en Ali hun spullen in de kofferbak van de auto van mijn vader laadden.

'Amir agha,' riep Farid opnieuw.

'Ik kom eraan,' snauwde ik.

Het was waanzin, maar ik wilde naar binnen. Ik wilde de voortrap op lopen, waar Hassan en ik van Ali altijd onze sneeuwlaarzen moesten uittrekken. Ik wilde de vestibule in stappen, de sinaasappelschillen ruiken die Ali altijd in de kachel gooide om met het zaagsel samen op te branden. Aan de keukentafel zitten, theedrinken met een stuk naan, luisteren naar de oude Hazara-liedjes die Hassan zong.

Weer getoeter. Ik liep terug naar de Landcruiser. Farid zat achter het stuur te roken.

'Ik moet nog één ding bekijken,' zei ik tegen hem.

'Schiet je een beetje op?'

'Gun me nog tien minuten.'

'Ga dan maar,' en net toen ik weg wilde lopen: 'Vergeet het nou toch allemaal. Dat maakt het makkelijker.'

'Makkelijker?'

'Makkelijker om verder te gaan,' zei Farid. Hij knipte zijn sigaret het raam uit. 'Hoeveel moet je nu nog bekijken? Je kunt je de moeite besparen: niets wat je je nog herinnert heeft het overleefd. Zet het nou maar uit je hoofd.'

'Ik wil niet langer vergeten,' zei ik. 'Geef me nog tien minuten.'

We zweetten nauwelijks, Hassan en ik, als we de heuvel even ten noorden van Baba's huis op renden. We draafden over de heuveltop achter elkaar aan of gingen op een aflopende rand zitten waar je een goed uitzicht had op het vliegveld in de verte. Dan keken we naar het opstijgen en landen van vliegtuigen. En gingen weer rennen.

Maar toen ik deze keer de top van de grillige heuvel bereikte was het of ik met elke onregelmatige ademhaling vuur inademde. Zweet liep in straaltjes over mijn gezicht. Ik stond een tijdje te hijgen met een stekende zij. Toen ging ik op zoek naar de verlaten begraafplaats. Ik had hem algauw gevonden. Hij was er nog, en de oude granaatappelboom ook.

Ik zocht steun tegen de grijze stenen deuropening naar de begraafplaats waar Hassan zijn moeder begraven had. Het oude metalen, uit zijn scharnieren hangende hek was verdwenen en de grafstenen waren nauwelijks zichtbaar tussen de dikke kluwens onkruid die het terrein hadden opgeëist. Een paar kraaien zaten op de lage muur rond de begraafplaats.

Hassan had geschreven dat de granaatappelboom al jaren geen vrucht meer had gedragen. Met een blik op de kwijnende, kale boom betwijfelde ik of dat ooit weer zou gebeuren. Ik ging eronder staan en dacht terug aan al die keren dat we erin geklommen waren, met zwaaiende benen schrijlings op de takken hadden gezeten, met vlekkerig zonlicht dat door de bladeren heen een mozaïek van licht een schaduw op ons gezicht toverde. De zachtzure smaak van granaatappels kroop mijn mond binnen.

Ik ging op mijn knieën zitten en wreef met mijn handen langs de stam. Ik vond wat ik zocht. De inkerving was onduidelijk geworden, zelfs bijna helemaal verdwenen, maar het was er nog steeds: 'Amir en Hassan, de Sultans van Kabul.' Ik volgde de curve van elke letter met mijn vingers. Plukte stukjes bast uit de kleine voren.

Ik ging met gekruiste benen aan de voet van de boom zitten en keek zuidwaarts, naar de stad van mijn jeugd. In die dagen hadden er boomtoppen boven de muren rond elk huis uitgestoken. De hemel strekte zich weids en blauw uit, en aan waslijnen hing de was in de zon te blikkeren. Als je goed luisterde had je misschien de roep van de fruitverkoper die met zijn ezel door Wazir Akbar Khan liep kunnen horen: *Kersen! Abrikozen! Druiven!* Vroeg in de avond zou je azan gehoord hebben, de oproep tot het gebed van de muezzin vanaf de moskee in Shar-i-Nau.

Ik hoorde getoeter en zag dat Farid naar me zwaaide. Het was tijd om weg te gaan.

We reden weer naar het zuiden, terug naar het Pashtunistanplein. We passeerden diverse rode trucks met laadbakken propvol gewapende, bebaarde jongemannen. Telkens als we er een passeerden vloekte Farid zachtjes.

Ik betaalde voor een kamer in een hotelletje vlak bij het

Pashtunistan-plein. Drie kleine meisjes met een identieke zwarte jurk en witte sjaal klemden zich vast aan de magere bebrilde man achter de balie. Hij vroeg vijfenzeventig dollar, een bespottelijke prijs, de vervallen staat van het hotel in aanmerking genomen, maar het kon me niet schelen. Mensen overvragen om een strandhuis op Hawaï te bekostigen was één ding, maar om je kinderen te eten te kunnen geven, dat was iets anders.

Warm water was er niet en je kon de gebarsten wc niet doorspoelen. Een enkel stalen bed met een versleten matras, een rafelige deken, en een houten stoel in de hoek. Het raam dat uitzicht bood op het plein was kapot en niet vervangen. Toen ik mijn koffer neerzette viel mijn oog op een opgedroogde bloedvlek op de muur achter het bed.

Ik gaf Farid geld en hij ging erop uit om eten te kopen. Hij kwam terug met vier gloeiend hete pennen met kebab, verse naan en een kom witte rijst. We gingen op het bed zitten en verorberden het eten. Eén ding was in Kabul in elk geval niet veranderd: de kebab was nog net zo sappig en heerlijk als ik me herinnerde.

Die nacht nam ik het bed en Farid lag op de grond gewikkeld in een extra deken, waar de hoteleigenaar me een toeslag voor berekende. Er viel geen licht de kamer in behalve de manestralen die door het kapotte raam stroomden. Farid zei dat de hoteleigenaar gezegd had dat Kabul al twee dagen zonder elektriciteit zat en dat zijn generator gemaakt moest worden. We bleven een tijdje liggen praten. Hij vertelde me over zijn jeugd in Mazar-i-Sharif, in Jalalabad. Hij vertelde me over een periode kort nadat hij en zijn vader zich hadden aangesloten bij de jihad en tegen de Sjorawi in de Pansjir-vallei vochten. Ze waren zonder voedsel vast komen te zitten en aten sprinkhanen om in leven te blijven. Hij vertelde over de dag dat zijn vader gedood werd door geweervuur uit een helikopter, over de dag dat hij zijn twee dochters kwijtraakte door een landmijn. Hij vroeg naar Amerika. Ik vertelde dat je in Amerika bij elke kruidenier kunt binnenstappen om uit wel vijftien of twintig verschillende soorten ontbijtgranen te kiezen, dat het lamsvlees altijd vers is en de melk koud, het fruit overdadig en het water helder. Dat elk huis een tv heeft en elke tv een afstandbediening, en dat je een satellietschotel zou kunnen kopen en dan meer dan vijfhonderd kanalen zou kunnen ontvangen.

'Vijfhonderd?' riep Farid uit.

'Vijfhonderd.'

We vielen een tijd stil. Net toen ik dacht dat hij in slaap was gevallen, grinnikte Farid. 'Weet je wat mullah Nasruddin deed toen zijn dochter thuis kwam klagen dat haar echtgenoot haar had geslagen?' Ik voelde gewoon dat hij in het donker lag te grijnzen en op mijn gezicht vormde zich mijn eigen grijns. Op de hele wereld was er geen Afghaan die niet op z'n minst een paar moppen over de klungelige mullah kende.

'Wat?'

'Hij sloeg haar ook en stuurde haar toen naar huis om tegen haar echtgenoot te zeggen dat de mullah niet met zich liet spotten: als de rotzak het waagde om zijn dochter te slaan, dan zou de mullah zijn vrouw weleens even slaan.'

Ik lachte. Deels om de grap, deels omdat de Afghaanse humor gewoon nooit veranderde. Oorlogen werden verklaard, internet werd uitgevonden en er had een robot over het oppervlak van Mars gereden, en in Afghanistan vertelden we nog steeds mullah Nasruddin-moppen. 'Ken je dat verhaal over die keer dat de mullah een zware zak op zijn schouders gezet had en op zijn ezel aan het rijden was?' zei ik.

'Nee.'

'Iemand op straat vroeg waarom hij de zak niet gewoon op de ezel zette. En hij zei dat dat wreed zou zijn omdat hijzelf al zwaar genoeg was voor het arme dier.'

We wisselden mullah Nasruddin-moppen uit tot we erdoorheen waren en toen vielen we weer stil.

'Amir agha?' zei Farid, en ik schrok wakker uit een halfslaap.

'Ja?'

'Waarom ben je hier? Ik bedoel, waarom ben je écht hier?'

'Dat heb ik verteld.'

'Vanwege de jongen?'

'Vanwege de jongen.'

Farid ging verliggen. 'Dat is moeilijk te geloven.'

'Soms geloof ik zelf nauwelijks dat ik hier ben.'

'Nee... Ik bedoel, waarom díé jongen? Kom je helemaal uit Amerika voor... een sji'iet?'

Dat deed al het gelach in me verstommen. En de slaap. 'Ik ben moe,' zei ik. 'Laten we nou maar gaan slapen.'

'Insjallah heb ik je niet beledigd,' mompelde Farid.

'Welterusten,' zei ik en ik draaide me om. Farids gesnurk weerklonk algauw in de lege kamer. Ik bleef wakker en lag met mijn handen op mijn borst gevouwen door het kapotte raam te staren naar de door sterren verlichte nacht, en ik dacht dat het misschien wel waar was wat mensen over Afghanistan zeiden. Misschien was het wel echt een hopeloos oord.

Een jachtige menigte stroomde het Ghazi-stadion binnen toen we door een toegangstunnel liepen. Duizenden mensen krioelden rond op de afgeladen betonnen terrassen. Kinderen speelden in de gangpaden en zaten elkaar op de trappen achterna. De geur van kikkererwten in pittige saus hing in de lucht, vermengd met de lucht van mest en zweet. Farid en ik liepen langs straatventers met sigaretten, pijnboompitten en koekjes.

Een broodmagere jongen in een tweedjasje greep me bij mijn elleboog en zei iets in mijn oor. Vroeg me of ik 'sexy foto's' wilde kopen.

'Heel erg sexy, agha,' zei hij, terwijl zijn oplettende ogen heen en weer schoten; hij deed me denken aan een meisje dat me een paar jaar geleden in de Tenderloin-wijk in San Francisco crack probeerde te verkopen. De knaap sloeg een pand van zijn jasje open en gunde me een korte blik op zijn 'sexy foto's': prentbriefkaarten van Hindi-films met zwoele, geheel geklede actrices met reebruine ogen in de armen van hun tegenspeler. 'Zo sexy,' herhaalde hij.

'Nee, bedankt,' zei ik en ik wrong me langs hem heen.

'Als hij betrapt wordt krijgt hij een aframmeling waar zijn vader zich in zijn graf van omdraait,' mompelde Farid.

Natuurlijk waren er geen toegewezen plaatsen; niemand om

ons beleefd naar ons vak, onze rij, gang en plaats te brengen. Dat was nooit zo geweest, zelfs niet in de goede oude tijd van de monarchie. We vonden een goede plek om te zitten, een stukje links van het middenveld, al had het Farid wel wat ellebogenwerk gekost.

Ik herinnerde me hoe groen het gras van het veld was in de jaren zeventig, toen Baba me vaak mee hierheen nam voor voetbalwedstrijden. Nu was het veld een puinhoop. Overal zaten gaten en kraters, waarvan een paar diepe gaten in de grond achter de doelpalen aan de zuidkant het meest opvielen. En er was helemaal geen gras, alleen aarde. Toen de twee teams eindelijk het veld op kwamen – allemaal in lange broek, ondanks de hitte – en begonnen te spelen, werd het moeilijk om de bal te volgen in de stofwolken die door de spelers omhoog werden geschopt. Jonge talibs met zweep zwierven rond door de gangpaden en sloegen iedereen die te luid juichte.

Kort na het fluitsignaal voor de rust werden ze naar buiten gebracht. Een stel stoffige rode trucks zoals ik ze sinds mijn aankomst overal in de stad had gezien, kwam door het hek het stadion binnenrijden. De menigte kwam overeind. Een vrouw in een groene burqa zat in de laadbak van de ene truck, een geblinddoekte man in de andere. De trucks reden langzaam rond over de renbaan, alsof ze de menigte ruim de gelegenheid wilden geven om te kijken. Het had het gewenste effect: mensen reikhalsden, wezen, stonden op hun tenen. Naast me wipte Farids adamsappel op en neer terwijl hij zachtjes een gebed zei.

De rode trucks reden over het veld in twee stofwolken dezelfde kant op, het zonlicht reflecterend op hun wieldoppen. Aan het eind van het veld kwam er een derde truck bij. De laadbak van deze truck was gevuld met iets waardoor ik plotseling begreep wat het doel was van die twee gaten achter de doelpalen. Ze laadden de derde truck uit. De menigte murmelde vol verwachting.

'Wil je nog blijven?' zei Farid ernstig.

'Nee,' zei ik. Ik had van mijn leven nog nooit zo graag ergens weg willen wezen. 'Maar we moeten wel blijven.'

Twee talibs met een kalasjnikov over hun schouder hielpen

de geblinddoekte man uit de eerste truck en twee anderen hielpen de vrouw met de burqa. De vrouw zakte door haar knieën en viel op de grond. Toen ze haar probeerden op te tillen begon ze te gillen en te schoppen. Zolang ik ademhaal zal ik nooit meer het geluid van dat gegil vergeten. Het was de kreet van een wild dier dat zijn gehavende poot uit een berenval probeert los te rukken. Twee andere talibs schoten te hulp om haar in een van de borstdiepe gaten te krijgen. De geblinddoekte man daarentegen liet zich zonder protest in het gat zakken dat voor hem gegraven was. Nu staken alleen nog de torso's van het aangeklaagde paar uit de grond omhoog.

Een gezette geestelijke met een witte baard en in het grijs gekleed stelde zich bij de doelpalen op en kuchte in een handmicrofoon. Achter zijn rug was de vrouw nog steeds aan het schreeuwen. Hij reciteerde een lang gebed uit de koran, en zijn nasale stem golfde door de plotselinge stilte van de toeschouwers. Ik herinnerde me iets wat Baba lang geleden tegen me gezegd had: *Pis op de baard van al die starre apen. Die doen niets anders dan hun bidkralen bevoelen en reciteren uit een boek in een taal die ze niet eens begrijpen. God helpe ons als Afghanistan ooit in hun handen valt.*

Toen het gebed uit was, schraapte de geestelijke zijn keel. 'Broeders en zusters!' riep hij in het Farsi, en zijn stem dreunde door het stadion. 'Wij zijn hier vandaag bijeen om de shari'a uit te voeren. Wij zijn hier vandaag bijeen om de wet uit te voeren. Wij zijn hier vandaag omdat de wil van Allah en het woord van de profeet Mohammed, vrede zij met hem, hier in ons geliefde vaderland Afghanistan springlevend zijn. Wij luisteren naar wat God zegt en we gehoorzamen, want wij zijn niet anders dan nederige, machteloze schepsels voor Gods grootheid. En wat zegt God? Dat vraag ik u! WAT ZEGT GOD? God zegt dat elke zondaar gestraft moet worden op een manier die bij zijn zonde past. Dat zijn niet mijn woorden, noch de woorden van mijn broeders. Dat zijn de woorden van GOD!' Hij wees met zijn vrije hand naar de lucht. Mijn hoofd bonsde en de zon was veel te heet.

'Elke zondaar moet gestraft worden op een manier die past

bij zijn zonde!' herhaalde de geestelijke in de microfoon; hij liet zijn stem dalen en sprak elk woord langzaam en dramatisch uit. 'En welke straf past bij de overspelige? Hoe moeten wij diegenen straffen die de heiligheid van het huwelijk schenden? Wat doen wij met diegenen die God in het gezicht spuwen? Hoe beantwoorden wij diegenen die stenen gooien naar de ramen van Gods huis? WIJ MOETEN DIE STENEN TERUGGOOIEN!' Hij zette de microfoon uit. Een zacht gemompel verspreidde zich in de menigte.

Naast me zat Farid zijn hoofd te schudden. 'En zij noemen zichzelf moslims,' fluisterde hij.

Toen stapte een grote, breedgeschouderde man uit de truck. Zijn verschijnen ontlokte juichkreten aan een paar toeschouwers. Deze keer werd niemand met een zweep geslagen omdat hij te luid juichte. De sprankelend witte kleding van de man glansde in de middagzon. De zoom van zijn losse hemd fladderde in de bries; hij hield zijn armen gespreid als Jezus aan het kruis. Hij begroette de menigte door langzaam rond te draaien. Toen hij met zijn gezicht naar ons vak stond, zag ik dat hij een zonnebril ophad met donkere ronde glazen, zoals John Lennon die droeg.

'Dat moet onze man zijn,' zei Farid. De grote talib met de donkere zonnebril liep naar de stapel stenen die ze uit de derde truck hadden gehaald. Hij pakte een steen en liet hem aan de menigte zien. Het lawaai stierf weg en maakte plaats voor een zoemend geluid dat door het stadion golfde. Ik keek om me heen en zag dat iedereen een *tsk*-geluid begon te maken.

De talib, die gek genoeg aan een werper op de werpheuvel deed denken, smeet de steen naar de geblinddoekte man in het gat. Hij trof hem tegen de zijkant van zijn hoofd. De vrouw schreeuwde weer. De menigte maakte een geschrokken 'Ooo'-geluid. Ik sloot mijn ogen en bedekte mijn gezicht met mijn handen. Het 'Ooo... ' van de toeschouwers liep synchroon met elke steenworp, en dat ging zo een tijdje door. Toen het ophield vroeg ik Farid of het was afgelopen. Hij zei van niet. Dan hadden de mensen zeker een vermoeide keel gekregen. Ik weet niet hoe lang ik daar nog met mijn handen voor mijn gezicht gezeten heb. Ik weet dat ik mijn ogen weer opendeed toen ik mensen om me heen hoorde vragen: '*Mord? Mord?*' Is hij dood?

De man in het gat was nu een verminkte massa bloed en voddige flarden. Zijn hoofd hing voorover met zijn kin op zijn borst. De talib met de John Lennon-bril gooide een steen op en keek intussen neer op een man die naast het gat gehurkt zat. De hurkende man had de dopjes van een stethoscoop in zijn oren en het andere uiteinde hield hij tegen de borst van de man in het gat gedrukt. Hij haalde de stethoscoop van zijn oren en schudde nee tegen de talib met de zonnebril. De menigte kreunde.

John Lennon liep terug naar de heuvel.

Toen het allemaal voorbij was, toen de bebloede lijken botweg in de laadbakken van de trucks gesmeten waren – ieder in een aparte bak – vulden een paar man haastig met een schep de gaten. Een van hen deed een vluchtige poging om de grote bloedvlekken te bedekken door er wat aarde overheen te schoppen. Een paar minuten later kwamen de ploegen het veld op. De tweede helft was begonnen.

Onze ontmoeting zou om drie uur die middag plaatsvinden. De snelheid waarmee die afspraak was gemaakt, verbaasde me. Ik had uitstel verwacht, op z'n minst een rondje ondervragingen, misschien controle van onze papieren. Maar nu wist ik weer hoe onofficieel zelfs officiële aangelegenheden in Afghanistan nog steeds waren: Farid hoefde alleen maar tegen een van de zweepdragende talibs te zeggen dat we iets persoonlijks met de man in het wit te bespreken hadden. Farid en hij wisselden een paar woorden. De knaap met de zweep knikte en schreeuwde iets in het Pashtu naar een jongeman op het veld, die naar de doelpalen aan de zuidkant rende, waar de talib met de zonnebril stond te kletsen met de gezette geestelijke die de preek had afgestoken. Ze spraken wat met z'n drieën. Ik zag de man met de zonnebril opkijken. Hij knikte en zei iets in het oor van de boodschapper. De jongeman bracht die boodschap aan ons over.

Toen was het geregeld. Om drie uur.

22

Farid manoeuvreerde de Landcruiser de oprijlaan in van een groot huis in Wazir Akbar Khan.

Hij parkeerde in de schaduw van wilgen die over de muren heen groeiden van het complex dat aan Straat 15 van Sarak-e-Mehmana, de straat van de gasten, lag. Hij schakelde de motor uit en we bleven nog even zitten luisteren naar het *tink tink* van de afkoelende motor; geen van beiden zeiden we iets. Farid zat wat te schuiven en speelde met de sleutels die nog in het contact zaten. Ik kon merken dat hij zich voorbereidde om iets te gaan zeggen.

'Ik denk dat ik maar in de auto op je wacht,' zei hij ten slotte een beetje verontschuldigend. Hij wilde me niet aankijken. 'Dit zijn jouw zaken. Ik... '

Ik klopte op zijn arm. 'Je hebt al veel meer gedaan dan waar ik je voor betaald heb. Ik verwacht niet dat je mee naar binnen gaat.' Maar ik had wel gewild dat ik niet alleen naar binnen hoefde. Ondanks wat ik nu over Baba wist, wilde ik dat hij nu naast me stond. Baba zou door de voordeur naar binnen gestormd zijn en hebben geëist dat hij naar de baas gebracht werd, en hebben gepist op de baard van degene die hem de weg zou versperren. Maar Baba was allang dood, begraven op de Afghaanse afdeling van een begraafplaatsje in Hayward. Vorige maand hadden Soraya en ik nog een boeket met margrieten en fresia's bij zijn grafsteen gelegd. Ik stond er alleen voor.

Ik stapte uit en liep naar de hoge, houten poort voor het huis. Ik belde aan, maar er kwam geen geluid – nog steeds geen elektriciteit – en ik moest op de deur bonzen. Even later hoorde ik aan de andere kant ruwe stemmen, en een stel mannen met kalasjnikovs openden de deur.

Ik keek even naar Farid en mimede: *Ik zie je straks*, al was ik daar helemaal niet zo zeker van.

De gewapende mannen fouilleerden me van top tot teen, klopten op mijn benen, bevoelden mijn kruis. Een van hen zei iets in het Pashtu en ze grinnikten allebei. We liepen door de poort. De twee wachten escorteerden me over een goed onderhouden gazon, langs een rij geraniums en stekelige struiken die langs de muur groeiden. Een oude waterput met handpomp stond achter in de tuin. Ik herinnerde me dat in de tuin van kaka Homayouns huis in Jalalabad net zo'n waterput gestaan had – de tweeling Fazila en Karima gooide er vaak steentjes in en luisterde dan naar het *plink*.

We klommen een paar treden op en betraden een groot, karig gemeubileerd huis. We staken de vestibule over – aan een van de muren hing een enorme Afghaanse vlag – en daarna namen de mannen me mee naar een kamer boven, met twee dezelfde mintgroene banken en achteraan in de hoek een grootbeeldtelevisie. Een gebedskleed met daarop een enigszins uitgerekt Mekka was tegen een van de muren gespijkerd. De oudste van de twee mannen gebaarde met de loop van zijn geweer naar de bank. Ik ging zitten. Ze verlieten de kamer.

Ik sloeg mijn benen over elkaar. Zette ze weer neer. Legde mijn bezwete handen op mijn knieën. Zag ik er zo nerveus uit? Ik vouwde ze samen, besloot dat dat nog erger was en deed toen mijn armen maar voor mijn borst over elkaar. Bloed bonsde in mijn slapen. Ik voelde me volslagen alleen. Gedachten vlogen door mijn hoofd, maar ik wilde helemaal niet nadenken, want een helder deel van me wist dat ik mezelf in een waanzinnige situatie had weten te manoeuvreren. Ik zat duizenden kilometers van mijn vrouw vandaan in een kamer die aanvoelde als een cel, wachtend op een man die ik diezelfde dag twee mensen had zien vermoorden. Het was echt waanzin. Erger nog: het was onverantwoordelijk. De kans was heel groot dat ik Soraya *biwa* zou maken, weduwe, en dat op haar vijfendertigste. *Het ligt niet aan jou*, zei een deel van me. *Jij bent een lafaard. Zo zit je nu eenmaal in elkaar. En dat is helemaal niet zo erg, want daar staat tegenover dat je jezelf wat dat betreft nooit iets hebt voorgelogen. Niet daarover. Niks mis met lafheid zolang je je hoofd er maar bij houdt. Maar als een lafaard vergeet wie hij is... moge God hem dan bijstaan.*

Bij de bank stond een koffietafel. Het onderstel had de vorm van een X, koperen ballen ter grootte van een walnoot sierden de ring waar de metalen poten elkaar kruisten. Zo'n tafel had ik eerder gezien. Waar? En toen schoot het me te binnen: in die drukke theesalon in Peshawar, die avond dat ik was gaan wandelen. Op de tafel stond een schaal met blauwe druiven. Ik plukte er een af en stak hem in mijn mond. Ik moest mezelf koste wat kost afleiden om de stem in mijn hoofd het zwijgen op te leggen. De druif was zoet. Ik stak er nog een in mijn mond en besefte niet dat dit het laatste vaste voedsel was dat ik voorlopig binnen zou krijgen.

De deur ging open en de twee gewapende mannen kwamen terug met tussen hen in de grote talib in het wit, nog steeds met zijn donkere John Lennon-bril op, waardoor hij deed denken aan een breedgeschouderde mystieke new age-goeroe.

Hij ging tegenover me zitten en legde zijn handen op de armleuningen. Hij zei een hele tijd niets. Zat daar gewoon naar me te kijken; zijn ene hand trommelde op de bekleding, de andere liet turkooizen bidkralen ronddraaien. Hij droeg nu een zwart vest over het witte hemd, en een gouden horloge. Ik zag een klodder opgedroogd bloed op zijn linkermouw. Ik vond het ziekelijk fascinerend dat hij zich na de executies van eerder die dag niet had omgekleed.

Bij tijd en wijle zweefde zijn vrije hand omhoog en wapperden zijn dikke vingers naar iets in de lucht. Ze maakten langzame strijkende bewegingen, op en neer, heen en weer, alsof hij een onzichtbaar huisdier streelde. Een van zijn mouwen schoof omhoog en ik zag littekens op zijn onderarm – diezelfde littekens had ik gezien bij daklozen die in smerige stegen in San Francisco bivakkeerden.

Zijn huid was veel lichter dan die van de andere twee mannen, bijna lijkbleek, en een waas van zweetdruppeltje glom op zijn voorhoofd, vlak onder zijn zwarte tulband. Zijn baard, die net als bij de anderen tot op zijn borst reikte, was ook lichter, bijna asblond.

'Salaam-u-aleikum,' zei hij.

'Salaam.'

'Die kun je nou wel afdoen,' zei hij.

'Pardon?'

Hij draaide zijn handpalm naar een van de gewapende mannen en maakte een gebaar. *Schrrr.* Plotseling prikten mijn wangen en de wacht gooide mijn baard een paar keer lachend op. De talib grinnikte. 'Een van de beste die ik in lange tijd gezien heb. Maar zo is het echt veel beter, vind ik. En wat vind jij?' Hij wriemelde met zijn vingers, knipte, opende en sloot zijn vuist. 'En, insjallah, heb je genoten van die show vandaag?'

'Dus het was een show?' zei ik, over mijn wangen wrijvend, en ik hoopte dat mijn stem niet de explosie van angst zou verraden die ik vanbinnen voelde.

'Openbare rechtspleging is de geweldigste show die er is, broeder. Drama. Spanning. En het allerbeste: massale opvoeding.' Hij knipte met zijn vingers. De jongste van de twee wachten stak zijn sigaret aan. De talib lachte. Mompelde wat in zichzelf. Zijn handen trilden en hij liet de sigaret bijna vallen. 'Maar als je een echte show had willen zien, had je erbij moeten zijn in Mazar. In augustus 1998.'

'Hoe bedoelt u?'

'We hebben ze voor de honden laten liggen.'

Ik begreep waar hij heen wilde.

Hij stond op en liep één, twee keer om de bank heen. Ging weer zitten. Hij sprak snel. 'We gingen van deur tot deur en lieten de mannen en de jongens komen. We schoten ze meteen dood, voor de ogen van hun gezin. Zodat ze het zagen. Zodat ze eraan herinnerd werden wie ze waren, waar ze thuishoorden.' Hij hijgde bijna. 'Soms trapten we de deur in en gingen bij ze naar binnen. En dan... dan... zwaaide ik de loop van mijn machinegeweer in het rond en vuurde net zo lang tot de rook me verblindde.' Hij boog zich in mijn richting, een man die op het punt staat iemand een geweldig geheim toe te vertrouwen. 'Je weet niet wat de betekenis van het woord *bevrijdend* is tot je dat gedaan hebt: in een kamer vol doelwitten staan en zonder schuldgevoel en spijt de kogels laten vliegen, in het besef dat je deugdzaam, goed en fatsoenlijk bent. In het besef dat je Gods werk verricht. Het is adembenemend.' Hij kuste de bidkralen en hield zijn hoofd schuin. 'Weet je dat nog, Javid?'

'Ja, agha sahib,' zei de jongste van de wachten, 'hoe zou ik dat kunnen vergeten?'

Ik had in de krant over de slachting onder de Hazara's in Mazar-i-Sharif gelezen. Het was gebeurd vlak nadat de taliban Mazar hadden ingenomen, een van de laatste steden die viel. Ik herinnerde me dat Soraya me het artikel bij het ontbijt doodsbleek had aangereikt.

'Van deur tot deur. We pauzeerden alleen om te eten en te bidden,' zei de talib. Hij zei het nagenietend, als een man die vertelt over een geweldig feest waar hij is geweest. 'We lieten de lijken op straat liggen, en als hun familieleden ze stiekem naar huis probeerden te slepen, schoten we die ook dood. We lieten ze dagen op straat liggen. Voor de honden. Hondenvlees voor de honden.' Hij drukte zijn sigaret uit. Wreef met trillende handen in zijn ogen. 'Kom je uit Amerika?'

'Ja.'

'Hoe gaat het tegenwoordig met die hoer?'

Ik had ineens aandrang om te urineren. Ik bad dat het over zou gaan. 'Ik ben op zoek naar een jongen.'

'Geldt dat niet voor ons allemaal?' zei hij. De mannen met de kalasjnikovs lachten. Hun tanden waren groen gevlekt van de pruimtabak.

'Ik heb begrepen dat hij hier is, bij u,' zei ik. 'Hij heet Sohrab.'

'Ik zal je eens wat vragen: wat moet je bij die hoer? Waarom ben je niet hier, bij je moslimbroeders, om je land te dienen?'

'Ik ben een hele tijd weg geweest,' was het enige antwoord dat ik kon bedenken. Mijn hoofd was heel warm. Ik drukte mijn knieën tegen elkaar en hield mijn blaas in bedwang. De talib wendde zich tot de twee mannen bij de deur. 'Is dat een antwoord?' vroeg hij hun.

'Nee, agha sahib,' zeiden ze glimlachend als uit één mond.

Hij richtte zijn ogen weer op mij. Haalde zijn schouders op: 'Geen antwoord, zeggen ze.' Hij nam een trek van zijn sigaret. 'In mijn kringen ken ik mensen die geloven dat je watan verlaten als dat je het hardst nodig heeft neerkomt op verraad. Ik kan je laten arresteren voor verraad, ik kan je ervoor laten doodschieten. Word je daar bang van?'

'Ik ben hier alleen voor de jongen.'

'Word je daar bang van?'

'Ja.'

'Dat moet ook,' zei hij. Hij leunde achterover op de bank. Drukte zijn sigaret uit.

Ik dacht aan Soraya. Dat kalmeerde me. Ik dacht aan haar sikkelvormige moedervlek, de elegante ronding van haar hals, haar glanzende ogen. Ik dacht aan onze bruiloft, hoe we onder de groene sluier naar elkaars spiegelbeeld hadden gekeken, en dat ze bloosde toen ik fluisterde dat ik van haar hield. Ik zag hoe we samen op een oud Afghaans lied dansten, rond en rond, en iedereen stond te kijken en te klappen – de wereld een wirwar van bloemen, jurken, smokings en lachende gezichten.

De talib zei iets.

'Wat zegt u?'

'Ik vroeg of je hem wilt zien. Mijn jongen?' Bij die laatste twee woorden krulde zijn bovenlip laatdunkend.

'Ja.'

De wacht verliet de kamer. Ik hoorde het gepiep van een deur die openzwaait. Hoorde de wacht iets in het Pashtu zeggen, met een harde stem. Daarna voetstappen en met elke voetstap het gerinkel van bellen. Het deed me denken aan de Apenman die Hassan en ik in Shar-i-Nau weleens achternazaten. We gaven hem een roepie van ons zakgeld voor een dans. De bel rond de hals van zijn aap had datzelfde rinkelende geluid gemaakt.

Toen ging de deur open en wandelde de wacht naar binnen. Hij droeg een stereo – een dreundoos – op zijn schouder. Achter hem liep een jongen in een losse saffierblauwe *pirhantoemban*.

De gelijkenis was adembenemend. Verwarrend. Op de polaroid van Rahim Khan kwam die niet tot zijn recht.

De jongen had het vollemaansgezicht van zijn vader, zijn puntige kin, zijn kronkelige schelpenoren, en dezelfde smalle bouw. Het was het Chinese-poppengezicht uit mijn jeugd, het gezicht dat al die winterdagen boven de waaier van speelkaarten uit gluurde, het gezicht achter het muskietennet als we in de zomer op het dak van mijn vaders huis sliepen. Zijn hoofd was kaalgeschoren, zijn ogen omrand met kohl, en zijn wangen gloeiden onnatuurlijk rood. Toen hij midden in de kamer stilstond hielden de bellen rond zijn enkels op met rinkelen.

Zijn ogen vielen op mij. Ze bleven er even rusten. Toen keek hij weg. Keek omlaag naar zijn blote voeten.

Een van de wachten drukte op een knop en Pashtu-muziek vulde de kamer. Tabla, harmonium, het gejank van een *delroba*. Ik nam aan dat muziek niet zondig was zolang die maar alleen voor talib-oren bestemd was. De drie mannen begonnen te klappen.

'Wah wah! Masjallah!' riepen ze.

Sohrab tilde zijn armen op en begon langzaam te draaien. Hij stond op zijn tenen, wervelde gracieus rond, zakte door zijn knieën, kwam weer overeind, draaide weer rond. Zijn handjes draaiden bij de pols, zijn vingers knipten, en zijn hoofd zwaaide heen en weer als een pendule. Zijn voeten stampten, de bellen rinkelden in volmaakte harmonie met het ritme van de tabla. Hij hield zijn ogen dicht.

'Masjallah!' riepen ze uit. '*Sjahbas!* Bravo!' De twee wachten floten en lachten. De talib in het wit boog zijn hoofd naar achteren en naar voren op de muziek, zijn mond wellustig halfopen.

Sohrab danste in het rond met zijn ogen dicht, tot de muziek ophield. De bellen rinkelden nog een laatste keer toen hij op de laatste noot van het lied nog een keer stampte. Hij bevroor midden in een draai.

'*Bia, bia,* mijn jongen,' zei de talib om de jongen naar zich toe te roepen. Sohrab liep met gebogen hoofd op hem af, ging tussen zijn dijen staan. De talib sloeg zijn armen om de jongen heen. 'Wat is hij toch begaafd, die Hazara-jongen van me!' zei hij. Zijn handen gleden langs de rug van het kind omlaag, toen weer omhoog, bevoelden zijn oksels. Een van de wachten gaf de ander een por en grinnikte. De talib zei dat ze ons alleen moesten laten.

'Ja, agha sahib,' zeiden ze en ze vertrokken.

De talib draaide de jongen om zodat hij mijn richting op keek. Hij sloeg zijn armen om Sohrabs buik en legde zijn kin op de schouder van de jongen. Sohrab keek omlaag naar zijn voeten, maar af en toe wierp hij een verlegen, steelse blik op mij. De hand van de man gleed op en neer over de buik van de jongen. Op en neer, langzaam, teder.

'Ik heb me weleens afgevraagd,' zei de talib, en hij gluurde over Sohrabs schouder naar mij, 'wat er eigenlijk verder met die ouwe Babaloe gebeurd is.'

De vraag trof me als een mokerslag tussen mijn ogen. Ik voelde de kleur uit mijn gezicht wegtrekken. Mijn benen werden koud. Gevoelloos.

Hij lachte. 'Wat had je dan gedacht? Dat ik je met die valse baard niet zou herkennen? Dan weet je nu iets van me wat je vast nooit geweten hebt: ik vergeet nooit een gezicht. Nooit ofte nimmer.' Hij streelde met zijn lippen langs Sohrabs oor. 'Ik heb gehoord dat je vader overleden is. Tsk tsk. Ik heb hem altijd nog eens willen uitdagen. Maar nou moet ik het doen met die zwakkeling van een zoon van hem.' Toen zette hij zijn zonnebril af en vestigde zijn bloeddoorlopen blauwe ogen op de mijne.

Ik probeerde adem te halen maar het lukte niet. Ik probeerde met mijn ogen te knipperen maar het lukte niet. Het was een onwerkelijk ogenblik – nee, niet onwerkelijk, absurd. Het had me de adem benomen, had de wereld om mij heen tot stilstand gebracht. Mijn gezicht gloeide. Hoe ging dat Engelse spreekwoord over het slechte muntstuk ook alweer? Zo ging het met mijn verleden ook: dat kwam altijd weer opduiken. Zijn naam welde op uit de diepte en ik wilde hem niet uitspreken, alsof ik hem zo zou oproepen. Maar hij was er al, in levenden lijve, op nog geen drie meter van me vandaan, na al die jaren. Zijn naam ontsnapte aan mijn lippen: 'Assef.'

'Amir jaan.'

'Wat doe jij hier?' zei ik, wetend hoe uitermate onnozel die vraag klonk, maar ik was niet in staat om iets anders te zeggen.

'Ik?' Assef trok een wenkbrauw op. 'Ik ben in mijn element. De vraag is wat jij hier doet.'

'Dat heb ik je al verteld,' zei ik. Mijn stem trilde. Was dat maar niet zo, kroop mijn vlees ook maar niet tegen mijn botten weg.

'De jongen?'

'Ja.'

'Waarom?'

'Ik betaal wel voor hem,' zei ik. 'Ik kan geld laten overmaken.'

'Geld?' zei Assef. Hij grinnikte. 'Heb je weleens van Rockingham gehoord? Western Australia, een stukje paradijs. Je zou het moeten zien, kilometers en nog eens kilometers strand. Groen water, blauwe luchten. Mijn ouders wonen daar, in een villa aan zee. Achter de villa is een golfbaan, en er is een meertje. Vader golft elke dag. Moeder tennist liever – vader zegt dat ze een ijzersterke backhand heeft. Ze bezitten een Afghaans restaurant en twee juwelierwinkels; ze lopen allemaal geweldig goed.' Hij plukte een blauwe druif af. Stopte hem liefdevol in Sohrabs mond. 'Dus als ik geld nodig heb, laat ik het hen wel overmaken.' Hij kuste Sohrab in zijn hals. De jongen kromp een beetje ineen, deed zijn ogen weer dicht. 'Bovendien heb ik niet voor geld tegen de Sjorawi gevochten. Ik ben ook niet voor het geld bij de taliban gegaan. Wil je weten waarom wel?'

Mijn lippen waren droog geworden. Ik likte ze af en merkte dat mijn tong ook droog was.

'Heb je dorst?' zei Assef grijnzend.

'Nee.'

'Ik denk dat je wel dorst hebt.'

'Ik hoef niets,' zei ik. De waarheid was dat het ineens veel te heet was geworden in de kamer – zweet welde uit mijn poriën en prikte op mijn huid. Gebeurde dit allemaal echt? Zat ik echt tegenover Assef?

'Zoals je wilt,' zei hij. 'Maar goed, waar was ik gebleven? O ja, hoe ik bij de taliban terechtgekomen ben. Zoals je je wellicht herinnert ben ik nooit een erg religieus type geweest. Maar op een dag had ik een soort openbaring. Ik zat in de gevangenis. Wil je het horen?'

Ik zei niets.

'Goed. Ik zal het je vertellen,' zei hij. 'Ik zat een tijdje in de gevangenis, in Poleh-Charkhi, vlak nadat Babrak Karmal de macht in 1980 had overgenomen. Daar kwam ik op een avond terecht toen een groep partsjami-soldaten ons huis binnenmarcheerden en mijn vader en mij onder bedreiging van hun geweer bevalen mee te gaan. De rotzakken gaven geen reden op, en ze wilden geen antwoord geven op de vragen van mijn moeder. Niet dat het een mysterie was; iedereen wist dat de communisten geen klasse hadden. Ze kwamen uit arme, naamloze families. Dezelfde honden die voordat de Sjorawi kwamen nog niet mijn schoenen hadden mogen likken gaven me nu bevelen, met een partsjami-vlag op hun revers, en maar zeuren over de val van de bourgeoisie, en maar doen alsof zij de mannen met klasse waren. Het gebeurde overal: de rijken uit hun huizen halen en in de gevangenis gooien als voorbeeld voor de kameraden.

Hoe dan ook, we zaten met z'n zessen in een piepkleine cel ter grootte van een ijskast. Elke avond liet de commandant, een stuk vreten dat half Hazara, half Oezbeek was en naar een rottende ezel stonk, een van de gevangenen uit de cel slepen en gaf hem een aframmeling tot het zweet hem van zijn gezicht gutste. Daarna stak hij een sigaret op, liet zijn gewrichten kraken en vertrok. De volgende avond koos hij weer iemand anders. Op een avond koos hij mij. Het had niet op een slechter moment kunnen gebeuren. Ik was al drie dagen bloed aan het pissen. Nierstenen. En als je er nooit eentje gehad hebt, neem dan van mij aan dat het de vreselijkste pijn is die je je kunt voorstellen. Mijn moeder had er ook last van en ik weet nog dat ze eens tegen me zei dat ze nog liever een kind kreeg dan dat ze nog eens zo'n niersteen uitpiste. Maar wat kon ik doen? Ze sleurden me naar buiten en hij begon me te trappen. Hij had kniehoge laarzen met stalen neuzen die hij elke avond voor zijn schopspelletje droeg, en die liet hij op mij los. Ik schreeuwde en schreeuwde en hij bleef me maar schoppen. Plotseling raakte hij me tegen de linkernier en de steen schoot door. Zomaar! Wat een opluchting!' Assef lachte. 'En ik gilde "Allah-u-Akbar" en hij schopte me nog harder en ik begon te lachen. Hij werd kwaad en trapte nog harder, en hoe harder hij me trapte, hoe harder ik lachte. Toen ze me de cel in gooiden lachte ik nog steeds. Ik bleef maar lachen omdat ik ineens wist dat het een boodschap van God was: Hij stond aan mijn kant. Hij had zo zijn redenen waarom ik moest blijven leven.

Een paar jaar later kwam ik trouwens die commandant weer op het slagveld tegen – grappig zoals God te werk gaat. Ik vond hem in een loopgraaf even buiten Meymanah; hij bloedde uit een wond van een granaatscherf in zijn borst. Hij had nog steeds diezelfde laarzen aan. Ik vroeg hem of hij me nog kende. Hij zei van niet. Ik vertelde hem hetzelfde wat ik jou net verteld heb: dat ik nooit een gezicht vergeet. Toen schoot ik hem in zijn ballen. Sindsdien heb ik een missie.'

'Wat voor missie mag dat zijn?' hoorde ik mezelf zeggen. 'Overspeligen stenigen? Kinderen verkrachten? Vrouwen aframmelen omdat ze hoge hakken dragen? Hazara's uitmoorden? Allemaal uit naam van de islam?' De woorden stroomden er plotseling en onverwacht uit, voor ik aan de leiband kon rukken. Ik had gewild dat ik ze terug kon nemen. Ze in kon slikken. Maar ze waren eruit. Ik had een grens overschreden, en het beetje hoop dat ik nog had om het er levend van af te brengen was met die woorden vervlogen.

Even trok er een verraste uitdrukking over Assefs gezicht, die weer verdween. 'Ik zie dat dit toch nog leuk kan worden,' zei hij grinnikend, 'maar er zijn dingen die verraders als jij niet begrijpen.'

'Wat bijvoorbeeld?'

Assefs voorhoofd vertrok. 'Trots zijn op je volk, de gebruiken, je taal. Afghanistan is net een prachtig landhuis vol vuilnis, en iemand moet die vuilnis buiten zetten.'

'Dus dat deed je daar in Mazar toen je van deur tot deur ging? Je zette de vuilnis buiten?'

'Precies.'

'Daar hebben ze in het Westen een uitdrukking voor,' zei ik, 'dat noemen ze etnische zuiveringen.'

'O ja?' Assefs gezicht klaarde op. 'Etnische zuiveringen. Dat bevalt me. Dat klinkt goed.'

'Ik wil alleen de jongen.'

'Etnische zuiveringen,' mompelde Assef, de woorden proevend.

'Ik wil de jongen,' zei ik nog eens. Sohrabs ogen schoten naar mij. Het waren de ogen van een slachtschaap, inclusief de kohl – ik herinnerde me dat de mullah op de dag Eid van qorban bij ons in de achtertuin kohl rond de ogen van het schaap smeerde en het een suikerklontje gaf voor hij het de keel afsneed. Ik dacht dat ik een smeekbede las in Sohrabs ogen.

'Vertel me waarom,' zei Assef. Hij nam Sohrabs oorlelletje tussen zijn tanden. Liet los. Zweetdruppels rolden van zijn voorhoofd.

'Dat zijn mijn zaken.'

'Wat ga je met hem doen?' zei hij. Toen een quasi-preuts lachje. 'Of ga je "het met hem doen"?'

'Dat is walgelijk,' zei ik.

'Hoe weet jij dat nou? Heb je het weleens geprobeerd?'

'Ik wil hem meenemen naar een plek waar het prettiger is.'

'Waarom?'

'Dat zijn mijn zaken,' zei ik. Ik wist niet waar ik de moed vandaan haalde om zo kortaf te zijn; misschien kwam het doordat ik toch dacht dat ik zou sterven.

'Ik vraag het me af,' zei Assef. 'Ik vraag me af waarom je dat hele eind hierheen gekomen bent, Amir, voor een Hazara. Waarom ben je hier? Waarom ben je écht hier?'

'Ik heb mijn redenen,' zei ik.

'Mij best,' zei Assef snerend. Hij gaf Sohrab een duw tegen zijn rug, zo tegen de tafel aan. Sohrab stootte met zijn heupen de tafel ondersteboven en de druiven vlogen alle kanten op. Hij viel er languit bovenop, en zijn hemd werd paars van het druivensap. De poten van de tafel die elkaar door de ring van koperen ballen kruisten wezen nu naar het plafond.

'Neem hem dan maar mee,' zei Assef. Ik hielp Sohrab overeind, veegde de stukjes geplette druif weg die tegen zijn broek geplakt zaten als mosselen tegen een pier.

'Vooruit, neem hem mee,' zei Assef, naar de deur wijzend.

Ik pakte Sohrabs hand vast. Die was klein, de huid droog en eeltig. Zijn vingers bewogen, verstrengelden zich met de mijne. Ik zag Sohrab weer op die polaroid, de manier waarop zijn arm om Hassans been geslagen was, zijn hoofd tegen zijn vaders heup. Ze hadden allebei geglimlacht. De belletjes rinkelden toen we de kamer door liepen.

We haalden de deur.

'Maar,' zei Assef achter ons, 'ik zei natuurlijk niet dat je hem voor niets kon meenemen.'

Ik draaide me om. 'Wat wil je dan?'

'Je moet hem verdienen.'

'Wat wil je?'

'We hebben nog wat te vereffenen, jij en ik,' zei Assef. 'Dat weet je toch nog wel?'

Daar had hij zich geen zorgen over hoeven maken. Ik zou nooit de dag vergeten nadat Daoud Khan de koning had afgezet. Mijn hele volwassen leven zag ik, als ik Daoud Khans naam hoorde, Hassan staan met zijn katapult op Assefs gezicht gericht, Hassan die zei dat ze hem in het vervolg Eenogige Assef in plaats van Assef Gosjkor zouden moeten noemen. Ik weet nog hoe jaloers ik was op Hassans lef. Assef gaf het op, maar hij beloofde dat hij ons alle twee ooit zou terugpakken. Die belofte had hij wat Hassan betreft gehouden. Nu was het mijn beurt.

'Goed dan,' zei ik, want ik wist niet wat ik verder moest zeggen. Ik ging echt niet smeken; dat zou het er voor hem alleen maar leuker op maken.

Assef riep de wachten terug in de kamer. 'Goed luisteren,' zei hij. 'Straks doe ik de deur dicht. Dan gaan hij en ik een oud akkevietje afhandelen. Wat je ook hoort, niet binnenkomen! Hebben jullie het gehoord? Niet binnenkomen!'

De wachten knikten. Keken van Assef naar mij. 'Ja, agha sahib.'

'Als het achter de rug is, komt er maar één van ons levend deze kamer uit,' zei Assef. 'Als hij dat is, dan heeft hij zijn vrijheid verdiend en laat je hem gaan, begrepen?'

De oudste wacht schuifelde wat. 'Maar agha sahib... '

'Als hij het is, laat je hem gaan!' krijste Assef. De twee mannen krompen ineen, maar ze knikten wel weer. Ze draaiden zich om naar de deur. Een van hen stak zijn hand uit naar Sohrab.

'Laat hem hier,' zei Assef. Hij grijnsde. 'Laat hem toekijken. Lessen zijn goed voor jongens.'

De wachten vertrokken. Assef legde zijn bidkralen neer. Stak zijn hand in de borstzak van zijn zwarte vest. Ik keek niet op van wat hij te voorschijn haalde: een roestvrij stalen boksbeugel.

Hij heeft gel in zijn haar en een Clark Gable-snorretje boven zijn dikke lippen. De gel is in de groene papieren chirurgenmuts getrokken en heeft een donkere vlek in de vorm van Afrika gemaakt. Dat kan ik me van hem herinneren. Dat, en de gouden Allah-ketting om zijn donkere hals. Hij kijkt op me neer, praat snel in een taal die ik niet versta, Urdu denk ik. Mijn ogen worden aangetrokken door zijn op en neer wippende adamsappel, en ik wil hem vragen hoe oud hij eigenlijk is – hij ziet er veel te jong uit, net een acteur uit een buitenlandse soap – maar het enige wat ik kan mompelen is: Ik denk dat ik me goed geweerd heb. Ik denk dat ik me goed geweerd heb.

Ik weet niet of ik me goed geweerd heb tegen Assef. Ik denk van niet. Hoe kan dat ook? Het was de eerste keer dat ik met iemand vocht. Ik had van mijn leven zelfs nog nooit een stomp uitgedeeld.

Mijn herinneringen aan het gevecht met Assef zijn voor een deel opmerkelijk helder: ik weet nog dat Assef de muziek harder zette voor hij zijn boksbeugel aandeed. Het gebedskleed met het uitgerekte, ingeweven Mekka kwam op een bepaald moment van de muur op mijn hoofd terecht; het stof dat eruit viel maakte me aan het niezen. Ik herinner me dat Assef druiven in mijn mond propte, zijn grijns een en al tanden, glimmend van het spuug, en met rollende bloeddoorlopen ogen. Zijn tulband viel op een zeker moment af en er ontsnapten krullen schouderlang blond haar.

En dan het einde, natuurlijk. Dat staat me nog volmaakt helder voor ogen. Dat zal zo blijven.

Ik herinner me hoofdzakelijk dit: zijn boksbeugel die in de middagzon flitst, hoe koud het ding bij de eerste klappen aanvoelt en hoe snel het warmer wordt van mijn bloed. Tegen de muur aan gegooid worden waar een spijker, waar misschien een schilderij aan gehangen heeft in mijn rug prikt. Sohrab die gilt. Tabla, harmonium, een del-roba. Tegen de muur aan gegooid worden. De boksbeugel die mijn kaak versplintert. In mijn eigen tanden stikken, ze doorslikken, met de gedachte aan die talloze uren die ik flossend en poetsend heb doorgebracht. Tegen de muur aan gegooid worden. Op de grond liggen, waar bloed van mijn gesprongen bovenlip het mauve kleed kleurt, pijn die door mijn buik trekt, en me afvragen wanneer ik weer kan ademhalen. Het geluid van mijn knappende ribben, dat net zo klinkt als de takken die Hassan en ik vroeger afbraken om te zwaardvechten, zoals Sindbad in die oude films. Sohrab die gilt. De zijkant van mijn gezicht die tegen de hoek van de televisietafel aan slaat. Weer dat knappende geluid, deze keer onder mijn linkeroog. Muziek. Sohrab die gilt. Vingers die mijn haar vastgrijpen, mijn hoofd naar achteren trekken, het geglinster van roestvrij staal. Daar komt hij. Alweer dat knappende geluid, nu mijn neus. Ik zet van pijn mijn tanden op elkaar en merk dat ze niet meer netjes gerangschikt staan. Geschopt worden. Sohrab die gilt.

Ik weet niet op welk punt ik begon te lachen, maar ik deed het wel. Lachen deed pijn: aan mijn kaken, mijn ribben, mijn keel. Maar ik lachte en lachte. En hoe harder ik lachte, hoe harder hij me schopte, stompte, krabde.

'WAT VALT ER TE LACHEN?' Assef brulde bij elke klap. Zijn spuug belandde in mijn oog. Sohrab gilde.

'WAT VALT ER TE LACHEN?' bulderde Assef. Er knapte nog een rib, deze keer linksonder. Wat er te lachen viel, was dat ik voor het eerst sinds de winter van 1975 vrede had. Ik lachte omdat ik inzag dat ik in een verborgen hoekje van mijn geest hier zelfs naar uitgekeken had. Ik herinnerde me de dag op de heuvel dat ik Hassan met granaatappels bekogeld had en geprobeerd had hem uit zijn tent te lokken. Hij had daar maar gestaan zonder iets te doen, met het rode sap dat zijn hemd doordrenkte als bloed. Toen had hij een granaatappel gepakt en tegen zijn voorhoofd geplet. *Bent u nu tevreden?* had hij schor gezegd. *Voelt u zich nu beter?* Ik was niet tevreden geweest en ik had me niet beter gevoeld, helemaal niet. Maar nu wel. Mijn lichaam was gebroken – ik zou er achteraf pas achter komen hoe erg – maar ik voelde me genezen. Eindelijk was ik genezen. Ik lachte.

Toen het einde. Dat zal ik mee mijn graf in nemen: ik lag op de grond te lachen, Assef wijdbeens op mijn borst, zijn gezicht een masker van waanzin, omvat door verwarde pieken haar die vlak boven mijn gezicht zwaaiden. Zijn vrije hand zat om mijn hals geklemd. De andere, die met de boksbeugel, hield hij in de aanslag boven zijn schouder. Hij hief zijn vuist nog verder op voor nog een stomp.

Toen: 'Bas.' Een dun stemmetje.

We keken allebei op.

'Ophouden, alstublieft.'

Ik herinnerde me iets wat de directeur van het weeshuis gezegd had toen hij de deur voor Farid en mij had geopend. Hoe heette hij ook weer? Zaman? *Hij kan niet buiten dat ding. Waar hij ook heen gaat, hij heeft hem altijd in zijn broekband zitten.*

'Ophouden.'

Twee sporen zwarte kohl, vermengd met tranen, liepen over zijn wangen en hadden de rouge besmeurd. Zijn onderlip trilde. Snot sijpelde uit zijn neus. 'Bas,' zei hij schor.

Zijn hand was opgeheven boven zijn schouder en hield de houder van de katapult vast aan het eind van het elastiek, dat helemaal was uitgerekt. Iets glanzends en geels zat in de houder. Ik knipperde het bloed uit mijn ogen en zag dat het een van de koperen ballen uit de ring van het tafelonderstel was. Sohrab hield de katapult op Assefs gezicht gericht.

'Ophouden, agha, alstublieft,' zei hij, zijn stem hees en trillend. 'Doe hem geen pijn meer.'

Assefs mond bewoog zonder woorden. Hij wilde iets zeggen, hield op. 'Wat moet dit voorstellen?' zei hij ten slotte.

'Hou alstublieft op,' zei Sohrab, en er welden weer tranen op in zijn groene ogen, die zich vermengden met de kohl.

'Leg dat ding neer, Hazara,' beet Assef hem toe. 'Leg dat ding neer, of wat ik hem ga aandoen is een oorvijgje in vergelijking met wat ik met jou doe.'

De tranen rolden omlaag. Sohrab schudde zijn hoofd. 'Alstublieft, agha,' zei hij. 'Hou op.'

'Leg neer.'

'Doe hem geen pijn meer.'

'Leg neer.'

'Alstublieft.'

'LEG DAT DING NEER!'

'Bas.'

'LEG DAT DING NEER!' Assef liet mijn hals los. Deed een uitval naar Sohrab.

De katapult maakte een *twieieiet*-geluid toen Sohrab de houder losliet. Toen begon Assef te schreeuwen. Hij legde zijn hand op de plek waar zo-even zijn linkeroog nog had gezeten. Bloed welde tussen zijn vingers door. Bloed en iets anders, iets wits en geleiachtigs. *Dat heet glasvocht*, kwam het als een heldere gedachte in me op. *Dat heb ik ergens gelezen. Glasvocht.*

Assef rolde over het tapijt. Rolde krijsend heen en weer, met zijn hand nog steeds over de bloederige oogkas.

'Kom mee,' zei Sohrab. Hij pakte mijn hand. Hielp me overeind. Elke centimeter van mijn geteisterde lichaam kermde van de pijn. Achter ons bleef Assef krijsen.

'ERUIT! HAAL HET ERUIT!' schreeuwde hij.

Wankelend deed ik de deur open. De wachten zetten grote ogen op toen ze me zagen en ik vroeg me af hoe ik eruitzag. Mijn maag deed bij elke ademhaling pijn. Een van de wachten zei iets in het Pashtu en ze vlogen langs ons heen de kamer in, waar Assef nog steeds lag te schreeuwen. 'ERUIT!'

'Bia,' zei Sohrab terwijl hij aan mijn hand trok. 'Kom mee!'

Ik strompelde door de gang, Sohrabs kleine hand in de mijne. Ik wierp nog een laatste blik over mijn schouder. De wachten stonden over Assef heen gebogen en deden iets met zijn gezicht. Toen begreep ik het: die koperen bal zat nog steeds in zijn lege oogkas.

Terwijl de hele wereld op en neer en heen en weer schommelde, liep ik moeizaam de treden af, leunend op Sohrab. Boven ging Assefs geschreeuw onverminderd door, de kreten van een gewond dier. We zagen kans buiten te komen, het daglicht in, mijn arm rond Sohrabs schouder, en ik zag Farid op ons af komen rennen.

'Bismillah! Bismillah!' zei hij. Zijn ogen werden groot toen hij me zag. Hij sloeg mijn arm om zijn schouder en tilde me op. Droeg me rennend naar de truck. Ik denk dat ik schreeuwde. Ik keek naar de manier waarop zijn sandalen op het plaveisel stampten en tegen zijn zwarte, eeltige voeten sloegen. Ademhalen deed pijn. Toen keek ik omhoog naar het dak van de Landcruiser, op de achterbank, de bekleding beige en in flarden, en ik luisterde naar het *ting, ting, ting* dat aangaf dat er een portier openstond. Rennende voetstappen om de truck heen. Farid en Sohrab die snel wat woorden wisselden. De portieren van de truck werden dichtgeslagen en de motor kwam brullend tot leven. De auto schokte voorwaarts en ik voelde een handje op mijn voorhoofd. Ik hoorde stemmen op straat, sommige riepen, en ik zag vaag bomen langs de ramen schieten. Sohrab snikte. En Farid herhaalde telkens maar: 'Bismillah! Bismillah!'

Toen raakte ik buiten bewustzijn.

23

Gezichten doemen op in de nevel, blijven hangen, vervagen. Ze turen omlaag, stellen me vragen. Ze stellen allemaal vragen. Weet ik wie ik ben? Heb ik ergens pijn? Ik weet wie ik ben en ik heb overal pijn. Ik wil ze dat vertellen maar praten doet pijn. Dat weet ik omdat ik een tijdje terug, misschien een jaar, misschien tien jaar terug, tegen een kind probeerde te praten met rouge op zijn wangen en met zwart besmeurde ogen. Het kind. Ja, ik zie hem nu. We zitten in een auto, het kind en ik, en ik denk niet dat Soraya rijdt, want Soraya rijdt nooit zo hard. Ik wil iets tegen het kind zeggen – het is kennelijk heel belangrijk dat ik dat doe. Maar ik weet niet meer wat ik wil zeggen, of waarom het belangrijk was. Misschien wil ik zeggen dat hij niet hoeft te huilen, dat alles nu in orde is. Misschien niet. Om de een of andere reden die ik niet kan bedenken wil ik het kind bedanken.

Gezichten. Ze hebben allemaal groene mutsen op. Ze glippen in en uit beeld. Ze praten snel, gebruiken woorden die ik niet begrijp. Ik hoor andere stemmen, andere geluiden, gepiep en alarmsignalen. En steeds meer gezichten. Die omlaagturen. Ik kan me geen van die gezichten herinneren, behalve dat van die ene met gel in zijn haar en een Clark Gable-snor, degene met de Afrika-vlek op zijn muts. Meneer de soapster. Dat is grappig. Ik wil ineens lachen. Maar lachen doet ook pijn.

Ik zak weg.

Ze zegt dat ze Aisha heet, 'net als de vrouw van de profeet'. Haar grijzende haar heeft in het midden een scheiding en is in een paardenstaart samengebonden; haar neus is versierd met een knop in de vorm van de zon. Ze draagt een dubbelfocusbril, waardoor ze uitpuilende ogen lijkt te hebben. Zij is ook in het groen gekleed en haar handen zijn zacht. Ze ziet dat ik naar haar kijk en ze glimlacht. Zegt iets in het Engels. Ik voel iets aan de zijkant in mijn borst prikken.

Ik zak weg.

Een man staat aan mijn bed. Ik ken hem. Hij is donker en slungelig, heeft een lange baard. Hij heeft een pet op – hoe heten die petten ook alweer? Pakols? Hij draagt hem schuin naar één kant, net als een beroemdheid wiens naam me even ontschoten is. Ik ken deze man. Hij heeft me een paar jaar terug ergens heen gereden. Ik ken hem. Er is iets aan de hand met mijn mond. Ik hoor een borrelend geluid.

Ik zak weg.

Mijn rechterarm brandt. De vrouw met de dubbelfocusglazen en de zonvormige neusknop staat over mijn arm gebogen en maakt er een doorzichtige plastic slangetje aan vast. Ze zegt dat het kalium is. 'Het geeft net zo'n prikkend gevoel als een bij, hè?' zegt ze. Dat is zo. Hoe heet ze? Iets wat met een profeet te maken heeft. Ik ken haar ook van een paar jaar geleden. Ze had vroeger haar haar in een paardenstaart. Nu heeft ze het in een knot. Soraya's haar zat in een knot toen we elkaar de eerste keer spraken. Wanneer was dat? Vorige week?

Aisha! Ja.

Er is iets aan de hand met mijn mond. En dan dat ding dat de hele tijd in mijn borst prikt.

Ik zak weg.

We zijn in de Suleiman-bergen in Baluchistan en Baba is met de zwarte beer aan het worstelen. Hij is de Baba uit mijn jeugd, Toofaan agha, dat uit de kluiten gewassen exemplaar van de machtige Pashtun, niet de uitgeteerde man onder de dekens, de man met de geslonken wangen en de holle ogen. Ze rollen over een groen grasveldje, de man en het beest, en Baba's krullende haar vliegt alle kanten op. De beer brult, of misschien is het Baba. Speeksel en bloed spatten in het rond; klauwen en handen maaien. Ze vallen met een harde bons op de grond en Baba zit op de borst van de beer, zijn vingers in zijn snuit geklauwd. Hij kijkt naar mij op en ik zie het. Hij is mij. Ik ben met de beer aan het worstelen.

Ik word wakker. De slungelige, donkere man staat weer aan mijn bed. Hij heet Farid, weet ik nu weer. En bij hem is het kind uit de auto. Zijn gezicht roept de herinnering aan het geluid van bellen op. Ik heb dorst.

Ik zak weg.

Ik kom aan de oppervlakte en ik zak weg.

De man met de Clark Gable-snor bleek dokter Faruqi te heten. Het was helemaal geen soapster maar een hoofd- en nekchirurg, al kon ik het niet uit mijn hoofd zetten dat hij ene Armand was die op een zwoele soaplocatie op een tropisch eiland zat.

Waar ben ik, wilde ik vragen. Maar mijn mond ging niet open. Ik fronste mijn wenkbrauwen. Gromde. Armand glimlachte; zijn tanden waren oogverblindend wit.

'Nog niet, Amir,' zei hij, 'nog even geduld. Als de krammen eruit zijn.' Hij sprak Engels met een vet, rollend Urdu-accent.

Krammen?

Armand deed zijn armen over elkaar; hij had behaarde onderarmen en droeg een gouden trouwring. 'Je vraagt je vast af waar je bent, wat er met je gebeurd is. Dat is heel normaal, de postchirurgische toestand is altijd verwarrend. Dus ik zal je vertellen wat ik weet.'

Ik wilde naar de krammen vragen. Postchirurgisch? Waar was Aisha? Ik wilde dat ze naar me zou glimlachen, ik wilde haar zachte handen in de mijne voelen.

Armand fronste zijn voorhoofd, trok een beetje dikdoenerig een wenkbrauw op. 'Je ligt in een ziekenhuis in Peshawar. Sinds twee dagen. Je hebt een stel uiterst ernstige verwondingen opgelopen, Amir, dat kan ik je wel vertellen. Ik mag wel zeggen dat je boft dat je nog leeft, vriend.' Hij zwaaide zijn wijsvinger heen en weer als een pendule terwijl hij dat zei. 'Je milt was gescheurd; waarschijnlijk en gelukkig maar voor jou was het een vertraagde scheuring, want je vertoonde tekenen van een beginnende bloeding in je buikholte. Mijn collega's van de algemene chirurgie moesten je milt met spoed verwijderen. Als hij eerder gescheurd was, was je doodgebloed.' Hij klopte me op de arm waar het infuus in zat en glimlachte. 'En je hebt zeven gebroken ribben opgelopen. Een daarvan heeft een pneumothorax veroorzaakt.'

Ik fronste mijn voorhoofd. Probeerde mijn mond open te doen. Herinnerde me de krammen.

'Dat betekent een doorboorde long,' legde Armand uit. Hij rukte aan een doorzichtige plastic slang aan mijn linkerkant. Ik voelde weer die steken in mijn borst. 'We hebben het lek met dit slangetje in je borst afgesloten.' Ik volgde de slang die door verband op mijn borst naar buiten stak naar een vat dat half gevuld was met kolommen water. Daar kwam het borrelende geluid vandaan.

'Je hebt ook verscheidene laceraties. Dat zijn snijwonden.'

Ik wilde zeggen dat ik wist wat het woord betekende; ik was schrijver. Ik wilde mijn mond opendoen. Ik was alweer die krammen vergeten.

'De ernstigste snijwond zat op je bovenlip,' zei Armand. 'De klap heeft je bovenlip in tweeën gespleten, helemaal van boven naar beneden. Maar maak je geen zorgen, de jongens van de plastische chirurgie hebben hem weer aan elkaar genaaid en ze denken dat het resultaat uitstekend zal zijn, al blijft er wel een litteken over. Dat is onvermijdelijk.

Links was er ook sprake van een orbitaalfractuur; dat is het bot van de oogkas, en die moesten we ook repareren. De krammen in je kaken gaan er over een week of zes uit,' zei Armand. 'Tot die tijd krijg je vloeibaar eten en milkshakes. Je zult wel wat afvallen en je praat vast een tijdje als Al Pacino in de eerste *Godfather*.' Hij lachte. 'Maar je hebt vandaag een taak te vervullen. Weet je welke?'

Ik schudde mijn hoofd.

'Je moet vandaag winden laten. Als dat je lukt, kunnen we je vloeibaar voedsel geven. Geen scheet, geen eten.' Hij lachte opnieuw.

Later, toen Aisha de buisjes van het infuus vervangen had en op mijn verzoek het hoofdeinde van het bed hoger gezet had, dacht ik na over wat me overkomen was. Gescheurde milt. Gebroken tanden. Doorboorde long. Kapotte oogkas. Maar terwijl ik toekeek hoe een duif naar broodkruim op de vensterbank pikte, bleef ik denken aan iets anders wat Armand annex dokter Faruqi gezegd had: *De klap heeft je bovenlip in tweeën gespleten,* had hij gezegd, *helemaal van boven naar beneden.* Helemaal van boven naar beneden. Zoals bij een hazenlip.

Farid en Sohrab kwamen de volgende dag op bezoek. 'Weet je vandaag wel wie we zijn? Weet je het weer?' zei Farid maar half als grapje. Ik knikte.

'*Al hamdullellah!*' zei hij. 'Geen onzinnig geklets meer.'

'Dank je wel, Farid,' zei ik tussen opeengeklemde kaken door. Armand had gelijk, ik klonk echt als Al Pacino uit *The Godfather.* En ik schrok nog steeds als mijn tong weer in een van de gapingen schoot die achtergelaten waren door de tanden die ik had ingeslikt. 'Ik bedoel, hartelijk bedankt voor alles wat je gedaan hebt.'

Hij maakte een wegwuivend gebaar, bloosde een beetje. 'Bas, niets te danken,' zei hij. Ik wendde me tot Sohrab. Hij had een nieuwe outfit aan, een lichtbruine pirhan-toemban die een beetje te groot voor hem leek, en een zwart kalotje. Hij stond naar zijn voeten te kijken en speelde wat met de slang van het infuus die in lussen op het bed lag.

'We zijn nooit officieel aan elkaar voorgesteld,' zei ik. Ik stak mijn hand uit. 'Ik ben Amir.'

Hij keek naar mijn hand, toen naar mij. 'Bent u de Amir agha over wie vader verteld heeft?' zei hij.

'Ja.' Ik herinnerde me de woorden uit Hassans brief. *Ik heb Farzana jaan en Sohrab veel over u verteld: dat we samen zijn opgegroeid en samen speelden en door de straten renden. Ze lachen om alle verhalen over het kattenkwaad dat u en ik vroeger altijd uithaalden.* 'Ik ben jou ook dank verschuldigd, Sohrab jaan,' zei ik. 'Je hebt mijn leven gered.'

Hij zei niets. Ik liet mijn hand vallen toen hij hem niet pakte. 'Je hebt mooie nieuwe kleren aan,' mompelde ik.

'Ze zijn van mijn zoon,' zei Farid. 'Die is eruit gegroeid. Ze passen Sohrab heel aardig, vind ik.' Sohrab kon wel bij hem logeren, zei hij, tot we onderdak voor hem gevonden hadden. 'We hebben niet veel ruimte, maar wat kan ik anders? Ik kan hem niet op straat achterlaten. Bovendien zijn mijn kinderen dol op hem. *Ha*, Sohrab?' Maar de jongen bleef naar beneden kijken en met de slang van het infuus frutselen.

'Ik wil de hele tijd al iets vragen,' zei Farid een beetje aarzelend. 'Wat is er in dat huis gebeurd? Wat is er tussen jou en die talib voorgevallen?'

'Laten we zeggen dat we allebei ons verdiende loon gekregen hebben,' zei ik.

Farid knikte, hij ging er niet op door. Ik bedacht dat we ergens tussen het moment dat we van Peshawar op pad gegaan waren naar Afghanistan en nu vrienden waren geworden. 'Ik wil jou ook al de hele tijd iets vragen.'

'Wat?'

Ik wilde het niet vragen. Ik was bang voor het antwoord. 'Rahim Khan,' zei ik.

'Die is weg.'

Mijn hart sloeg over. 'Is hij... ?'

'Nee, gewoon... weg.' Hij gaf me een opgevouwen stuk papier en een sleuteltje. 'Ik kreeg dit van de huisbaas toen ik bij hem langs wilde gaan. Hij zei dat Rahim Khan de dag na ons vertrek ook vertrokken was.'

'Waarheen?'

Farid haalde zijn schouders op. 'Dat wist de huisbaas niet. Hij zei dat Rahim Khan de brief en de sleutel voor u had achtergelaten en toen vertrokken was.' Hij keek op zijn horloge. 'Ik moet ervandoor. Bia, Sohrab.'

'Kun je hem niet even hier laten?' zei ik. 'En hem straks weer ophalen?' Ik wendde me tot Sohrab. 'Wil je wel even bij mij blijven?'

Hij haalde zijn schouders op en zei niets.

'Natuurlijk,' zei Farid. 'Ik kom hem vlak voor de avondnamaz ophalen.'

In mijn kamer waren nog drie andere patiënten. Twee oudere mannen, de een met zijn been in het gips, de ander hijgend van de astma, en een jongen van vijftien, zestien die een blindedarmoperatie had ondergaan. De oude man met zijn been in het gips staarde naar ons zonder zelfs maar te knipperen; zijn ogen gingen van mij naar de Hazara-jongen op de kruk. De familieleden van mijn kamergenoten – oude vrouwen in felgekleurde *sjalwar-kamiezes*, kinderen, mannen met een kalotje op hun hoofd – schuifelden luidruchtig de kamer in en uit. Ze brachten pakora's, naan, *samosa's*, *biryani* mee. Soms liepen er zomaar mensen de kamer binnen, zoals de lange, bebaarde man die net voor Farid en Sohrab arriveerden binnenwandelde. Hij had een bruine deken om zich heen geslagen. Aisha vroeg hem iets in het Urdu. Hij besteedde geen aandacht aan haar en zocht met zijn ogen de kamer af. Ik dacht dat hij wat langer dan noodzakelijk naar mij keek. Toen de verpleegkundige nog iets tegen hem zei, draaide hij zich alleen pijlsnel om en vertrok.

'Hoe gaat het met je?' vroeg ik Sohrab. Hij haalde zijn schouders op, keek naar zijn handen.

'Heb je honger? Die mevrouw daar heeft me een bord met biryani gegeven, maar ik kan het niet eten,' zei ik. Ik wist niet wat ik anders tegen hem moest zeggen. 'Wil jij het hebben?'

Hij schudde zijn hoofd.

'Wil je praten?'

Hij schudde weer zijn hoofd.

Zo bleven we een tijdje zitten: zwijgend, ik overeind in bed met twee kussens in mijn rug, Sohrab op de driepotige kruk naast het bed. Op een gegeven moment viel ik in slaap, en toen ik wakker werd was het daglicht een beetje vervaagd; de schaduwen waren langer geworden, en Sohrab zat nog steeds naast me. Hij keek nog steeds omlaag naar zijn kleine, eeltige handen.

Die avond, toen Farid Sohrab had opgehaald, vouwde ik Rahim Khans brief open. Ik had het lezen ervan zo lang mogelijk uitgesteld. Er stond:

Amir jaan,
Insjallah treft deze brief je veilig aan. Ik bid dat ik je niet in gevaar heb gebracht en dat Afghanistan niet al te onvriendelijk voor je is geweest. Ik bid voor je sinds de dag dat je vertrokken bent.
Je hebt al die jaren gelijk gehad met je vermoeden dat ik het wist. Ik wist het inderdaad. Hassan vertelde me het vlak nadat het gebeurd was. Wat je gedaan hebt was verkeerd, Amir jaan, maar vergeet niet dat je een kleine jongen was toen het gebeurde. Een ongelukkige kleine jongen. Je was indertijd te hard voor jezelf, en dat ben je nog steeds – dat zag ik in je ogen, in Peshawar. Maar ik hoop dat je hieraan wilt denken: een man die geen geweten heeft, en geen goedheid, lijdt niet. Ik hoop dat jouw lijden ten einde komt met deze tocht naar Afghanistan.
Amir jaan, ik schaam me voor de leugens die we je al die jaren verteld hebben. Je had gelijk dat je kwaad was, toen in Peshawar. Je had het recht om het te weten. En Hassan ook. Ik weet wel dat dat niemand vrijpleit, maar het Kabul waar wij in die tijd woonden, was een vreemde wereld, een wereld waarin sommige dingen zwaarder wogen dan de waarheid.
Amir jaan, ik weet hoe hard je vader voor jou was toen je opgroeide. Ik zag hoe je leed en hoe je verlangde naar zijn affectie, en mijn hart bloedde voor je. Maar je vader werd verscheurd, Amir jaan, verscheurd tussen jou en Hassan. Hij hield van jullie allebei, maar hij kon niet van Hassan houden op de manier die hij wenste: openlijk, en als een vader. En dat verhaalde hij op jou – Amir, de sociaal acceptabele van de twee, degene die de rijkdommen die hij geërfd had vertegenwoordigde, en het privilege om straffeloos te zondigen dat daarbij hoort. Als hij jou zag, zag hij zichzelf. En zijn schuld. Je bent nog steeds kwaad en ik besef dat het veel te vroeg is om te verwachten dat je dit accepteert, maar misschien zie je ooit in dat als je vader hard voor jou was, hij hard voor zichzelf was. Je vader was net als jij een gekweld mens, Amir jaan.

Ik kan niet beschrijven hoe diep en zwart het verdriet was waardoor ik overvallen werd toen ik vernam van zijn overlijden. Ik hield van hem omdat hij mijn vriend was, maar ook omdat hij een goed mens was, misschien zelfs wel een groot man. En dit is wat je moet begrijpen: dat er iets goeds, waarlijk goeds is voortgekomen uit de wroeging van je vader. Soms denk ik dat alles wat hij deed – geld geven aan de armen, het weeshuis bouwen, geld geven aan vrienden in nood – dat dat allemaal zijn manier was om zijn schuld in te lossen. En dat is naar mijn overtuiging wat ware inlossing is, Amir jaan, als schuld tot iets goeds leidt.
Ik weet dat God uiteindelijk vergiffenis schenkt. Hij zal je vader vergeven, mij, en jou ook. Ik hoop dat jij hetzelfde kunt doen. Vergeef je vader als je kunt. Vergeef mij als je dat wilt. Maar vergeef in de allereerste plaats jezelf.
Ik heb je wat geld nagelaten, het grootste deel van wat ik heb na te laten. Ik denk dat je wel wat kosten zult moeten maken als je hier terugkeert, en dat geld moet genoeg zijn om die kosten te dekken. Er is een bank in Peshawar; Farid weet waar. Het geld ligt in een kluis. Ik heb je de sleutel gegeven.
Voor mij is het tijd om weg te gaan. Ik heb niet veel tijd meer en ik wens die alleen door te brengen. Ga alsjeblieft niet naar me op zoek. Dat is mijn laatste verzoek aan jou.
Ik laat je achter in Gods handen.
Voor altijd je vriend,
Rahim

Ik haalde de mouw van mijn ziekenhuishemd over mijn ogen. Ik vouwde de brief op en stopte hem onder mijn matras. *Amir, de sociaal acceptabele van de twee, degene die de rijkdommen die hij geërfd had vertegenwoordigde en het privilege om straffeloos te zondigen dat daarbij hoort.* Was dat misschien de reden waarom Baba en ik in de Verenigde Staten zoveel beter met elkaar overweg konden, vroeg ik me af. Rommel verkopend voor een grijpstuiver, onze ongeschoolde baantjes, ons smerige appartement – de Amerikaanse versie van de hut; misschien dat toen we eenmaal in Amerika waren Baba in mij een klein beetje van Hassan terugzag.

Je vader was net als jij een gekweld mens, Amir jaan, had Rahim Khan geschreven. Misschien wel. We hadden beiden gezondigd en verraad gepleegd. Maar Baba had een manier gevonden om iets goeds te scheppen uit zijn wroeging. En wat had ik gedaan behalve mijn schuldgevoel te verhalen op de mensen die ik verraden had, om vervolgens te proberen het allemaal te vergeten? Wat had ik gedaan behalve een slechte slaper worden?

Wat had ik ooit gedaan om dingen recht te zetten?

Toen de verpleegkundige – niet Aisha maar een roodharige vrouw wier naam me ontschoten is – met een injectienaald in de hand binnenkwam en me vroeg of ik morfine nodig had, zei ik ja.

De volgende ochtend vroeg verwijderden ze het slangetje in mijn borst, en Armand gaf de staf groen licht om me appelsap te laten drinken. Ik vroeg Aisha om een spiegel toen ze het glas appelsap op het nachtkastje naast mijn bed zette. Ze schoof haar bril op haar voorhoofd terwijl ze het gordijn opentrok en de ochtendzon binnen liet stromen. 'Denk eraan,' zei ze over haar schouder. 'Over een paar dagen ziet het er beter uit. Mijn schoonzoon heeft vorig jaar een motorongeluk gehad. Zijn knappe gezicht was over het asfalt gesleurd en was zo paars als een aubergine geworden. Nu is hij weer net zo mooi als een Lollywood-filmster.'

Ondanks haar bemoedigende woorden werd ik van de aanblik van het iets dat beweerde mijn gezicht te zijn even een beetje ademloos. Het leek wel of iemand de tuit van een luchtpomp onder mijn huid gestoken had en het op een pompen had gezet. Mijn ogen waren opgezwollen en blauw. Mijn mond was er het ergst aan toe: een bizarre massa paars en rood, een en al blauwe plekken en hechtingen. Ik probeerde te glimlachen en een flits van pijn trok door mijn lippen. Dat zou ik nog wel een tijdje niet kunnen. Over mijn linkerwang zaten hier en daar hechtingen, vlak onder mijn kin, op mijn voorhoofd vlak onder de haargrens.

De oude man met het been in het gips zei iets in het Urdu. Ik haalde mijn schouders op en schudde mijn hoofd. Hij wees naar zijn gezicht, klopte erop en grijnsde een brede, tandeloze grijns. 'Heel goed,' zei hij in het Engels. 'Insjallah.'

'Dank u,' fluisterde ik.

Farid en Sohrab kwamen net binnen toen ik de spiegel opborg. Sohrab nam plaats op de kruk en liet zijn hoofd op de stang rond het bed rusten.

'Hoe eerder we je hier weg hebben, hoe beter,' zei Farid.

'Dokter Faruqi zegt... '

'Ik bedoel niet uit het ziekenhuis. Ik bedoel uit Peshawar.'

'Waarom?'

'Ik denk niet dat je hier nog lang veilig bent,' zei Farid. Hij liet zijn stem dalen. 'De taliban hebben hier vrienden. Die zullen binnenkort naar je gaan uitkijken.'

'Dat doen ze misschien al, denk ik,' mompelde ik. Ik dacht ineens aan de bebaarde man die de kamer was binnengewandeld en naar mij had staan staren.

Farid boog zich naar me toe. 'Zodra je kunt lopen, neem ik je mee naar Islamabad. Daar is het ook niet helemaal veilig, dat is het nergens in Pakistan, maar het is er beter dan hier. Zo krijg je in elk geval een beetje meer tijd.'

'Dit kan voor jou ook niet veilig zijn, Farid jaan. Misschien kun je je maar beter niet met mij laten zien. Je hebt een gezin om voor te zorgen.'

Farid maakte een wegwuivend gebaar. 'Mijn zoons zijn jong, maar ze zijn heel pienter. Ze weten wel hoe ze voor hun moeders en zussen moeten zorgen.' Hij glimlachte. 'Bovendien, ik zei niet dat ik het voor niks zou doen.'

'Dat zou ik ook nooit goedvinden als je het aanbood,' zei ik. Ik dacht er niet aan dat ik niet kon glimlachen en ik probeerde het. Een klein druppeltje bloed kroop over mijn wang omlaag. 'Mag ik je nog om één gunst vragen?'

'Voor jou doe ik alles,' zei Farid.

En ineens moest ik huilen. Ik haalde hortend en stotend adem; tranen stroomden over mijn wangen en deden het rauwe vlees van mijn lippen prikken.

'Wat is er?' zei Farid geschrokken.

Ik begroef mijn gezicht in een hand en hield de andere omhoog. Ik wist dat de hele kamer naar me zat te kijken. Daarna voelde ik me doodmoe en leeg. 'Het spijt me,' zei ik. Sohrab zat met een frons op zijn voorhoofd naar me te kijken.

Toen ik weer kon praten, vertelde ik Farid wat ik nodig had. 'Rahim Khan zei dat ze hier in Peshawar wonen.'

'Misschien moest je hun namen maar even opschrijven,' zei Farid met een behoedzame blik op mij, alsof hij zich afvroeg wat me straks weer aan het huilen zou kunnen maken. Ik krabbelde hun namen op een stukje van een papieren handdoek. 'John en Betty Caldwell.'

Farid stak het opgevouwen papiertje in zijn zak. 'Ik ga zo gauw mogelijk naar hen op zoek,' zei hij. Hij draaide zich om naar Sohrab. 'En jou kom ik vanavond ophalen. Je mag Amir agha niet te moe maken.'

Maar Sohrab was naar het raam gelopen, waar een stuk of vijf duiven over de vensterbank heen en weer liepen en naar het hout en oude broodkorstjes pikten.

In de middelste la van mijn nachtkastje had ik een oud nummer van de *National Geographic*, een afgekloven potlood, een kam met ontbrekende tanden, en nog iets gevonden, en naar dat laatste was ik nu met een bezweet gezicht van inspanning aan het graaien: een spel kaarten. Ik had ze al nageteld en had tot mijn verrassing gemerkt dat het spel compleet was. Ik vroeg Sohrab of hij zin had om te spelen. Ik verwachtte niet dat hij antwoord zou geven, laat staan dat hij zou spelen. Sinds we uit Kabul waren weggevlucht was hij heel stil geweest. Maar hij draaide zich om van het raam en zei: 'Het enige spel dat ik ken is panjpar.'

'Ik heb nu al met je te doen, want ik ben een grootmeester in panjpar. Een wereldberoemde.'

Hij nam plaats op de kruk naast me. Ik gaf hem zijn vijf kaarten. 'Toen je vader en ik zo oud waren als jij, speelden we dit spel heel vaak. Vooral in de winter, als het sneeuwde en we niet naar buiten konden. Dan speelden we tot de zon onderging.'

Hij speelde een kaart en pakte er een van de stapel. Af en toe wierp ik heimelijk een blik op hem terwijl hij zijn kaarten bestudeerde. Hij leek in vele opzichten sprekend op zijn vader: hij waaierde ook met twee handen zijn kaarten uit, hij kneep zijn ogen ook half dicht als hij ze bekeek, en hij keek een ander ook zelden recht in de ogen.

We speelden in stilte. Ik won het eerste spelletje, liet hem het volgende winnen, en verloor de volgende vijf helemaal eerlijk. 'Je bent net zo goed als je vader, misschien nog wel beter,' zei ik na mijn laatste verloren spel. 'Ik versloeg hem weleens, maar ik denk dat hij me liet winnen.' Ik zweeg even en toen zei ik: 'Je vader en ik zijn door dezelfde vrouw gezoogd.'

'Dat weet ik.'

'Wat... Wat heeft hij over ons verteld?'

'Dat u de beste vriend was die hij ooit heeft gehad,' zei hij.

Ik liet de ruitenboer tussen mijn vingers ronddraaien en wapperde ermee. 'Ik ben bang dat ik niet zo'n goede vriend geweest ben,' zei ik, 'maar ik wil graag jouw vriend zijn. Ik denk dat ik een goede vriend voor jou kan zijn. Zou dat goed zijn? Zou je dat willen?' Ik legde behoedzaam mijn hand op zijn arm, maar hij kromp ineen. Hij liet zijn kaarten vallen en duwde zich op de kruk naar achteren. Hij liep terug naar het raam. De hemel was vol rode en paarse strepen nu de zon onderging over Peshawar. Vanaf de straat klonk getoeter, het balken van een ezel, het fluitje van een politieagent. Sohrab stond daar in het karmozijnen licht, zijn voorhoofd tegen het glas gedrukt, de vuisten verstopt in zijn oksels.

Aisha haalde er een mannelijke assistent bij om mij die avond te helpen mijn eerste stappen te zetten. Ik liep maar één keer de kamer rond, met de ene hand rond de verrijdbare infuusstandaard, en de andere hand om de onderarm van de assistent geklemd. Het kostte me tien minuten om weer bij mijn bed te komen en tegen die tijd klopte de snee op mijn buik en was ik doorweekt geraakt van het zweet. Ik lag hijgend en met mijn hart kloppend in mijn oren in bed, en ik bedacht hoe erg ik mijn vrouw miste.

Sohrab en ik speelden het grootste deel van de volgende dag panjpar, opnieuw in stilte. En de dag daarna. We zeiden nauwelijks iets, speelden alleen panjpar, ik overeind in bed, hij op de kruk met drie poten, en onze vaste routine werd alleen onderbroken als ik een rondje de kamer door maakte of naar het toilet verderop in de gang moest. Die nacht droomde ik. Ik droomde dat Assef in de deuropening van mijn ziekenhuiskamer stond, met de koperen bal nog in zijn oogkas. 'Wij zijn hetzelfde, jij en ik,' zei hij. 'Jij bent aan dezelfde borst als hij gevoed, maar je bent mijn tweelingbroer.'

De volgende ochtend zei ik tegen Armand dat ik wilde vertrekken.

'Het is nog erg vroeg om je te ontslaan,' protesteerde Armand. Hij had die dag geen operatiekleding aan, maar een marineblauw pak met een button-down overhemd en een gele das. De gel zat weer in zijn haar. 'Je bent nog aan de intraveneuze antibiotica en... '

'Ik moet weg,' zei ik. 'Ik ben heel dankbaar voor wat jullie allemaal voor me gedaan hebben. Echt waar. Maar ik moet weg.'

'Waar ga je dan heen?' zei Armand.

'Dat zeg ik liever niet.'

'Maar je kunt nauwelijks lopen.'

'Ik kan tot aan het eind van de gang en terug lopen,' zei ik. 'Ik red me wel.' Het plan was als volgt: het ziekenhuis verlaten, het geld uit de kluis halen en de ziekenhuisrekeningen betalen, naar het weeshuis rijden en Sohrab bij John en Betty Caldwell achterlaten. Dan de tocht naar Islamabad maken en de reisplannen veranderen. Mezelf nog een paar dagen gunnen om wat aan te sterken en dan naar huis vliegen.

Dat was in elk geval het plan. Tot Farid en Sohrab die ochtend arriveerden. 'Die vrienden van u, John en Betty Caldwell, die zijn niet in Peshawar,' zei Farid.

Het had me tien minuten gekost om mijn pirhan-toemban aan te trekken. Mijn borst, waar ze me gesneden hadden om er de slang in te stoppen, deed pijn toen ik mijn arm ophief en mijn buik begon telkens als ik vooroverboog te kloppen. Ik hijgde gierend van de simpele inspanning om wat van mijn spullen in een bruine papieren zak te stoppen. Maar het was me gelukt om alle voorbereidingen te treffen en ik zat op de rand van het bed toen Farid met dat nieuws kwam aanzetten. Sohrab ging naast me op het bed zitten.

'Waar zijn ze heen?' vroeg ik.

Farid schudde zijn hoofd. 'Je begrijpt het niet...'

'Want Rahim Khan zei...'

'Ik ben bij het Amerikaanse consulaat geweest... ' zei Farid terwijl hij de bruine zak oppakte. 'Er zijn nooit een John en Betty Caldwell in Peshawar geweest. Volgens de mensen van het consulaat hebben ze nooit bestaan. Niet hier in Peshawar in elk geval.'

Naast me zat Sohrab de *National Geographic* door te bladeren.

We haalden het geld van de bank. De directeur, een gezette man met zweetplekken onder zijn armen, bleef maar stralend glimlachen en vertelde me keer op keer dat niemand van de bank aan het geld gezeten had. 'Echt helemaal niemand,' zei hij ernstig, en hij zwaaide op dezelfde manier met zijn wijsvinger als Armand gedaan had.

Door Peshawar rijden met zoveel geld in een papieren zak was een enigszins angstaanjagende ervaring. Bovendien verdacht ik iedere bebaarde man die naar me staarde ervan een talib-moordenaar te zijn die door Assef op me af was gestuurd. Twee dingen maakten mijn angsten nog erger: in Peshawar zijn heel veel mannen met baarden, en iedereen staart je aan.

'Wat doen we nu met hem?' zei Farid terwijl hij me langzaam van de boekhouding van het ziekenhuis terug naar de auto begeleidde. Sohrab zat op de achterbank van de Landcruiser door het open raam naar het verkeer te kijken, zijn kin op zijn handpalmen.

'Hij kan niet in Peshawar blijven,' zei ik hijgend.

'Nee, Amir agha, dat kan niet,' zei Farid. Hij had de vraag in mijn woorden gelezen. 'Het spijt me. Ik wou dat ik... '

'Dat geeft niets, Farid,' zei ik. Ik wist een vermoeid glimlachje te produceren. 'Jij hebt monden te voeden.' Er stond een hond op zijn achterste poten naast de truck, zijn voorpoten tegen het portier, met kwispelende staart. Sohrab aaide de hond. 'Dan moet hij voorlopig maar mee naar Islamabad,' zei ik.

Bijna de hele rit van vier uur naar Islamabad sliep ik. Ik droomde veel, en daarvan herinner ik me niet meer dan een mengelmoes van beelden, snippers visuele herinneringen die door mijn hoofd flitsen als de kaarten van een Rolodex: Baba die lamsvlees marineert op het feest voor mijn dertiende verjaardag, Soraya en ik die voor het eerst vrijen, de zon die in het oosten opkomt, onze oren die nog tuiten van de bruiloftsmuziek, haar met henna beschilderde handen in de mijne gestrengeld. Die keer dat Baba Hassan en mij meenam naar een aardbeienveld in Jalalabad – de eigenaar had gezegd dat we zoveel konden eten als we maar wilden als we maar minstens vier kilo kochten – en dat we allebei achteraf buikpijn hadden. Hoe donker, bijna zwart, Hassans bloed geleken had dat van het zitvlak van zijn broek op de sneeuw druppelde. *Bloed is iets heel krachtigs, batsjem.* Khala Jamila die op Soraya's knie klopt en zegt: *God weet het het best, batsjem. Misschien heeft het gewoon niet zo mogen zijn.* Slapen op het dak van mijn vaders huis. Baba die zegt dat de enige zonde diefstal is. *Als je een leugen vertelt, steel je iemands recht op de waarheid.* Rahim Khan aan de telefoon, die me vertelt dat er een manier is om het goed te maken. *Een manier om het goed te maken...*

24

Als Peshawar de stad was die me deed denken aan hoe Kabul vroeger was, dan was Islamabad de stad die Kabul ooit had kunnen worden. De straten waren breder dan die in Peshawar, schoner, en er stonden aan weerszijden hibiscusstruiken en bomen met rode pluimen. De bazaars waren beter georganiseerd en lang niet zo verstopt met riksja's en voetgangers. De architectuur was ook eleganter, moderner, en ik zag parken waar rozen en jasmijn bloeiden in de schaduw van bomen.

Farid vond een hotelletje aan een zijstraat die parallel liep aan de voet van de Margalla-heuvels. Op weg erheen passeerden we de fameuze Shah Faisal-moskee, naar verluidt de grootste moskee ter wereld, met zijn reusachtige betonnen dwarsbalken en omhoogtorenende minaretten. Sohrab leefde op bij de aanblik van de moskee, leunde uit het raam en bleef ernaar kijken tot Farid een hoek omsloeg.

De hotelkamer was een enorme verbetering in vergelijking met het hotel waar Farid en ik in Kabul hadden verbleven. De lakens waren schoon, het tapijt was gezogen, en de badkamer was smetteloos. Shampoo, zeep, scheermesjes, een badkuip, en handdoeken die naar citroen roken – het was er allemaal. En geen bloedvlekken op de muren. En nog iets: er stond een televisietoestel op de ladekast tegenover de twee eenpersoonsbedden.

'Kijk!' zei ik tegen Sohrab. Ik zette de tv met de hand aan – geen afstandsbediening – en draaide aan de knop. Ik vond een kinderprogramma met twee wollige schapen die in het Urdu aan het zingen waren. Sohrab ging op een van de bedden zitten en trok zijn knieën op tot onder zijn kin. De televisiebeelden werden in zijn groene ogen weerkaatst terwijl hij met onbewogen gezicht al heen en weer schommelend zat te kijken. Ik dacht terug aan die keer dat ik Hassan beloofd had dat ik als we allebei groot waren een kleurentelevisie voor zijn gezin zou kopen.

'Ik ga er maar eens vandoor, Amir agha,' zei Farid.

'Blijf vannacht hier,' zei ik. 'Het is een lange rit. Ga morgen pas weg.'

'Tasjakor,' zei hij, 'maar ik wil vanavond terug. Ik mis mijn kinderen.' Op weg naar buiten bleef hij even stilstaan in de deuropening. 'Vaarwel, Sohrab jaan,' zei hij. Hij wachtte op antwoord, maar Sohrab besteedde geen aandacht aan hem. Hij schommelde alsmaar heen en weer, zijn gezicht beschenen door de zilveren gloed van de beelden die over het scherm flikkerden.

Buiten gaf ik hem een envelop. Toen hij die openscheurde, viel zijn mond open.

'Ik wist niet hoe ik je anders kon bedanken,' zei ik. 'Je hebt zoveel voor me gedaan.'

'Hoeveel zit hierin?' zei Farid een beetje verdwaasd.

'Iets meer dan drieduizend dollar.'

'Drie... dui...' begon hij. Zijn onderlip beefde een beetje. Later, toen hij wegreed, toeterde hij twee keer en hij zwaaide. Ik zwaaide terug. Ik heb hem nooit meer gezien.

Ik ging terug naar de kamer en vond Sohrab liggend op bed, opgekruld in een grote C. Hij had zijn ogen dicht maar ik kon niet zien of hij sliep. Hij had de televisie uitgezet. Ik ging op mijn bed zitten. Mijn gezicht vertrok van de pijn en ik moest het kille zweet van mijn voorhoofd wissen. Ik vroeg me af hoe lang het nog pijn zou blijven doen om op te staan, te gaan zitten en me in bed om te draaien. Ik vroeg me af wanneer ik in staat zou zijn om vast voedsel te eten. Ik vroeg me af wat ik met het beschadigde jongetje zou doen dat daar op bed lag, al wist een deel van me dat al wel.

Op de ladekast stond een karaf met water. Ik schonk een glas vol en nam twee van Armands pillen tegen de pijn. Het water was warm en bitter. Ik trok de gordijnen dicht, liet mezelf weer op bed zakken en ging liggen. Ik dacht dat mijn borstkas open zou scheuren. Toen de pijn een beetje minder werd en ik weer kon ademhalen, trok ik de deken tot mijn kin op en bleef liggen wachten tot de pillen van Armand gingen werken.

Toen ik wakker werd, was de kamer donkerder geworden. De smalle reep lucht tussen de gordijnen had de purperen kleur van de schemering die in nacht overgaat. De lakens waren doorweekt en mijn hoofd bonsde. Ik had weer gedroomd, maar ik wist niet meer waarover.

Mijn hart maakte een ziekmakende sprong toen ik naar Sohrabs bed keek en zag dat dat leeg was. Ik riep zijn naam. Ik schrok van het geluid van mijn stem. Het was verwarrend om in een donkere hotelkamer te zitten, duizenden kilometers van huis, mijn lichaam gebroken, en dan de naam te roepen van een jongen die ik nog maar een paar dagen geleden ontmoet had. Ik riep nog eens zijn naam en hoorde niets. Met pijn en moeite kwam ik uit bed, keek in de badkamer, en in de smalle gang buiten de kamer. Hij was weg.

Ik deed de deur op slot en strompelde naar het kantoor van de directeur in de lobby, met een hand om de reling langs de muur voor houvast. In de hoek van de lobby stond een stoffige kunstpalm en over het behang vlogen roze flamingo's. De directeur zat achter de balie met formica blad de krant te lezen. Ik beschreef Sohrab, vroeg of hij hem gezien had. Hij legde zijn krant neer en zette zijn leesbril af. Hij had vettig haar en een vierkant snorretje, bespikkeld met grijs. Hij rook vaag naar een tropische vrucht die ik niet helemaal herkende.

'Jongens houden ervan om rond te draven,' zei hij zuchtend. 'Ik heb er drie. De hele dag draven ze rond en maken ze het hun moeder lastig.' Hij bewaaierde zijn gezicht met de krant en staarde naar mijn kaken.

'Ik denk niet dat hij buiten aan het ronddraven is,' zei ik. 'We komen hier niet vandaan. Ik ben bang dat hij verdwaalt.'

Hij schudde zijn hoofd. 'Dan had u hem in het oog moeten houden, meneer.'

'Dat weet ik,' zei ik, 'maar ik ben in slaap gevallen, en toen ik wakker werd was hij verdwenen.'

'Jongens moeten in de gaten gehouden worden, weet u.'

'Ja,' zei ik met kloppend hart. Hoe kon mijn ongerustheid hem zo onverschillig laten? Hij pakte de krant in zijn andere hand en hervatte het waaieren. 'Nu willen ze ineens fietsen.'

'Wie?'

'Mijn zoons,' zei hij. 'Ze zeggen: "Papa, papa, koop alstublieft fietsen voor ons, dan zullen we niet meer zeuren. Alstublieft, papa!"' Hij liet een kort, nasaal lachje horen. 'Fietsen. Hun moeder zou me vermoorden, dat geef ik u op een briefje.'

Ik zag Sohrab in een greppel liggen. Of in de kofferbak van een auto, gekneveld en vastgebonden. Ik wilde niet dat zijn bloed aan mijn handen kleefde. Niet ook nog eens het zijne. 'Alstublieft...' zei ik. Ik tuurde naar zijn naamplaatje op de revers van zijn blauwkatoenen overhemd met korte mouwen. 'Hebt u hem gezien, meneer Fayyaz?'

'De jongen?'

Ik beet hem toe: 'Ja, de jongen! De jongen die ik bij me had. Hebt u hem nou wel of niet gezien?' Het waaieren hield op. Zijn ogen vernauwden zich. 'Nou moet je niet tegen mij tekeergaan, vriend. Ik ben niet degene die hem is kwijtgeraakt.'

Hij had gelijk, maar dat nam niet weg dat het bloed me naar de wangen steeg. 'U hebt gelijk, ik zit fout. Mijn schuld. Maar hebt u hem gezien?'

'Sorry,' zei hij kortaf. Hij zette zijn bril weer op. Sloeg met een ruk zijn krant weer open. 'Zo'n jongen heb ik niet gezien.'

Ik bleef een poosje bij de balie staan en probeerde niet te schreeuwen. Net toen ik de lobby wilde verlaten zei hij: 'Enig idee waar hij heen gegaan kan zijn?'

'Nee,' zei ik. Ik was moe. Moe en bang.

'Heeft hij bepaalde interesses?' zei hij. Ik zag dat hij de krant opvouwde. 'Mijn jongens hebben bijvoorbeeld alles over voor Amerikaanse actiefilms, en dan vooral met die Arnold Watsenegger.'

'De moskee!' zei ik. 'De grote moskee!' Ik herinnerde me weer dat de moskee Sohrab uit zijn verdoving gewekt had toen we erlangs waren gereden, hoe hij uit het raam gehangen had om ernaar te kijken.

'Shah Faisal?'
'Ja. Kunt u mij daarheen brengen?'
'Wist u dat dat de grootste moskee ter wereld is?' vroeg hij.
'Nee, maar... '
'Op de binnenplaats alleen al is plaats voor veertigduizend mensen.'
'Kunt u me erheen brengen?'
'Het is hier maar een kilometer vandaan,' zei hij. Maar hij had zich al afgeduwd van de balie.
'Ik betaal voor het ritje,' zei ik.
Hij zuchtte en schudde zijn hoofd. 'Ik ben zo terug.' Hij verdween in de achterkamer, kwam terug met een andere bril op, een paar sleutels in de hand, en in zijn kielzog een kleine, gezette vrouw in een oranje sari. Zij ging achter de balie zitten. 'Ik hoef uw geld niet,' zei hij in het voorbijgaan. 'Ik zal u rondrijden omdat ik ook een vader ben, net als u.'

Ik verwachtte dat we tot het donker in de stad zouden rondrijden. Ik zag mezelf al bij de politie aankloppen en Sohrab voor hen beschrijven onder de verwijtende blikken van Fayyaz. Ik hoorde de vermoeide, ongeïnteresseerde stem van de agent die me de verplichte vragen stelde. En achter de officiële vragen een onofficiële: wat maakte een dood Afghaans kind meer of minder nou uit? En dan ook nog eens een Hazara?
Maar we vonden hem op zo'n honderd meter van de moskee, zittend op een eilandje van gras op een halfvolle parkeerplaats. Fayyaz reed naar het eilandje en liet me uitstappen. 'Ik moet weer terug,' zei hij.
'Dat geeft niet. We lopen wel terug,' zei ik. 'Heel erg bedankt, meneer Fayyaz.'
Hij leunde over de voorbank toen ik uitstapte. 'Mag ik u iets zeggen?'
'Ga uw gang.'
In het duister van de vallende avond was zijn gezicht niet meer dan een paar brillenglazen die het wegstervende licht reflecteerden. 'Weet u wat het is met jullie Afghanen? Jullie zijn een tikje roekeloos.'

Ik was moe en ik had pijn. Mijn kaken bonsden. En die verdomde wonden aan mijn borst en buik voelden aan als prikkeldraad onder mijn huid. Maar toch begon ik te lachen.

'Wat... Wat heb ik...' zei Fayyaz, maar toen was ik inmiddels al onbedaarlijk aan het lachen. Uit volle borst kwamen de lachsalvo's uit mijn mond vol krammen gerold.

'Die lui zijn getikt,' zei hij. Zijn banden gierden toen hij wegspoot, zijn achterlichten knipperden rood in het vervagende licht.

'Je hebt me lelijk laten schrikken,' zei ik. Ik ging naast hem zitten en kromp ineen van de pijn toen ik me vooroverboog.

Hij zat naar de moskee te kijken. De Shah Faisal-moskee had de vorm van een reusachtige tent. Auto's reden af en aan; gelovigen in het wit stroomden naar binnen en naar buiten. We zaten zwijgend bij elkaar, ik geleund tegen een boom, Sohrab naast me met zijn knieën opgetrokken tegen zijn borst. We luisterden naar de oproep tot het gebed, zagen de honderden lichten van het gebouw aangaan terwijl het daglicht wegstierf. De moskee glinsterde als een diamant in de duisternis. Hij verlichtte de hemel, Sohrabs gezicht.

'Bent u weleens in Mazar-i-Sharif geweest?' zei Sohrab, zijn kin ondersteund door zijn knieën.

'Lang geleden. Ik weet er niet veel meer van.'

'Vader heeft me daar toen ik klein was eens mee naartoe genomen. Moeder en Sasa gingen ook mee. Vader kocht een aap voor me in de bazaar. Niet een echte, maar zo eentje die je moet opblazen. Hij was bruin en hij had een vlinderstrikje.'

'Misschien heb ik er ook wel zo eentje gekregen toen ik klein was.'

'Vader ging met me naar de Blauwe Moskee, naar het graf van Hazrat Ali,' zei Sohrab. 'Ik weet nog dat er heel veel duiven buiten de *masjid* waren en dat ze helemaal niet bang voor mensen waren. Ze kwamen zomaar naar ons toe. Sasa gaf me kleine stukjes naan en ik voerde de vogels. En algauw stonden er een heleboel koerende duiven om me heen. Dat was leuk.'

'Je mist je ouders vast heel erg,' zei ik. Ik vroeg me af of hij gezien had dat de taliban zijn ouders de straat op gesleurd hadden. Ik hoopte van niet.

'Mist u uw ouders?' vroeg hij, en hij legde zijn wang op zijn knieën en keek naar me op.

'Of ik mijn ouders mis? Nou ja, ik heb mijn moeder nooit gekend. Mijn vader is een paar jaar geleden overleden, en die mis ik inderdaad. Soms heel erg.'

'Weet u nog hoe hij eruitzag?'

Ik dacht aan Baba's dikke nek, zijn zwarte ogen, zijn woeste bos bruin haar. Als je op zijn schoot zat had je het gevoel of je op twee boomstammen zat. 'Ik weet nog wel hoe hij eruitzag,' zei ik, 'en hoe hij rook.'

'Ik begin hun gezichten te vergeten,' zei Sohrab. 'Is dat erg?'

'Nee,' zei ik. 'Zo gaat dat met het verstrijken van de tijd.' Er schoot me iets te binnen. Ik keek in de borstzak van mijn jas. Vond de polaroid van Hassan en Sohrab. 'Hier,' zei ik.

Hij hield de foto vlak voor zijn gezicht, draaide hem zo dat het licht van de moskee erop viel. Hij keek er een hele tijd naar. Ik dacht dat hij weleens kon gaan huilen, maar dat deed hij niet. Hij hield hem alleen met beide handen vast en streek er met zijn duim overheen. Ik dacht aan een uitspraak die ik ergens gelezen had, of misschien had ik het iemand horen zeggen: 'Er zijn een hoop kinderen in Afghanistan, maar er zijn er maar heel weinig kind.' Hij stak zijn hand uit om me de foto terug te geven.

'Hou hem maar,' zei ik, 'hij is van jou.'

'Dank u wel.' Hij keek weer naar de foto en stopte hem in de zak van zijn vest. Een door een paard getrokken wagen klepperde langs de parkeerplaats. Belletjes bengelden om de hals van het paard en rinkelden bij elke stap.

'Ik moet de laatste tijd veel aan moskeeën denken,' zei Sohrab.

'Echt waar? Wat denk je dan?'

Hij haalde zijn schouders op. 'Zomaar.' Hij hief zijn gezicht op en keek me recht aan. Nu was hij zachtjes, geluidloos aan het huilen. 'Mag ik u iets vragen, Amir agha?'

'Natuurlijk.'

'Gaat God... ' begon hij, en hij snakte even naar adem. 'Gaat God me in de hel stoppen om wat ik met die man heb gedaan?'

Ik stak mijn hand naar hem uit en hij kromp ineen. Ik trok mijn hand terug. 'Nee, natuurlijk niet,' zei ik. Ik wilde hem tegen me aan trekken, hem vasthouden, zeggen dat de wereld hem slecht behandeld had, en niet andersom.

Zijn gezicht vertrok van de inspanning om zich goed te houden. 'Vader zei altijd dat het verkeerd is om mensen pijn te doen, zelfs slechte mensen. Omdat die niet beter weten en omdat slechte mensen soms goede mensen worden.'

'Niet altijd, Sohrab.'

Hij keek me vragend aan.

'Die man die jou pijn heeft gedaan kende ik van jaren geleden,' zei ik. 'Ik denk dat je dat al had begrepen uit het gesprek dat hij en ik hadden. Hij... Hij heeft mij eens geprobeerd pijn te doen toen ik zo oud was als jij, en toen heeft je vader me gered. Je vader was heel dapper en hij redde me altijd uit de problemen, hij kwam altijd voor me op. Dus op een dag deed die slechte man in plaats van mij je vader pijn. Hij deed hem op een heel akelige manier pijn, en ik... Ik kon je vader niet redden zoals hij mij altijd redde.'

'Waarom wilden mensen mijn vader pijn doen?' zei Sohrab met een hijgend stemmetje. 'Hij was nooit gemeen tegen iemand.'

'Je hebt gelijk. Je vader was een goed mens. Maar dat is ook precies wat ik probeer te zeggen, Sohrab jaan, dat er slechte mensen op deze wereld zijn, en dat die slechte mensen soms slecht blijven. Soms moet je je tegen ze teweerstellen. Wat jij die man hebt aangedaan is iets wat ik hem al jaren geleden had moeten aandoen. Je hebt hem zijn verdiende loon gegeven, en eigenlijk verdiende hij nog meer.'

'Denkt u dat ik vader teleur heb gesteld?'

'Ik weet wel zeker van niet,' zei ik. 'Je hebt in Kabul mijn leven gered. Ik weet zeker dat hij daarom heel trots op je is.'

Hij veegde zijn gezicht af met de mouw van zijn hemd. Daardoor barstte er een spuugbel die zich op zijn lippen gevormd had. Hij begroef zijn gezicht in zijn handen en huilde een hele tijd voor hij weer wat zei. 'Ik mis vader, en moeder ook,' zei hij schor. 'En ik mis Sasa en Rahim Khan sahib. Maar soms ben ik blij dat ze... dat ze hier niet meer zijn.'

'Waarom?' Ik raakte zijn arm aan. Hij trok zich terug.

'Omdat...' zei hij, haperend en naar adem snakkend tussen de snikken door, 'omdat ik niet wil dat ze me zo zien... Ik ben zo vies.' Hij ademde en liet de lucht in een lange, hijgende snik ontsnappen. 'Ik ben zo vies en zondig.'

'Je bent niet vies, Sohrab,' zei ik.

'Die mannen...'

'Je bent helemaal niet vies.'

'... hebben dingen gedaan... De slechte man en die andere twee... Ze hebben dingen... met me gedaan.'

'Je bent niet vies en je bent niet zondig.' Ik raakte opnieuw zijn arm aan en hij trok zich terug. Ik stak nogmaals mijn arm uit en trok hem zacht naar me toe. 'Ik doe je geen pijn,' fluisterde ik, 'dat beloof ik.' Hij verzette zich een beetje. Gaf het op. Hij liet me hem naar me toe trekken en legde zijn hoofd tegen mijn borst. Zijn kleine lichaam schokte met elke snik in mijn armen.

Tussen mensen die aan dezelfde borst gedronken hebben bestaat een verwantschap. Nu de pijn van de jongen mijn hemd begon te doordrenken, merkte ik dat er tussen ons tweeën ook een verwantschap wortel had geschoten. Wat er in die kamer met Assef gebeurd was, had onherroepelijk een band tussen ons geschapen.

Al dagen had ik gezocht naar het juiste moment om het te vragen. De vraag spookte al een tijd door mijn hoofd en hield me 's nachts wakker. Ik besloot dat dit het juiste moment was, hier en nu, nu we beschenen werden door de heldere lichten van het huis van God.

'Zou je in Amerika bij mijn vrouw en mij willen wonen?'

Hij gaf geen antwoord. Hij snikte tegen mijn hemd aan en ik liet het zo.

Een week lang had geen van ons beiden het over wat ik hem gevraagd had, alsof de vraag niet gesteld was. Op een dag namen

Sohrab en ik een taxi naar het uitkijkpunt *Daman-e-koh* – oftewel 'de zoom van de berg'. Het ligt halverwege de Margallaheuvels en biedt een panoramisch uitzicht op Islamabad met zijn rijen schone, met bomen omzoomde avenues en witte huizen. De chauffeur zei dat we het presidentieel paleis van daaraf konden zien. 'Als het geregend heeft en de lucht helder is, kun je zelfs tot voorbij Rawalpindi kijken,' zei hij. Ik zag zijn ogen in de achteruitkijkspiegel tussen Sohrab en mij heen en weer schieten. Ik zag ook mijn eigen gezicht. Het was niet meer zo opgezet als eerst, maar het had de gele kleur aangenomen van mijn collectie vervagende blauwe plekken.

We gingen op een bank zitten op een van de picknickplaatsen, in de schaduw van een gomboom. Het was een warme dag; de zon stond hoog aan een topaasblauwe hemel. Op de banken in de buurt zaten gezinnen samosa's en pakora's op te peuzelen. Ergens klonk uit een radio een Hindi-liedje dat ik me meende te herinneren uit een oude film, misschien *Pakeeza*. Jongens, menigeen van Sohrabs leeftijd, zaten lachend en gillend achter voetballen aan. Ik dacht aan het weeshuis in Karteh-Seh, aan de rat die in Zamans kantoor tussen mijn voeten door geschoten was. Mijn maag kromp ineen met een golf van onverwachte woede om de manier waarop mijn landgenoten bezig waren hun eigen land te verwoesten.

'Wat is er?' vroeg Sohrab. Ik forceerde een glimlach en zei dat het niet belangrijk was.

We legden een van de hotelbadlakens op de picknicktafel om er panjpar op te spelen. Het was fijn om daar te zijn, met de zoon van mijn halfbroer, kaartend, met de warmte van de zon die mijn nek streelde. Het liedje was afgelopen en een ander begon, eentje dat ik niet herkende.

'Kijk,' zei Sohrab. Hij wees met zijn kaarten naar de lucht. Ik keek omhoog en zag een havik door de weidse, naadloze hemel cirkelen. 'Ik wist niet dat er in Islamabad haviken waren,' zei ik.

'Ik ook niet,' zei hij terwijl hij met zijn blik de cirkelende vlucht van de vogel volgde. 'Hebben ze die ook waar u woont?'

'San Francisco? Ik neem aan van wel. Maar ik kan niet zeggen dat ik er veel gezien heb.'

'O,' zei hij. Ik hoopte dat hij meer zou vragen, maar hij deelde de kaarten en vroeg of we konden eten. Ik maakte de papieren zak open en gaf hem zijn broodje met gehakt. Mijn lunch bestond uit alweer een kop fijngemalen banaan en sinaasappel – ik had de blender van mevrouw Fayyaz voor een week gehuurd. Ik zoog aan het rietje en mijn mond vulde zich met het zoete, fijngemalen fruit. Er druppelde een beetje uit mijn mondhoek. Sohrab gaf me een servet aan en keek hoe ik mijn lippen schoonveegde. Ik glimlachte en hij glimlachte terug.

'Je vader en ik waren broers,' zei ik. Het kwam er zomaar uit. Ik had het hem de avond dat we bij de moskee zaten willen vertellen, maar ik had het niet gedaan. Toch had hij er recht op het te weten; ik wilde niets meer verbergen. 'Halfbroers, eigenlijk. We hadden dezelfde vader.'

Sohrab hield op met kauwen. Legde zijn broodje neer. 'Vader heeft me nooit verteld dat hij een broer had.'

'Omdat hij dat niet wist.'

'Hoe kwam dat?'

'Omdat niemand hem dat heeft verteld,' zei ik. 'Mij ook niet, trouwens. Ik ben er pasgeleden achter gekomen.'

Sohrab knipperde met zijn ogen. Alsof hij voor het eerst echt naar me keek. 'Maar waarom hebben mensen dat voor vader en u verborgen gehouden?'

'Dat heb ik me laatst ook afgevraagd. En daar is een antwoord op, al is het geen goed antwoord. Laten we het er maar op houden dat je vader en ik... geen broers hoorden te zijn.'

'Omdat hij een Hazara was?'

Ik dwong mezelf hem aan te blijven kijken. 'Ja.'

'Hield uw vader... ' begon hij, met zijn ogen op zijn brood gericht, 'hield uw vader net zoveel van mijn vader als van u?'

Ik dacht aan een dag lang geleden, aan het Ghargha-meer, toen Baba zichzelf had toegestaan Hassan op de rug te kloppen toen Hassans steen bij het keilen vaker opsprong dan de mijne. Ik zag Baba glunderen in de ziekenzaal toen ze het verband van Hassans lippen verwijderden. 'Ik denk dat hij van ons alle twee evenveel hield, maar op een andere manier.'

'Schaamde hij zich voor mijn vader?'

'Nee,' zei ik, 'ik denk dat hij zich voor zichzelf schaamde.'
Hij pakte zijn broodje en at in stilte verder.

We vertrokken in de namiddag, moe van de hitte, maar aangenaam moe. De hele terugweg voelde ik dat Sohrab naar me keek. Ik liet de chauffeur stoppen bij een winkel die telefoonkaarten verkocht. Ik gaf hem het geld en een fooi om even binnen te lopen en er een voor me te kopen.

Die avond lagen we op bed naar een talkshow op tv te kijken. Twee geestelijken, met een lange, peper-en-zoutkleurige baard en een witte tulband op, beantwoordden telefoontjes van gelovigen van over de hele wereld. Een beller uit Finland, ene Ayoeb, vroeg of zijn tienerzoon naar de hel zou gaan omdat hij zijn wijde broek zo laag droeg dat de rand van zijn onderbroek te zien was.

'Ik heb weleens een foto van San Francisco gezien,' zei Sohrab.

'Echt waar?'

'Ik zag een rode brug en een gebouw met een spitse bovenkant.'

'Je zou de straten eens moeten zien,' zei ik.

'Wat is daar dan mee?' Hij keek me nu aan. Op de tv waren de mullahs met elkaar aan het overleggen.

'Die zijn zo steil dat je als je naar boven rijdt je alleen de motorkap en de lucht ziet,' zei ik.

'Dat klinkt eng,' zei hij. Hij rolde op zijn zij, met zijn gezicht naar mij toe en zijn rug naar de tv.

'De eerste paar keer wel,' zei ik, 'maar je raakt eraan gewend.'

'Sneeuwt het daar weleens?'

'Nee, maar we hebben wel vaak mist. Weet je nog die rode brug die je gezien hebt?'

'Ja.'

'Soms is de mist 's ochtends zo dicht dat je alleen het puntje van de twee torens eruit ziet steken.'

Er sprak verwondering uit zijn glimlach. 'O.'

'Sohrab?'

'Ja.'

'Heb je nog nagedacht over wat ik je pasgeleden vroeg?'

Zijn glimlach verdween. Hij rolde op zijn rug. Vouwde zijn handen achter zijn hoofd. De mullahs kwamen tot de slotsom dat Ayoebs zoon wel degelijk naar de hel zou gaan vanwege de manier waarop hij zijn broek had zitten. Ze beweerden dat het in de *Haddith* stond. 'Ik heb erover nagedacht,' zei Sohrab.

'En?'

'Ik vind het eng.'

'Dat is het ook een beetje,' zei ik, dat losse draadje hoop vastgrijpend. 'Maar je leert binnen de kortste keren Engels en je raakt zo gewend aan... '

'Dat bedoel ik niet. Dat vind ik ook eng, maar... '

'Maar wat?'

Hij rolde weer naar me toe. Trok zijn knieën op. 'Stel dat u genoeg van me krijgt? Stel dat uw vrouw me niet moet omdat ik een...?'

Ik worstelde me uit bed en ging naar hem toe. Ik ging naast hem zitten. 'Ik zal nooit genoeg van je krijgen, Sohrab,' zei ik. 'Nooit van mijn leven. Dat beloof ik je. Je bent mijn neef, weet je nog wel? En Soraya jaan is een heel lieve vrouw. Neem van mij aan dat die van je gaat houden. Dat kan ik je ook beloven.' Ik waagde het erop. Ik reikte omlaag en pakte zijn hand vast. Hij verstijfde een beetje maar stond het toe.

'Ik wil niet meer naar een weeshuis,' zei hij.

'Dat zal ik ook nooit laten gebeuren. Dat beloof ik je.' Ik nam zijn hand in mijn beide handen. 'Kom met me mee naar huis.'

Zijn tranen doorweekten het kussen. Hij zei een hele tijd niets. Toen kneep zijn hand in mijn hand. En hij knikte. Hij knikte.

Bij de vierde poging kwam de verbinding tot stand. De telefoon ging drie keer over voor ze opnam. 'Hallo?' Het was halfacht 's avonds in Islamabad, dus ongeveer dezelfde tijd 's ochtends in Californië. Dat betekende dat Soraya een uur geleden was opgestaan om zich klaar te maken voor vertrek naar school.

'Ik ben het,' zei ik. Ik zat op mijn bed en zag Sohrab die lag te slapen.

'Amir!' schreeuwde ze bijna. 'Is alles in orde? Waar ben je?'

'Ik ben in Pakistan.'

'Waarom heb je niet eerder gebeld? Ik ben ziek van *tasjwiesj*! Mijn moeder is dag in dag uit aan het bidden en nazr aan het doen.'

'Het spijt me dat ik niet gebeld heb. Nu is alles in orde.' Ik had gezegd dat ik een week weg zou blijven, of op z'n hoogst twee weken. Ik was nu al bijna een maand weg. Ik glimlachte. 'En zeg maar tegen khala Jamila dat ze geen schapen meer moet doden.'

'Wat bedoel je met "nu is alles in orde"? En wat is er met je stem aan de hand?'

'Maak je daar nu maar even geen zorgen om. Het is goed met me. Echt waar. Ik moet je een verhaal vertellen, Soraya, een verhaal dat ik je al een hele tijd geleden had moeten vertellen, maar eerst moet ik je iets anders vertellen.'

'Wat dan?' zei ze. Haar stem werd lager, behoedzamer.

'Ik kom niet in mijn eentje naar huis. Ik neem een jongetje mee.' Ik zweeg even. 'Ik wil dat we hem adopteren.'

'Wát?'

Ik keek op mijn horloge. 'Er zitten nog zevenenvijftig minuten op die ellendige telefoonkaart en ik heb je zoveel te vertellen. Ga ergens zitten.' Ik hoorde hoe de poten van een stoel haastig over de houten vloer gesleept werden.

'Ga je gang,' zei ze.

Toen deed ik wat ik in vijftien huwelijksjaren niet gedaan had: ik vertelde mijn vrouw alles. Alles. Ik had me dit moment zo vaak voorgesteld, ik had het gevreesd, maar terwijl ik aan het praten was voelde ik dat er iets van mijn borstkas getild werd. Ik stelde me voor dat Soraya iets dergelijks ervaren had op de avond van onze khastegari, toen ze me over haar verleden verteld had.

Tegen de tijd dat ik klaar was met mijn verhaal, huilde ze.

'Wat vind je ervan?' zei ik.

'Ik weet niet wat ik ervan moet vinden, Amir. Je hebt me zoveel ineens verteld.'

'Dat besef ik.'

Ik hoorde haar haar neus snuiten. 'Maar dit weet ik wel: je moet hem mee naar huis nemen. Dat wil ik.'

'Weet je het zeker?' zei ik en ik sloot glimlachend mijn ogen.

'Of ik het zeker weet?' zei ze. 'Hij is jouw *qaom*, hij is familie van jou, dus hij is familie van mij. Natuurlijk weet ik het zeker. Je kunt hem niet op straat achterlaten.' Er viel een korte stilte. 'Wat is het voor jongen?'

Ik keek naar Sohrab, slapend op zijn bed. 'Hij is lief, op een ernstige manier.'

'Neem hem dat eens kwalijk,' zei ze. 'Ik wil hem zien, Amir. Echt waar.'

'Soraya?'

'Ja.'

'*Dostet daroem*.' Ik hou van je.

'Ik ook van jou,' zei ze. Ik hoorde de glimlach in haar stem. 'En wees voorzichtig.'

'Dat zal ik doen. En dan nog iets: vertel je ouders niet wie hij is. Als ze het moeten horen, dan moet het van mij komen.'

'Goed.' We hingen op.

Het gazon voor de Amerikaanse ambassade in Islamabad was keurig gemaaid, met hier en daar ronde perken met bloemen omzoomd met messcherpe heggen. Het gebouw was net als een heleboel andere gebouwen in Islamabad plat en wit. We moesten langs diverse controleposten om er te komen en ik werd door drie verschillende veiligheidsmensen gefouilleerd omdat de krammen in mijn kaken de metaaldetectors hadden laten afgaan. Toen we eindelijk uit de hitte naar binnen stapten sloeg de airconditioning me als een golf ijswater in het gezicht. De secretaresse in de lobby, een blonde vrouw van in de vijftig met een mager gezicht, glimlachte toen ik haar mijn naam opgaf. Ze droeg een beige bloes en een zwarte broek – de eerste vrouw die ik in weken zag met iets anders aan dan een burqa of een sjalwar-kamiez. Ze zocht me op op de lijst met afspraken terwijl ze met het gum van haar potlood op het bureau tikte. Ze vond mijn naam en vroeg me te gaan zitten.

'Wilt u een glas frisdrank?' vroeg ze.
'Nee, dank u,' zei ik.
'En uw zoon?'
'Pardon?'
'Die knappe jongeman daar,' zei ze met een glimlach naar Sohrab.
'O, dat zou fijn zijn, graag.'
Sohrab en ik gingen op de zwartleren bank tegenover het bureau van de receptioniste zitten, naast een enorme Amerikaanse vlag. Sohrab pakte een tijdschrift van de glazen koffietafel. Hij bladerde het door zonder echt naar de plaatjes te kijken.
'Wat is er?' zei Sohrab.
'Pardon?'
'U zat te glimlachen.'
'Ik zat aan jou te denken,' zei ik.
Hij grijnsde zenuwachtig. Pakte een ander tijdschrift en bladerde het in nog geen dertig seconden door.
'Niet bang zijn,' zei ik met mijn hand op zijn arm. 'Deze mensen zijn aardig. Rustig nou maar.' Ik kon die raad zelf ook wel gebruiken. Ik zat maar te schuiven en maakte voortdurend mijn schoenveters los en weer vast. De secretaresse zette een hoog glas met frisdrank en ijs op de koffietafel. 'Kijk eens aan.'
Sohrab lachte verlegen. 'Heel hartelijk bedankt,' zei hij in het Engels. Het klonk als *Tenk joe werrie matsj*. Dat was het enige Engels dat hij kende, vertelde hij, dat en *Have a nice day*.
Ze lachte. 'Heel graag gedaan.' Ze liep terug naar haar bureau, haar hoge hakken klikten op de vloer.
'Have a nice day,' zei Sohrab.

Raymond Andrews was een kort mannetje met kleine handen, keurig geknipte nagels en een trouwring om zijn ringvinger. Hij schudde me even de hand; het voelde aan alsof ik in een spreeuw kneep. *In die handen ligt ons lot*, dacht ik toen Sohrab en ik tegenover zijn bureau gingen zitten. Een affiche van *Les Misérables* hing achter Andrews aan de muur, naast een topografische kaart van de Verenigde Staten. Op de vensterbank koesterde een pot met tomatenplanten zich in de zon.

'Rookt u?' vroeg hij met een diepe bariton die niet paste bij zijn bescheiden gestalte.

'Nee, dank u,' zei ik; het beviel me helemaal niet dat Andrews Sohrab nauwelijks een blik waardig keurde en mij niet aankeek als hij sprak. Hij trok een bureaula open en stak een sigaret op uit een halfleeg pakje. Hij haalde uit dezelfde la ook nog een fles huidlotion. Hij keek naar zijn tomatenplanten terwijl hij met de sigaret bungelend in zijn mondhoek zijn handen inwreef. Toen deed hij de la dicht, zette zijn ellebogen op het bureaublad en blies uit. 'Nou,' zei hij, zijn grijze ogen dichtgeknepen tegen de rook, 'vertelt u me maar eens uw verhaal.'

Ik voelde me net Jean Valjean uit *Les Misérables* die tegenover Javert zit. Ik moest mezelf eraan helpen herinneren dat ik op Amerikaans grondgebied was, dat deze vent aan mijn kant stond, dat hij betaald kreeg om mensen als ik te helpen. 'Ik wil deze jongen adopteren en hem mee naar de Verenigde Staten nemen,' zei ik.

'Vertelt u me maar eens uw verhaal,' zei hij nog eens terwijl hij met zijn wijsvinger een vlokje as op het keurig gearrangeerde bureau platdrukte en wegveegde.

Ik gaf hem de versie die ik in gedachten had uitgewerkt nadat Soraya en ik hadden opgehangen. Ik was Afghanistan in gegaan om de zoon van mijn halfbroer op te halen. Ik had de jongen in ellendige omstandigheden aangetroffen, wegkwijnend in een weeshuis. Ik had de directeur van het weeshuis geld betaald en had de jongen meegenomen naar Pakistan.

'Bent u de halfbroer van zijn vader?'

'Ja.'

Hij keek op zijn horloge. Leunde voorover en draaide de tomatenplanten op de vensterbank om. 'Kent u iemand die dat kan bevestigen?'

'Ja, maar ik weet niet waar hij op het moment is.'

Hij draaide zich naar me om en knikte. Ik probeerde zijn gezichtsuitdrukking te duiden, maar dat lukte niet. Ik vroeg me af of hij met die handjes van hem weleens gepokerd had.

'Ik neem aan dat die krammen in uw kaken niet de laatste

mode zijn,' zei hij. Toen wist ik dat we in de puree zaten, Sohrab en ik. Ik zei dat ik in Peshawar beroofd was.

'Natuurlijk,' zei hij. Hij schraapte zijn keel. 'Bent u moslim?'

'Ja.'

'Belijdend?'

'Ja.' Eerlijk gezegd kon ik me de laatste keer niet heugen dat ik met mijn gezicht naar het oosten mijn voorhoofd in gebed op de grond had gelegd. Toen wist ik het weer: de dag dat dokter Amani Baba zijn prognose had meegedeeld. Ik was op het gebedskleed geknield en kon me alleen stukken uit soera's herinneren die ik op school geleerd had.

'Dat kan uw zaak ten goede komen, maar niet veel,' zei hij terwijl hij aan een plekje op de volmaakte scheiding in zijn zandkleurige haar krabde.

'Wat bedoelt u?' vroeg ik. Ik greep Sohrabs hand en verstrengelde mijn vingers met de zijne. Sohrab keek onzeker van mij naar Andrews.

'Ik heb een lang antwoord en het zal er ongetwijfeld op uitdraaien dat ik u dat geef. Maar wilt u het korte antwoord eerst?'

'Ik denk van wel,' zei ik.

Andrews drukte met samengeperste lippen zijn sigaret uit. 'Geef het op.'

'Pardon?'

'Uw verzoek om deze jongeman te adopteren. Geef het op. Dat is mijn advies.'

'Waarvan akte,' zei ik. 'En kunt u me nu dan misschien vertellen waarom?'

'Dat betekent dat u het lange antwoord wilt horen,' zei hij met onbewogen stem en zonder op mijn kribbige toon te reageren. Hij drukte zijn handpalmen tegen elkaar, alsof hij voor de Maagd Maria geknield zat. 'Laten we even aannemen dat het verhaal dat u me verteld hebt waar is, al verwed ik er mijn pensioen onder dat een groot deel ervan verzonnen is of verzwegen wordt. Niet dat me dat interesseert, hoor. U bent hier, hij is hier, en dat is het enige wat ertoe doet. Maar uw verzoek zal op allerlei obstakels stuiten, zoals het belangrijke feit dat dit kind geen wees is.'

'Dat is hij wel.'

'Wettelijk gezien is hij dat niet.'

'Zijn ouders zijn op straat geëxecuteerd. De buren hebben het gezien,' zei ik, blij dat we Engels spraken.

'Hebt u overlijdensaktes?'

'Overlijdensaktes? We hebben het hier wel over Afghanistan. De meeste mensen hebben daar niet eens een geboorteakte.'

Zijn glazige ogen knipperden zelfs niet eens. 'Ik schrijf de wetten niet, meneer. U mag verontwaardigd zijn, maar u moet nog altijd bewijzen dat de ouders overleden zijn. De jongen moet officieel tot wees verklaard worden.'

'Maar... '

'U wilde het lange antwoord horen en dat geef ik u nu. Uw volgende probleem is dat u de medewerking nodig hebt van het land waar het kind vandaan komt. Dat is onder de gunstigste omstandigheden al lastig, maar om u te citeren: we hebben het hier wel over Afghanistan. We hebben geen Amerikaanse ambassade in Kabul. Dat maakt de zaken uitzonderlijk gecompliceerd. Om niet te zeggen onmogelijk.'

'Dus u vindt dat ik hem maar op straat moet achterlaten?' zei ik.

'Dat heb ik niet gezegd.'

'Hij is misbruikt,' zei ik en ik moest denken aan de bellen rond Sohrabs enkels en de kohl rond zijn ogen.

'Wat naar,' zei Andrews mond. Maar zoals hij naar me keek hadden we het net zo goed over het weer kunnen hebben. 'Maar dat betekent nog niet dat de immigratiedienst deze jongeman een visum bezorgt.'

'Wat bedoelt u?'

'Als u wilt helpen, zou ik als ik u was geld naar een liefdadigheidsorganisatie sturen. Of ga vrijwilligerswerk doen in een vluchtelingenkamp. Maar op dit moment raden we Amerikaanse burgers ten sterkste af om te proberen Afghaanse kinderen te adopteren.'

Ik stond op. 'Kom mee, Sohrab,' zei ik in het Farsi. Sohrab kwam naast me staan, zijn hoofd tegen mijn heup. Ik dacht aan de polaroid van hem en Hassan, waarop zij net zo stonden. 'Mag ik u iets vragen, meneer Andrews?'

'Ja.'

'Hebt u kinderen?'

Voor het eerst knipperde hij met zijn ogen.

'Nou? Het is toch nogal een eenvoudige vraag.'

Hij zweeg. 'Dat dacht ik al,' zei ik en ik pakte Sohrabs hand. 'Ze zouden hier iemand moeten neerzetten die weet wat het is om een kind te willen hebben.' Ik draaide me om om weg te gaan, met Sohrab in mijn kielzog.

'Mag ik ú iets vragen?' riep Andrews.

'Ga uw gang.'

'Hebt u dit kind beloofd dat u hem mee zult nemen?'

'En wat dan nog?'

Hij schudde zijn hoofd. 'Dat is een riskante onderneming: kinderen dingen beloven.' Hij zuchtte en deed zijn bureaula weer open. 'Bent u van plan om dit door te zetten?' zei hij terwijl hij door papieren zocht.

'Ik ben van plan dit door te zetten.'

Hij haalde een visitekaartje te voorschijn. 'Dan raad ik u aan een goede immigratieadvocaat in de arm te nemen. Omar Faisal werkt hier in Islamabad. Zegt u maar dat ik u gestuurd heb.'

Ik nam het kaartje van hem aan. 'Bedankt,' mompelde ik.

'Succes,' zei hij. Toen we de kamer bijna uit waren keek ik even over mijn schouder. Andrews stond in een vierkant van zonlicht afwezig uit het raam te staren terwijl zijn handen de tomatenplanten naar de zon keerden en ze liefderijk streelden.

'Pas goed op jezelf,' zei de secretaresse toen we haar bureau passeerden.

'Uw baas mag weleens wat manieren leren,' zei ik. Ik verwachtte dat ze haar ogen ten hemel zou slaan en misschien wel zou knikken, zo van 'vertel mij wat, dat zegt iedereen'. In plaats daarvan liet ze haar stem dalen: 'Arme Ray. Sinds zijn dochter is gestorven, is hij de oude niet meer.'

Ik trok een wenkbrauw op.
'Zelfmoord,' fluisterde ze.

Tijdens de taxirit naar het hotel liet Sohrab zijn hoofd tegen het raam rusten en staarde hij naar de voorbijkomende gebouwen, de rijen gombomen. Door zijn adem besloeg het glas; het werd weer doorzichtig en besloeg weer. Ik zat erop te wachten dat hij naar het gesprek zou vragen, maar dat deed hij niet.

Aan de andere kant van de gesloten badkamerdeur stroomde het water. Sinds we in het hotel logeerden ging Sohrab iedere avond voor hij naar bed ging langdurig in bad. In Kabul was warm stromend water net zo zeldzaam als een vader. Nu lag Sohrab zichzelf elke avond bijna een uur in het warme zeepwater te schrobben. Op bed gezeten belde ik Soraya. Ik wierp een blik op het smalle streepje licht onder de badkamerdeur. *Voel je je al schoon, Sohrab?*

Ik vertelde Soraya wat Raymond Andrews tegen me gezegd had. 'Wat denk je ervan?' zei ik.

'Laten we maar denken dat hij ernaast zit.' Ze vertelde dat ze een paar adoptiebureaus gebeld had die internationale adopties regelden. Ze had er nog geen gevonden dat bereid was een Afghaanse adoptie in behandeling te nemen, maar ze bleef zoeken.

'Hoe hebben je ouders op het nieuws gereageerd?'

'Madar is blij voor ons. Je weet wat ze voor je voelt, Amir; in haar ogen kun je geen kwaad doen. Padar... Nou ja, zoals altijd is die wat moeilijker te peilen. Hij zegt niet veel.'

'En jij? Ben jij blij?'

Ik hoorde dat ze de hoorn in haar andere hand nam. 'Ik denk dat we goed voor je neefje zullen zijn, maar misschien zal dat jongetje ook goed voor ons zijn.'

'Dat heb ik ook bedacht.'

'Ik weet dat het idioot klinkt, maar ik betrap mezelf erop dat ik me afvraag wat zijn lievelingsqoerma is, of wat hij op school het leukste vak zal vinden. Ik fantaseer dat ik hem bij zijn huiswerk help...' Ze lachte. In de badkamer stroomde het water niet meer. Ik hoorde Sohrab in de badkuip gaan verzitten en water over de rand klotsen.

'Je zult het geweldig doen,' zei ik.

'O, dat vergat ik nog bijna! Ik heb kaka Sharif gebeld.'

Ik zag hem weer op onze nika dat gedicht voorlezen van een kladje hotelbriefpapier. Zijn zoon had de koran boven ons hoofd gehouden toen Soraya en ik naar het podium liepen, lachend naar de flitsende camera's. 'Wat zei hij?'

'Hij gaat voor ons aan de slag. Hij zal een paar van zijn maatjes bij de immigratiedienst bellen,' zei ze.

'Dat is geweldig nieuws,' zei ik. 'Ik zie er erg naar uit dat je Sohrab ontmoet.'

'Ik zie erg uit naar jou.'

Ik hing glimlachend op.

Sohrab verscheen een paar minuten later uit de badkamer. Sinds het gesprek met Raymond Andrews had hij nauwelijks tien woorden gezegd en mijn pogingen tot een gesprek hadden niet meer dan een knikje of een eenlettergrepig antwoord opgeleverd. Hij klauterde in bed en trok de deken tot zijn kin op. Binnen een paar minuten lag hij te ronken.

Ik veegde een rondje van de beslagen spiegel schoon en schoor me met een van de ouderwetse scheerapparaten van het hotel, het type dat je openmaakt en waar je dan een mesje in schuift. Toen nam ik zelf ook een bad en ik bleef erin liggen tot het gloeiend hete water was afgekoeld en mijn huid helemaal gerimpeld was. Ik lag daar te drijven, te dromen, te fantaseren.

Omar Faisal was gezet, donker, had kuiltjes in zijn wangen, zwarte kraaloogjes, en hij glimlachte regelmatig innemend een fietsenrek bloot. Zijn dunner wordende grijze haar was in een staartje samengebonden. Hij had een bruin ribfluwelen pak aan met leren elleboogstukken en hij had een volgepropte diplomatentas bij zich. Het handvat ontbrak, dus hij hield de tas tegen zijn borst geklemd. Hij was het soort kerel dat een hoop zinnen met een lach en een overbodige verontschuldiging begint, bijvoorbeeld: *Sorry, maar ik ben er om vijf uur.* Lach. Toen ik hem belde stond hij erop naar ons toe te komen. 'Sorry, maar de taxichauffeurs in deze stad zijn heel gehaaid,' zei hij in volmaakt Engels zonder een spoortje van een accent. 'Als die een buitenlander ruiken, verdriedubbelen ze hun tarief.'

'Daar zijn we dan,' zei Faisal, en hij sloeg een geel notitieblok open. 'Ik hoop dat mijn kinderen wat organisatietalent betreft op hun moeder lijken. Sorry, dat is vast niet iets wat je van je aanstaande advocaat wilt horen, hè?' Hij lachte.

'Raymond Andrews heeft anders grote waardering voor je.'

'Meneer Andrews. Ja, ja. Fatsoenlijke kerel. Hij heeft me trouwens over je gebeld.'

'O ja?'

'Jazeker.'

'Dus je bent op de hoogte van mijn situatie?'

Faisal bette de zweetdruppels op zijn bovenlip weg. 'Ik ben op de hoogte van de versie die jij meneer Andrews van de situatie hebt gegeven,' zei hij. Een sluw lachje duwde kuiltjes in zijn wangen. Hij wendde zich tot Sohrab. 'Dit is zeker de jongeman die alle problemen veroorzaakt,' zei hij in het Farsi.

'Dit is Sohrab,' zei ik. 'Dit is meneer Faisal, Sohrab, de advocaat over wie ik je verteld heb.'

Sohrab liet zich aan de zijkant van zijn bed af glijden en schudde Omar Faisal de hand. 'Salaam aleikum,' zei hij zacht.

'Aleikum salaam, Sohrab,' zei Faisal. 'Wist je dat je naar een grote krijger vernoemd bent?'

Sohrab knikte. Hij klom weer op zijn bed en ging op zijn zij tv liggen kijken.

'Ik wist niet dat je zo goed Farsi sprak,' zei ik in het Engels. 'Ben je in Kabul opgegroeid?'

'Nee, ik ben in Karachi geboren. Maar ik heb wel een paar jaar in Kabul gewoond. Shar-i-Nau, in de buurt van de Haji Yaghoub-moskee,' zei Faisal. 'Maar ik ben in Berkeley opgegroeid. Mijn vader begon daar eind jaren zestig een muziekwinkel. Vrije liefde, haarbanden, tie-'n-dye-T-shirts, noem maar op.' Hij boog naar voren. 'Ik ben op Woodstock geweest.'

'Helemaal te gek, weet je wel,' zei ik, en Faisal moest zo hard lachen dat hem opnieuw het zweet uitbrak. 'Hoe dan ook,' ging ik verder, 'wat ik meneer Andrews verteld heb klopt grotendeels, afgezien van één of twee dingen, of misschien drie. Ik geef je de ongecensureerde versie.'

Hij likte aan een vinger, bladerde door tot een blanco pagina en haalde de dop van zijn pen. 'Dat zou ik op prijs stellen, Amir. En zullen we het verder maar op Engels houden?'

'Prima.'

Ik vertelde hem alles wat er gebeurd was. Vertelde hem over mijn gesprek met Rahim Khan, de tocht naar Kabul, het weeshuis, de steniging in het Ghazi-stadion.

'God,' fluisterde hij. 'Sorry, maar ik heb zulke goede herinneringen aan Kabul. Onvoorstelbaar dat je het over dezelfde plaats hebt.'

'Ben je er onlangs nog geweest?'

'God, nee.'

'Het is bepaald geen Berkeley, dat kan ik je wel vertellen,' zei ik.

'Ga door.'

Ik vertelde hem de rest: de ontmoeting met Assef, het gevecht, Sohrab en zijn katapult, onze ontsnapping naar Pakistan. Toen ik klaar was krabbelde hij wat aantekeningen neer, haalde diep adem en wierp me een ernstige blik toe. 'Je hebt een zwaar gevecht voor de boeg, Amir.'

'Een gevecht dat ik kan winnen?'

Hij deed de dop op zijn pen. 'Nu klink ik natuurlijk net als Raymond Andrews, maar het is niet waarschijnlijk. Niet onmogelijk, maar onwaarschijnlijk.' Weg waren de innemende glimlach en de speelse blik in zijn ogen.

'Maar juist kinderen als Sohrab hebben zo hard een onderkomen nodig,' zei ik. 'Die regels en wetten slaan voor mijn gevoel nergens op.'

'Je preekt voor eigen parochie, Amir,' zei hij. 'Maar gegeven de huidige immigratiewetten, het beleid dat voor adoptiebureaus geldt en de politieke situatie in Afghanistan liggen je kaarten niet best.'

'Ik snap het niet,' zei ik. Ik had zin om te slaan. 'Ik snap het wel, maar ik snap het niet.'

Omar knikte met gefronst voorhoofd. 'Het zit zo. Na een ramp, of dat nu een natuurramp is of eentje die door mensen veroorzaakt is – en de taliban zijn een ramp, Amir, neem dat van me aan – is het altijd moeilijk om vast te stellen of een kind wees is. Kinderen raken verzeild in vluchtelingenkampen, of ouders laten hen gewoon in de steek omdat ze niet voor hen kunnen zorgen. Dat gebeurt zo vaak. Daarom geeft de Amerikaanse immigratiedienst ook geen visum af, tenzij duidelijk is dat het kind voldoet aan de definitie van een in aanmerking komende wees. Sorry, ik weet dat het belachelijk klinkt, maar je hebt overlijdensakten nodig.'

'Jij bent in Afghanistan geweest,' zei ik. 'Je weet zelf hoe onwaarschijnlijk dat is.'

'Dat weet ik,' zei hij, 'maar even aangenomen dat het duidelijk is dat de ouders van het kind niet meer leven – zelfs dan vindt de immigratiedienst het beter om een kind bij iemand in zijn eigen land onder te brengen, zodat zijn erfgoed behouden blijft.'

'Welk erfgoed?' zei ik. 'De taliban hebben alle erfgoed van de Afghanen vernietigd. Je hebt zelf gezien wat ze met de reuzenboeddha's in Bamiyan gedaan hebben.'

'Sorry, maar ik leg je uit hoe de immigratiedienst werkt, Amir,' zei Omar, en hij raakte even mijn arm aan. Hij wierp een blik op Sohrab en glimlachte. Wendde zich weer tot mij. 'Een kind moet wettig geadopteerd worden in overeenstemming met de wetten en regels van zijn eigen land. Maar als het om een land gaat waar chaos heerst – neem een land als Afghanistan – dan hebben overheidsinstanties het te druk met de noodtoestanden en is het verwerken van adopties niet bepaald een prioriteit.'

Ik zuchtte en wreef in mijn ogen. Vlak erachter kwam een bonzende hoofdpijn opzetten.

'Maar stel dat Afghanistan kans ziet orde op zaken te stellen,' zei Omar terwijl hij zijn armen voor zijn prominente buik over elkaar sloeg. 'Dan nog staat het land deze adoptie wellicht niet toe. In feite hebben zelfs de meer gematigde moslimlanden twijfels over adoptie, omdat in veel van die landen de islamitische wet, de shari'a, adoptie niet erkent – en de taliban zijn nou niet bepaald gematigd.'

'Dus je vindt dat ik het moet opgeven?' vroeg ik, mijn handpalm tegen mijn voorhoofd gedrukt.

'Ik ben in de VS opgegroeid, Amir. Als ik in Amerika iets geleerd heb, dan is het dat opgeven even hoog in aanzien staat als pissen in de fles met limonade van een padvindster. Maar als je advocaat moet ik je de feiten geven,' zei hij. 'En ten slotte: adoptiebureaus sturen altijd iemand om het milieu van een kind te evalueren, en geen enkel fatsoenlijk adoptiebureau zal een agent naar Afghanistan sturen.'

Ik keek naar Sohrab, die op bed naar de tv en naar ons zat te kijken. Hij zat op dezelfde manier als zijn vader vroeger: met zijn kin op een knie.

'Ik ben zijn halfoom, telt dat niet mee?'

'Jawel, als je dat kunt bewijzen. Sorry, maar heb je papieren of een persoon die dat zou kunnen staven?'

'Geen papieren,' zei ik met een vermoeide stem. 'Niemand wist ervan. Sohrab wist het pas toen ik het hem vertelde, en ik weet het zelf ook maar net. De enige andere persoon die het weet is verdwenen, misschien overleden.'

'Hmm.'

'Wat zijn mijn opties, Omar?'

'Ik zal eerlijk zijn. Veel heb je er niet.'

'Jezus, wat kan ik dan doen?'

Omar ademde in, tikte met zijn pen tegen zijn kin en ademde weer uit. 'Je zou toch een adoptieaanvraag voor een wees kunnen indienen en het beste ervan hopen. Je kunt voor een onafhankelijke adoptie kiezen. Dat betekent dat je de komende twee jaar dag in dag uit met Sohrab hier in Pakistan moet wonen. Je kunt asiel voor hem aanvragen. Dat is een langdurige procedure, en je moet aantonen dat hij politiek vervolgd wordt. Je kunt een visum op humanitaire gronden aanvragen. Dat wijst de minister van Justitie toe, maar dat gebeurt niet gauw.' Hij zweeg even. 'Je hebt nog een optie, en daarmee maak je waarschijnlijk nog de meeste kans.'

'En dat is?' zei ik voorover leunend.

'Je kunt hem hier in een weeshuis laten opnemen en dan een adoptieaanvraag voor een wees indienen. En dan begin je met de I-600-procedure en het gezinsonderzoek terwijl hij op een veilige plek zit.'

'Wat zijn dat voor dingen?'

'Sorry. Die I-600 is een formaliteit van de immigratiedienst. Het gezinsonderzoek wordt uitgevoerd door het door jou gekozen adoptiebureau,' zei Omar. 'Het gaat erom vast te stellen dat je vrouw en jij niet compleet krankzinnig zijn.'

'Dat wil ik niet,' zei ik met een blik op Sohrab. 'Ik heb hem beloofd dat ik hem niet terug zou sturen naar een weeshuis.'

'Zoals ik al zei: het is je beste kans.'

We praatten nog wat. Toen liep ik met hem mee naar zijn auto, een oude VW-kever. De zon ging net onder over Islamabad, een vlammend rode stralenkrans in het westen. Ik zag dat de auto scheefzakte onder Omars gewicht toen hij op de een of andere manier kans zag achter het stuur te kruipen. Hij draaide het raampje omlaag. 'Amir?'

'Ja.'

'Ik wilde het zo-even binnen al tegen je zeggen, over wat je probeert te doen. Ik vind het geweldig.'

Hij zwaaide toen hij wegreed. Ik bleef voor het hotel staan zwaaien en wilde dat Soraya bij me was.

Sohrab had de tv uitgezet toen ik weer binnenkwam. Ik ging op de rand van mijn bed zitten en vroeg hem naast me te komen zitten. 'Meneer Faisal denkt dat er een manier is om je mee naar Amerika te kunnen nemen,' zei ik.

'Echt waar?' zei Sohrab, en voor het eerst in dagen glimlachte hij vaag. 'Wanneer kunnen we weg?'

'Dat is het 'm nou juist. Het kan weleens even gaan duren. Maar hij zegt dat het mogelijk is en hij gaat ons helpen.' Ik legde mijn hand in zijn nek. Buiten blèrde de oproep tot het gebed door de straten.

'Hoe lang?' vroeg Sohrab.

'Dat weet ik niet. Een poosje.'

Sohrab haalde zijn schouders op en glimlachte, ditmaal breder. 'Dat kan me niet schelen. Ik kan best wachten. Het is net als met zure appels.'

'Zure appels?'

'Op een keer toen ik nog heel klein was, klom ik in een boom en at van die groene, zure appels. Mijn maag zwol helemaal op en werd zo hard als een trommel en het deed ontzettend pijn. Moeder zei dat als ik gewoon gewacht had tot de appels rijp waren, ik niet ziek was geworden. Dus als er nu iets is wat ik heel graag wil, dan probeer ik te denken aan wat zij over die appels zei.'

'Zure appels,' zei ik. 'Masjallah, jij bent zo ongeveer de slimste jongen die ik ooit ontmoet heb, Sohrab jaan.' Zijn oren werden rood van het blozen.

'Neemt u me mee naar die rode brug? Die met de mist?' zei hij.

'Reken maar,' zei ik. 'Reken maar.'

'En gaan we die straten op rijden waar je alleen maar de motorkap en de lucht ziet?'

'Stuk voor stuk,' zei ik. Mijn ogen prikten van de tranen en ik knipperde ze weg.

'Is het moeilijk om Engels te leren?'

'Ik weet bijna zeker dat je het binnen een jaar net zo goed spreekt als Farsi.'

'Echt waar?'

'Ja.' Ik legde een vinger onder zijn kin en draaide zijn gezicht omhoog naar het mijne. 'Maar ik zit nog met één ding, Sohrab.'

'Wat?'

'Meneer Faisal denkt dat het erg zou helpen als we... als we jou konden vragen een tijdje in een tehuis voor kinderen te blijven.'

'Een tehuis voor kinderen?' zei hij en zijn glimlach trok weg. 'Bedoelt u een weeshuis?'

'Het zou maar voor heel even zijn.'

'Nee,' zei hij, 'alstublieft, nee.'

'Het zou echt maar voor heel even zijn, Sohrab. Dat beloof ik je.'

'U had beloofd dat u me nooit in zo'n tehuis zou stoppen,

Amir agha,' zei hij. Zijn stem sloeg over, zijn ogen liepen vol tranen. Ik voelde me een schoft.

'Maar dit ligt anders. Het zou er een in Islamabad zijn, niet in Kabul. En ik zou je heel vaak opzoeken tot het moment dat we je eruit kunnen halen en mee naar Amerika nemen.'

'Alstublieft, niet doen!' zei hij schor. 'Ik ben er zo bang voor. Ze gaan me pijn doen! Ik wil er niet heen.'

'Niemand gaat je pijn doen. Nooit meer.'

'Dat doen ze wel! Ze zeggen altijd dat dat niet zo is maar ze liegen. Ze liegen! Alstublieft, God.'

Met mijn duim veegde ik de traan weg die over zijn wang liep. 'Zure appels, weet je nog wel? Het is net als met zure appels,' zei ik zacht.

'Niet waar. Die plek niet. God, o God. Alstublieft niet!' Hij trilde; snot en tranen vermengden zich op zijn gezicht.

'Ssst.' Ik trok hem tegen me aan, sloeg mijn armen om zijn trillende lijfje. 'Ssst. Het komt goed. We gaan samen naar huis. Let maar eens op, het komt goed.'

Zijn stem klonk gedempt tegen mijn borstkas, maar ik kon de paniek erin horen. 'Beloof alstublieft dat u dat niet zult doen. O God, Amir agha! Beloof nou toch dat u dat niet zult doen.'

Hoe kon ik dat beloven? Ik hield hem stevig tegen me aan en wiegde heen en weer. Hij huilde tegen mijn hemd tot zijn tranen opdroogden, tot hij ophield met trillen en zijn bezeten smeekbedes tot onverstaanbaar gemompel waren afgenomen. Ik bleef hem wiegen tot zijn ademhaling trager werd en zijn lichaam verslapte. Ik bedacht dat ik lang geleden eens ergens gelezen had: *Zo gaan kinderen met angst om. Ze vallen in slaap.*

Ik droeg hem naar zijn bed, legde hem neer. Toen ging ik op mijn eigen bed liggen om uit het raam naar de purperen lucht boven Islamabad te kijken.

De lucht was diepzwart toen de telefoon me uit mijn slaap deed opschrikken. Ik wreef in mijn ogen en deed het bedlampje aan. Het was even over halfelf; ik had bijna drie uur geslapen. Ik pakte de telefoon op. 'Hallo?'

'Telefoon uit Amerika.' Meneer Fayyaz' verveelde stem.

'Dank u,' zei ik. Het licht in de badkamer was aan; Sohrab nam zijn avondlijke bad. Een paar klikken en toen Soraya: 'Salaam!' Ze klonk uitgelaten.

'Hallo.'

'Hoe is het gesprek met de advocaat verlopen?'

Ik vertelde wat Omar Faisal had voorgesteld. 'Dat kun je dan wel uit je hoofd zetten,' zei ze. 'Dat hoeven we allemaal niet te doen.'

Ik ging overeind zitten. '*Rosti?*' Hoezo?

'Kaka Sharif heeft teruggebeld. Hij zei dat we Sohrab alleen maar het land binnen moeten zien te krijgen. Als hij daar eenmaal is, zijn er manieren om hem hier te houden. Hij heeft wat telefoontjes gepleegd met zijn maatjes van de immigratiedienst. Hij belde me vanavond terug om te zeggen dat hij bijna zeker weet dan hij een humanitair visum voor Sohrab kan regelen.'

'Meen je dat?' zei ik. 'O, godzijdank! Die goeie ouwe Sharif jaan!'

'Ik weet het. En wij treden dan op als sponsors. Het moet allemaal tamelijk snel voor elkaar komen. Hij zei dat het visum een jaar geldig is, dus er is tijd genoeg om adoptie aan te vragen.'

'Het gaat er echt van komen, hè Soraya?'

'Daar lijkt het wel op,' zei ze. Ze klonk gelukkig. Ik zei dat ik van haar hield en zij zei dat ze van mij hield. Ik hing op.

'Sohrab!' riep ik, overeind komend. 'Ik heb geweldig nieuws.' Ik klopte op de deur van de badkamer. 'Sohrab! Soraya jaan heeft net gebeld uit Californië. We hoeven je niet in het weeshuis te stoppen, Sohrab. We gaan naar Amerika, jij en ik. Hoor je me? We gaan naar Amerika!'

Ik duwde de deur open. Stapte de badkamer binnen.

Ineens lag ik op mijn knieën, schreeuwend. Schreeuwend door opeengeklemde kaken. Schreeuwend tot ik dacht dat mijn keel open zou scheuren en mijn borstkas zou exploderen.

Achteraf vertelden ze dat ik nog steeds schreeuwde toen de ambulance arriveerde.

25

Ze laten me niet binnen.

Ik zie dat ze hem door de dubbele deuren heen rijden en ik ga achter ze aan. Ik stoot door de deuren, de geur van jodium en peroxide overvalt me, maar ik zie alleen even twee mannen met een chirurgenmuts op en een vrouw in het groen over een brancard gebogen staan. Een wit laken hangt aan de zijkant omlaag en sleept over de smerige geblokte tegels. Een paar kleine, bebloede voeten steken onder het laken vandaan en ik zie dat de nagel van de grote teen links gescheurd is. Dan zet een grote, forse man in het blauw zijn handpalm tegen mijn borst en duwt me de deur weer uit, zijn trouwring koud tegen mijn huid. Ik dring weer naar voren en scheld hem uit, maar hij zegt dat ik hier niet mag zijn, hij zegt het in het Engels, zijn stem beleefd maar vastberaden. U moet wachten, zegt hij, en hij leidt me terug naar de wachtruimte, en nu zwaaien de deuren met een zucht weer achter hem dicht en ik zie door de kleine rechthoekige ruitjes van de deuren alleen nog de bovenkant van de chirurgenmutsen.

Hij laat me achter in een brede, raamloze gang vol mensen op metalen klapstoelen langs de wand, anderen op het dunne, gerafelde kleed. Ik wil het weer op een schreeuwen zetten, en ik herinner me weer de vorige keer dat ik dat gevoel had, toen ik met Baba in de tankwagen zat, begraven in de duisternis met de andere vluchtelingen. Ik wil mezelf van deze plek losrukken, uit deze werkelijkheid, opstijgen als een wolk en wegdrijven, wegsmelten in deze vochtige zomeravond en ergens ver weg over de heuvels oplossen. Maar ik ben hier, mijn benen zijn blokken beton, mijn longen krijgen geen lucht, mijn keel brandt. Geen sprake van wegdrijven. Geen sprake van een andere werkelijkheid voor vanavond. Ik doe mijn ogen dicht en mijn neusgaten vullen zich met de geuren van deze gang, zweet en ammoniak, medicinale alcohol en curry. Op het plafond storten motten zich tegen de dofgrijze lichtbuizen aan die over de lengte van de gang lopen en ik hoor het papierachtige gefladder van hun vleugels. Ik hoor gepraat, onderdrukt gesnik, snuiven, iemand die kreunt, iemand anders die zucht, liftdeuren die met een *ping* opengaan, iemand die in het Urdu een naam omroept.

Ik doe mijn ogen open en ik weet wat ik moet doen. Ik kijk om me heen, mijn hart een voorhamer in mijn borst, bloed bonzend in mijn oren. Links van me is een duister voorraadkamertje. Daar vind ik wat ik nodig heb. Goed genoeg. Ik grijp een wit laken van de stapel opgevouwen beddengoed en neem het mee naar de gang. Ik zie vlak bij de toiletten een verpleegster met een politieagent staan praten. Ik pak de verpleegster bij haar elleboog en trek eraan, ik moet weten waar het westen is. Ze begrijpt me niet en de rimpels in haar gezicht worden dieper als ze fronst. Mijn keel doet pijn en mijn ogen prikken van het zweet, elke ademtocht voelt of ik vuur inadem, en ik geloof dat ik huil. Ik vraag het nog eens. Ik smeek. De politieagent is degene die wijst.

Ik gooi mijn provisorische *jai-namaz*, mijn gebedskleedje, op de grond en ga op mijn knieën zitten, buig mijn voorhoofd naar de grond, mijn tranen doorweken het laken. Ik buig naar het westen. Dan bedenk ik dat ik ruim vijftien jaar niet gebeden heb. Ik ben de woorden allang kwijt. Maar dat geeft niet, ik zal die paar woorden uitspreken die ik me nog wel herinner: *La illaha il Allah, Mohammad u rasul ullah.* Er is geen andere God dan Allah en Mohammed is zijn profeet. Nu weet ik dat Baba zich vergiste, er is wél een God, die is er altijd geweest. Ik zie hem hier, in de ogen van de mensen in deze gang van de wanhoop. Dit is het ware huis van God, hier zullen mensen die God zijn kwijtgeraakt hem hervinden, en niet in de witte masjid met zijn fel fonkelende lichten en optorenende minaretten. Er is een God, dat kan niet anders, en nu zal ik bidden, ik zal bidden dat hij me vergeeft dat ik hem al die jaren verwaarloosd heb, me vergeeft dat ik ongestraft verraden, gelogen en gezondigd heb en me nu pas, in mijn diepste nood, tot hem wend; ik bid dat hij echt zo goedgunstig, welwillend en genadig is als in zijn boek beweerd wordt. Ik buig naar het westen en kus de grond en ik beloof dat ik zakat zal doen, dat ik namaz zal doen, dat ik tijdens de ramadan zal vasten en als de ramadan voorbij is ga ik door met vasten, ik zal zijn heilige boek woord voor woord uit mijn hoofd leren, en ik zal ook op bedevaart gaan naar die smoorhete stad in de woestijn en voor de Ka'bah buigen. Dat zal ik allemaal doen en ik zal van nu af aan elke dag aan hem denken, als hij alleen maar deze ene wens vervult: mijn handen zijn besmeurd met Hassans bloed; ik bid God dat ze niet ook met het bloed van zijn zoon besmeurd raken.

Ik hoor gejammer en besef dat dat van mij komt, mijn lippen zijn zout van de tranen die over mijn wangen rollen. Ik voel de ogen van iedereen in deze gang op me gericht en toch blijf ik naar het westen buigen. Ik bid. Ik bid dat mijn zonden me niet hebben ingehaald, zoals ik altijd gevreesd heb.

Een zwarte nacht zonder sterren valt over Islamabad. Het is een paar uur later en ik zit op de grond in een kleine wachtruimte naast de gang die naar de afdeling Spoedgevallen leidt. Voor me staat een dofbruine koffietafel vol kranten en stukgelezen tijdschriften – een nummer van *Time* uit april 1996, een Pakistaanse krant met een foto van het gezicht van een jongetje dat een week geleden door een trein is doodgereden; een tijdschrift met glimlachende Lollywood-acteurs op de glanzende cover. Een oude vrouw in een jadegroene sjalwar-kamiez en een gehaakte sjaal zit in een rolstoel tegenover me weg te dommelen. Af en toe schrikt ze wakker en mompelt dan in het Arabisch een gebed. Vermoeid vraag ik me af welke gebeden vanavond verhoord zullen worden: die van haar of die van mij. Ik haal me Sohrabs gezicht voor de geest: de spitse vlezige kin, zijn kleine schelpenoortjes, zijn schuinstaande bamboebladkleurige ogen die zo op die van zijn vader lijken. Een treurnis zo zwart als de nacht buiten overspoelt me, en ik voel hoe mijn keel zich samenknijpt.

Ik heb lucht nodig.

Ik sta op en doe de ramen open. De lucht die door het luik naar binnen stroomt is muf en heet – hij ruikt naar overrijpe dadels en mest. Ik dwing hem in grote happen mijn longen in, maar het benauwde gevoel in mijn borst verdwijnt niet. Ik laat me weer op de grond zakken. Ik pak de *Time* en blader hem door. Maar ik kan niet lezen, kan me nergens op concentreren. Dus ik gooi hem op de tafel en staar weer naar de zigzagpatronen van de barsten in de betonnen vloer, naar de spinnenwebben in de hoeken tussen het plafond en de muur, naar de dode vliegen op de vensterbank. De meeste tijd staar ik naar de klok aan de muur. Het is even na vieren 's nachts en ik ben al meer dan vijf uur buiten de kamer met de zwaaiende dubbele deuren gesloten. Ik heb nog steeds geen nieuws vernomen.

De vloer onder me lijkt een deel van mijn lichaam te worden, en mijn ademhaling wordt zwaarder, langzamer. Ik wil slapen, mijn ogen dichtdoen en mijn hoofd op deze koude, stoffige vloer leggen. Wegdrijven. Als ik wakker word kom ik er misschien achter dat alles wat ik in die badkamer gezien heb bij een droom hoorde: het water dat uit de kraan drupte en met een *plink* neerkwam in het bloederige badwater; de linkerarm die over de zijkant van de badkuip bungelde, het bebloede scheermesje op de stortbak – hetzelfde mesje waarmee ik me de dag tevoren geschoren had; en zijn ogen, halfopen maar levenloos. Dat vooral. Ik wil die ogen vergeten.

Weldra komt de slaap en ik laat me meevoeren. Ik droom over dingen die ik me achteraf niet meer herinner.

Iemand tikt me op mijn schouder. Ik doe mijn ogen open. Naast me zit een man op zijn knieën. Hij heeft een muts op zijn hoofd, net als de mannen achter de zwaaiende dubbele deuren, en een papieren mondkapje – de moed zinkt me in de schoenen als ik daar een druppel bloed op zie zitten. Hij heeft een foto van een meisje met reebruine ogen op zijn pieper geplakt. Hij doet zijn kapje af en ik ben blij dat ik niet meer naar Sohrabs bloed hoef te kijken. Zijn huid is zo donker als de Zwitserse chocola die Hassan en ik altijd in de bazaar van Shar-i-nau kochten; hij heeft bolle wangen, dun haar en hazelnootbruine ogen met daarboven krullende wimpers. Met een Brits accent vertelt hij dat hij dokter Namaz is, en ineens wil ik bij die man vandaan, omdat ik denk dat ik niet kan verdragen wat hij te vertellen heeft. Hij zegt dat de jongen zichzelf diepe sneeën heeft toegebracht en een hoop bloed heeft verloren, en mijn mond begint opnieuw een gebed te prevelen: *La illaha il Allah, Mohammad u rasul ullah.*

Ze moesten hem diverse transfusies rodebloedlichaampjes geven...

Hoe moet ik het aan Soraya vertellen?

Ze moesten hem twee keer reanimeren...

Ik zal namaz doen, ik zal zakat doen.

Ze zouden hem zijn kwijtgeraakt als zijn hart niet jong en sterk was geweest...

Ik zal vasten.

Hij leeft nog.

Dokter Namaz glimlacht. Het kost me even tijd om tot me door te laten dringen wat hij net gezegd heeft. Dan zegt hij nog meer, maar ik versta hem niet. Omdat ik zijn handen heb gepakt en naar mijn gezicht gebracht. Ik huil opgelucht in de kleine, vlezige handen van deze vreemde en hij zegt niets meer. Hij wacht.

De intensive care-afdeling is L-vormig en schemerig, een wirwar van piepende monitors en suizende apparaten. Dokter Namaz leidt me tussen twee rijen bedden door die zijn afgescheiden door witte plastic gordijnen. Sohrabs bed is het laatste om de hoek, het dichtst bij het verpleegstersstation, waar twee verpleegsters in groene schorten aantekeningen maken op klemborden en zachtjes met elkaar kletsen. Op de zwijgzame tocht naar boven in de lift met dokter Namaz dacht ik dat ik weer zou gaan huilen als ik Sohrab zag. Maar als ik op de stoel aan zijn voeteneind naar zijn witte gezicht zit te kijken door een wirwar van glimmende buisjes en infuusslangen, blijven mijn ogen droog. Ik zie zijn borst rijzen en dalen op het ritme van de sissende ventilator en ik word overspoeld door een merkwaardige verdoving, dezelfde verdoving die je voelt vlak nadat je met een ruk aan het stuur een frontale botsing hebt voorkomen.

Ik doezel weg en als ik wakker word zie ik door het raam naast het verpleegstersstation de zon opkomen aan een karnemelkkleurige hemel. Het licht valt schuin de kamer in en richt mijn schaduw naar Sohrab. Hij heeft niet bewogen.

'U kunt beter wat gaan slapen,' zegt een verpleegster tegen me. Ik herken haar niet – tijdens mijn dutje is er zeker een andere dienst ingegaan. Ze neemt me mee naar een andere wachtruimte, ditmaal vlak buiten de intensive care. Hij is leeg. Ze geeft me een kussen en een deken van het ziekenhuis. Ik bedank haar en ga op de met vinyl beklede bank in een hoek van de ruimte liggen. Vrijwel onmiddellijk val ik in slaap.

Ik droom dat ik terug ben in de wachtruimte beneden. Dokter Namaz komt binnen en ik sta op om naar hem toe te lopen. Hij doet zijn papieren mondkapje af, zijn handen zijn ineens witter dan ik me herinner, zijn nagels gemanicuurd, zijn haar keurig in een scheiding, en dan zie ik dat het dokter Namaz helemaal niet is, maar Raymond Andrews, het mannetje van de ambassade met de tomatenplanten. Andrews houdt zijn hoofd scheef en knijpt zijn ogen samen.

Overdag was het ziekenhuis een doolhof van overvolle, kronkelende gangen, een vage vlek van oogverblindend wit neonlicht. Ik leerde op den duur de indeling kennen, kwam er gaandeweg achter dat het knopje van de vierde etage in de lift van de oostelijke vleugel niet oplichtte, dat de deur van het herentoilet op die etage klemde en dat je er met je schouder tegenaan moest rammen om hem open te krijgen. Ik kwam er gaandeweg achter dat het leven in een ziekenhuis zijn ritme heeft, de koortsachtige activiteit vlak voor de ochtendoverdracht, de bedrijvigheid rond het middaguur, de stilte en rust 's avonds laat, af en toe onderbroken door een horde artsen en verpleegkundigen die toesnellen om iemand te reanimeren. Overdag waakte ik aan Sohrabs bed en 's avonds dwaalde ik door de kronkelende ziekenhuisgangen met het geklik van mijn hakken op de tegels in mijn oren en mijn gedachten bij wat ik tegen Sohrab zou zeggen als hij wakker werd. Ten slotte kwam ik dan weer in de intensive care terecht, bij de suizende ventilator naast zijn bed, en wist ik het nog steeds niet.

Na drie dagen op de intensive care verwijderden ze de beademing en brachten hem over naar een bed op de begane grond. Ik was er niet toen ze hem verhuisden. Ik was die avond naar het hotel teruggegaan om wat te slapen, maar uiteindelijk lag ik de hele nacht in bed te woelen. De volgende ochtend probeerde ik niet naar de badkuip te kijken. Hij was schoon, iemand had het bloed weggeveegd, nieuwe matten op de vloer gelegd, en de wanden schoongeschrobd. Maar ik kon mezelf er niet van weerhouden om op de koele porseleinen rand te gaan zitten. Ik zag voor me hoe Sohrab hem vol warm water liet lopen. Zag hoe hij zich uitkleedde. Zag hoe hij aan het handvat van het scheerapparaat draaide, waardoor de veiligheidsklepjes opengingen, hoe hij het mesje eruit schoof, het tussen duim en wijsvinger vasthield. Ik zag voor me hoe hij zich in het water liet zakken, daar een tijdje met zijn ogen dicht bleef liggen. Ik vroeg me af wat zijn laatste gedachte was geweest voor hij het mesje omhoogbracht en liet neerkomen.

Ik wilde net de lobby verlaten toen meneer Fayyaz, de hoteldirecteur, me inhaalde. ‘Het spijt me heel erg voor u,’ zei hij, ‘maar ik moet u verzoeken om alstublieft mijn hotel te verlaten. Dit is slecht voor de zaken, heel slecht.’

Ik zei dat ik dat begreep en ik pakte mijn spullen. Hij rekende me niets voor de drie dagen dat ik in zijn hotel had gelogeerd. Terwijl ik buiten het hotel op een taxi stond te wachten dacht ik aan wat meneer Fayyaz die avond dat we op zoek waren naar Sohrab tegen me gezegd had: *Weet u wat het is met jullie Afghanen? Jullie zijn een tikje roekeloos.* Ik had hem uitgelachen, maar nu wist ik het niet meer zo zeker. Was ik werkelijk gaan slapen toen ik precies datgene bij Sohrab had aangekondigd waar hij het meest bang voor was?

Toen ik in de taxi gestapt was vroeg ik de chauffeur of hij een Perzische boekhandel wist. Hij zei dat er een paar kilometer naar het zuiden eentje was. We gingen er op weg naar het ziekenhuis even aan.

Sohrabs nieuwe kamer had crèmekleurige wanden, afgebrokkeld donkergrijs lijstwerk en geglazuurde tegels die wellicht ooit wit waren geweest. Hij deelde de kamer met een tiener uit Punjab, die naar ik later hoorde zijn been gebroken had toen hij van het dak van een rijdende bus was gegleden. Zijn been zat in het gips en was opgehesen en bevestigd aan een stel gewichten.

Sohrabs bed stond naast het raam, het onderstuk werd verlicht door de ochtendzon die door de rechthoekige ruiten viel. Bij het raam stond een geüniformeerde bewaker op geroosterde pompoenpitten te kauwen – Sohrab stond vierentwintig uur per dag onder zelfmoordbewaking. Ziekenhuisbeleid, had dokter Namaz me verteld. De bewaker tikte aan zijn pet toen hij me zag en verliet de kamer.

Sohrab had een ziekenhuispyjama met korte mouwen aan en lag op zijn rug, de deken opgetrokken tot zijn borst, zijn gezicht naar het raam gekeerd. Ik dacht dat hij sliep, maar toen ik een stoel naar zijn bed trok trilden zijn oogleden en gingen open. Hij keek me aan en keek toen weer weg. Hij was heel bleek, ondanks al het bloed dat ze hem hadden toegediend, en in de holte van zijn rechterelleboog zat een grote blauwe plek.

'Hoe gaat het met je?' zei ik.

Hij gaf geen antwoord. Hij keek door het raam naar een met een hek omgeven zandbak en een schommel in de ziekenhuistuin. Vlak bij het speeltuintje stond in de schaduw van een rij hibiscusbomen een boog van latwerk waar een paar groene klimopranken tegenop groeiden. Een handjevol kinderen was met emmertjes en schepjes in de zandbak aan het spelen. De hemel was die dag wolkeloos blauw, en ik zag een piepkleine straaljager twee witte sporen achterlaten. Ik draaide me weer om naar Sohrab. 'Ik heb net met dokter Namaz gesproken en hij denkt dat je over een paar dagen ontslagen wordt. Dat is goed nieuws, nietwaar?'

Opnieuw werden mijn woorden met stilte beantwoord. De jongen uit Punjab aan de overkant van de kamer bewoog in zijn slaap en mompelde iets. 'Leuke kamer is dit,' zei ik en ik probeerde mijn ogen af te houden van zijn verbonden polsen.

'Het is hier licht en je hebt uitzicht.' Stilte. Er verstreken nog een paar ongemakkelijke minuten, en er vormde zich een laagje zweet op mijn voorhoofd en bovenlip. Ik wees naar de onaangeraakte kom *aush* van erwten op zijn nachtkastje, de ongebruikte plastic lepel. 'Je moet proberen iets te eten. Om qoewaat terug te krijgen, op krachten te komen. Wil je dat ik je help?'

Hij hield even mijn blik vast en keek toen weer weg, zijn gezicht roerloos als steen. Ik zag dat zijn ogen nog even levenloos en leeg waren als toen ik hem uit het bad getrokken had. Ik haalde uit de papieren zak tussen mijn voeten het tweedehands exemplaar van de *Shahnamah* dat ik in de Perzische boekwinkel gekocht had. Ik draaide het omslag naar Sohrab toe. 'Uit dit boek las ik je vader voor toen we kinderen waren. Dan liepen we de heuvel bij ons huis op en gingen onder de granaatappelboom zitten...' Mijn stem stierf weg. Sohrab keek weer uit het raam. Ik forceerde een glimlach. 'Je vader hield het meest van het verhaal over Rostam en Sohrab, en zo kom jij aan je naam, ik weet dat je dat weet.' Ik zweeg even en voelde me een beetje belachelijk. 'Hoe dan ook, hij schreef in zijn brief dat het ook jouw lievelingsverhaal is, en daarom leek het me een goed idee je er wat uit voor te lezen. Vind je dat leuk?'

Sohrab deed zijn ogen dicht. Legde er de arm met de blauwe plek overheen.

Ik zocht de bladzijde op waar ik in de taxi een vouw in gemaakt had. 'Daar gaan we dan,' zei ik, en ik vroeg me voor het eerst af wat er door Hassans hoofd was gegaan toen hij eindelijk zelf de *Shahnamah* las en erachter kwam dat ik hem al die keren in de maling had genomen. Ik schraapte mijn keel en begon te lezen. 'Leen uw oor voor de strijd van Sohrab tegen Rostam, al is het een verhaal vol tranen,' begon ik. 'Het gebeurde dat op zekere dag Rostam van zijn sofa opstond en zijn geest vervuld was van sombere voorgevoelens. Hij bedacht...' Ik las hem het grootste deel van het eerste hoofdstuk voor, tot aan het stuk waarin de jonge krijger Sohrab naar zijn moeder Tahmineh, de prinses van Samengan, toe komt en wil weten wie zijn vader is. Ik deed het boek dicht. 'Wil je dat ik verderga?

Zo meteen komen er veldslagen, weet je nog? Sohrab die zijn leger naar het Witte Kasteel in Iran voert. Zal ik doorlezen?'

Hij schudde langzaam zijn hoofd. Ik deed het boek weer in de papieren zak. 'Prima,' zei ik, bemoedigd omdat hij min of meer gereageerd had. 'Misschien kunnen we morgen verdergaan. Hoe voel je je?'

Sohrabs mond ging open en er kwam een schor geluid uit. Dokter Namaz had al gezegd dat dat zou gebeuren vanwege het buisje dat ze tussen zijn stembanden door hadden laten zakken. Hij likte zijn lippen af en probeerde het nog eens. 'Moe.'

'Dat weet ik. Dokter Namaz zei al dat dat te verwachten was...'

Hij schudde zijn hoofd.

'Wat is er, Sohrab?'

Zijn gezicht vertrok toen hij weer sprak met die schorre stem, nauwelijks meer dan gefluister. 'Moe van alles.'

Ik zuchtte en zakte onderuit op mijn stoel. Tussen ons in op het bed viel een streep zonlicht, en heel even was het asgrauwe Chinese-poppengezicht dat vanaf de overkant naar me keek het evenbeeld van Hassans gezicht, niet de Hassan met wie ik knikkerde tot de mullah de avond-azan uitbulderde en Ali ons naar huis riep, niet de Hassan die ik onze heuvel af achtervolgde wanneer de zon achter de lemen daken in het westen zakte, maar de Hassan zoals ik hem de laatste keer had gezien, de Hassan die in een zoele zomerregenbui met zijn spullen achter Ali aan sjouwde en ze in de kofferbak van Baba's auto propte, terwijl ik door het beregende raam van mijn kamer stond te kijken.

Hij schudde traag zijn hoofd. 'Moe van alles,' zei hij nog eens.

'Wat kan ik voor je doen, Sohrab? Zeg het alsjeblieft.'

'Ik wil...' begon hij. Zijn gezicht vertrok opnieuw, en hij bracht zijn hand naar zijn keel alsof hij iets wilde weghalen dat zijn stem belemmerde. Mijn ogen gingen weer onwillekeurig naar zijn pols, die stijf verbonden was met wit gaasverband. 'Ik wil mijn oude leven terug,' hijgde hij.

'O, Sohrab.'

'Ik wil vader en moeder jaan. Ik wil Sasa. Ik wil met Rahim Khan sahib in de tuin spelen. Ik wil weer in ons huis wonen.' Hij haalde zijn onderarm over zijn ogen. 'Ik wil mijn oude leven terug.'

Ik wist niet wat ik moest zeggen, waar ik moest kijken, dus tuurde ik omlaag naar mijn handen. *Jouw oude leven*, dacht ik. *Dat is ook mijn oude leven. Ik heb in dezelfde tuin gespeeld, Sohrab. Ik heb in hetzelfde huis gewoond. Maar het gras is dood en de jeep van een vreemde staat op de oprijlaan van ons huis geparkeerd en pist het asfalt onder de olie. Ons oude leven is verdwenen, Sohrab, en iedereen die daarbij hoorde is dood of ligt op sterven. Jij en ik zijn de enigen die nog over zijn. Jij en ik.*

'Dat kan ik je niet geven,' zei ik.

'Had u me maar niet...'

'Zeg dat alsjeblieft niet.'

'Had u me maar niet... Had u me maar in het water laten liggen.'

'Zeg dat nooit meer, Sohrab,' zei ik, voorovergeleund. 'Ik kan er niet tegen om je zo te horen praten.' Ik raakte zijn schouder aan en hij kromp ineen. Week terug. Ik liet mijn hand vallen en herinnerde me met spijt dat hij de laatste dagen voordat ik mijn belofte aan hem gebroken had eindelijk aan mijn aanraking gewend was geraakt. 'Ik kan je je oude leven niet teruggeven, Sohrab. Ik wou bij god dat ik het kon. Maar ik kan je mee naar huis nemen. Dat kwam ik je in de badkamer vertellen. Je hebt een visum om naar Amerika te gaan om bij mijn vrouw en mij te komen wonen. Dat is echt waar. Dat beloof ik je.'

Hij zuchtte door zijn neus en deed zijn ogen dicht. Had ik die laatste vier woorden maar niet gezegd. 'Ik heb in mijn leven een hoop dingen gedaan waar ik spijt van heb,' zei ik, 'en misschien heb ik nog wel de meeste spijt omdat ik mijn belofte aan jou gebroken heb. Maar dat zal nooit meer gebeuren en het spijt me echt verschrikkelijk. Ik vraag om je bakhsjiesj, je vergiffenis. Denk je dat je dat kunt? Kun je me vergeven? Kun je me geloven?' Ik liet mijn stem dalen. 'Ga je met me mee?'

Terwijl ik op zijn antwoord wachtte vlogen mijn gedachten terug naar een winterdag lang geleden toen Hassan en ik op de sneeuw onder een kale kersenboom zaten. Ik had die dag een gemeen spelletje met Hassan gespeeld: ik had hem gevraagd of hij bereid was een hap aarde op te eten om zijn loyaliteit jegens mij te bewijzen. Nu was ik degene die onder het vergrootglas lag, degene die zijn waardigheid moest bewijzen. Ik had dit verdiend.

Sohrab rolde op zijn zij, met zijn rug naar mij toe. Hij zei een hele tijd niets. En toen ik net begon te denken dat hij in slaap gevallen was zei hij schor: 'Ik ben zo *khasta*.' Zo ontzettend moe.

Ik bleef bij zijn bed zitten tot hij in slaap viel. Tussen Sohrab en mij was iets verloren gegaan. Tot mijn gesprek met Omar Faisal, de advocaat, was er in Sohrabs ogen een lichtje van hoop opgekomen, voorzichtig als een verlegen gast. Nu was dat licht verdwenen, de gast was op de vlucht geslagen, en ik vroeg me af wanneer hij zich weer zou durven laten zien. Hoe lang zou het duren voor Sohrab weer glimlachte? Hoe lang voordat hij me weer vertrouwde. Als het al ooit zover kwam.

Dus ik verliet de kamer en ging op zoek naar een ander hotel, niet wetend dat het bijna een jaar zou duren voor ik Sohrab weer iets zou horen zeggen.

Uiteindelijk nam Sohrab mijn aanbod nooit aan. Noch wees hij het van de hand. Maar hij wist dat als het verband verwijderd was en de ziekenhuiskleren waren ingeleverd, hij niets meer was dan de zoveelste dakloze Hazara-wees. Wat voor keus had hij? Waar kon hij heen? Dus wat ik als een 'ja' van hem opvatte was in werkelijkheid eerder een stille overgave, niet zozeer het aannemen van een aanbod als wel het uit handen geven van het besluit door iemand die te lusteloos was om te beslissen en veel te moe om in iets te geloven. Hij verlangde naar zijn oude leven. Wat hij kreeg was mij en Amerika. Niet dat dat nou zo'n vreselijk lot was, alles in aanmerking genomen, maar dat kon ik niet tegen hem zeggen. Dingen in perspectief zien is een luxe als er een zwerm demonen in je hoofd rondspookt.

En aldus staken we ongeveer een week later een baan warm, zwart asfalt over en bracht ik Hassans zoon van Afghanistan naar Amerika, waarmee ik hem optilde uit de zekerheid van de chaos en liet vallen in de chaos van de onzekerheid.

Op een dag ergens in 1983 of 1984 was ik in een videowinkel in Fremont. Ik stond op de afdeling met de westerns, toen een vent naast me die uit een beker van 7-11 cola stond te drinken, naar *The Magnificent Seven* wees en vroeg of ik die gezien had. 'Ja, dertien keer,' zei ik. 'Charles Bronson gaat daarin dood, en James Coburn en Robert Vaughn ook.' Hij wierp me een getergde blik toe, alsof ik in zijn cola gespuugd had. 'Je wordt bedankt, man,' zei hij, en hij liep hoofdschuddend en mopperend weg. Toen kwam ik erachter dat je in Amerika de afloop van een film niet verklapt, en als je dat wel doet, word je daarvoor op je vingers getikt en gedwongen je omstandig te verontschuldigen omdat je de zonde begaan hebt de afloop te bederven.

In Afghanistan was de afloop het enige wat ertoe deed. Als Hassan en ik thuiskwamen na een Hindi-film in Cinema Zainab, was er maar één ding dat Ali, Rahim Khan, Baba, of Baba's talloze vrienden – achter- en achterachterneven die bij ons over de vloer kwamen – wilden weten, en dat was dit: vond het meisje van de film uiteindelijk het geluk? Werd de *batsjeh film*, de jongen van de film, *kamyab* en gingen al zijn dromen in vervulling, of was hij *nah-kam*, gedoemd om in mislukking te zwelgen?

Of het goed afliep, dat wilden ze weten.

Als iemand me nu zou vragen of het verhaal van Hassan, Sohrab en mij goed afloopt, dan zou ik niet weten wat ik moet zeggen.

Loopt een leven ooit goed af?

Het leven is tenslotte geen Hindi-film. Zendagi migzara, zoals Afghanen vaak zeggen – het leven gaat door – en het trekt zich niets aan van een begin, een eind, kamyab, nah-kam, crisis of catharsis, maar beweegt zich voort als een trage karavaan kochi's.

Ik zou niet weten wat ik zou moeten antwoorden, ondanks het wondertje dat zich afgelopen zondag voltrok.

Ongeveer zeven maanden geleden kwamen we thuis, op een warme dag in augustus 2001. Soraya haalde ons op van het vliegveld. Ik was nog nooit zo lang bij Soraya weg geweest, en toen ze haar armen om mijn hals sloeg en ik appels in haar haar rook, besefte ik hoe erg ik haar gemist had. 'Je bent nog steeds de ochtendzon op mijn jelda,' fluisterde ik.

'Wat?'

'Laat maar zitten.' Ik kuste haar oor.

Vervolgens knielde ze tot haar ogen op gelijke hoogte waren met die van Sohrab. Ze pakte zijn hand en glimlachte naar hem. 'Salaam, Sohrab jaan. Ik ben khala Soraya. We hebben allemaal heel erg naar je uitgekeken.'

Toen ik haar zo naar Sohrab zag glimlachen, met tranen in haar ogen, zag ik in een flits de moeder die ze had kunnen zijn als haar baarmoeder haar niet in de steek had gelaten.

Sohrab schuifelde een beetje en keek weg.

Soraya had de studeerkamer boven ingericht als slaapkamer voor Sohrab. Ze loodste hem naar binnen en hij ging op de rand van het bed zitten. Op de lakens zweefden felgekleurde vliegers in een indigoblauwe lucht. Op de muur naast de kast had ze een meetlat getekend waarop je de groei van een kind kon bijhouden. Aan het voeteneind van het bed zag ik een rieten mand vol boeken, een locomotief, een doos met waterverf.

Sohrab had het simpele witte T-shirt en de spijkerbroek aan die ik op de valreep in Islamabad voor hem gekocht had – het T-shirt hing losjes om zijn benige, hangende schouders. Zijn wangen hadden nog steeds geen kleur gekregen, afgezien van de donkere wallen om zijn ogen. Hij keek ons nu op dezelfde onbewogen manier aan als hij had gekeken naar de borden met gekookte rijst die de verpleeghulp voor hem had neergezet.

Soraya vroeg of de kamer hem beviel en ik zag dat ze probeerde niet naar zijn polsen te kijken, maar dat haar ogen steeds weer naar de kartelige roze strepen terugkeerden. Sohrab boog zijn hoofd, verstopte zijn handen onder zijn dijen en hield zijn mond. Vervolgens legde hij eenvoudig zijn hoofd op het kussen. Nog geen vijf minuten later stonden Soraya en ik in de deuropening te kijken hoe hij lag te slapen.

We gingen naar bed, en Soraya viel in slaap met haar hoofd tegen mijn borst. In de duisternis van onze kamer lag ik wakker, opnieuw de slechte slaper die ik geweest was. Wakker. En alleen met mijn eigen demonen.

Ergens midden in de nacht glipte ik uit bed en ging naar Sohrabs kamer. Ik stond op hem neer te kijken en zag dat er iets onder zijn kussen uitstak. Ik pakte het. Ik zag dat het Rahim Khans polaroid was, die ik Sohrab had gegeven op de avond dat we bij de Shah Faisal-moskee zaten. De foto waarop Hassan en Sohrab naast elkaar tegen de zon in staan te turen en glimlachen alsof de wereld een goed en rechtvaardig oord is. Ik vroeg me af hoe lang Sohrab in bed naar die foto had liggen staren.

Ik keek naar de foto. *Je vader werd verscheurd*, had Rahim Khan in zijn brief gezegd. Ik was de zoon met de rechten, de sociaal acceptabele, de wettige van de twee, en degene die zonder het te weten Baba's schuldgevoel belichaamde. Ik keek naar Hassan, met die twee ontbrekende voortanden, het zonlicht schuin op zijn gezicht. Baba's andere helft. De zoon zonder rechten, zonder privileges. De helft die alles was wat zuiver en nobel in Baba was geweest. De helft die Baba misschien in de geheimste uithoeken van zijn hart als zijn ware zoon beschouwde.

Ik schoof de foto weer op zijn plaats. Toen drong er iets tot me door: die laatste gedachte had me geen pijn gedaan. Ik deed Sohrabs deur dicht en vroeg me af of vergiffenis op die manier opbloeit: niet met het trompetgeschal van een openbaring, maar met de pijn die zijn boeltje pakt en midden in de nacht onaangekondigd wegglipt.

De volgende avond kwamen de generaal en khala Jamila eten. Khala Jamila, met kortgeknipt haar dat wat donkerder rood was dan gebruikelijk, overhandigde Soraya de schaal met *maghout* met amandelen die ze als nagerecht had gemaakt. Ze zag Sohrab en begon te stralen. 'Masjallah! Soraya jaan zei al dat je heel ghostiep was, maar je bent in werkelijkheid nog knapper, Sohrab jaan.' Ze gaf hem een blauwe coltrui. 'Die heb ik voor je gebreid,' zei ze, 'voor komende winter. Insjallah past hij je.'

Sohrab nam de trui van haar aan.

'Hallo, jongeman,' was het enige wat de generaal zei, en met beide handen op zijn stok geleund keek hij naar Sohrab zoals je een merkwaardig siervoorwerp bij iemand thuis zou bestuderen.

Ik beantwoordde en beantwoordde nogmaals khala Jamila's vragen over mijn verwondingen – ik had Soraya gevraagd om tegen ze te zeggen dat ik beroofd was – en verzekerde haar dat ik geen blijvend letsel had opgelopen, dat de krammen er over een paar weken uit mochten en ik haar gerechten weer zou kunnen eten, en dat ik zeker mijn littekens met rabarbersap en suiker zou inwrijven om ze sneller te laten verdwijnen.

De generaal en ik zaten in de woonkamer wijn te drinken terwijl Soraya en haar moeder de tafel dekten. Ik vertelde hem over Kabul en de taliban. Hij luisterde en knikte, zijn stok op zijn schoot, en maakte *tsk*-geluiden toen ik hem vertelde over de man die ik zijn kunstbeen had zien verkopen. Ik zei niets over de executies in het Ghazi-stadion en over Assef. Hij vroeg naar Rahim Khan, die hij naar hij zei een paar keer in Kabul ontmoet had, en schudde plechtig zijn hoofd toen ik hem over Rahim Khans ziekte vertelde. Maar tijdens het gesprek zag ik steeds weer zijn ogen afdwalen naar Sohrab, die op de bank lag te slapen. Alsof we langs de rand schampten van wat hij eigenlijk wilde weten.

Aan dat schampen kwam ten slotte onder het eten een eind toen de generaal zijn vork neerlegde en zei: 'En Amir jaan, vertel je ons nu waarom je deze jongen mee hierheen genomen hebt?'

'Iqbal jaan! Wat is dat nu voor een vraag?' zei khala Jamila.

'Terwijl jij truien zit te breien, schat, moet ik me bezighouden met het beeld dat onze gemeenschap van onze familie heeft. Mensen zullen vragen stellen. Ze zullen willen weten waarom er een Hazara-jongen bij onze dochter woont. Wat moet ik ze dan vertellen?'

Soraya gooide haar lepel neer. Richtte zich tot haar vader. 'Zegt u maar tegen ze...'

'Het is goed, Soraya,' zei ik en ik pakte haar hand vast. 'Het is goed. De generaal heeft gelijk. Mensen zullen zeker vragen stellen.'

'Amir...' begon ze.

'Het is goed.' Ik wendde me tot de generaal. 'Weet u, generaal sahib, mijn vader ging naar bed met de vrouw van zijn bediende. Zij baarde hem een zoon, Hassan genaamd. Hassan is dood. De jongen die daar op de bank ligt te slapen is Hassans zoon. Hij is mijn neefje. Vertelt u dat maar als de mensen vragen stellen.'

Ze staarden me allemaal aan.

'En dan nog iets, generaal sahib,' zei ik, 'in mijn aanwezigheid hebt u het nooit meer over hem als "Hazara-jongen". Hij heeft een naam en die is Sohrab.'

De rest van de maaltijd werd er door niemand meer gesproken.

Het zou niet juist zijn om Sohrab rustig te noemen. Rust is vrede. Kalmte. Rust betekent dat je de volumeknop van het leven lager zet.

Stilte betekent dat je de uitknop indrukt. Dat je alles afsluit.

Sohrabs stilte was niet de zelfgekozen stilte van mensen met overtuigingen, mensen die zich willen uitspreken voor hun zaak door niet te spreken. Het was de stilte van iemand die dekking zoekt in een duistere schuilhoek, alle punten oprolt en onder zich wegstopt.

Hij woonde niet zozeer bij ons, hij nam alleen wat ruimte in. En dan nog maar een heel klein beetje. Soms, op de markt of in het park, viel het me op dat andere mensen hem nauwelijks zagen, alsof hij er helemaal niet was. Ik keek weleens op van een boek en besefte dan dat Sohrab de kamer was binnengekomen en tegenover me was gaan zitten, en dat ik dat niet gemerkt had. Hij liep alsof hij geen voetafdrukken wilde achterlaten. Hij bewoog alsof hij de lucht om zich heen niet in beroering wilde brengen. Maar meestal sliep hij.

Soraya had het ook heel moeilijk met Sohrabs stilte. In de interlokale gesprekken naar Pakistan had Soraya me verteld over de dingen die ze voor Sohrab in gedachten had. Zwemlessen. Voetbal. De bowlingliga. Nu liep ze langs Sohrabs kamer en ving een glimp op van ongeopende boeken in de rieten mand, de ongemarkeerde meetlat, de losse puzzelstukjes, stuk voor stuk verwijzingen naar hoe het leven had kunnen zijn. Een verwijzing naar een droom die tijdens het uitbotten al aan het verleppen was. Maar ze was niet de enige geweest. Ik had mijn eigen dromen voor Sohrab gehad.

Terwijl Sohrab zweeg deed de wereld dat niet. Op een dinsdagochtend afgelopen september stortten de twee torens van het World Trade Center in, en in één klap veranderde de wereld. De Amerikaanse vlag verscheen plotseling overal: aan de antenne van gele taxi's die door het verkeer zigzagden, op de revers van voetgangers die in een gestage stroom over de stoepen liepen, zelfs op de smerige petten van de bedelaars van San Francisco onder de luifels van chique galeries en winkels. Op een dag passeerde ik Edith, de dakloze vrouw die elke dag op de hoek van Sutter en Stockton accordeon speelde, en mijn oog viel op een sticker van de Amerikaanse vlag op de accordeonkist aan haar voeten.

Kort na de aanvallen bombardeerde Amerika Afghanistan; de Noordelijke Alliantie nam de macht over en de taliban zochten als ratten een goed heenkomen in de grotten. Ineens stonden mensen in de rij voor de kassa te praten over de steden van mijn jeugd: Kandahar, Herat, Mazar-i-Sharif. Toen ik nog heel klein was nam Baba Hassan en mij eens mee naar Kunduz. Ik herinner me niet veel meer van het uitstapje, behalve dat ik met Baba en Hassan in de schaduw van een acacia om de beurt vers meloensap zat te drinken uit een lemen pot en dat we een wedstrijd deden wie de pitten het verst kon wegspugen. Nu zaten Dan Rather, Tom Brokaw en mensen die bij

Starbucks een kop koffie dronken te praten over de slag om Kunduz, het laatste bolwerk van de taliban in het noorden. In december kwamen onder het toeziend oog van de Verenigde Naties Pashtun, Tadzjieken, Oezbeken en Hazara's in Bonn samen en startten het proces dat misschien ooit een eind zou maken aan twintig jaar ellende in hun watan. Hamid Karza's astrakan muts en groene tsjapan werden beroemd.

Sohrab slaapwandelde door dat alles heen.

Soraya en ik raakten betrokken bij diverse Afghaanse projecten, uit een gevoel van burgerplicht, maar evenzeer uit behoefte aan iets om de stilte boven te vullen, de stilte die alles opzoog als een zwart gat. Ik was nooit zo'n actief type geweest, maar toen ik gebeld werd door een man die Kabir heette, een voormalig Afghaans ambassadeur in Sofia, die me vroeg of ik hem bij een ziekenhuisproject wilde helpen, zei ik ja. Het ziekenhuisje had vlak bij de Afghaanse grens met Pakistan gelegen en had een kleine chirurgische afdeling gehad waar Afghaanse vluchtelingen behandeld werden die door een landmijn gewond waren geraakt. Maar het ziekenhuisje was wegens geldgebrek gesloten. Ik werd de manager van het project, Soraya mijn assistent-manager. Ik bracht het grootste deel van mijn tijd in mijn kamer door; ik e-mailde met mensen over de hele wereld, vroeg subsidies aan, organiseerde activiteiten om fondsen te werven. En ik hield mezelf maar voor dat ik er goed aan gedaan had Sohrab mee hierheen te nemen.

Het jaar eindigde ermee dat Soraya en ik op de bank zaten, een deken over onze knieën, kijkend naar Dick Clark op de televisie. Mensen juichten en kusten elkaar toen de zilveren bal viel, en het hele scherm werd wit van de confetti. In ons huis begon het nieuwe jaar zoals het vorige was geëindigd: in stilte.

Maar vier dagen geleden, op een koele regenachtige dag in maart 2002, gebeurde er iets kleins en wonderbaarlijks.

Ik had Soraya, khala Jamila en Sohrab meegenomen naar een Afghaanse bijeenkomst in het Lake Elizabeth Park in Fremont. Een maand geleden was de generaal eindelijk naar Afghanistan ontboden om daar minister te worden, en twee weken geleden is hij erheen gevlogen – met achterlating van zijn grijze pak en zijn zakhorloge. Het is de bedoeling dat khala Jamila zich over een paar maanden, als hij zich geïnstalleerd heeft, bij hem voegt. Ze mist hem vreselijk – en maakt zich erg veel zorgen over zijn gezondheid daar – en we hebben erop gestaan dat ze een poosje bij ons kwam logeren.

De donderdag ervoor, de eerste dag van de lente, was het Afghaans nieuwjaar geweest – *Sal-i-nau* – en Afghanen in de Bay Area hadden in de East Bay en op het schiereiland allerlei festiviteiten georganiseerd. Kabir, Soraya en ik hadden nog een extra reden om feest te vieren: ons ziekenhuisje in Rawalpindi was de week tevoren opengegaan, zonder chirurgische afdeling, alleen een kinderafdeling. Maar we waren het erover eens dat het een goed begin was.

Het was dagen zonnig geweest, maar op zondagochtend, toen ik mijn benen uit bed zwaaide, hoorde ik regendruppels op het raam roffelen. *Afghaanse mazzel*, dacht ik. Ik grinnikte. Ik zei mijn ochtendnamaz terwijl Soraya doorsliep – ik hoefde niet meer in het pamflet met gebeden te kijken dat ik bij de moskee had opgehaald; de soera's kwamen nu vanzelf, zonder enige inspanning.

We kwamen omstreeks het middaguur aan en troffen een handjevol mensen aan die een goed heenkomen hadden gezocht onder een groot vierkant stuk plastic dat was vastgemaakt op zes palen die in de grond gestoken waren. Iemand was al bolani aan het bakken; damp rees op van theekopjes en van een pan met bloemkool-aush. Uit een cassetterecorder schetterde een krasserige oude opname van Ahmad Zahir. Ik moest een beetje lachen toen we ons met z'n vieren over het zompige grasveld haastten: Soraya en ik aan kop, khala Jamila in het midden, Sohrab achteraan, met de capuchon van zijn gele regenjas dansend op zijn rug.

'Wat valt er te lachen?' zei Soraya, met een opgevouwen krant boven haar hoofd.

'Je kunt Afghanen uit Paghman weghalen, maar je haalt Paghman niet uit de Afghanen weg,' zei ik.

We doken onder de geïmproviseerde tent. Soraya en khala

Jamila kuierden af op een dikke vrouw die spinazie-bolani aan het bakken was. Sohrab bleef even onder het afdak en stapte toen de regen weer in, zijn handen in de zakken van zijn regenjas gestopt, zijn haar – inmiddels net zo bruin en steil als dat van Hassan – tegen zijn schedel geplakt. Hij bleef in een koffiekleurige plas staan staren. Niemand leek het op te merken. Niemand riep hem terug. Inmiddels zijn de vragen over ons geadopteerde en beslist excentrieke zoontje gelukkig verstomd – en in aanmerking genomen hoe tactloos vragen van Afghanen soms zijn, is dat een behoorlijke opluchting. Mensen vragen niet meer waarom hij nooit wat zegt. Waarom hij niet met andere kinderen speelt. En in de eerste plaats verstikken ze ons gelukkig niet meer met hun overdreven meegevoel, het trage schudden van hun hoofd, hun *tsk-tsk's*, hun '*O goeng bitsjara*.' Ach arme kleine stomme. De nieuwigheid is eraf. Net als verschoten behang gaat Sohrab op in de achtergrond.

Ik schudde de hand van Kabir, een kleine, zilverharige man. Hij stelde me aan een stel mannen voor, een van hen een gepensioneerde docent, een andere ingenieur, een voormalig architect, een chirurg die nu een hotdogkraampje aan Hayward bemant. Ze zeiden allemaal dat ze Baba in Kabul gekend hadden en ze spraken vol respect over hem. Stuk voor stuk had hij hun leven op de een of andere manier beïnvloed. De mannen zeiden dat ik geluk had dat ik zo'n groot man als vader had gehad.

We praatten wat over de moeilijke en wellicht ondankbare taak die Karzai te wachten stond, over de *Loya jirga* die binnenkort zou plaatsvinden, en over de aanstaande terugkeer van de koning naar zijn vaderland, na een ballingschap van achtentwintig jaar. Ik herinnerde me die nacht in 1973, de nacht dat Zahir Shahs neef hem van de troon stootte; ik herinnerde me het geweervuur en de hemel die zilverkleurig oplichtte – Ali had Hassan en mij in zijn armen genomen en hij had gezegd dat we niet bang moesten zijn, dat ze gewoon op eenden aan het schieten waren.

Toen vertelde iemand een mullah Nasruddin-mop en moesten we allemaal lachen. 'Je vader was ook een heel grappige man, weet je,' zei Kabir.

'Ja, hè?' zei ik lachend en het schoot me te binnen hoe Baba kort na onze aankomst in de Verenigde Staten was begonnen te mopperen op de Amerikaanse vliegen. Dan zat hij met zijn vliegenmepper aan de keukentafel te kijken hoe de vliegen van muur naar muur schoten, nu eens hier en dan weer daar aan het zoemen waren, zorgelijk en gejaagd. 'In dit land hebben zelfs de vliegen haast,' kreunde hij dan. Wat had ik toen moeten lachen. Ik glimlachte bij de herinnering.

Tegen drie uur was het opgehouden met regenen en de lucht was gestold grijs met zware dotten wolk. Een koele bries waaide door het park. Er verschenen meer gezinnen. Afghanen begroetten elkaar, omarmden en kusten elkaar, wisselden etenswaren uit. Iemand stak de kolen in een barbecue aan en algauw werden mijn zintuigen overspoeld met de geur van knoflook en *morgh*-kebab. Er klonk muziek, van een nieuwe zanger die ik niet kende, en het gegiechel van kinderen. Ik zag dat Sohrab, nog steeds in zijn regenjas, geleund tegen een vuilnisbak door het park stond te staren naar een lege battingkooi.

Even later, toen ik wat stond te praten met de vroegere chirurg, die me vertelde dat Baba en hij bij elkaar in groep 8 hadden gezeten, trok Soraya me aan mijn mouw: 'Moet je kijken, Amir!'

Ze wees naar de lucht. Een stuk of vijf vliegers zweefden hoog in de lucht, vlekjes felgeel, rood en groen tegen de grijze lucht.

'Moet je dat zien,' zei Soraya, en deze keer wees ze naar een vent die bij een stalletje vlakbij vliegers stond te verkopen.

'Houd dit even vast,' zei ik. Ik gaf Soraya mijn kop thee aan. Ik excuseerde me en liep naar het stalletje met vliegers, mijn schoenen soppend in het natte gras. Ik wees naar een gele *sehpartsja*. '*Sal-i-nau moebarak*,' zei de vliegerverkoper; hij nam het briefje van twintig van me aan en overhandigde me de vlieger en een houten spoel met glas-tar. Ik bedankte hem en wenste hem ook een gelukkig nieuwjaar. Ik testte het touw op dezelfde manier als Hassan en ik vroeger deden: door het tussen duim en wijsvinger te nemen en eraan te trekken. Het werd rood van het bloed en de vliegerverkoper grijnsde. Ik grijnsde terug.

Ik nam de vlieger mee naar de plek waar Sohrab stond, nog steeds tegen de vuilnisbak geleund, zijn armen voor zijn borst over elkaar. Hij keek omhoog naar de lucht.

'Vind je de seh-partsja mooi?' zei ik, en ik hield de vlieger aan de uiteinden van de spreider omhoog. Zijn ogen gleden van de lucht naar mij, naar de vlieger en toen terug. Een paar straaltjes regenwater druppelden uit zijn haar langs zijn gezicht.

'Ik heb eens gelezen dat ze in Maleisië vliegers gebruiken om vis te vangen,' zei ik. 'Ik wed dat je dat niet wist. Ze binden er een vislijn aan vast en laten hem dan voorbij het ondiepe water vliegen, zodat hij geen schaduw werpt en de vissen dus niet afschrikt. En in het oude China lieten generaals boven het slagveld vliegers op om hun manschappen berichten te sturen. Dat is waar. Ik schuif je echt geen trucje toe.' Ik liet hem mijn bebloede duim zien. 'En met de tar is ook niets mis.'

Uit mijn ooghoek zag ik dat Soraya vanonder de tent naar ons stond te kijken, haar handen gespannen onder haar oksels verstopt. In tegenstelling tot mij had ze gaandeweg haar pogingen opgegeven om contact met Sohrab te krijgen. De onbeantwoorde vragen, het lege staren, de stilte – het was allemaal te pijnlijk. Ze was op tijdelijke opschorting overgeschakeld, in afwachting van groen licht van Sohrab. In afwachting.

Ik maakte mijn wijsvinger nat en stak hem in de lucht. 'Ik weet nog goed dat je vader de windrichting altijd controleerde door met zijn sandaal stof omhoog te schoppen om te zien welke kant de wind het stof op blies. Hij wist een hele hoop van dat soort trucjes,' zei ik. Ik liet mijn vinger zakken: 'Westenwind, geloof ik.'

Sohrab veegde een regendruppel van zijn oorlel en schuifelde een beetje heen en weer. Hij zei niets. Ik dacht eraan dat Soraya me een paar maanden geleden had gevraagd hoe zijn stem klonk. Ik had gezegd dat ik me dat niet kon herinneren.

'Heb ik je weleens verteld dat je vader de beste vliegeraar in Wazir Akbar Khan was? Misschien wel van heel Kabul?' zei ik, terwijl ik het losse eind van de tar vastknoopte aan de lus van touw die aan de staander vastzat. 'Wat waren de buurtkinderen jaloers op hem. Hij joeg op vliegers en hij keek nooit naar de lucht; mensen zeiden altijd dat hij op de schaduw van de vlieger joeg. Maar ze kenden hem niet zoals ik hem kende. Je vader joeg niet op schaduwen: hij... wist het gewoon.'

Er waren een stuk of vijf vliegers opgelaten. Mensen stonden in groepjes bijeen met een theekopje in de hand en de blik strak op de lucht gericht.

'Wil je me helpen vliegeren?' zei ik.

Sohrabs blik sprong van de vlieger naar mij. Terug naar de lucht.

'Oké.' Ik haalde mijn schouders op. 'Dan moet ik hem dus maar *tanhaii* oplaten.' Solo.

Ik liet de spoel in mijn linkerhand balanceren en rolde ruim een meter tar af. De gele vlieger bungelde aan het eind ervan, vlak boven het natte gras. 'Laatste kans,' zei ik. Maar Sohrab keek naar een stel vliegers die hoog boven de bomen in elkaar verstrikt waren geraakt.

'Goed, daar ga ik dan.' Ik begon te rennen, mijn gympen plensden regenwater uit plassen, de hand die de lijn vlak onder de vlieger vasthad hoog boven mijn hoofd. Het was zo lang geleden, zoveel jaar sinds ik dit gedaan had, en ik vroeg me af of ik mezelf voor gek zette. Al rennend liet ik de spoel in mijn linkerhand rollen; ik voelde de lijn weer in mijn rechterhand snijden terwijl hij erdoorheen liep. De vlieger steeg nu achter mijn schouder op, steeg op, tolde, en ik rende nog harder. De spoel draaide sneller en het glastouw maakte nog een snee in mijn rechterhandpalm. Ik stopte en draaide me om. Keek omhoog. Lachte. Een eind omhoog flapte mijn vlieger als een pendule heen en weer en maakte dat oude, vertrouwde geluid van een papieren vogel die met zijn vleugels klapt, het geluid dat ik associeerde met winterochtenden in Kabul. Ik had een kwart eeuw niet meer gevliegerd, maar ineens was ik weer twaalf en kwamen alle oude instincten weer boven.

Ik voelde een aanwezigheid naast me en keek omlaag. Het was Sohrab, zijn handen diep in de zakken van zijn regenjas. Hij was me gevolgd.

'Wil je het proberen?' vroeg ik. Hij zei niets. Maar toen ik de lijn voor hem ophield, kwam zijn hand uit zijn zak te voorschijn. Aarzelde. Pakte de lijn. Mijn hart ging sneller kloppen terwijl ik de spoel wentelde om het losse touw op te winden. We stonden in stilte zij aan zij. Onze hals naar achteren gebogen.

Om ons heen zaten kinderen achter elkaar aan en maakten glijers over het gras. Iemand had de soundtrack van een oude Hindi-film opgezet. Een rij bejaarde mannen was op een plastic kleed dat op de grond was uitgespreid hun middagnamaz aan het bidden. Het geurde naar nat gras, rook en gegrild vlees. Ik wilde dat de tijd stilstond.

Toen zag ik dat we gezelschap hadden gekregen. Een groene vlieger kwam naderbij. Ik volgde de lijn naar een jongen die dertig meter verderop stond. Hij had stekeltjeshaar en een T-shirt waarop in dikke blokletters THE ROCK RULES stond. Hij zag dat ik naar hem keek en grijnsde. Hij zwaaide. Ik zwaaide terug.

Sohrab wilde de lijn aan mij teruggeven.

'Weet je het zeker?' zei ik terwijl ik hem aanpakte.

Hij nam de spoel van me over.

'Oké,' zei ik. 'Laten we hem een *sabagh*, een lesje leren, goed?' Ik wierp een blik op hem. De glazige, lege uitdrukking in zijn ogen was verdwenen. Zijn ogen vlogen heen en weer tussen onze vlieger en de groene. Zijn gezicht was een beetje rood geworden, zijn ogen waren plotseling alert. Wakker. Levendig. Ik vroeg me af wanneer ik was begonnen te vergeten dat hij ondanks alles een kind was.

De groene vlieger deed een zet. 'Laten we maar even wachten,' zei ik. 'We laten hem een beetje dichterbij komen.' De vlieger dook twee keer en sloop naar ons toe. 'Vooruit. Kom nou maar,' zei ik.

De groene vlieger kwam nog een beetje dichterbij; hij steeg een stukje boven ons uit, zich niet bewust van de val die ik voor hem gezet had. 'Let op, Sohrab. Ik zal je een van je vaders lievelingstrucjes laten zien, die goeie, ouwe "stijg en duik".'

Naast me was Sohrab gejaagd door zijn neus gaan ademen. De spoel rolde in zijn handen, de pezen in zijn getekende polsen waren net de snaren van een roebab. Toen knipperde ik even en een ogenblik lang werden de handen die de spoel vasthielden de eeltige handen met de gescheurde nagels van een jongen met een hazenlip. Ik hoorde ergens een kraai krassen en ik keek op. Het park glinsterde van sneeuw die zo vers, zo oogverblindend wit was dat mijn ogen ervan gingen branden. Hij krinkelde geluidloos van de takken van in het wit geklede bomen. Ik rook ineens koolraap-qoerma. Gedroogde moerbeien. Zure sinaasappelen. Zaagsel en walnoten. De gedempte rust, de rust van de sneeuw, was oorverdovend. Toen van verre, van de overkant van de stilte, een stem die ons naar huis riep, de stem van een man die sleepte met zijn rechterbeen.

De groene vlieger hing nu recht boven ons. 'Hij gaat aanvallen. Zo meteen,' zei ik, mijn ogen heen en weer schietend van Sohrab naar onze vlieger.

De groene vlieger aarzelde. Hield zijn positie. En schoot omlaag. 'Daar komt hij!' zei ik.

Ik deed het volmaakt. Na al die jaren. Die goeie, ouwe 'stijg en duik'. Ik liet mijn greep verslappen en rukte aan de lijn in een duikvlucht om de groene vlieger te ontwijken. Een reeks korte onderarmse rukken en onze vlieger schoot in een halve cirkel tegen de klok in omhoog. Plotseling was ik bovenop. De groene vlieger klauterde in paniek weg. Maar het was te laat. Ik had hem al Hassans truc toegeschoven. Ik gaf een flinke ruk en onze vlieger schoot omlaag. Ik voelde bijna hoe onze lijn de zijne doorzaagde. Hoorde hem bijna knappen.

En ineens begon de groene vlieger ongecontroleerd te tollen en te draaien.

Achter ons begonnen mensen te juichen. Gefluit en applaus braken los. Ik begon te hijgen. De laatste keer dat ik me zo uitgelaten had gevoeld was die dag in de winter van 1975, vlak nadat ik de laatste vlieger gesneden had, toen ik Baba op ons dak stralend zag staan applaudisseren.

Ik keek omlaag naar Sohrab. Een van zijn mondhoeken was een heel klein stukje omhooggekruld.

Een glimlach.

Scheef.

Nauwelijks zichtbaar.

Maar zichtbaar.

Achter ons draafden kinderen; een horde gillende vliegeraars zat achter de losgesneden vlieger aan, die hoog boven de bomen voortdreef. Ik knipperde met mijn ogen en de glimlach was verdwenen. Maar hij was er geweest. Ik had hem gezien.

'Wil je dat ik voor je achter die vlieger aan ga?'

Zijn adamsappel rees en daalde toen hij slikte. De wind tilde zijn haar op. Ik dacht dat ik hem zag knikken.

'Voor jou doe ik alles,' hoorde ik mezelf zeggen.

Toen draaide ik me om en begon te rennen.

Het was maar een glimlach, meer niet. Dat maakte heus niet alles opeens goed. Het maakte helemaal niets goed. Alleen maar een glimlach. Iets heel kleins. Een enkel blad in het woud, een blad dat siddert in het kielzog van een opgeschrikte vogel die wegvliegt.

Maar ik accepteer hem. Met open armen. Want als de lente komt, laat die de sneeuw vlok voor vlok smelten, en misschien heb ik net de eerste vlok zien smelten.

Ik rende. Een volwassen man die meerent met een zwerm gillende kinderen. Maar het kon me niet schelen. Ik rende met de wind in mijn gezicht, en op mijn lippen een glimlach zo breed als de Pansjir-vallei.

Ik rende.

DANKWOORD

Ik ben dank verschuldigd aan de volgende collega's voor hun advies, hulp of steun: dr. Alfred Lerner, Dori Vakis, Robin Heck, dr. Todd Dray, dr. Robert Tull en dr. Sandy Chun. Ik bedank tevens Lynette Parker van het East San Jose Community Law Center voor haar advies over adoptieprocedures, en de heer Daoud Wahab omdat hij me deelgenoot heeft willen maken van zijn ervaringen in Afghanistan. Ik ben mijn dierbare vriend Tamim Ansary dankbaar voor zijn adviezen en steun, en de leden van de schrijversworkshop in San Francisco voor hun commentaar en hun aanmoedigingen. Mijn vader: mijn oudste vriend en de inspiratiebron voor al wat nobel is in *Baba*; mijn moeder, die bij elke fase in het schrijfproces voor me bad en *nazr* deed; mijn tante, die boeken voor me kocht toen ik jong was. Ali, Sandy, Daoud, Walid, Raya, Shalla, Zahra, Rob en Kader voor het lezen van mijn verhalen, en dr. Kayoumi en zijn vrouw – mijn 'andere ouders' – voor hun warmte en niet-aflatende steun.

Ik wil mijn agent en vriendin Elaine Koster bedanken voor haar wijsheid, geduld en hoffelijkheid, en ook Cindy Spiegel, mijn slimme redacteur met de scherpe blik, die me heeft geholpen bij het openen van menige deur in dit verhaal. Susan Petersen Kennedy omdat ze zich aan dit boek gewaagd heeft, en de hardwerkende staf bij Riverhead voor hun geweldige inzet.

Ten slotte weet ik niet hoe ik mijn lieve vrouw Roya – aan wier oordeel ik verslaafd ben – moet bedanken voor haar warmte en goedheid, voor het lezen en herlezen, en haar hulp bij het bewerken van elke versie van deze roman. Ik zal altijd van je houden vanwege je geduld en begrip, Roya jaan.

WOORDENLIJST

agha meneer
ahmaq dwaas
ajat koranvers
alahoo religieus gezang
ameen amen
al hamdullellah Met dank aan God
Arg het koninklijk paleis in Kabul
attan Afghaanse dans
aush gerecht met yoghurt, vlees en groenten
awroessi huwelijksplechtigheid
azan oproep tot het gebed
babaloe boeman
bakhsjida vergeven en vergeten
bakhsjiesj aalmoes; vergiffenis
balé ja
bas nu is het genoeg
batsjem mijn kind
Bia kom hier
biryani groentestoofschotel
bismillah in de naam van God
bolani deegballetjes met vulling
buzkashi soort Afghaans polo
chai thee
del-roba Afghaans snaarinstrument
diniyat godsdienstonderricht
djaroe bezem
dogh yoghurtdrank
Dostet daroem ik hou van je
dozd bandiet
Eid drie dagen durend feest aan het eind van de ramadan
Eid-e-Qorban een van de drie dagen van Eid
ferni soort vla met kardemom
ghazal van oorsprong Perzische muziekvorm
ghostiep knap
gosjkor 'oren-eter'
hadia cadeau
hadj bedevaart naar Mekka
halal rein vlees
hijab hoofddoek waarmee islamitische vrouwen hun hoofd bedekken
iftikhar trots
ihtiram eerbied
insjallah als God het wil
isfand medicinaal kruid
jaan uiting van genegenheid, te vergelijken met 'lieve'. Betekent letterlijk: 'lichaam en ziel'
jadi eerste maand van de winter
jai-namaz gebedskleedje

jelda de eerste winternacht en de eerste nacht van de maand jadi
kaka oom
kamyab geslaagd
kassief vies
khala tante
khanoem mevrouw
khasta moe
khastegar huwelijkskandidaat
khastegari huwelijksaanzoek
Khoda hafez gegroet!
Kho dega welja!
kochi nomade
koeni mietje
koersi kacheltje
kofta gehaktballetjes
Komak! help!
laaf overdrijven
lotfan alstublieft
lotsjak lastpak
Loya jirga traditionele vergadering van stamoudsten
madar moeder
maghbool mooi
maghout nagerecht
mantoe deeggerecht met gehaktvulling, soort loempia
mard man
mariez ziek
masjallah dat wat God wil; ook: bravo
masjid complex waarin zich ook een moskee bevindt
mast dronken
mehmani feestelijke bijeenkomst
moalem onderwijzeres
moebarak gelukkig
moesji schoenmaker
mohratam eerbaar
mojarad ongehuwde jongeman
Mord? is hij dood?
morgh kip
mozahem lastig
muezzin degene die de gelovigen oproept tot het gebed
naan brood
nah-kam mislukkeling
namaz islamitisch gebed
namoez trots
nang eer
nawasa kleinkind
nazar het boze oog
nazr de belofte om een schaap te laten slachten en het vlees aan de armen te geven
nihari vleesstoofpot
nika het afleggen van de huwelijkseed
noor licht (zelfst. nw.)
padar vader
pakol Afghaans hoofddeksel
pakoura gebakken stukjes groente en aardappel
panjpar Afghaans kaartspel
pari mooie dame
partsjami factie binnen de communistische partij
pirhan-toemban traditionele Afghaanse kledij, bestaand uit hemd en wijde broek
qaboeli Afghaans gerecht met rijst, vlees en groenten

qisjla militaire barakken
qoerma saus van vlees
qoewaat durf
raga Indiase muziekvorm
raka onderdeel van islamitisch gebed
roebab Afghaans snaarinstrument
Roessi Rus, Russisch
rosti hoezo?
sabagh lesje
sabzi tsjallow Afghaans gerecht met spinazie en rijst
salaam een groet (letterlijk: vrede)
salaam-aleikum vrede zij met u
Sal-i-nau nieuwjaar
samosa pasteitje
saratan kanker
saughat souvenir
seh-partsja Afghaanse vlieger
shari'a aan de koran ontleende wetgeving
sjahbas bravo
sjalwar-kamiez wijde broek met lang, wijd hemd eroverheen
sjoleh-gosjti rijst met vlees en groente
Sjorawi Sovjets, Sovjet-Unie
sjorwa Afghaanse groentesoep
soera hoofdstuk van de koran
tabla dubbele trom
tandoor oven van gebakken klei
tar vliegertouw
tasjakor bedankt
tasjwiesj ongerustheid
tassali deelneming
toofaan orkaan
tsjapan kledingstuk
tsjapandaz deelnemer aan een Buzkashi-wedstrijd
tsjatti knullig, onbetekenend
Tsji? wat zeg je?
tsjila trouwring
tsjopan lam
watan (vader)land
yatiem weeskind
zakat verplichte aalmoes voor liefdadige en religieuze doeleinden
Zenda bad taliban lang leve de taliban!